HEYNE
BÜCHER

Das Buch

Die englische Erfolgsautorin, die in Großbritannien die Bestsellerlisten mit ihren modernen psychologischen Frauenromanen anführt, hat zu Beginn ihrer Karriere auch romantische Romane vor historischem Hintergrund verfaßt. So auch *Schattenwolken:*

Eliza Stanhope wächst in England auf dem wunderschönen Landsitz ihrer Verwandten auf. Mit ihrer Cousine Julia Lambert ist sie ein Herz und eine Seele. Die Verlobung von Julia mit Richard Beaumont ist das Ereignis des Jahres 1814. Eliza muß sich geschlagen geben: Sie hatte versucht, ihrer Cousine die Ehe mit dem in ihren Augen langweiligen und eitlen Beaumont auszureden – vergebens, ja Eliza muß sich gar noch vorwerfen lassen, eifersüchtig zu sein.

Doch dann begegnet Eliza in Richards Bruder Francis einem Menschen, der ihr als impulsiver Dickschädel durchaus ebenbürtig ist. Ausgerechnet in ihn muß sich Eliza verlieben! Nachdem alle bisherigen Erziehungsversuche der Lamberts scheiterten, verwandelt sich Eliza nun in eine liebende und verantwortungsbewußte Frau.

Aber dem jungen Paar bleibt nicht viel Zeit füreinander: Napoleon ist von Elba zurückgekehrt, und der Offizier Francis muß wieder in den Krieg ziehen. Eliza läßt es sich nicht ausreden, ihn zu begleiten, und in der Schlacht von Waterloo erhält sie Gelegenheit, sich als mutige und reife Frau zu bewähren.

Die Autorin

Joanna Trollope wurde im englischen Gloucestershire geboren. Nach dem Studium ging sie zunächst in den Auswärtigen Dienst und wechselte schließlich ins Lehrfach. 1987 veröffentlichte sie ihren ersten zeitgenössischen Roman. Zusammen mit ihrem Mann, dem Dramatiker Ian Curteis, lebt Joanna Trollope in einem idyllischen Cottage in den Cotswolds.

Bisher erschienen im Wilhelm Heyne Verlag: *Affäre im Sommer* (01/9064), *Die Zwillingsschwestern* (01/9453), *Wirbel des Lebens* (01/9591), *Zwei Paare* (01/9776), *Herbstlichter* (01/9904), *Heimliche Beziehung* (01/10057) und *Unter Freunden* (01/10320).

JOANNA TROLLOPE

SCHATTEN-WOLKEN

Roman

Aus dem Englischen
von Monika Hahn

WILHELM HEYNE VERLAG
MÜNCHEN

HEYNE ALLGEMEINE REIHE
Nr. 01/10560

Titel der Originalausgabe
ELIZA STANHOPE

Besuchen Sie uns im Internet:
http:/www.heyne.de

Umwelthinweis:
Dieses Buch wurde auf
chlor- und säurefreiem Papier gedruckt.

Das Buch erschien bereits unter dem Titel
»Im Schatten von Waterloo«

Printed in Danmark 1998
Umschlagillustration: Archiv für Kunst und Geschichte/M. Teller,
Berlin
Umschlaggestaltung: Atelier Ingrid Schütz, München,
unter Verwendung eines Gemäldes von David Wilkie, 1822
Satz: Buch-Werkstatt GmbH, Bad Aibling
Druck und Bindung: Nørhaven, Viborg

ISBN 3-453-13146-0

1

Von ihrem Fenster aus konnte Eliza die beiden ungestört beobachten. Das satte Grün des Rasens erstreckte sich vom Haus bis zum Grenzzaun hinunter. Er glich einem samtenen Teppich und wurde nur von einem mit Stechpalmen gesäumten Pfad durchschnitten, der linker Hand mit einer sanften Biegung vorbeiführte. Und dort spazierten ihre Cousine Julia und ihr zukünftiger Cousin Richard Beaumont.

Zukünftiger Cousin! Welch Graus! Julia hatte nicht nur vor – mit einer schrecklichen Zielstrebigkeit, wie Eliza fand –, diesen überaus öden und langweiligen Mann zu heiraten, sondern schien zudem bei ihren Plänen auch nicht einen Gedanken darauf zu verschwenden, was es für Eliza bedeuten würde, ohne sie weiterleben zu müssen. Solange Eliza sich zurückerinnern konnte, hatten sie jeden Tag gemeinsam verbracht, doch Julia war sich offensichtlich dessen gar nicht bewußt, wie selbstsüchtig es von ihr war, nun zu heiraten. Eliza gab vor, den von Julia Auserwählten unerträglich zu finden, doch in Wirklichkeit konnte sie es nicht ertragen, daß Julia überhaupt heiratete. Sie wartete mit einer Unzahl von Gründen auf, warum sie dagegen war, und an einige davon glaubte sie tatsächlich. Sie wußte, daß man wegen Geld und gesellschaftlicher Vorteile heiratete – auch bei Julia würde das nicht anders sein –, war aber weiterhin der felsenfesten Überzeugung, man dürfe es nur aus Liebe tun. Obwohl sie von Liebe und Ehe keine blasse Ahnung hatte, zögerte sie keineswegs, ihre Ansichten laut und deutlich zu verkünden.

Eliza schlug mit der Faust ein paarmal auf das Fensterbrett und zerdrückte dabei einige zarte, vorwitzige Ranken der Glyzinie, die an der Hauswand emporkletterte. Sie kniff ganz leicht die Augen zusammen, um das Pärchen besser sehen zu können. Julia wäre sicher entzückt darüber gewesen, welch anmutigen Anblick sie bot, als der Saum ihres getüpfelten Musselinkleides über das Gras glitt. Taktvoll wie sie war – gleich darauf entschied Eliza, daß es eher taktisch klug war –, trug sie den indischen Seidenschal, den Richard Beaumont ihr einige Wochen zuvor geschenkt hatte. Aus der Achtlosigkeit, mit der sie ihn von den Schultern herabgleiten ließ, schloß Eliza, daß er im Grunde von keinerlei Bedeutung für Julia war. Richard hatte ihn ihr in dem kleinen Salon überreicht, wo Eliza als unwillige Anstandsdame in einer Ecke gesessen und genäht hatte.

Julia hatte sich hoch erfreut gezeigt. »Nein, wie reizend! Wie ungewöhnlich, wie interessant! Was für einen vorzüglichen Geschmack Sie haben!«

Richard Beaumont hatte ein äußerst zufriedenes Gesicht gemacht und lang und breit sämtliche Vorzüge des Schals gepriesen: die Farben, die Feinheit und die wundervolle Schönheit der exotischen Vögel und Blumen. Dann hatte er ihn hingebungsvoll und ungeschickt um Julias Schultern drapiert, sich zu Eliza umgewandt, um von ihr ein Kompliment einzuholen, und hatte sich dann mit deutlicher Genugtuung über seine vermeintliche Großzügigkeit von ihnen verabschiedet.

Als das Räderrollen seiner Kutsche nicht mehr zu hören gewesen war, hatte Julia den Schal mit spitzen Fingern wie ein Reptil berührt. »Abscheulich, findest du nicht? Man sollte die Kostbarkeiten des Fernen Ostens dort lassen, wo sie hingehören. Hier in Hampshire wirkt so etwas geradezu absurd.«

»Du hast genauso absurd auf mich gewirkt«, erwiderte Eliza unfreundlich. »Dieses alberne Lachen und scheinheilig dankbare Getue …«

»Oh, da gebe ich dir völlig recht«, unterbrach Julia sie leichthin. »Aber es steht eine ganze Menge auf dem Spiel. Selbst wenn der Weg nach Quihampton und Royal Crescent und dem schönen Stadthaus in London mit indischen Schals gepflastert ist, muß ich es auf mich nehmen. Du bist hoffentlich meiner Meinung, Eliza?« wollte sie dann energisch wissen.

»Ganz und gar nicht«, protestierte Eliza temperamentvoll. »Was für ein Blödsinn! Er ist ein gräßlicher Langweiler und Dummkopf. Und nicht mal reiten kann er einigermaßen vernünftig«, fügte sie verachtungsvoll hinzu.

Julia hatte nur gelacht. Elizas Energie, und zwar körperlich wie emotional, war sagenhaft, obwohl sie nach Julias Ansicht viel zuviel davon verschwendete, weil sie sich ständig über irgend etwas aufregte. Eliza war bereit, wegen allem und jedem einen Streit vom Zaun zu brechen. Julia war das genaue Gegenteil davon. Im Augenblick betrat sie den Pfad zwischen den Stechpalmen und plauderte auf höchst konventionelle Art mit Richard, der in ihrer Gesellschaft dank ihrer offenkundigen Bewunderung förmlich über sich hinauswuchs. Die beiden blieben an dem ersten schattigen Plätzchen stehen, und Richard sagte irgend etwas mit großem, bedeutungsvollem Ernst. Eliza bemerkte Julias gesenkten Blick, ihre gespitzten Lippen und die heftige Kopfbewegung, bei der ihre Locken nur so flogen, als sie etwas erwiderte. Eliza überlegte, wie gut es doch war, daß Julia sich insgeheim so vortrefflich zu amüsieren verstand, da ihr der langweilige Mr. Beaumont schließlich nichts dergleichen bot.

Nun waren sie nicht mehr zu sehen. Auch Richards dunkle, massige Gestalt war zwischen den Büschen und

Bäumen verschwunden. Eliza seufzte tief auf, setzte sich vor das Fenster und stützte das Kinn auf die verschränkten Arme. Wie war das nur möglich? Ihre heißgeliebte und unentbehrliche Julia war drauf und dran, sich mit all ihrer Schönheit, ihrem Geist und Charme an diesen Tölpel, diesen liebenswürdigen Hanswurst wegzuwerfen.

In den vergangenen fünf Jahren hatten sich die beiden Mädchen nach Kräften über Richard Beaumont lustig gemacht und sogar Bußgelder voneinander verlangt, wenn eine von ihnen es mal nicht geschafft hatte, auf Gesellschaftsabenden oder Bällen jeglichen Tanz mit ihm zu vermeiden. Mrs. Lambert hatte ihre Nichte mehrmals dabei ertappt, wie sie direkt hinter Richards Rücken seinen Gang nachahmte, und sie mit der härtesten Strafe belegt, die es für Eliza gab: Sie durfte eine Woche lang nicht ausreiten. Doch nun würde es kein Gekicher und Gespöttel und keine aufregenden Ausweichmanöver rings um die Säulen der Ballsäle mehr geben. Unverständlicherweise und – dies war jedenfalls Elizas Meinung – höchst treulos ihr gegenüber, hatte Julia plötzlich eingewilligt, Richards Frau zu werden. Julia hatte überdies behauptet, der einzige Schönheitsfehler bei der ganzen Angelegenheit sei Elizas Wutausbruch gewesen.

Eliza stand auf. Sie war an diesem Mainachmittag, an dem sie am liebsten mit ihrem Onkel ausgeritten wäre, um den Pächtern einen Besuch abzustatten, sozusagen in ihrem Zimmer eingesperrt. Mrs. Lambert hatte ihr deutlich zu verstehen gegeben, daß ihr Benehmen beim Dinner die reinste Schande gewesen sei. Elizas Versuche, Julias Blicke auf sich zu lenken, und ihre Nachäffung von Richard Beaumonts Tischmanieren waren den scharfen Augen ihrer Tante nicht entgangen. Als alle nach dem Essen aufstanden, versuchte Eliza sich hinter den breiten Rücken ihres Onkels zu flüchten, doch ohne Erfolg. Mrs. Lambert schwelgte in der Vorstellung, daß ihre kleine Julia bald die Frau eines Barons werden sollte. Zum anderen war sie eine Perfektionistin, was Nichtigkeiten anging, und verlangte von allen Mitgliedern ihres Haushalts tadellose Manieren. Auftreten und Verhalten spielten bei ihr eine äußerst wichtige Rolle, und Eliza war ihr in dieser Hinsicht ein ständiger Dorn im Auge. So gut es ihr in ihrer phantasielosen Tüchtigkeit möglich gewesen war, hatte sie das elternlose Kind Eliza wie ihr eigenes aufgezogen und fand nun, daß ihre Großzügigkeit äußerst schlecht belohnt wurde. Elizas Benehmen Richard Beaumont gegenüber war unentschuldbar.

»Warte!« rief Mrs. Lambert scharf.

Ängstlich blieb Eliza bei ihrem Stuhl stehen, während sich ihr Onkel und Verbündeter feige mit allerlei vielsagendem Blinzeln und Gestikulieren aus dem Zimmer schlich.

»Du weißt sicher, was ich mit dir zu besprechen habe.«

Eliza überlegte kurz, ob es Sinn hätte, Nichtwissen zu heucheln, entschied sich aber dagegen, und senkte schuldbewußt den Kopf.

»Welch ungebührliches Verhalten, Eliza! Und das einem Mann aus bester Familie gegenüber ...« Mrs. Lambert hielt inne. Vielleicht dachte sie daran, daß ihr Mann sich zu ihrem großen Kummer immer als Bauer bezeichnete. »Einem Mann gegenüber, dem du Respekt und Zuneigung zeigen müßtest.«

»Ich fühle für ihn weder das eine noch das andere!«

»Hast du noch nie etwas von Pflicht gehört? Will dein wirrer Kopf denn überhaupt nichts dazulernen?«

Eliza sah sie trotzig an.

»Ich will, daß Julia glücklich wird, Tante.«

»Glücklich? Glücklich? Was für ein absurder Gedanke! Was hat denn Glück damit zu tun?«

»Er schafft es nicht einmal, sie zum Lachen zu bringen …«

»Lachen? An etwas anderes könnt ihr Mädchen wohl überhaupt nicht denken. Also so etwas! Du treibst mich noch zur Verzweiflung, Eliza, und ich bin sehr, sehr unzufrieden mit dir. Eigentlich hatte ich gehofft, daß dir der betrübliche Vorfall von neulich zu denken gegeben hätte.«

Eliza schwieg halsstarrig. Ihre Tante schien das spärliche Vokabular ausgeschöpft zu haben, das ihr für Schelte passend erschien. Sie blieb noch einige Sekunden lang unschlüssig stehen, bevor sie ein Buch nahm, das Julia auf dem Fenstersims liegengelassen hatte.

»Hier! Nimm das und beschäftige dich damit, bis ich dich rufen lasse.«

Eliza warf einen Blick darauf. Es war in französischer Sprache geschrieben, was ihr wenig behagte. Da es sich jedoch um einen Gedichtband handelte, war dieser Nachteil mehr als wettgemacht. Ihre Tante wartete immer noch auf eine Entschuldigung, die Eliza aber einfach nicht über die Lippen brachte. Sie deutete einen Knicks an und rannte in ihr Zimmer hinauf.

Sie hatte vor vielen Jahren diesen Raum als Schlafzimmer zugeteilt bekommen, da er für jeden anderen Zweck zu klein war. Eventuell hätte er auch als Ankleidezimmer für ihren Onkel dienen können. Dann hätte man allerdings den großen Ankleidetisch, auf dem der Kammerdiener die frische Kleidung bereitlegte und andere von den Spuren einer Treibjagd säuberte, um viele Zentimeter kürzen müssen, damit er hineingepaßt hätte. Da dieser Tisch schon Mr. Lamberts Vater gehört hatte, hielt Elizas Onkel bereits den Vorschlag für ein Sakrileg. Also bekam Eliza diesen schmalen Raum zugewiesen, der lediglich mit Bett, Waschkommode, Schrank und einem Schreibtisch möbliert war. Das einzige Schöne war das große Schiebefenster, das der Hausfassade erst ihre perfekte Symmetrie verlieh.

Eliza stellte einen Stuhl unter das Fenster, warf das Buch auf den Sims und setzte sich höchst undamenhaft rittlings hin. Diese kleine, heimliche Unbotmäßigkeit war Balsam für ihre verletzten Gefühle. Sie begann ein Gedicht nach dem anderen zu lesen, die sich zu ihrer Erleichterung ausnahmsweise einmal nicht mit Herz oder Seele des Menschen beschäftigten. Zu ihrer Freude priesen und lobten viele von ihnen Napoleon. Eliza war begeistert von jeglicher Aktivität. Und wo herrschte mehr Leben und Treiben als bei den Soldaten?

»On parlera de sa gloire
Sous le chaume bien longtemps
L'humble toit, dans cinquante ans,
Ne connaîtra plus d'autre histoire.«

Die Zeit verging wie im Flug, als sie mit gespreizten Beinen auf dem Stuhl wie auf einem Pferd saß. *Gloire,* daß ich nicht lache! Wie sollte man als Mädchen *gloire* erringen? Bestenfalls würde sie wie bisher von einer Jagdgesellschaft als Star gefeiert werden. Unter dem bescheidenen Dach, unter dem sie lebte, sprach kein Mensch mit Respekt von ihr, und Dank wurde ihr höchstens dann zuteil, wenn sie die Kalbsfußsülze hereinbrachte, wofür sie allerdings häufig auch eher Tadel erntete.

Eliza dachte an den Vorfall zurück, der wenige Tage zuvor für Aufregung gesorgt hatte. Beim Frühstück hatte sie einen Plan ausgeheckt, der ihr so köstlich erschienen war, daß sie völlig übersah, welch absolut unmögliches Verhalten das bedeutete. Sie war schier vor Übermut geplatzt, während Richard sich ernsthaft und methodisch durch ein gewaltiges Mahl hindurch aß, das ihn sicher für drei Tage sättigte. Es war nicht klar, ob er den unverhohlenen Spott und das boshafte Funkeln in Elizas Augen bemerkte, denn er ließ sich nicht das geringste anmerken, sondern kaute unverdrossen weiter. Jedesmal, wenn er aufstand, um sich zu einer weiteren Portion zu verhelfen, tat er dies mit der hingebungsvollen Präzision eines Chirurgen. Kaum war er aufgestanden, zelebrierte Eliza eine perfekte Pantomime. Sie kaute gewichtig, wischte sich oft und umständlich mit der Serviette das Gesicht und fuhr mit diesem Theater so lange fort, bis ihr Opfer dies gar nicht mehr übersehen konnte, wenn es mit seinem frisch gefüllten Teller von der Anrichte zurückkehrte. Als es Mrs. Lambert trotz ärgerlich gerunzelter Stirn und strafender Blicke nicht gelang, ihre Nichte von ihrem Verhalten abzubringen, verwies sie Eliza kurzerhand des Zimmers. Eliza protestierte mit gerötetem Gesicht, daß sie ihren Toast noch nicht aufgegessen habe.

»Das spielt keine Rolle. Vielleicht dämpft ein wenig Hunger deinen Übermut. Geh bitte nach oben und warte in meinem Boudoir auf mich.«

Elizas Wangen röteten sich noch mehr. Welche Demütigung, in Anwesenheit des verabscheuten Bewerbers um die Hand ihrer Cousine wie ein kleines Kind behandelt zu werden! Sie öffnete den Mund, um noch einmal zu widersprechen, bemerkte aber dann einen warnenden Wink ihres Onkels. Ihm zuliebe würde sie nachgeben. Hoheitsvoll verließ sie den Raum und schloß mit großem Nachdruck die Tür hinter sich.

Es war für Eliza schon sehr viel, daß sie soweit gehorcht hatte. Auf keinen Fall aber würde sie im Boudoir ihrer Tante warten, sondern vielmehr zu den Ställen gehen und ihren Plan durchführen. Es war ein wundervoller Tag, und ihre schlechte Laune besserte sich zunehmend, als sie über den gepflasterten Hof lief und einem Schwarm weißer Tauben nachblickte, die in den klaren blauen Himmel aufflatterten. Ein Stallknecht hielt mit der einen Hand Mr. Lamberts fertig gesattelte Pferd und mit der anderen die Zügel einer grauen Stute, die Eliza um ihr Leben gern reiten wollte. Leider waren alle der Meinung, daß dieses Prachtstück viel zu groß war, um von einem jungen Mädchen gebändigt werden zu können. Eliza rannte die letzten Schritte und wurde von dem Stallknecht grinsend begrüßt.

»'n Morgen, Miß.«

»'n Morgen, John. Warum ist Bess gesattelt?« John grinste noch breiter.

»Für den Besucher, Miß. Er reitet mit dem Master aus. Und der Master sagt, daß ich ihm Bess geben soll, weil Bess ihm keine Scherereien machen wird.«

Eliza war vollkommen klar, daß man nicht mit den Dienstboten tratschen durfte, doch ihr Blut geriet in Wallung.

»Mr. Beaumont? Er kann doch überhaupt nicht reiten, John. Er hat nicht mehr Begabung dafür als ein Sack Kartoffeln.«

»Befehl vom Master, Miß.«

»Und wenn ich sie nun selbst hätte reiten wollen?« erkundigte sich Eliza indigniert.

»Ich habe meine Anordnungen, Miß.«

Eliza konnte aus seiner Stimme Mitgefühl heraushören und ergriff ihre Chance.

»Darf ich sie wenigstens halten, John?« Sie hoffte, daß ihr Tonfall etwas pathetisch klang.

Er übergab ihr die Zügel.

»Das ist mir sogar sehr recht, Miß. Dann kann ich nämlich die Hufe von dem alten Knaben hier noch einschmieren, bevor der Master kommt.«

Eliza wartete, bis John den Hengst in die gegenüberliegende Ecke des Hofs geführt hatte und glücklicherweise mit dem Rücken zu ihr mit der Bürste und dem Huffett herumhantierte. Dann streifte sie die Zügel über ihren Arm, trat rasch neben Bess, legte sich Steigbügel und Sattelpatte auf den Kopf, um sie aus dem Weg zu haben, und lockerte geschickt den Sattelgurt um etliche Zentimeter. Bess senkte den Kopf und schnaubte dankbar. Im nächsten Augenblick kam John zurück und übernahm wieder die Zügel, während Eliza sich voll diebischen Vergnügens in der nächsten leeren Pferdebox versteckte und abwartete.

Das Ergebnis dieses kleinen Streichs übertraf selbst ihre kühnsten Erwartungen. Richard Beaumont, der alles andere als ein erfahrener Reiter war, näherte sich wenige Minuten später vorsichtig Bess, während ihm Mr. Lambert hoch und heilig versicherte, wie verläßlich dieses liebe Tier sei. Er legte seine großen, gutgepflegten Hände zögernd auf den Sattel, beugte das linke Bein, damit John ihm hinaufhelfen konnte, zerrte heftig an dem gelockerten Sattel und fiel mit einem lauten Schrei auf die Pflastersteine. Den armen Stallknecht riß er dabei mit zu Boden. Eliza konnte nur mühsam ein lautes Lachen unterdrücken und betrachtete fasziniert Richard, der wie ein großer, plumper Käfer auf dem Rücken lag. Der Hut war ihm davongerollt, die Breeches hatte er sich zerrissen, und das Gesicht erinnerte in seiner Verwirrung und Empörung sehr an einen Kabeljau.

Doch ihr Triumphgefühl war von kurzer Dauer. Mr. Lambert half dem an Körper und Seele verletzten Richard auf, klopfte ihm den Staub von den Kleidern und drehte sich dann voller Zorn zu seinem Stallknecht um. Eine Flut von Beschimpfungen ergoß sich über John, weil er so nachlässig und schlampig gewesen sei. Eliza war entsetzt. Keine Sekunde hatte sie an die möglichen

Folgen ihrer Handlungsweise gedacht. Sie wartete noch einen Augenblick ab, hörte, wie John mit verständnisloser Miene seine Unschuld beteuerte, und verließ dann mit hocherhobenem Haupt ihr schützendes Versteck. Es kam ihr so vor, als hätte sie eine endlose Wegstrecke zurückgelegt, als sie schließlich vor ihrem Onkel stand und ein Schuldbekenntnis ablegte. Nie zuvor war er ernsthaft ärgerlich auf sie gewesen, doch nun war er regelrecht wütend. Noch schlimmer fand sie es, daß er sie zwang, sich bei Richard Beaumont zu entschuldigen. Sie entledigte sich dieser Pflicht mehr schlecht als recht. Doch nicht genug damit, ihr Onkel schickte sie ins Haus zu seiner Frau.

»Ich überlasse es dir, Eliza, die ganze Geschichte vollkommen wahrheitsgemäß zu berichten.«

Eliza übersprang in Gedanken die dann folgende unerfreuliche Unterredung und wandte ihre Aufmerksamkeit wieder den beiden Spaziergängern zu.

Als sie zum Fenster hinausschaute, sah sie nur Julia und Richard. Sie hatten den Begrenzungsgraben überquert und wanderten nun über die saftiggrüne Wiese, wo Mr. Lamberts Herde friedlich in der Sonne graste. Julias helles Musselinkleid paßte wunderbar zu den frischen Frühlingsfarben und den goldbraunen Kühen, was man von ihrem Schal wahrlich nicht behaupten konnte. Richard Beaumont geleitete sie verehrungsvoll und völlig überflüssigerweise um die kleinsten Bodenerhebungen im Gras herum – winzige Hügelchen, die sie seit ihrer Kindheit kannte –, während sie ihm neckisch Butterblumen unter die Nase hielt. Der Schal baumelte völlig vergessen von ihrer Schulter …

Etwa eine Woche zuvor hatte Eliza Julia einmal allein in dem kleinen Wohnzimmer angetroffen. Es war schon dämmrig und die Kerzen brannten, von Nachtfaltern umschwirrt. »Warum tust du das bloß, Julia?« hatte sie ihre Cousine flehentlich gefragt. »Du könntest doch jeden kriegen, das weißt du ganz genau. Warum so plötzlich – aus heiterem Himmel? Und warum ausgerechnet ihn? Denk doch daran, wie wir uns immer über ihn lustig gemacht haben ...«

»Er wird mir nie in die Quere kommen oder mich beschimpfen. Ich komme durch ihn nach London und Bath und – kriege einige Kutschen. Er wird für meine Vergnügungen zahlen und mich eines Tages zur Lady Beaumont machen.«

»Aber das trifft doch ebenso auf tausend andere zu! Henry Leslie erbt auch mal den Titel eines Baronet, und Richard Peel hat mehr Geld als alle anderen in der Grafschaft. John Knight-Knox besitzt zwei herrliche Häuser, auch wenn sie schon ein bißchen baufällig sind ... Und sie alle wollen dich heiraten!«

»Halt!« sagte Julia und hob abwehrend die Hand.

»Ja?«

»Setz dich. Und leg bitte alles beiseite, was du bei dir trägst. Sonst spielst du ja doch nur damit herum.«

Eliza entledigte sich eines Wirrwarrs von Stickgarn, zwei Büchern, Reitgerte und einem besonders kleinen Hufeisen, das Julia interessiert musterte. Um sie nicht von ihrer bevorstehenden Erklärung abzulenken, berichtete Eliza rasch, daß das Hufeisen von dem widerspenstigen alten Esel stammte, auf dessen Rücken sie alle reiten gelernt hatten und der nun als ›Pensionär‹ im Obstgarten lebte.

»Willst du es behalten?« erkundigte sich Julia.

»Aber natürlich.«

»Ich kann nichts aufheben. Mir fehlt die Energie dazu. Findest du nicht auch manchmal, daß ich das faulste Wesen bin, das es überhaupt gibt? Übrigens bin ich auch nur deshalb fröhlich und witzig, weil ich mich nicht dazu aufraffen kann, ernsthaft zu sein.«

»Auf jeden Fall gähnst du ziemlich oft«, erwiderte Eliza.

»Nicht wahr?« sagte Julia erfreut. »Ich bin geradezu unersättlich, was das Gähnen anbelangt. Es ist für mich ein hinreißendes Vergnügen. Wahrscheinlich könnte ich einen kleinen Viscount, einen Grünschnabel von Herzog oder sogar – das wäre allerdings schon reichlich ehrgeizig – einen intelligenten Mann aufgabeln, wenn ich mich ein bißchen anstrengen würde. Aber genau das bringe ich einfach nicht fertig. Richard Beaumont tauchte auf, ich langweilte mich ein wenig, das muß ich zugeben, und nun will ich ihn haben.«

»Er ist nicht plötzlich aufgetaucht«, widersprach Eliza. »Wir sind schon seit Jahren immerzu buchstäblich über ihn gestolpert. Und er ist jetzt noch genauso langweilig und dumm wie damals, als ich ihn das erste Mal sah. Ich war fünfzehn, du siebzehn. Wir hielten ihn für einen absoluten Tölpel, als er von seinen Besitztümern in den Cotswolds und seinem Titel, um ihn mal so zu nennen, und von der Londoner Society erzählte ... Zumindest ich halte ihn auch heute noch für einen Tölpel!«

»Meine Ansprüche sind leider niedrig«, stimmte Julia zu.

»Am liebsten würde ich dich verprügeln«, sagte Eliza unglücklich.

»Tu's bitte nicht. Eines Tages wirst auch du heiraten wollen und ...«

»Das werde ich nicht.«

»Wieso nicht?«

»Ich glaube kaum, daß mich irgendeiner haben will«, meinte Eliza. »Deine Mutter sagt, daß ich ungezogen und widerspenstig bin ... Und mein geliebter Onkel erklärte auf mein Drängen hin, daß ich durchaus einen gewissen Charme hätte, den er allerdings eher bei kleinen Hunden nett fände.«

Aber Julia ließ sich durch nichts von ihrem Entschluß abbringen. Auch Elizas wiederholte Anspielungen auf die ›Lady Beaumont von der Langeweile‹ zeigten nicht die geringste Wirkung. Eliza war es unbegreiflich, daß Julia sich nicht an der Unbeholfenheit ihres Verehrers störte. Auch in diesem Augenblick brachte er es wieder fertig, äußerst linkisch zu wirken, als er Julia über den Zauntritt im Begrenzungsgraben zu helfen versuchte. Er mühte sich ab, sie wie ein kleines Kind hinüberzuschwingen. Mit beiden Händen hatte er ihre Arme umfaßt; da er aber kaum größer war als Julia, war das ganze Unterfangen von vornherein aussichtslos.

Lange bläuliche Schatten fielen allmählich über den Rasen, als die beiden den Abhang heraufkamen und sich dem Haus näherten. Der zukünftige Sir Richard und die zukünftige Lady Beaumont wurden von der empörten Eliza und von der hochzufriedenen Mrs. Lambert aus ihren jeweiligen Fenstern beobachtet. Wenige Minuten später kam Julia herein und erklärte Eliza, daß ihre Anwesenheit im Wohnzimmer gewünscht werde.

»Wollt ihr etwas spielen?« fragte Eliza hoffnungsvoll.

»Nein, wir unterhalten uns bloß.«

Im grauen Zwielicht stiegen die beiden die Treppe hinunter, und Julia ging mit anmutigen Schritten ins Wohnzimmer. Eliza wollte ihre Tante auf keinen Fall auf sich aufmerksam machen und entschied sich für einen Sessel in der dunkelsten Ecke. Doch Richard Beaumont entdeckte sie sofort. Eine seiner irritierendsten Charaktereigenschaften war seine nimmermüde Bereitschaft, zu vergeben und zu vergessen. Für Eliza war es ein Zeichen von Willensschwäche, wenn jemand sich mit einem Peiniger aussöhnte, der ihn gnadenlos foppte und sogar körperlich verletzte.

Mit seiner sonoren, angenehmen Stimme erklärte er

emphatisch, wie glücklich er sei, sie zu sehen, und wie betrübt er über ihre Unpäßlichkeit gewesen sei, die sie davon abgehalten habe, sich dem wundervollen Spaziergang in der frühlingshaften Wärme anzuschließen.

Unpäßlichkeit? Eliza warf ihrer Tante einen fragenden Blick zu und erhielt als Erwiderung ein ausdrucksloses Lächeln.

»Es war ein wundervoller Spaziergang!« wiederholte Richard Beaumont.

»Ich habe Sie beobachtet«, sagte Eliza. »Es sah ganz danach aus.«

»Oh, diese Luft, die Blumen und das zauberhafte Tal, Miß Stanhope! Ich, der ich an das kahle Hochland von Windrush gewöhnt bin, finde diese Wiesen, diese üppige Vegetation so unbeschreiblich – so völlig – so ...«

»Grün«, schlug Julia vor.

»Genau!« stimmte er begeistert zu. Kurz darauf betrat Mr. Lambert das Zimmer. Richard wandte sich gleich an ihn und erklärte, daß er zwar aus einer Gegend stamme, wo man hauptsächlich Schafe züchte, und ihm folglich kein Urteil über Kühe zustehe. Seiner Meinung nach seien aber die Jersey-Kühe draußen auf der Wiese anderen ihrer Rasse weit überlegen.

Mr. Lambert brummte etwas vor sich hin, gab seiner Frau einen Kuß, schenkte Tochter und Nichte ein strahlendes Lächeln, meinte ohne sonderliche Begeisterung zu Richard gewandt, daß er ihn ja zweifellos beim Tee wiedersehen werde, und verließ die Runde. Die Minuten schlichen unendlich langsam dahin. Ein Dienstbote brachte Kerzen, und die Unterhaltung ebbte immer mehr ab, statt sich zu beleben. Eliza versuchte sich die Zeit zu verkürzen, indem sie die verschiedenen Wollknäuel ihrer Tante sortierte. Endlich erschien Mr. Lambert wieder und klingelte nach dem Tee. Nach kurzem Überlegen klingelte er nochmals und bestellte auch Toast und Butter. Er setzte sich, bemerkte dann erst, daß Richard Beaumont in seinem Lieblingssessel saß, stand mit wütendem Gesicht wieder auf und klingelte erneut nach Fanny, um sie daran zu erinnern, die Milch nicht zu vergessen.

Dann ließ er sich auf dem für ihn ungewohnten Sitz nieder und rutschte so lange unruhig hin und her, bis ihn seine Frau tadelte. Der Tee wurde serviert, und das willkommene Ritual mit Tassen, Tellern, Schüsseln und Milchkännchen nahm seinen Lauf. Aus schierer Erleichterung darüber wurde die Stimmung von allen besser. Richard Beaumont kniete unbeholfen vor dem Kamin, um die schwarze Kruste von dem verbrannten Toast abzukratzen, und wagte erneut ein Gespräch mit seinem Gastgeber.

»Tja, Sir, was halten Sie von Napoleon? Von nun an werden wir unsere Ruhe haben, Sir, glauben Sie nicht auch? Für Europa ist die Bedrohung doch wohl vorüber, nicht wahr? Ist es nicht eine Erleichterung, daß er auf Elba verbannt wurde?«

»Ganz und gar nicht«, erwiderte Mr. Lambert unfreundlich, »wenn ich mir das Resultat anschaue. Täglich rennen mir abgemusterte Soldaten die Tür ein und wollen Arbeit. Ich kann ihnen keine geben, denn sie taugen für nichts anderes als für den Krieg.«

»Die Ärmsten«, mischte sich Julia ein. »Im Grunde wollen sie das doch gar nicht, worum sie bitten. Wir könnten ihnen lediglich ein paar Shilling, eine Unterkunft und ein geregeltes Leben bieten, nachdem sie ein Dasein mit ein paar Shilling, Gin und keinerlei Familienverpflichtungen geführt haben.«

»Hoffentlich kann er entfliehen!« meinte Eliza, die für ihren Onkel Butter auf den Toast strich.

»Unsinn, meine Liebe.« Er tätschelte ihre Hand. »Er sitzt auf seiner Insel fest und wird scharf bewacht. Kein Mensch will ihn zurückhaben.«

»Die Franzosen ganz bestimmt«, widersprach Eliza.

Richard Beaumont wollte ihr helfen, da ihre Ansichten unhaltbar zu werden drohten. Er begriff einfach nicht, daß es ihr nicht das geringste ausmachte, sich in irgendeine mißliche Situation zu begeben. »Falls er wirklich zurückkommen sollte, liebe Miß Stanhope, dann wäre vermutlich zumindest mein Bruder darüber erfreut.«

Kein Mensch schien an dieser Bemerkung auch nur im geringsten interessiert zu sein. Schließlich raffte sich Mrs. Lambert auf. »Ihr Bruder, Mr. Beaumont?«

»Ja, mein Bruder Francis, mein jüngerer Bruder. Stellen Sie sich das einmal vor, Mrs. Lambert. Francis hat immer beteuert, daß er das Soldatendasein hasse. Er behauptete, sein ganzes Leben lang ruhig auf dem Lande verbringen zu wollen, um nachzudenken und zu schreiben – ja, so drückte er es wohl aus –, und nun, man höre und staune, wird er von unserem großen Herzog höchstpersönlich gefördert.«

Ein Funke von Interesse ließ Mr. Lambert von seiner Teetasse aufblicken. »Wellington?«

»Kein anderer als dieser, jawohl!« rief Richard Beaumont voller Begeisterung. »Francis ist erst dreißig, hat aber in Spanien unter unserem großen Kommandanten so tapfer gekämpft, daß er nicht nur dessen Aufmerksamkeit erweckt hat, sondern auch ...«

»Ja?« Alle beugten sich gespannt nach vorne.

»... von ihm besonders gelobt wurde.«

Alle lehnten sich wieder zurück.

»Dieser Francis ist das reinste Wunder!« erklärte Richard Beaumont begeistert und ließ einen angebrannten Toast von der Gabel in die Asche fallen. »Ein Wunder! So bescheiden und so begabt. Zwei Tage nach seinem dreißigsten Geburtstag dem berühmten Herzog von Wellington aufzufallen und von ihm lobend erwähnt zu werden, das ist schon etwas. Ob sich sein Verhalten nun dadurch etwa verändert hat? Nein keineswegs. Wenn Sie ihn kennenlernen würden, kämen Sie nie auf die Idee, daß er jemals Soldat war ...« Eliza machte ein enttäuschtes Gesicht. »Weder angeberisch noch herausgeputzt. Er ist ...«

»Warum habe ich diesen Ausbund von Tugend noch nicht kennengelernt?« wollte Julia wissen.

»Er ist erst seit drei Tagen wieder zu Hause ...« Vor lauter Begeisterung fielen Richard nun Brot und Gabel aus der Hand, weil seine Worte allgemeine Aufmerksamkeit erregt hatten. »Natürlich hätte ich ihn gern mitgebracht, liebste Julia, doch er ist – er ist sehr erschöpft.« Richard Beaumont wußte genau, daß das nicht stimmte, denn Francis hatte ganz schlicht und einfach keine Lust gehabt. (»Ich komme auf keinen Fall mit. Kannst du dir nicht einmal alleine eine Frau suchen?«)

»Dann eben ein andermal«, sagte Mrs. Lambert, die natürlich begeistert über die Verbindung zu Wellington war. »Wir würden uns sehr freuen!«

»Sehr«, sagte Julia und gähnte.

Richard war sofort in hellster Aufregung: Ob sie sich bei dem Spaziergang überanstrengt habe?

Da Richard ganz mit Julia beschäftigt war, konnte Mr. Lambert Eliza zuflüstern: »Unser Mr. Beaumont soll in jeder Hinsicht das Abziehbild seiner verstorbenen Mutter sein, der niemand nachgetrauert hat. Ob es so etwas wie ihn überhaupt noch ein zweites Mal geben kann?«

»Falls ja, dann wundert es mich nicht, daß sein Vater ein richtiger Einsiedler sein soll.«

Sie lächelten sich verschwörerisch zu.

»Wie wär's mit einem Picknick?« schlug Mrs. Lambert vor. »Wenn das Wetter besser und vor allem beständiger wird, könnte er doch ein Picknick mit uns machen.« Sie sah in Gedanken Pasteten, gestärktes

Tischleinen und die ersten Erdbeeren aus dem Gewächshaus an der Südseite des Hauses vor sich. »Der Landauer …« Sie unterbrach sich und überlegte, daß die Polster nach dem letzten Sommer nicht ganz so waren, wie es zu wünschen gewesen wäre. Aber Mr. Lamberts neue Pferde waren prächtig. Vielleicht würden die Polster gar nicht auffallen. Blätterteigpasteten, kalter Braten, Hühnchen aus der eigenen Zucht. Sie hielt die Speisenfolge für äußerst zufriedenstellend.

»Es wird herrlich werden«, sagte sie schließlich. »Ihr Bruder kann Eliza Gesellschaft leisten.«

2

Francis Beaumont, der malerisch in einer Hängematte unter dem Walnußbaum im Park von Quihampton lag, verspürte keinerlei Neigung, seinem Bruder zuliebe irgendeine Anstrengung auf sich zu nehmen. Er fühlte sich ausgesprochen wohl in dieser Hängematte, die ihm eines Nachts ein ziemlich betrunkener Seemann in einer Londoner Kneipe geschenkt hatte. Der Matrose hatte mit reichlich unzusammenhängenden Worten behauptet, er habe das gute Stück an Bord der ›Temeraire‹ selbst benützt, während der Gefechte, die ihren Höhepunkt in der Trafalgarschlacht fanden. Francis glaubte diese Geschichte nicht ganz, hätte es aber im Grunde nur zu gern getan.

Sein Bruder Richard saß höchst unbequem auf einer Steinbank, die feucht und kalt war, und musterte Francis voller Groll. Francis' geschlossene Augen, das kaum merkliche Lächeln und das sanfte, etwas irritierende Schwingen der Hängematte – all das war ihm ein Ärgernis. Vielleicht würde sich Francis etwas zuvorkommender zeigen, wenn er von dem guten Ruf erfuhr, den er dank seines Bruders bei den Lamberts in Marchants genoß. Doch beim nochmaligen Überlegen bezweifelte er, daß dies seinen Bruder auch nur im geringsten beeindrucken würde. Richard fand, daß er mit Bruder und Vater zu gewissen Zeiten äußerst schwer zurechtkam.

»Ich verstehe dich nicht!« rief er und schlug mit den Händen auf seine Knie. »Schließlich bitte ich dich lediglich darum, mir in einer gesellschaftlichen Angelegenheit einen kleinen Dienst zu erweisen, und du ...«

»Laß mich in Frieden, Richard.«

Richard blieb hartnäckig sitzen.

Endlich öffnete sein Bruder die Augen. »Hör mal zu, mein Lieber. Ich habe nicht nur nichts dagegen, Miß Lambert zu besichtigen, sondern bin sogar sehr interessiert daran, da sie ja meine Schwägerin werden wird. Aber ich bin seit drei Jahren zum ersten Mal wieder zu Hause – und das erst seit zwei Wochen –, und in dieser Zeit bist du ständig zwischen hier und Hampshire hin- und hergefahren. Für mich ist es ein ganz besonderes Vergnügen, in Quihampton zu sein und den Tag nach meinem eigenen Belieben zu verbringen. Ich bitte dich also lediglich darum, mir noch einige Wochen Zeit zu lassen, bis ich mich wieder eingelebt habe. Danach begleite ich dich auf jeder romantischen Reise, die du mir vorschlägst. Wärest du eine Frau, Richard, dann würde ich dich jetzt anflehen, mich nicht zu schelten.«

»Aber, mein lieber Bruder ...«

Francis schloß erneut die Augen.

»Kein Wort mehr.« Nach einem Moment fiel ihm offensichtlich etwas Erheiterndes ein, denn er lächelte. »Da Miß Lambert Vaters Schwiegertochter wird, könntest du ja ihn zum Picknick mitnehmen.«

Mit einem unwilligen Schnauben erhob sich Richard, betastete nervös seinen Hosenboden und ging dann über die Wiese davon. Nachdem Mrs. Lambert sich die Idee in den Kopf gesetzt hatte, die beiden Beaumonts zum Picknick einzuladen, hatte sie immer energischer verlangt, daß Richard ihr einen festen Termin nenne. Nun überlegte er mürrisch, daß Mrs. Lambert die einzige war, die auch nur das leiseste Interesse für dieses Unternehmen zeigte. Sein Vater hatte unwillig von irgendeinem Schriftstück hochgeschaut. »Heirate, wen du willst« – das klang ja wohl kaum nach begeisterter Zustimmung. Mr. Lambert begegnete ihm mit freundlicher Gleichgültigkeit, sein Bruder Francis schien der ganzen

Angelegenheit kaum wärmere Gefühle entgegenzubringen, und die kleine Lambertsche Nichte konnte ihn überhaupt nicht leiden, das war sonnenklar. Es machte ihm natürlich nichts aus – Eliza Stanhope war schließlich nur ein Küken von neunzehn Jahren –, aber es war trotzdem nicht angenehm, von einem hübschen Mädchen mit solcher Gehässigkeit behandelt zu werden. Richard blieb stehen und starrte in die Lavendelhecke, wo dicke Bienen emsig umherschwirrten, die sich von seiner Niedergeschlagenheit nicht im geringsten beeindrucken ließen. Genau wie meine eigenen Verwandten, dachte er und trat ins Haus.

Sein Vater hatte sie vom Bibliotheksfenster aus beobachtet, nicht etwa, weil er bei einem Wortwechsel zwischen seinen Söhnen Freude oder aber Unbehagen empfand. Nein, er schwelgte in unendlichem Glücksgefühl über die Rückkehr von Francis. Francis wußte das und war seinem Vater sehr dankbar dafür, daß er fast nie von seiner Zuneigung für ihn sprach. Tat er es dennoch einmal, so geschah dies nur in dezenten Andeutungen. Francis mochte seinen Vater sehr gern, konnte es aber wie so viele Männer nicht leiden, der Augapfel von irgend jemandem zu sein. Ihm war völlig klar, daß das der Hauptgrund dafür gewesen war, daß er nach dem Tod seiner etwas einfältigen, unscheinbaren Mutter sein geliebtes Cotswoldtal verlassen hatte und in die Armee eingetreten war.

Als Francis nun die Silhouette seines Vaters am Fenster bemerkte, hoffte er sehr, daß er das gleiche Spiel nicht noch einmal spielen mußte. Es überraschte ihn, wie leer und ungemütlich das Haus ohne die Gegenwart seiner Mutter wirkte und er war noch überraschter, als er merkte, wie sehr er sich nach der Verhätschelung und der Bequemlichkeit gesehnt hatte, die er zu Hause gewohnt gewesen war. Jetzt lief alles so präzise wie ein Uhrwerk ab, dafür aber reichlich freudlos, das stand fest. Vielleicht sollte ich wirklich begeisterter über Richards Miß Lambert sein, dachte er. Wir brauchen sie nämlich ganz dringend hier, und wenn es nur um die Verbesserung des Speiseplans oder um eine hübschere Tischdekoration als alte Pfeifenständer geht. Er erinnerte sich deutlich daran, wie sein Vater mit beiden Händen Blumenarrangements in die Luft gewirbelt hatte. »Tote Blütenblätter! Tote Blumen! Nicht in meinem Haus!« hatte er voller Verachtung gebrüllt, und Francis wünschte jetzt, er hätte seine Mutter öfter in Schutz genommen. Es war kein Wunder, daß die Leute seinen Vater für ein Ungeheuer hielten, denn er gab sich die größte Mühe, sich so zu verhalten. Es waren sogar viele Vermutungen darüber angestellt worden, wie ein derartiger Menschenfeind überhaupt zu einer Frau und zwei Söhnen gekommen war.

Die Leute hatten mit ihrem Verdacht ganz recht, daß Sir Gerard Beaumont aus reiner Berechnung geheiratet hatte. Quihampton war seit über dreihundert Jahren im Besitz seiner Familie. Als er als Dreißigjähriger nach dem Tod seines abscheulichen Vaters den Besitz erbte, empfand er darüber ein geradezu leidenschaftliches Entzücken – mit einer Ausnahme übrigens das einzige derart intensive Gefühl in seinem ganzen Leben. Das Haus, der Park, das Tal, die weit verstreuten Gehöfte und Landarbeiterhütten sprachen in ihm eine Art von Besitzerstolz an, der all seine anderen Gefühle verdrängte. Drei Jahre später überlegte er, daß er der Letzte seines Geschlechts war und Quihampton bei seinem Tod folglich aufhören würde, der Landsitz der Beaumonts zu sein. Also setzte er es sich in den Kopf, eine Frau zu heiraten, die ihm Söhne gebären würde. Da dies der einzige Grund für eine Eheschließung war, hatte er sich das unbedeutendste und durchschnittlichste Exemplar des weiblichen Geschlechts ausgesucht, das er finden konnte. Er verabscheute die Menschheit und am allermeisten die Frauen. Die von ihm Erwählte war jung, gesund, fügsam, schweigsam und reich. Sie gebar ihm zwei Söhne und harrte zwanzig Jahre lang voll stumpfer Ergebenheit an seiner Seite aus, was er ihr abwechselnd durch Schikanen oder Vernachlässigung vergalt. Es entging ihm völlig, daß er ohne sie nie seinen heißgeliebten zweiten Sohn hätte, der in seinem verhärteten, grimmigen Vaterherzen sogar Quihampton Konkurrenz machte. Sir Gerard war wütend darüber, daß Francis nicht sein Erstgeborener und damit Erbe Quihamptons war, und schob die Schuld dafür einzig und allein seiner Frau zu. Als Francis zwanzig Jahre alt war, starb sie an Erschöpfung, und die Welt schätzte Sir Gerard völlig zu Recht als ein Scheusal ein.

Das Scheusal war beim Dinner für seine Verhältnisse geradezu jovial. Sir Gerard hatte einen guten Teil des Vormittags im Keller verbracht und einen Bordeaux gefunden, der Francis' würdig war. Francis hatte behauptet, daß Rotwein zu den wenigen Dingen gehört hatte, die das Dasein auf der spanischen Halbinsel erträglich gemacht hatten, und bei der Hitze, die dort geherrscht hatte, war es nicht weiter schwierig gewesen, ihn auf die richtige Temperatur zu bringen.

»Da unser Blut meistens kochte, paßte der Wein ausgezeichnet dazu.«

Sir Gerard tranchierte gerade äußerst gekonnt ein großes Lendenstück. »Und womit gedenkst du dich nun zu beschäftigen?« fragte er.

»Sie auch noch!«

»Wie bitte?«

»Richard ist ebenfalls der Überzeugung, daß ich unbedingt irgend etwas tun muß, Sir. Er liegt mir ständig in den Ohren, daß ich ihn nach Hampshire begleiten soll.«

»Er scheint irgendein Mädchen von dort heiraten zu

wollen«, meinte sein Vater, als ob Richard nicht im Zimmer sei. »Saft- und kraftloses Land«, fuhr er nach einer kleinen Pause fort.

»Miß Lambert ...«, begann Richard hitzig seine geliebte Julia zu verteidigen.

»... ist das reinste Prachtstück, Vater«, erklärte Francis diplomatisch und trat unter dem Tisch seinem Bruder kräftig gegen das Schienbein.

»Du kennst sie?«

»Noch nicht, aber das werde ich bald nachholen. Mein Bruder setzt mir gewaltig zu.«

»Das ist mir monatelang kaum besser ergangen«, erwiderte Sir Gerard unfreundlich.

»Finden Sie nicht, Sir, daß Richard sie hierher bringen sollte?«

»Auf keinen Fall!«

»Aber dies wird ihr Zuhause sein.«

Sir Gerard knurrte vor sich hin.

»Das kommt noch bald genug«, meinte er dann verdrießlich. »Auf jeden Fall bräuchte sie eine Art Anstandsdame, und ich ertrage es nicht, daß mein Haus von Frauen überquillt. Die weiblichen Dienstboten sind schon schlimm genug.«

Francis sprach unklugerweise weiter. »Wenn die beiden verheiratet sind, wollen sie vielleicht nicht nur hier leben, sondern auch ihr eigenes Personal haben. Wäre es daher nicht das beste, Sie würden sich ganz allmählich an diesen Gedanken gewöhnen, Sir?«

Sir Gerard verschluckte sich und lief purpurrot an. Richard warf Francis einen flehenden Blick zu, woraufhin dieser sofort aufsprang. »Zuviel Senf, Sir?« rief er, klopfte seinem Vater kräftig auf den Rücken und hielt ihm ein Glas Wasser an die Lippen.

»Du weißt doch genau«, erklärte Sir Gerard mit belegter Stimme, »daß ich nie Wasser trinke.«

»Also, Vater, nun erzählen Sie mir doch bitte, womit ich mich in Zukunft beschäftigen soll«, sagte Francis, um das Thema zu wechseln.

»Wie wär's mit Memoiren?« erkundigte sich Richard eifrig. Sein Vater schnaubte mißbilligend.

»Ich habe in Spanien regelmäßig Tagebuchaufzeichnungen gemacht«, erklärte Francis. »Aber selbst für mich ist es eine langweilige Lektüre.«

»Ich würde es als eine besondere Auszeichnung ansehen, wenn ich sie lesen dürfte«, sagte sein Bruder ernst.

Sir Gerard hob sein Glas.

»Ich wußte noch gar nicht, daß du lesen kannst, Richard.«

Es entstand ein unbehagliches Schweigen.

»Ich könnte den Garten neu gestalten, Sir«, schlug Francis vor.

»Ich bin mit seinem derzeitigen Zustand eigentlich ganz zufrieden, aber wenn es dir Spaß macht ...«

»Allein schon die Idee macht mir Spaß. Seit den Zeiten unserer guten Königin Elizabeth hat kein Mensch etwas daran verändert. Diese Eiben, Blumenrabatten und abgezirkelten Hecken ...!«

»Wenn ich verheiratet bin, werden Julia und ich unsere Zeit entweder in London oder Bath verbringen«, erklärte Richard mit schrillerer Stimme als beabsichtigt.

»Aber gerne!« sagte sein Vater höhnisch.

»Miß Lamberts Vorzüge kommen in der Gesellschaft gut zur Geltung!«

Sir Gerard ließ sich in seinen Stuhl zurücksinken und schüttelte sich vor Lachen.

»Hast du Vater ihr Bild gezeigt?« fragte Francis. Ihm war am Morgen das Privileg zuteil geworden, ein Medaillon, einen Handschuh, eine Miniatur und eine Locke kastanienbraunen Haars bewundern zu dürfen.

Richard schüttelte den Kopf und deutete durch umständliche Grimassen an, daß er dies nicht wolle.

»Dann nimm dir also den Garten vor«, erklärte Sir Gerard abrupt. »Bepflanze ihn meinetwegen mit Kartoffeln, wenn dir das Spaß macht. Aber geh ja nicht schon wieder weg von hier.«

Francis stand rasch auf, um noch eine Karaffe Wein zu holen.

»Ich verspreche, mich nicht weiter als höchstens bis Hampshire zu entfernen«, sagte er. »Und auch das erst ...«, er warf seinem Bruder einen warnenden Blick zu, »... in einiger Zeit.«

»Wo hast du ihr Bild, Richard?« fragte Sir Gerard unvermittelt.

»In meinem Zimmer, Sir.«

»Dann beschreib sie mir.«

»Sie ist ziemlich groß, Sir, hat eine ausgezeichnete Figur und Haltung, sogar schön kann man sie nennen, Sir, mit vorzüglichem Auftreten und gutem Gang, Sir ...«

»Ist sie ein Pferd oder eine Frau?«

Francis musterte über den Tisch hinweg Richards gerötetes verwirrtes Gesicht und empfand eine Spur von Mitleid.

»Hast du das Porträt dieses weiblichen Zentauren gesehen?« fragte sein Vater an ihn gewandt.

»Nein, Sir«, erwiderte Francis und rang sich zu einem Entschluß durch. »Aber ich werde Miß Lambert bald in Fleisch und Blut sehen. Ich versprach, Quihampton nur zu verlassen, um nach Hampshire zu fahren, und ich halte mein Wort. Wahrscheinlich werde ich Richard noch diese Woche begleiten, um Miß Lambert kennenzulernen.«

Er ignorierte die glücklich aufstrahlenden Augen seines Bruders und erzählte eine Anekdote aus dem Soldatenleben. Im Grund war es doch egal, ob er den Besuch schon in dieser oder erst in der übernächsten Woche machte ... Auf jeden Fall würde er darauf bestehen, den Weg dorthin zu Pferd zurückzulegen, denn das würde ihm guttun. Zu Francis' Erstaunen bemerkte Sir Gerard nichts mehr zu Hampshire oder Julia Lambert, bis sie das Eßzimmer verließen. Dann nahm er Francis kurz beiseite.

»Rede sie ihm aus, Francis, falls sie nichts taugt. Ich werde dieses Haus nie und nimmer einem Mädchen überlassen, das nichts taugt«, murmelte er.

Als Francis später im Bett lag, bereute er den plötzlichen Impuls, der ihn hatte einwilligen lassen, mit Richard nach Hampshire zu reisen. Er lag in den Kissen und wünschte von Herzen, nicht schon wieder fort zu müssen. Richard hätte sich eigentlich denken können, was es nach drei Jahren Krieg in der Gluthitze der Iberischen Halbinsel für ihn bedeutete, frische Bettwäsche und friedliche Tage ohne irgendwelche Verpflichtungen genießen zu können, überlegte er etwas verärgert. Aber Richard war verliebt, und Verliebtheit machte jeden Menschen blind gegenüber den Wünschen und Bedürfnissen anderer.

Er legte sich bequemer hin und verschränkte die Arme unter seinem Kopf. Die Eule, die während seiner ganzen Kindheit klagend geschrien hatte, lärmte immer noch in der blauschwarzen Nacht vor seinen Fenstern. Unsinn, dachte er gleich darauf. Es kann gar nicht die gleiche Eule sein, sondern irgendein Nachkomme ...

Er sinnierte darüber nach, wie schön es wäre, wenn er seinen Bruder nicht nur aus Pflichtgefühl gern hätte. Wie herrlich wäre es, wenn er ganz spontan Zuneigung und Freundschaft für ihn empfinden könnte, statt mehr oder minder nur Mitleid, das von langer Gewöhnung und Blutsverwandtschaft herrührte. Er hätte für ihn gern dasselbe gefühlt wie für Pelham! Er hatte Pelham

Howell in Oxford kennengelernt. Sie waren enge Freunde geworden, und Francis hatte einen Großteil seiner freien Zeit in dem gemütlichen, heiteren Haus der Howells bei Newbury verbracht. Er und Richard hingegen hatten eigentlich gar nichts gemeinsam und seit ihrer Kindheit auch kaum etwas erlebt, das sie einander nähergebracht hätte, während ihn mit Pelham unendlich viel verband. Sie hatten gemeinsam bei der Armee ihr Offizierspatent erworben, gemeinsam in Spanien gekämpft und schreckliche Augenblicke durchlebt, in denen sie einander tot glaubten. Francis merkte, daß er beim Gedanken an Pelham vor lauter Freude im Dunkeln lächelte.

Plötzlich kam ihm eine herrliche Idee. Er würde Richard vorschlagen, die Reise über Newbury zu machen. Dort wollte er Pelham besuchen und ihn überreden, sie nach Hampshire zu begleiten. Bestimmt hatte sich Richard ein Mädchen ausgesucht, das ebenso langweilig und ehrenhaft wie er selbst war – und ihre Familie paßte vermutlich auch dazu –, so daß nur Pelhams Anwesenheit ihm den Besuch dort erträglich machen konnte. Kein Haus blieb Pelham verschlossen, da er amüsant und gutaussehend war. Außerdem war er sehr gewandt im Umgang mit den Müttern hübscher Mädchen. Falls Pelham mitkäme, könnte der Besuch in Hampshire sogar zu einer sehr erfreulichen Angelegenheit werden. Francis lächelte zufrieden, rollte sich auf die Seite und schlief ein.

Natürlich hatte er geglaubt, noch einen weiteren faulen Tag in seiner Hängematte verbringen zu können, doch da befand er sich im Irrtum. Früh am nächsten Morgen stand Richard mit glänzendem Gesicht und noch glänzenderen Stiefeln vor seiner Zimmertür und erklärte ihm, daß er seinen Diener schon im Morgengrauen nach Marchants geschickt habe, um Mrs. Lambert darauf vorzubereiten, daß sie am kommenden Tag gegen Mittag dort eintreffen würden. Er wollte die knapp hundert Meilen möglichst rasch hinter sich bringen, doch Francis konnte ihn dazu überreden, eine kleine Pause in Newbury einzulegen. Allerdings blieb Richard unerbittlich, was das Reiten betraf. Der ältere Beaumont war nur ein mittelmäßiger Reiter und hatte zudem erst vor kurzem ein neues Gig erstanden, mit dem er offensichtlich Eindruck machen wollte. Vermutlich sah er sich schon in zügigem Tempo elegant und schnittig vor Mr. Lamberts Haus vorfahren.

Francis frühstückte ausführlich, was seinen Bruder schier verzweifeln ließ.

»Es ist völlig unnötig, solche Mengen zu essen, lieber Francis. ›King's Head‹ ist als Gasthaus berühmt, und man wird uns sicher heute abend aufs vortrefflichste bewirten.«

»Als Soldat lernt man, so üppig wie möglich zu frühstücken«, erklärte Francis und nahm sich eine weitere Portion Schinken. »Man weiß schließlich nie, wann man wieder etwas Eßbares zu sehen bekommt. Vor allem auf dem Schlachtfeld. Das Problem war immer, rechtzeitig zum Frühstück zu kommen. Mir graut, wenn ich an die vielen Frühstücke denke – das Gegacker – ein Bauernhof – nur eine Stunde zuvor.«

Dieses unverständliche Kauderwelsch äußerte Francis zwischen großen Bissen.

»Oh, wie gern würde ich mich jetzt in meine Hängematte legen«, seufzte er, als er zu Ende gegessen hatte.

Doch er hatte keine Chance. Richard brachte ihm seine Handschuhe, der Mantel lag im Gig bereit, die Stiefel waren gewichst. Er konnte nicht einmal lange genug bleiben, um seinem Vater Lebewohl zu sagen, denn Sir Gerard hatte Anweisung gegeben, daß er nicht gestört werden wolle. Kaum saß Francis neben seinem Bruder – sein Diener konnte gerade noch aufspringen –, da trieb

Richard schon die Braunen an. Francis sah sich um und sagte Quihampton ein stummes Adieu. Die schrägen grauen Schindeldächer schauten zwischen den dunklen Silhouetten der Eiben und Hecken hervor, doch sein Vater war nirgends – auch nicht hinter einem Fenster – zu entdecken.

Auf Francis' speziellen Wunsch fuhren sie über Oxford.

»Daran habe ich fast so oft wie an zu Hause gedacht, als ich weg war.«

Oxford enttäuschte ihn nicht. An jenem späten Maitag wirkte es geradezu paradiesisch. Sie nahmen am Fluß ein bescheidenes Mahl zu sich und fütterten die Forellen mit Brotkrumen. Dann legten sie sich unter eine Ulme, wo Richard erzählte, wie er sich verliebt und drei Jahre gewartet hatte, bis er mutig genug war, um sich ihr zu erklären. Er verschwieg auch nicht, wie sehr es ihn verblüfft hatte, daß sein Antrag angenommen worden war. Francis versuchte, sich aus seinem früheren Leben vor dem Armeedasein an Julia zu erinnern, aber es gelang ihm nicht. Er konnte sich an kein einziges Mitglied der Familie Lambert entsinnen, auch nicht an Julias zwei Brüder, mit denen er angeblich gemeinsam auf die Jagd gegangen war.

»Und es gibt da auch noch eine Nichte«, sagte Richard und berührte damit einen für ihn besonders schmerzhaften Punkt.

»Aha?«

»Ja, eine Miß Stanhope. Miß Eliza Stanhope ... eine ausgezeichnete Reiterin.«

»Und?«

»So an die neunzehn, würde ich schätzen. Ein hübsches Ding mit anmutigen Bewegungen und – und ...«, das Blut stieg Richard ins Gesicht, »... abscheulichen Manieren.«

Francis grinste.

»Sie ist ein Frechdachs und hat keine Ahnung, wie man sich in der Gesellschaft zu benehmen hat. Die Gefühle anderer sind ihr völlig gleichgültig. Sie ist – sehr unreif.«

»Gehe ich recht in der Annahme, daß sie und Vater ganz ähnliche Ansichten über deine Verlobung hegen?« erkundigte sich Francis.

»Sie ist wirklich unmöglich! So unhöflich, daß es an Beleidigung grenzt. Stell dir vor: Sie äfft mich nach, wenn sie glaubt, daß ich es nicht sehe!«

»Wird sie dafür denn nicht zur Rede gestellt?«

»Ständig, aber sie ist einfach nicht zu bändigen. Ihr Verhalten wird dich jedenfalls davon überzeugen, wie sehr ich ihre Cousine liebe und verehre. Denn sonst wäre es dort unerträglich für mich.«

Francis erhob sich und zupfte einige Grashalme von seiner Hose.

»Sie scheint ein recht anstrengender Balg zu sein.«

Kurz darauf fuhren sie gemächlich weiter nach Newbury. Die Straße führte durch eine weite Hügellandschaft und malerische Dörfer. Als das Licht schwächer wurde und schließlich ganz verblaßte, hatte Francis das Gefühl, daß schon diese Fahrt allein die Mühe wert gewesen war, seine geliebte Hängematte zu verlassen, selbst wenn er sich in Marchants möglicherweise überhaupt nicht amüsieren würde.

Die Nacht verbrachten sie im ›King's Head‹. Francis wachte nach alter Gewohnheit schon bei Tagesanbruch auf und hörte das Trippeln vieler kleiner Hufe auf dem Kopfsteinpflaster. Auf der Straße drängten sich unzählige Schafe, und Francis grinste erfreut auf die dicken, gemütlichen englischen Schafe hinunter. Auch Richard wurde durch den Lärm wach. Da es ein wundervoller Tag zu werden versprach, beschlossen die beiden, unverzüglich aufzubrechen.

Richard machte viel Aufhebens über den Umweg, der nur dazu diente, Pelham abzuholen, doch Francis machte seinem Bruder klar, daß er in diesem Punkt nicht mit sich reden ließe.

»Ich bin mit dir gekommen, obwohl ich viel lieber zu Hause geblieben wäre. Also mußt du mir wohl oder übel den Gefallen tun und Pelham in unsere kleine Reisegesellschaft aufnehmen.«

Richard wollte etwas sagen, doch Francis kam ihm zuvor. »Ich lasse mich keine einzige Meile weiter in deinem Gig durchrütteln, wenn er nicht mitkommt.«

Richard war daraufhin voll damit beschäftigt, die beleidigende Anspielung bezüglich der Federung seines Gigs zu widerlegen, und wehrte sich nicht länger gegen den Umweg. Noch bevor die Howells mit ihrem Frühstück fertig waren, das sie in kunterbunter Verteilung im Eßzimmer einnahmen – man erkannte daran sofort, daß hier ein überlegener Mann das Haus regierte und nicht etwa eine überordentliche Frau –, fuhren die Beaumonts vor. Pelham sprang mit vollem Mund auf, verscheuchte zwei Spürhunde, die es sich zu seinen Füßen bequem gemacht hatten, und rannte ins Freie, um seine Gäste zu begrüßen.

»Mein lieber Francis, was für eine wunderbare Überraschung! Ich kann mich nicht erinnern, mich je so darüber gefreut zu haben, jemanden zu sehen. Oh, und da ist ja auch Richard. Guten Morgen, Richard. Und wie prachtvoll er aussieht! Kommt rein, kommt rein! Mutters Vorstellung von einem Frühstück könnte jedem Soldaten die Tränen in die Augen treiben. Mutter! Mutter! Schau mal, wer gekommen ist.«

In dem Durcheinander von übermütigen Hunden und lärmenden Howells beobachtete Richard, der durch diesen überwältigenden Empfang ziemlich aus der Fassung gebracht war, wie sein Bruder von einer untersetzten, rotwangigen Frau in Reitkleidung umarmt wurde. Nachdem sie ihn ausgiebig geküßt und von oben bis unten betastet hatte, als ob das Dasein eines Zivilisten ihm körperlichen Schaden zugefügt habe, trat sie auf Richard zu, schüttelte ihm freundlich die Hand und drückte ihm einen Teller mit Wildpastete in die eine, einen Bierkrug in die andere Hand.

»Bleibt ihr länger bei uns? Ich hoffe sehr, daß ihr es ein Weilchen bei uns aushaltet. Wenn wir sieben allein sind, ist es so öde, und dabei hat der General Zerstreuung bitter nötig, wenn er ohne einen Feldzug leben muß. Es wird ihm großes Vergnügen bereiten, euch hier zu haben. Bleibt doch, meine Lieben, bleibt!«

Francis warf Pelham verschmitzte Seitenblicke zu, während er Mrs. Howell die Bedeutung ihrer Reise ausführlich darlegte. Sie brach in schallendes Gelächter aus – gut, daß Julia nie so lachen würde, dachte Richard – und wiederholte wie ein Echo Francis' Worte zu Richard. »Können Sie sich Ihre Braut denn nicht ohne Ihren Bruder aussuchen, mein lieber Junge? Brauchen Sie wirklich seine Zustimmung?«

Hölzern und mit unbehaglichem Gesicht erläuterte Richard, daß seine Wahl schon getroffen sei. Er wolle lediglich seinem Bruder die bezaubernde Auserwählte vorführen. Pelhams Gesicht hellte sich auf.

»Verstehe, Richard. Du wirst sie für Francis Schritt gehen lassen, und er darf ihr mit kundiger Hand über die Fesseln streichen und ihre Zähne zählen.«

Obwohl Mrs. Howell eine gespielt entrüstete Miene aufsetzte, brachen die Howell-Brüder in schallendes Gelächter aus. Richard war durch den nunmehr zweiten Vergleich von Julia mit einem Pferd innerhalb von zwei Tagen unaussprechlich verletzt. Er stimmte selbstverständlich nicht in diesen Heiterkeitsausbruch ein. Pelham war auf der Stelle zerknirscht.

»Mein lieber Freund, ich meine es nicht böse. Leider bin ich ein ungehobelter Kerl. Verzeih mir! Um mir zu zeigen, daß du mir vergeben hast, solltest du mich mitkommen und neben euch anbetend niederknien lassen. Ich schwöre, daß ich mich äußerst korrekt verhalten werde, ja, das gelobe ich hiermit.«

»Genau das war der Grund, warum wir hergekommen sind«, erwiderte Richard würdevoll.

»Ausgezeichnet! Laßt mir eine Viertelstunde Zeit, und ich bin bereit.«

Pelham wandte sich verstohlen zu Francis. »Das wird ein Mordsspaß«, flüsterte er und lief im nächsten Moment polternd die Treppe hinauf, wobei er lautstark nach seinem Diener rief.

Mrs. Howell entging Richards Verwirrung nicht, und sie wandte sich an Francis. »Ich werde äußerst ungehalten sein, wenn Sie Pelham alles durchgehen lassen. Er darf Sie nur unter der Bedingung begleiten, daß Sie ihm Manieren beibringen. Pelham hat viel zuviel Temperament und weiß nicht, wohin damit. Ich verlasse mich ganz auf Sie, Francis.«

Francis verbeugte sich lächelnd und ging dann seinem Freund nach, um ihn zur Eile anzutreiben. Richards Geduld war lange genug auf eine harte Probe gestellt worden. Doch es kam noch schlimmer, denn Pelham bestand darauf, sein Pferd mitzunehmen. Als endlich Roß und Reiter vor dem Haus zum Aufbruch bereitstanden, war Richard zu seinem Kummer fest davon überzeugt, daß sie zu spät ankommen würden. Unter vielen Abschiedsworten und Glückwünschen fuhr der leichte Zweispänner endlich los. Pelham ritt brav hinterdrein, um zu demonstrieren, wie tadellos er sich aufzuführen gedachte.

Sie kamen über Hügel und durch Täler, als sie in stetem Tempo durch Kingsclere und Overton, Steventon und Axford fuhren. Südlich von Alton wurde die Landschaft sanfter und lieblicher. Als sie den Weg nach Marchants dahineilten, mußte Richard seiner Begeisterung irgendwie Ausdruck verleihen.

»Ist das hier nicht einmalig schönes Weideland?« rief er.

Francis betrachtete die saftigen grünen Felder, die Frühlingsblumen, das weidende Vieh und nickte zustimmend. Der Weg führte über eine kleine Anhöhe, und vor ihnen lag Marchants, rechteckig und schmuck inmitten makellos glatter Rasenflächen. Alles sah nach Wohlhabenheit und tadelloser Bewirtschaftung aus. Mrs. Lambert wäre sicher höchst zufrieden darüber gewesen, daß Francis sich eingestand, noch nie so blitzende Türklopfer und -klinken gesehen zu haben wie an den Doppelportalen von Marchants.

Das Gig wurde zu den Stallungen gebracht – nicht ohne ausführliche Instruktionen von Richard –, bevor die Brüder und Pelham durch die Halle in den großen Wohnraum geführt wurden. Mehrere Stimmen verstummten, als sie eintraten. Mrs. Lambert kam ihnen entgegen.

»Mein lieber Mr. Beaumont, wir sind hoch erfreut, Sie zu sehen. Welch Vergnügen! Wie reizend von Ihnen, schon so bald wieder den weiten Weg zu uns zu machen! Und Ihren Bruder haben Sie auch mitgebracht! Ich begrüße Sie, Mr. Francis Beaumont. Sie erweisen uns eine große Ehre mit Ihrem Besuch. Und Ihr Freund – jeder Freund von Ihnen ist uns willkommen, Mr. Beaumont, das wissen Sie ja. Guten Tag, Mr. Howell.«

Francis verbeugte sich. Ein hochgewachsenes, hübsches Mädchen mit wunderschönen, aber teilnahmslosen Augen kam näher.

»Julia, darf ich Ihnen meinen Bruder Francis vorstellen.«

Er verbeugte sich noch einmal. Gleißendes Sonnenlicht erfüllte den Raum, so daß er sie nicht sehr deutlich sehen konnte. »Wie merkwürdig«, sagte sie ruhig. »Sie ähneln sich ja nicht im geringsten.«

Sie lächelte ihn freundlich und gleichmütig an, und Francis machte die dritte Verbeugung. Es würde ihm eindeutig nicht schwerfallen, sie zu mögen, beschloß er bei sich.

»Richard ist unter einem besseren Stern geboren, Miß Lambert.«

»Oh? Dann mußten Sie also auf eigene Faust versuchen, Ihr Leben positiv zu gestalten?« erwiderte sie.

»Ja, und ich habe mich nach Kräften bemüht, Miß Lambert. Ein gütiger Planet hätte allerdings vielleicht eine bessere Wahl für mich getroffen, als ich es konnte.«

Mrs. Lambert läutete nach den Dienstboten, schüttelte einige Sofakissen auf, ordnete die Gartenwicken in den verschiedenen Vasen neu, die überall im Raum verteilt waren, und blieb dann vor der dunkelsten Ecke des Zimmers kurz stehen. »Nun komm schon, Eliza, Liebes, komm und stell dich unseren Gästen vor.«

Eliza war etwas aus der Fassung, da Francis seinem Bruder so gar nicht glich. Zögernd trat sie aus ihrem Winkel hervor und überprüfte dabei ihre bisherigen Vorurteile. In Francis' Anwesenheit fand sie aus irgendeinem Grund nicht den Mut, Richard so verachtungsvoll wie sonst zu behandeln. Sie hatte bisher noch kein einziges Wort geäußert, doch Francis musterte sie schon auf eine Art und Weise, als mißfiele sie ihm gründlich. In momentaner Verwirrung war ihr nicht klar, daß dies völlig natürlich und vor allem ihre eigene Schuld war. Mrs. Lambert schob sie unsanft vorwärts und zischte ihr deutlich hörbar irgendwelche Anweisungen zu.

»Guten Tag, Mr. Beaumont«, sagte Eliza.

Richard machte andeutungsweise eine Verbeugung.

Sein Lächeln war sogar noch sparsamer, doch der gutaussehende braunhaarige Mann neben ihm strahlte sie gewinnend an. Dann streckte er ihr schwungvoll die Hand entgegen.

»Ich bin kein Beaumont. Mein Name ist Pelham Howell.«

Eliza nickte ihm dankbar zu, war sich aber dabei überdeutlich der Gegenwart jenes anderen bewußt, der in ihr Gefühle hervorrief, die äußerst unangenehm waren und sie sogar am Sprechen hinderten. Ihre Tante legte ihr die Hand auf den Arm.

»Ich möchte Ihnen meine Nichte, Miß Stanhope, vorstellen, Mr. Francis Beaumont.«

Zu ihrem Entsetzen spürte Eliza, daß sie rot wurde. Tränen der Demütigung brannten hinter ihren Lidern. Warum machte ihr ein völlig Fremder derart zu schaffen? Schließlich lag ihr doch nicht das geringste an der Meinung irgendeines dummen Beaumont. Nur mit äußerster Schwierigkeit konnte sie den Kopf heben und ihn ansehen. Sie öffnete den Mund, doch kein Wort kam heraus.

»Ich bin entzückt, Sie kennenzulernen, Miß Stanhope«, sagte Francis freundlich, aber ohne zu lächeln.

3

Die Pläne für das Picknick ließen das Schlimmste befürchten. Francis erklärte Richard, daß seine zukünftige Schwiegermutter einen perfekten General abgeben würde. Zwei Tage waren mit Vorbereitungen für die Verköstigung und Belustigung von mindestens fünfzig Leuten ausgefüllt – und dabei waren sie nur zu sechst. Doch an dem Tag, der für das große Ereignis festgesetzt war, regnete es in Strömen von einem bleifarbenen Himmel.

Mrs. Lambert war verzweifelt. Ihre Klagen hallten durch das ganze Haus. Mr. Lambert hatte trotz des schlechten Wetters keinerlei Schwierigkeiten, Francis und Pelham zu einem Ausritt zu überreden. Sie schlüpften heimlich aus dem Haus, bevor ihr Vorhaben den lautstark geäußerten Kummer Mrs. Lamberts noch vergrößern konnte. Julia zog sich mit Richard in die Bibliothek zurück, plazierte ihn in einen Ohrensessel und malte weiter an seinem Porträt. Es kränkte sie nicht im geringsten, als er sanft einschlummerte. Eliza ging in ihr Zimmer hinauf, klemmte einen Stuhl unter die Türklinke und ließ sich in verzweifelter Stimmung auf dem Bett nieder.

Am vorhergehenden Abend hatte sich Francis Beaumont nach dem Kartenspiel an sie gewandt. »Hoffentlich werden Sie uns morgen zu Pferd zum Picknick begleiten. Ich habe schon viel von Ihren Reitkünsten gehört.«

Doch heute hatte er offensichtlich seine Bemerkung bereits vergessen und war mit ihrem Onkel ausgeritten. Sie hatte sich so darauf gefreut, ihm zu zeigen, daß es wenigstens etwas gab, das sie mit Geschick und Gelassenheit tun konnte. Die beiden vergangenen Tage waren für sie schrecklich gewesen, und das Gefühl der Demütigung, das sie gleich nach Francis' Ankunft empfunden hatte, war nicht etwa schwächer, sondern vielmehr stärker geworden. Sie schaffte es einfach nicht, entspannt zu sein, und wünschte es sich doch so sehr. Normalerweise brachte sie die Familie immer zum Lachen, und auch jetzt wurde offensichtlich etwas Derartiges von ihr erwartet, doch aus irgendeinem Grund traute sie es sich in Francis' Gegenwart nicht. Sie hatte zu allem Übel sogar zweimal gestottert, als sie ihm auf etwas antwortete. Und außerdem schien sie immer genau das Gegenteil von dem zu sagen, was sie vorgehabt hatte.

Am ersten Abend hatte er sich beim Dinner etwas über den Tisch gebeugt und gelächelt. »Sie können sich gar nicht vorstellen, welch Vergnügen es für mich nach dreijähriger Männerkumpanei bedeutet, hübsche Frauengesichter um mich zu sehen. Welch herrlicher Kontrast zu einer Tafelrunde von Soldaten!«

Eliza hatte darauf erwidern wollen, daß sie sich nicht vorstellen könne, inwiefern weibliches Geplauder einer interessanten militärischen Diskussion vorzuziehen sei. Statt dessen hatte sie nur schroff einen Satz hervorgestoßen.

»Ich kann mir nicht denken, warum ...«

Natürlich war sie wieder heftig errötet. In diesen Tagen schien sie überhaupt ständig rot zu werden. Wenn Pelham Howell nicht so charmant, geistvoll und reizend gewesen wäre, hätte sie die Zeit wohl kaum durchgestanden. Er war so gut gelaunt und ein so unkomplizierter Kamerad, daß im Vergleich dazu ihre dumme Unbeholfenheit gegenüber Francis Beaumont nur um so peinlicher wirkte.

Deshalb hatte sie so sehr darauf gehofft, daß die schreckliche Verspannung und die wie zugeschnürte

Kehle kein Problem mehr für sie sein würden, sobald sie mit ihm zusammen ausritte. Eliza zupfte an einer Haarlocke und versuchte, sich wieder einige ihrer abgenutzten Argumente vorzuhalten.

Was spielt es eigentlich für eine Rolle, was er – ich meine, was irgendein Beaumont von mir hält? In ein, zwei Tagen reisen sie sowieso wieder ab.

Ich habe nichts falsch gemacht, brauche mich also überhaupt nicht zu schämen.

Sie seufzte, denn es hatte gar keinen Zweck. Aus einem Grund, den sie noch nicht völlig begriff, fühlte sie sich durch die bloße Anwesenheit Francis Beaumonts in diesem Haus kindisch, verlegen, linkisch und alles andere als unterhaltsam. Zu ihrem geheimen Kummer hielt er Julia offensichtlich für das genaue Gegenteil davon. Eliza hatte beobachtet, daß die beiden sich glänzend unterhielten, während Richard den bewundernden Zuschauer eines raffinierten Schauspiels mimte. Eliza hatte die Lippen fest aufeinander gepreßt und so lange in ihren Schoß gestarrt, bis der merkwürdige Kloß in ihrem Hals sich gelöst hatte.

Sie wollte nicht, daß Julia mit Francis lachte und flüsterte, doch es behagte ihr noch weit weniger, wie offensichtlich er das alles genoß. Pelham lenkte sie wie üblich ab.

»Na, na, Sie schauen ja wie eine altjüngferliche Tante drein. Ihr Gesicht ist vor lauter Mißbilligung ganz schwarz. Sie werden lernen müssen, Miß Stanhope, daß Soldaten auf Frauen ganz und gar unwiderstehlich wirken. Keine einzige auf dieser Welt ist gegen unseren Charme gewappnet, ganz zu schweigen von unseren Uniformen. Kommen Sie mit in den Garten! Dort werde ich Sie mit unzähligen Geschichten von meinen Eroberungen langweilen. Die Hälfte der weiblichen Bevölkerung Spaniens weinte sich die dunklen Augen aus, als ich gleichmütig von dannen ritt ... Falls Sie etwa anfangen sollten zu gähnen, so muß ich Sie zu einem unerbittlichen Kampf in Bezigue herausfordern.«

Erwachsene Männer in heiratsfähigem Alter wie Francis hatte Eliza bisher so gut wie überhaupt nicht beachtet. Ihre Vettern – Julias Brüder – waren für sie Spielkameraden, die wie große Hunde herumtollten. Sie hatte an sie nie wie an Männer gedacht, die irgendeine Frau heiraten wollte. Selbst Julias Verehrer, mochten sie auch noch so nett sein, waren meist Opfer ihrer Nachäffung geworden. Ernst genommen hatte sie eigentlich noch keinen. Niemandem in Marchants war bisher klargeworden, wie erschreckend wenig Eliza eigentlich von den Menschen wußte. Gefühle empfand sie nur für ihre Verwandten, und auch da nur für einige. Sie war in den Lambertschen Haushalt gekommen, als sie noch nicht laufen konnte, und war zu etwas Ähnlichem wie einem Hofnarren herangewachsen, ein fester Bestandteil des Inventars wie die hohe Standuhr in der Halle. Außer bei ihren Wutanfällen – hier griff allerdings Mrs. Lambert ein, wenn auch ziemlich erfolglos – war sie eigentlich nie zurechtgewiesen worden, bevor Richard Beaumont aufgetaucht war und in ihrem eigensinnigen Herzen solch stürmische Gefühle erweckt hatte.

Keiner kam auf die Idee, daß sie auf Richard eifersüchtig war, weil er ihr die Gefährtin entführen wollte. Ebensowenig merkten die anderen, daß sie sich danach sehnte, in Francis' Augen gut dazustehen, da sie zum ersten Mal verliebt war. Sie fühlte sich unendlich deprimiert, während der Rest der Familie fand, daß sie gräßlicher Laune war, die sie abwechselnd in Wut geraten oder in Tränen ausbrechen ließ.

Hätte er sich doch bloß an seinen Vorschlag erinnert, gemeinsam auszureiten! Eliza war überzeugt davon, daß sie nur etwas tun müßte, um sich nicht mehr so elend zu fühlen. Sie raufte ihre Locken, so daß von ihrer ursprünglichen Frisur nichts mehr zu sehen war; die Schuhe hatte sie abgestreift, das Musselinkleid war völlig zerknittert. Bestimmt ist mein Haar an allem schuld, dachte sie, weil sie sich an irgendeinen Strohhalm klammern mußte. Auch wenn es nicht gerade feuerrot war, so war doch diese Art von rötlicher Tönung für jedes Mädchen eine Strafe. Kein Mensch mit roten Haaren war jemals ausgeglichen, das wußte doch jeder. Julia sagte es jedenfalls dauernd. Und ihr Onkel auch! Wie einfach wäre alles, wenn sie blond wäre! Auch als Brünette hatte man es leicht, dafür war Julia der beste Beweis. Eliza zog darauf die letzten Nadeln und Klammern heraus und begann mit wilder Entschlossenheit, ihre Locken zu bürsten, bis die Kopfhaut brannte.

Unmöglich konnte sie noch länger einfach herumsitzen! Hastig schlang sie sich ein Band um die Haare und rannte die Hintertreppe hinunter, die sie als Kinder immer benutzt hatten. Aus dem Küchentrakt waren laute Stimmen zu hören; zweifellos jammerte Mrs. Lambert immer noch über ihre nun nutzlosen Picknickkörbe. An der Wand neben der Kellertür hing ein Cape. Da es schon naß war, sah Eliza nicht ein, warum es nicht noch nasser werden sollte. Sie warf es sich über und lief durch das Gewächshaus in den Garten. Zuerst hielt sie sich dicht am Haus, schaffte es auch, um die Rasenfläche herum zum Stechpalmenweg zu schlüpfen, und war bald hinter den dichten Zweigen vor neugierigen Blicken geschützt.

Dann stürmte sie los. Das durchweichte Gras fühlte sich unter ihren rutschigen Schuhsohlen schwammig an, doch die Stechpalmen bildeten zum Glück ein fast undurchlässiges Dach gegen den Regen. Der Saum ihres Kleides schlappte unangenehm feucht um ihre Knöchel. Ihr erhitztes Gesicht kühlte sich allmählich ab, und ihren Gefühlen ging es nicht anders. Der Weg mündete in einen Halbkreis aus grob behauenen Markierungssteinen, wo eine Bank einlud, die Landschaft zu bewundern, und von wo aus Stufen zum Begrenzungsgraben hinunterführten. Eliza hielt unter den letzten Stechpalmen an und schaute sich um. Es war nicht ihre Art, jemals einen Schritt zurückzugehen, also hatte sie trotz ihrer pitschnassen Füße auch nicht vor, auf dem gleichen Weg zum Haus zurückzukehren. Sie zog sich das Cape, das erfreulicherweise ein besonders großes zu sein schien, noch weiter über den Kopf nach vorne, wickelte sich so eng darin ein wie nur möglich und stieg die Treppe zum Begrenzungsgraben hinunter. Dieses Vorhaben hatte mehrere Vorteile. Keiner konnte sie dort entdecken, es sei denn, er hielte aus dem zweiten Stock des Hauses Ausschau nach ihr. Da sich normalerweise nur die Dienstboten in den ulkigen keilförmigen Kammern dort oben aufhielten, war dies ziemlich unwahrscheinlich. Der zweite Vorteil bestand darin, daß sie am entfernten Ende des Grabens im Sichtschutz der Buchenhecke hinaufklettern und zum Stall gelangen konnte. Ein kleiner Besuch bei den Pferden würde sie in bessere Laune bringen, hoffte Eliza.

Sie begann den Graben entlangzuschleichen und empfand zunehmend Spaß an ihrem mühsamen Spiel. Falls man sie aufstöberte, bekäme sie Schelte, weil sie naß geworden war, mehr jedoch nicht. Ihr verstohlenes Getue bereitete ihr allerdings nur deshalb Vergnügen, weil sie sich weit höhere Risiken ausmalte. Einige Kühe, die sich gegen den Zaun im Graben drängten, muhten sie mißlaunig an. Eliza streckte eine Hand aus ihrem Umhang und klopfte ihnen sacht auf die breiten, nassen Nasen.

An diesem Ende des Grabens gab es keine Treppe, sondern er war wie an seinen Längsseiten durch einen grasbewachsenen Abhang begrenzt. Eliza stemmte ihre Absätze in den durchweichten Boden und klammerte sich an den knorrigen Stämmen der Buchenhecken fest; so gelang es ihr, sich hinaufzuhangeln. Sie rutschte nur einmal aus und zauberte dabei einen großen Schmutzfleck auf das geliehene Cape. Oben angekommen, mußte sie nur noch wenige Meter bis zu den Stallungen zurücklegen, wo die Knechte pfeifend zwei Pferde mit Strohbüscheln trocken rieben. Ihr Onkel war offensichtlich zurückgekehrt, denn sie entdeckte sein Jagdpferd und die graue Stute, die er immer seinen Gästen lieh.

Eliza ging von Box zu Box und nickte den Knechten lächelnd zu, die so an sie gewöhnt waren, daß sie ihre Anwesenheit kaum zur Kenntnis nahmen. Am Ende der langen Reihe lief sie quer über den Hof zu der Box, wo sich Julias hübscher Brauner von einer Sehnenzerrung erholte. Es war ein gutartiger kleiner Bursche. Eliza kletterte auf die Futterkrippe unter seinem Kopf, damit sie in Ruhe mit ihm sprechen konnte, während er das Heu rings um sie herum fraß. Er hatte nicht das geringste dagegen, daß sich jemand auf seinem Futter niedergelassen hatte.

Plötzlich ertönten im Hof Stimmen. Eliza erkannte einen der Dienstboten. »Ich werde mal nachsehen, ob Sie es in der Box liegengelassen haben, Sir.«

Schwere Stiefel stampften über das Kopfsteinpflaster. Leichtere Schritte folgten ihnen, kehrten dann aber wieder um und kamen nun auf den Stall zu.

Eliza preßte ihr Gesicht gegen den Kopf des Braunen. Ein paar Heuhalme kitzelten sie schrecklich an der Nase, und sie spürte, daß sie binnen kurzem niesen mußte. Entsetzt rieb sie sich über den Nasenrücken, hielt die Luft an und schüttelte heftig den Kopf. Umsonst: Sie nieste laut. Mit erschreckender Zielstrebigkeit näherte sich jemand, das Tor wurde aufgestoßen, um das trübe

Tageslicht durchsickern zu lassen, und ein Mann schaute herein. Er stieß einen Laut aus, der auf eine gewisse Belustigung schließen ließ. Dann lehnte er sich zum Hof hinaus.

»Schon gut, Tom! Ich habe mein Cape gefunden.«

Er streckte den Kopf wieder herein und grinste. »Und mehr noch, es ist sozusagen bewohnt«, sagte er wie im Selbstgespräch.

Eliza schaute mit niedergeschlagener, fast trübseliger Miene Francis Beaumont an.

»Es – es tut mir sehr leid.«

Er trat ein paar Schritte näher und betrachtete das völlig durchnäßte Wesen, das in der Futterkrippe hockte.

»Leid? Was tut Ihnen denn leid?«

»Daß – daß ich Ihr Cape genommen habe«, erwiderte Eliza zähneklappernd.

»Ich muß schon sagen, das ging ja blitzschnell. Ich hatte den Umhang erst fünf Minuten zuvor dort aufgehängt, damit Tom ihn ausbürsten kann.« Dann bemerkte er, wie schmutzig und aufgeweicht sie aussah.

»Wo sind Sie denn gewesen, Miß Stanhope?«

»Och, nur ein bißchen draußen«

»Das ist unübersehbar!«

»Ich mußte unbedingt – ins Freie. Ich wollte irgend etwas tun.«

»Warum sind Sie denn nicht mit uns ausgeritten? Das schlechte Wetter kann Sie ja offensichtlich nicht schrecken.«

»Ich dachte ...« Eliza brach ab. Wenn sie jetzt etwa gar weinen müßte und zu all dem Schmutz, der ekligen Nässe und dem wirren Haar auch noch Tränen hinzukämen, dann würde sie diese Demütigung nicht überleben.

»Ich will Ihnen sagen, was Sie dachten«, begann Francis hilfreich. »Da ich gestern abend meiner Hoffnung

Ausdruck gegeben hatte, Sie würden uns bei einem Ritt begleiten, dies aber heute nicht wiederholt habe, glaubten Sie, daß ich es mir inzwischen anders überlegt hätte. Stimmt doch, oder? Was für ein törichtes Ding Sie sind, Miß Stanhope«, fügte er fröhlich hinzu. »Sie trauen sich nicht, den Mund aufzumachen, rennen im Regen herum und klettern in Futtertröge. Kommen Sie, Sie müssen trockene Sachen anziehen.«

Eliza schniefte hörbar.

»Ich kann in diesem Zustand nicht zurück ... Meine Tante ...«

»Ihre Tante wird nichts davon merken. Sie können weiterhin in meinem Mantel eingewickelt bleiben. Falls wir jemandem begegnen, erklären Sie, daß Sie mir die Stallungen gezeigt haben. Bestimmt gibt es irgendeine Möglichkeit, daß Sie ungesehen in Ihr Zimmer huschen können.«

Er glich einem freundlichen Schulmeister. Eliza schniefte noch einmal, wurde von Francis heruntergehoben und auf die Beine gestellt. Dann reichte er ihr seinen Arm.

»Gehen wir.«

Sie wagte einen raschen Seitenblick auf sein Gesicht. Er lächelte, aber sie wußte nicht, ob er sich insgeheim über sie lustig machte.

»Ich liebe das Reiten!« sagte sie mit mehr Emphase, als nötig gewesen wäre.

»Ich auch. Aber ich glaube ehrlich gesagt nicht, daß Sie es lieben, bis auf die Haut naß zu werden. Warum laufen Sie im strömenden Regen herum und verkriechen sich in Futterkrippen, wenn andere Mädchen klugerweise im Haus bleiben, seltene Blumen trocknen oder auf irgendeinem Musikinstrument üben?«

»Meine Tante behauptet, daß ich wild und ungebärdig bin.

Vermutlich ist das die Antwort auf Ihre Frage.«

»Bereitet Ihnen Ihr – etwas ausgefallener Charakter denn Kummer?« fragte er weiter.

Eliza wurde rot. »Ja«, erwiderte sie und sagte damit zum ersten Mal die Wahrheit.

Als sie am Haus angelangt waren, verrieten ihnen köstliche Düfte aus der Küche, daß Mrs. Lambert sich auf ihre Weise bemühte, das mißglückte Picknick wettzumachen. Eliza blieb vor der engen Treppe stehen.

»Ich kann hier hinaufgehen.«

Francis deutete eine leichte Verbeugung an und nahm ihr das Cape von den Schultern. Sie rannte leichtfüßig die Stufen hinauf, und er sah ihr mit dem Wunsch nach, daß sie sich umdrehen möge. Sie tat es nicht. Erst ganz oben fiel ihr ein, daß sie sich für seine Hilfe nicht bedankt hatte. Als sie sich hastig umwandte, war er schon weg.

Da es ein typisch englischer Sommer war, konnte das Picknick am nächsten Tag doch noch stattfinden. Es war zwar kein Morgen, an dem ein wolkenloser Himmel und leichter Dunst ins Freie lockten, doch die Luft war warm, und die Sonne spendete einigermaßen freundliches Licht. Man hatte Selborne als den Platz ausgewählt, wo die jungen Leute – dies rief Mrs. Lambert mit übertriebener Fröhlichkeit – ihre Kletterkünste an den steilen, mit Buchen bewachsenen Abhängen beweisen konnten.

»In dieser Hinsicht könnt ihr mich zu den alten Frauen rechnen, meinte Julia und strich die Falten ihres Sonnenschirms glatt. »Ich hasse es, bergauf zu gehen. An manchen Tagen kommt es mir sogar so vor, als könnte ich selbst einen normalen Spaziergang nicht ertragen.«

»Wenn wir verheiratet sind, meine liebe Julia, dann werde ich dafür sorgen, daß Sie keinen einzigen Schritt mehr laufen müssen.«

»Dann wirst du im Haus eine Sänfte brauchen, Julia«, rief Eliza. »Das wird bei den Treppen einigermaßen schwierig werden.«

Richard Beaumont, der immer auf irgendeine versteckte Bosheit Elizas gefaßt war, warf ihr einen strengen Blick zu. Er war völlig verdattert, als sie leicht errötete und sich hastig entschuldigte. »Ich wollte mich nicht lustig machen, Mr. Beaumont. Höchstens ein bißchen über Julia – wenn überhaupt.«

»Was mich natürlich völlig kalt läßt, Eliza«, erwiderte Julia.

»Im Gegenteil, ich fände es herrlich, eine Sänfte zu haben, in der ich im Haus herumgetragen werde. Man stelle sich nur das Vergnügen vor, nie mehr einen Salon durchqueren zu müssen!«

Schließlich brachen sie auf und nahmen einige Körbe mit einem kalten Imbiß mit, an dem selbst ein Gargantua Gefallen gefunden hätte. Eliza entschloß sich zum Erstaunen der ganzen Gesellschaft in letzter Minute dazu, mit Tante und Cousine im Landauer zu fahren. Mrs. Lambert hatte sich auf den verschossenen Wagenpolstern ausgebreitet und verhinderte auf diese Weise deren kritische Begutachtung durch einen der Beaumonts. Alle Vorbereitungen waren zu ihrer fast vollkommenen Zufriedenheit ausgeführt worden. Gut gelaunt bemerkte sie, wie prächtig die Gentlemen zu Pferde säßen, obwohl Mr. Beaumont ein klein wenig nervös wirke; wie phantastisch Julia diese spezielle violette Farbe ihres Kleides stünde, und wie erfreulich es wäre, daß Eliza endlich einmal das gelbe Musselinkleid trug, für das der Stoff mindestens neun Shilling pro Meter gekostet hatte.

Es ging zehn Meilen durch grünende Wälder, bis sie nach Selborne kamen. Sie begutachteten das Dorf, sahen sich die prachtvolle Eibe im Friedhof an, verteilten Pennies an die Dorfkinder und ließen sich schließlich auf einem Plätzchen nieder, wo sie die geschwungene Hügelkette voller saftig grüner Buchen gebührend bewundern konnten.

»Wenn alle Feldlager so herrlich wären wie dieses Fleckchen Erde«, sagte Francis Beaumont und erhob sein Weinglas, »dann würden wir Engländer von aller Welt beneidet werden.«

»Werden wir das nicht sowieso schon?« fragte Eliza.

»Ganz recht, Miß Stanhope. Sie haben es erfaßt. Natürlich werden wir das. Keine andere Küche als die englische könnte eine Pastete wie diese hier hervorzaubern.«

Mrs. Lambert drängte ihm geschmeichelt eine weitere Portion davon auf, denn sie war äußerst enttäuscht, wie wenig gegessen wurde. Auch kam bei dem ganzen Unternehmen keine rechte Stimmung auf, wie es so häufig bei verschobenen Feiern der Fall ist. Die Unterhaltung schleppte sich mühsam dahin. Pflichtschuldig aßen sie die ersten Erdbeeren, schafften es aber nicht, in Begeisterung auszubrechen, da diese schon zu viele Vorschußlorbeeren bekommen hatten. Nach dem Essen machte sich eine schläfrige Stimmung breit; Mr. Lambert streckte sich neben einer Buchenhecke aus und gab seinem Wunsch nach einem Nickerchen dadurch Ausdruck, daß er die Augen fest schloß und sich den Vorwürfen seiner Frau gegenüber taub stellte.

»Wer macht mit mir einen Spaziergang?« wandte sich Francis an die übrigen Ausflügler.

»Ich garantiert nicht«, erwiderte Pelham. »Ich bin so köstlich überfüttert, daß ich dem rühmlichen Beispiel unseres Gastgebers folgen werde. Es sei denn ...«, fügte er hinzu und lächelte Eliza gewinnend an, »Sie erklären sich einverstanden mich zu begleiten.«

Durch seine Liebenswürdigkeit ermutigt, schüttelte Eliza lachend den Kopf und erklärte, daß sie es als eine zu große Verantwortung ansehe, ihn in seinem Zustand den Buchenhang hinaufzuhetzen. Falls er aufgrund des überreichlichen Essens unbeholfen wie ein mittelalterlicher Ritter in schwerer Rüstung umfallen würde, was sollte sie dann tun? Vielleicht schaffte sie es dann nicht, ihn wieder auf die Beine zu stellen? Pelham hielt ihre Einwände für äußerst klug und meinte, daß er ja wirklich zu nichts anderem mehr als zu einem Mittagsschlaf fähig sei. Mit einer Verbeugung und einem Lächeln verabschiedete er sich und verschwand hinter einem Ulmenhain am Rand des nächsten Feldes.

»In zwei Minuten schnarcht er friedlich«, sagte Francis voll brüderlicher Zuneigung. »Ich kenne niemanden, der eine solche Begabung dafür hat, auf der Stelle einzuschlafen. Wollen sich die übrigen hier jetzt ebenfalls dem Faulenzen hingeben? Dann bleibt mir ja nichts anderes übrig, als mich zu langweilen und Grashalme zu kauen, bis alle endlich ausgeschlafen haben.«

Julia verkündete, daß sie die Kirche zeichnen wolle, Richard erbot sich, ihr den Stuhl dorthin zu tragen, und Mrs. Lambert mußte die Picknickkörbe überwachen. Eliza schaute nervös von einem zum anderen.

»Wollen Sie ein bißchen mit mir spazierengehen, Miß Stanhope?«

Sie stimmte sofort zu – viel zu eifrig, dachte sie ärgerlich –, und er half ihr beim Aufstehen. Sie schaute besorgt in die Richtung, in der Pelham verschwunden war. Hoffentlich blieb ihm verborgen, wie wankelmütig sie war. Zum Glück war bei den Ulmen keine Spur von ihm zu sehen.

»Eine hübsche Abwechslung, ausnahmsweise einmal trockenen Fußes spazierenzugehen, nicht wahr?« erkundigte er sich halblaut.

»Aber dafür nicht so abenteuerlich!«

»Das muß ich als Herausforderung ansehen.«

Der Weg führte von der Wiese ziemlich steil zwischen den Bäumen hoch. Francis blieb einen Augenblick stehen, um zu sagen, daß er keine Ahnung gehabt habe, wie steil der Weg sei. Vielleicht wolle sie es sich doch anders überlegen ...? Er mußte jedoch feststellen, daß er sich seine Worte hätte sparen können, denn Eliza ging leichtfüßig neben ihm her. Sie schwiegen, bis sie oben angekommen waren, wo eine herrliche Aussicht sie für alle Mühe belohnte. Francis schlug Eliza vor, sich auf den silbergrauen Stamm einer umgestürzten Buche zu setzen.

»Ich bin froh, bei dieser Gelegenheit mit Ihnen reden zu können, Miß Stanhope, denn etwas Bestimmtes lastet schwer auf meiner Seele.«

Eliza fürchtete instinktiv, daß er von Julia reden wollte, und erwiderte nichts. Nach einer kleinen Pause räusperte er sich.

»Hoffentlich fühlen Sie sich nicht gekränkt, wenn ich sehr offen bin, obwohl ich Sie doch erst seit kurzem kenne. Akzeptieren Sie bitte meine Worte als etwas, das ein älterer Bruder Ihnen gegenüber äußern könnte.«

Eliza hoffte sehr, daß sich ihre grenzenlose Enttäuschung nicht auf ihrem Gesicht widerspiegelte.

»Bitte fahren Sie fort.«

»Ich bin sehr bestürzt über Ihre tiefe Abneigung gegen Richard ... Das ist es im wesentlichen, und ich wüßte gern, ob es Ihrer Meinung nach einen stichhaltigen Grund gibt, warum Sie seiner Hochzeit mit Miß Lambert so ablehnend gegenüberstehen. Oder können Sie ihn einfach nicht leiden?«

Oh, wie ungerecht und unfair von ihm! Er hatte seine Frage so gestellt, daß sie unmöglich darauf antworten konnte. Natürlich hatte sie keine stichhaltigen Gründe, aber wie sollte sie Richards eigenem Bruder erklären, daß sie Julias zukünftigen Mann instinktiv verabscheute? Es war besonders unfair, weil sie gerade an diesem Morgen beschlossen hatte, ihre wahren Gefühle zu verbergen. Sie hatte es sogar geschafft, sich bei Richard für eine ihrer Bemerkungen zu entschuldigen – fast jedenfalls. Gekränkt sah sie auf.

»Sie haben kein Recht, mich so zu fragen!«

»Ich habe dazu jedes Recht, weil mir das Glück meines Bruders ebensosehr am Herzen liegt wie Ihnen das Glück Ihrer Cousine. Falls Sie wissen, daß sie ihn in Wirklichkeit nicht im geringsten mag und ihn unglücklich machen wird, dann möchte ich es von Ihnen hören. Als ein Liebender ist Richard wie ein Blinder, und ich muß auf ihn aufpassen.«

»Was wollen Sie damit sagen?« rief Eliza.

»Schlicht und einfach, daß ich eine Art Verschwörung befürchte. Sie und Miß Lambert haben meinem Bruder eine Falle gestellt. Ihr Eroberungsfeldzug ist geglückt. Doch Sie Miß Stanhope, können die boshafte Genugtuung über den Erfolg Ihres Schlachtplans nicht unterdrücken. Man sieht sie Ihnen an.«

Eliza sprang auf und schrie empört: »Sie wagen es, so etwas auch nur zu vermuten! Was fällt Ihnen ein, uns einen derart schlechten Charakter zuzutrauen? Von dem, was Sie sagen ist kein Wort wahr. Aber jetzt sollen Sie die Wahrheit hören! Julia hat sich entschlossen, Mr. Beaumont zu heiraten. Ich – und nur ich allein – halte ihn nicht für gut genug. Und daran hat sich nichts geändert. Ich habe Julia immer wieder angefleht, ihn nicht zu nehmen, denn er wird sie zur Verzweiflung treiben. Ein Komplott, ihn einzufangen? Daß ich nicht lache! Ausgerechnet ihn! Wer wird ausgerechnet Ihren Bruder einfangen wollen!«

Francis stand mit wütendem, bleichem Gesicht vor ihr.

»Richard hat mich gewarnt, daß Sie ein unmögliches Gör sind. Er hatte völlig recht …«

Mit heftigem Schwung holte Eliza aus und versetzte Francis eine schallende Ohrfeige. Sie hatte weder vorgehabt, ihn zu schlagen, noch ihre Fassung derart zu verlieren. Doch beides war geschehen ... Voller Verzweiflung stolperte sie den steilen Abhang hinunter. Ihre guten Vorsätze vom Morgen waren beim Teufel, und die wundervolle Harmonie des vorhergehenden Tages war völlig zerstört.

Die Heimfahrt verlief nicht gerade angenehm. Als die beiden Streithähne ungefähr hundert Meter voneinander entfernt zum Picknickplatz zurückkamen, konnte jeder an ihren Gesichtern ablesen, daß auf dem Hügel irgend etwas vorgefallen war. Julia war natürlich viel zu träge, um sich zu erkundigen, und Richard war nicht im geringsten neugierig, solange seine geliebte Julia davon nicht tangiert wurde. Mr. Lambert schaffte es durch einen drohenden Seitenblick, bei seiner Frau all die vielen Fragen zu unterdrücken, die sie nur zu gern gestellt hätte. Pelham raffte alle Energie zusammen und stürzte sich in die Aufgabe, Mrs. Lambert so gut zu unterhalten, daß sie sich nicht mehr mit ihrer Nichte beschäftigte.

Als er wenig später neben Francis einen Weg entlangritt, wandte er sich an seinen Freund. »Was ist los?«

»Dieses Mädchen ist all das, was Richard von ihr behauptet hat«, erwiderte Francis grimmig. »Unreif, verzogen, voller Vorurteile und gänzlich gleichgültig gegenüber den Gefühlen anderer.«

Pelham führte sein Pferd näher heran.

»Welch Unsinn! Ich finde sie entzückend. Keine Ahnung, wann ich zuletzt ein Mädchen von solch ungekünsteltem Charme getroffen habe. Außerdem ist sie intelligent und hat ganz köstliche Einfälle.«

»Ihre Offenheit führte sie auf dem Hügel zu der Behauptung, daß Richard, mein Bruder Richard, nicht gut genug für ihre Cousine sei.«

Pelham brach in herzhaftes Gelächter aus und schlug sich dann gespielt schuldbewußt mit der Hand auf den Mund.

»Es hat überhaupt keinen Sinn, sich so aufs hohe Roß zu setzen, mein lieber Francis. Du weißt genauso gut wie ich, daß du ihr bis zu einem gewissen Grad recht gibst. Außerdem kann ich mir nicht vorstellen, daß sie sich so ausgedrückt hat, und drittens bewundere ich temperamentvolle Mädchen.«

Francis versuchte, sich an Elizas Worte unter den Buchen auf dem Hügel zu erinnern. Garantiert hatte sie behauptet, Richard sei Julias nicht würdig. Aber wieso war sie überhaupt dazu gekommen, das zu äußern? Hatte er sie etwa dazu getrieben, ihre innersten Gefühle in dieser Angelegenheit zu offenbaren? Nein, garantiert nicht! Er hatte lediglich darum gebeten, daß sie sich etwas höflicher Richard gegenüber verhalten solle. Eigentlich war das ja eine unerträglich wichtigtuerische Haltung für einen Mann von kaum dreißig gegenüber einem jungen Mädchen! Oder doch nicht? Schließlich hatte Eliza ein fast klösterliches Leben geführt; da war es ja fast seine Pflicht, sie von seinen Erfahrungen profitieren zu lassen. Dann fiel ihm plötzlich wieder etwas ein.

»Sie hat mich geschlagen!«

Pelhams Reaktion war ein lautes Lachen. Er hing hilflos nach vorn über den Hals seines Pferdes und merkte gar nicht, daß Richard sich besorgt nach ihnen umdrehte. Nach einigen Minuten hatte er sich wieder einigermaßen beruhigt. Mit hochvergnügtem Gesicht wandte er sich an Francis und brachte immerhin die Frage heraus: »Hat es weh getan?«, bevor er sich wieder vor Lachen krümmte. Francis war im ersten Augenblick so empört, daß er erwog, vorzureiten und sich seinem Bruder anzuschließen. Doch dann ließ er sein Gefühl für Komik über die verletzte Würde siegen.

»Es hat weh getan«, erklärte er Pelham.

»Ein prachtvolles Mädchen«, sagte Pelham bewundernd und forderte Francis dann zu einem Galopp heraus – quer über die Wiese, um die Kutsche einzuholen. Als er Francis von der Seite musterte, stellte er fest, daß er nicht mehr so wutentbrannt, dafür aber eindeutig verwirrt aussah.

Nach der Ankunft in Marchants verschwand Eliza sofort in ihrem Zimmer. Kein Flehen vor ihrer Tür konnte sie wieder hervorlocken. Sie reagierte überhaupt nicht.

Der Abend verlief reichlich langweilig. Francis war abwechselnd schuldbewußt und verärgert. Mrs. Lambert litt an schrecklicher Neugierde, während Pelham und Mr. Lambert ganz offen Elizas belebende Gegenwart vermißten.

Sie hatte sich in voller Kleidung aufs Bett geworfen und so lange geweint, bis sie schließlich völlig erschöpft war.

Später am Abend ertönten auf der Treppe schwerere Schritte als Julias oder Mrs. Lamberts und hielten vor ihrem Zimmer an. Eliza lag verkrampft auf ihrem durchnäßten Kissen und wagte kaum zu atmen.

»Miß Stanhope, kann ich kurz mit Ihnen sprechen?« hörte sie Francis' Stimme nach einer Weile.

Er klang angespannt und mißlaunig. Sie brachte keine Antwort hervor.

»Bitte«, sagte er.

Sie lag wie erstarrt da und empfand Höllenqualen, bis sie ihn wieder die Treppe hinuntergehen hörte. In dieser Nacht war ihr Schlaf schwer und fieberheiß. Als sie am nächsten Morgen beim Frühstück auftauchte, war Francis Beaumont abgereist.

4

Für die Hochzeit war der 10. Juli festgesetzt worden, und Mrs. Lambert hatte sich in eine wahre Ekstase von Vorbereitungen hineingesteigert. Die vorläufige Gästeliste umfaßte zweihundert Namen, unter denen kein einziger auf Sir Gerards Vorschlag zurückzuführen war, da er offensichtlich niemanden einladen wollte. Diese große Anzahl machte ihr schwer zu schaffen, da in der Kirche von Marchants höchstens einhundertzwanzig Platz finden würden. Die Seide für Julias Brautkleid, die sie nach unendlich langen Beratungen erstanden hatten, wies winzigste Mängel auf und mußte daher umgetauscht werden. Außerdem bestand leider gar kein Zweifel daran, daß die schönsten Rosen in der zweiten Juliwoche verblüht sein würden. In unaufhörlicher Prozession trafen Botschaften, Pakete, Schachteln und Stoffballen ein. Julia lächelte zu allem nur, als ginge sie das alles nicht im geringsten etwas an.

Durch dieses ganze Durcheinander geisterte eine tief unglückliche Eliza. Der unmittelbare Schmerz hatte etwas nachgelassen, nicht aber ihr Schock darüber, daß sie sich in einem derartigen Wutanfall Luft gemacht hatte, und auch nicht die bittere Enttäuschung, ausgerechnet von demjenigen mißverstanden zu werden, an dessen guter Meinung ihr am allermeisten lag. Sie bemühte sich, immer noch voll Abscheu an sein Verhalten zu denken, was ihr zu Anfang ein wenig Trost verschafft hatte. Doch inzwischen endeten ihre endlosen, trübseligen Überlegungen stets mit größtem Bedauern darüber, daß dieser Streit überhaupt stattgefunden hatte. Nacht für Nacht lief sie in ihrem kleinen Zimmer hin und her, eingehüllt in einen der Kaschmirschals, die Julia dank der neuen Herrlichkeiten ihrer Mitgift ausgemustert hatte. Und immer wieder ging Eliza in Gedanken jenen kurzen, hitzigen Wortwechsel durch, beschuldigte und entschuldigte einmal ihn, dann wieder sich selbst und zuckte auch jetzt noch gequält zusammen, wenn sie an Francis' beleidigende Bezeichnung dachte. Unmögliches Gör, hatte er gesagt. Und vielleicht war sie das ja auch, dachte Eliza, die zum ersten Mal so etwas wie Selbstzweifel verspürte. Oder sie war es zumindest gewesen, denn jetzt war sie ganz anders, hatte sich vollkommen gewandelt. Eliza bezweifelte, daß sie sich je älter und matter fühlen würde als jetzt, da sie von dem Resultat ihres ungezügelten Temperaments und ihrer Dummheit überwältigt war. Er war gräßlich zu ihr gewesen, obwohl gar nicht alles ihre Schuld war, und sein Benehmen bewies, daß er sie wirklich nur für ein unmögliches Gör hielt.

Mitte Juni erschien Richard mit einer neuen, prachtvollen Kutsche, um Julia abzuholen und nach Quihampton mitzunehmen, wo die beängstigende Aufgabe ihrer harrte, seinen Vater kennenzulernen. Eliza mußte zu Francis' Gunsten zugeben, daß er seinem Bruder offensichtlich nichts verraten hatte, denn Richard behandelte sie mit einer neuen, für sie deprimierenden Freundlichkeit. Julia hatte Eliza mitnehmen wollen, die jedoch entsetzt abgewinkt hatte. Richard hatte darauf höchst verlegen hinzugefügt, daß bei seinem Vater, der ein ziemlicher Einzelgänger sei, fremde Gäste – vor allem weibliche – nicht gerade herzlich empfangen würden. Wahrscheinlich hätte er sich am liebsten bei Eliza bedankt, weil sie in Marchants blieb. Sie sah ihnen nach, als sie an einem Dienstagmorgen abfuhren, war während ihrer Abwesenheit sehr aufgeregt und blickte ihrer Rückkehr eine Woche später mit ängstlicher Erwartung entgegen.

Der Besuch war einigermaßen erfolgreich verlaufen. Sir Gerard hatte an Julias Aussehen und Benehmen nichts auszusetzen gehabt und sozusagen eingestanden, daß sie so erträglich war, wie eine Frau nur sein konnte. Julia hatte ruhig und liebenswürdig mit ihrer Stickerei im Wohnraum oder im Garten gesessen und nie den Mund aufgemacht, wenn sie nicht angeredet wurde. Dafür hatte sie um so häufiger gelächelt.

Richard steigerte sich noch mehr in seine anbetungsvolle Liebe hinein und hätte seinen Vater am liebsten umarmt, als dieser eine Bemerkung über Julia machte. »Hübsche Person. Ich kann überhaupt nicht verstehen, was sie mit dir anfangen will.«

Eliza ließ ihrer Cousine keine Ruhe und wollte immer neue Informationen über den Aufenthalt in Quihampton aus ihr herauslocken. Da Julia keine Ahnung hatte, was Eliza hören wollte, gab sie nur höchst unzureichend Auskunft. Eliza erfuhr, wie groß die Ländereien von Quihampton waren, aber nicht, wie Francis ausgesehen hatte. Sie erfuhr, wie das Haus der Beaumonts aussah, nicht aber, welchen Eindruck Julia von Francis gehabt hatte. Sie wußte nun, wie viele Kutschen und Pferde es dort gab, bekam aber nichts davon zu hören, was Francis geäußert hatte. All jene langen Nächte, in denen Eliza hin und her gelaufen war, hatten sie eines klar erkennen lassen, nämlich, wie es um ihr Herz bestellt war. Sobald ihr das bewußt geworden war, konnte sie sogar eine gewisse Sympathie für Richard Beaumont empfinden, beneidete ihn allerdings auch glühend um seinen Erfolg in der Liebe. Julia erwiderte seine hingebungsvollen Gefühle zwar kaum, verachtete und beleidigte ihn aber wenigstens nicht.

Julia war schon einen ganzen Abend und den nächsten Vormittag zu Hause, bevor ihr etwas einfiel. »Eliza! Ich habe völlig vergessen, daß ich ja einen Brief für dich von Francis mitbekommen habe. Was, um alles in der Welt, habe ich bloß damit getan? Hab ich es euch nicht gesagt, daß ich völlig durchdrehe, wenn ich herumreisen muß! Ich habe keine Ahnung mehr, wo der Brief steckt.«

Nach einigem Suchen entdeckte Richard ihn in ihrem Nähkorb, und Eliza riß ihn ihm förmlich aus der Hand. Mit schlecht gespielter Gleichgültigkeit blieb sie noch einige Minuten im Zimmer, bevor sie in den Garten rannte.

»Liebe Miß Stanhope,
wie schade, daß Sie Miß Lambert nicht begleitet haben! Ich wollte mich nämlich gern mit Ihnen unterhalten, um die kleine Meinungsverschiedenheit zwischen uns aus der Welt zu schaffen. Ich hoffe sehr, daß sie Ihnen keinen Kummer bereitet hat.

Herzliche Grüße
Ihr Francis Beaumont«

Eliza fühlte sich wie vor den Kopf geschlagen. Sie hätte es nicht für möglich gehalten, daß sie immer noch Tränen zu vergießen hatte, doch welch ein Irrtum! Was für ein kaltes, distanziertes Schreiben! Kein Wort der Entschuldigung oder der echten Anteilnahme, sondern nur ein förmlicher Brief, der sein Gewissen beruhigen sollte, ganz egal, was er ihr damit antat. Sie zerriß das Papier in winzige Schnipsel und streute sie zwischen die Rhododendronbüsche. Das letzte Hoffnungsfünkchen, das eigentlich kaum umzubringen ist, erlosch, und Eliza faßte den Entschluß, alles zu vergessen. Im Grunde wünschte sie sehnlichst, diesen Entschluß nicht fassen zu müssen, doch Francis Beaumont hatte ihr keine andere Wahl gelassen.

Es blieben nur noch drei Wochen bis zur Hochzeit.

Die zunehmende Geschäftigkeit im Haus und die Tatsache, daß keiner seiner Bewohner empfindsam gegenüber den Gefühlen anderer war, ermöglichten es Eliza, die Tage hinter sich zu bringen, ohne Aufmerksamkeit zu erregen. Julia hätte eigentlich etwas bemerken müssen, doch sie war viel zu sehr mit ihren neuen Kleidern, Zimmern und Kutschen beschäftigt. Mrs. Lambert bemerkte einmal nebenbei, daß Eliza in letzter Zeit viel einfacher zu behandeln sei; vielleicht würde nun aus dem wilden Kind endlich ein erwachsener Mensch werden. Und Mr. Lambert bemühte sich nach Kräften, von morgens bis abends außer Haus zu sein. Eliza verbrachte die Zeit damit, Dinge zu holen und hin und her zu tragen, Schals zusammenzulegen, Briefe zu schreiben und so viele Gästelisten anzulegen, daß man damit ein ganzes Haus hätte austapezieren können.

Wenn sie einmal nicht voll darauf konzentriert war, für ihren entsetzten Onkel die horrend hohen Geldsummen zusammenzurechnen, die eine Hochzeit verschlang, dann grübelte sie bei all ihrem Tun über Francis nach. Sie brachte es nämlich einfach nicht fertig, ihren Entschluß durchzuführen, ihn zu vergessen.

Der Vorabend der Trauung war ruhig, warm und sternklar. Eliza war zumute, als ob Julia sie schon verlassen hätte.

Sie half Julia beim Ankleiden. Alle Nachbarn waren eingeladen, je nach Geschmack einen Tanz zu wagen oder aber Karten zu spielen. Mrs. Lambert war der Meinung, daß Julia auch bei diesem Anlaß schon so prachtvoll wie nur irgend möglich auszusehen habe. Daß Julia am nächsten Tag eine strahlende Erscheinung sein würde, war für sie sowieso eine Selbstverständlichkeit. Julia, ihre Zofe und die Brennschere arbeiteten vor dem Spiegel alles andere als harmonisch zusammen.

»Ich mach's schon«, bot Eliza an.

Das Mädchen wurde hinausgeschickt, und Eliza machte sich an die Arbeit.

»Hast du keine Angst, Julia? Ich an deiner Stelle ganz bestimmt! Ich würde es hassen, wenn alle Augen auf mich gerichtet sind.«

»Du scheinst es bei der Jagd ganz und gar nicht zu hassen«, gab Julia mit leisem Spott zurück.

»Das ist doch ganz was anderes«, verteidigte sich Eliza. »Dort schaut man mich an, weil ich etwas kann, und nicht etwa, weil ich etwas bin.«

Julia hielt eine Antwort anscheinend für überflüssig. Sie saß eine Weile schweigend da und betrachtete ihr ruhiges, hübsches Gesicht. Dann raffte sie sich mit augenscheinlicher Anstrengung zu einigen Worten auf.

»Ich möchte dich beglückwünschen, Eliza.«

»Wieso?«

»Ich will damit sagen, wieviel angenehmer es sich hier seit drei, vier Wochen leben läßt, seitdem du deine törichte Abneigung gegen Mr. Beaumont überwunden hast.«

Das klang ja ganz nach einer ältlichen Verwandten, dachte Eliza. Noch vor sechs Monaten hätte Julia sich über jeden lustig gemacht, der eine derartige Bemerkung geäußert hätte. Verwandelte die Aussicht auf Heirat ein junges Mädchen automatisch in eine Matrone?

»Er hat es mir gegenüber sogar erwähnt«, fuhr Julia fort. »Du hältst ihn für unaufmerksam, aber ich versichere dir, daß ihm recht viel auffällt. Es hat ihn immer sehr aus der Fassung gebracht, wenn du dich ihm gegenüber unmöglich benommen hast.«

Bei diesen Worten stiegen Eliza Tränen in die Augen, die sie nicht abwischte, da ihre Cousine sie ja doch nicht bemerken würde.

»Du mußt uns besuchen, wenn wir in London oder Bath sind«, sagte Julia. »Bath ist sehr vorteilhaft, wenn man gesehen werden will. Sieh es bitte als dein zweites Zuhause an«, fügte sie mit mehr Wärme hinzu, als sie seit Wochen für Eliza aufgebracht hatte.

Dann drückte sie ganz leicht ihre Wange an Elizas, warf einen letzten zufriedenen Blick in den Spiegel und verließ gemessenen Schritts das Zimmer. Eliza, die das dumpfe Empfinden hatte, daß sich kein Mensch auf der Welt etwas daraus machte, ob sie lebte oder starb – ihr Onkel vielleicht ausgenommen –, folgte in einigem Abstand nach. Ihr Musselinkleid sah neben Julias neuer, hocheleganter Seidenrobe besonders jungmädchenhaft aus. Außerdem war sie in der letzten Zeit ziemlich abgemagert. Natürlich war es absolut töricht, auch nur einen Gedanken an Musselinkleider oder Magerkeit zu verschwenden – beides war ihr bisher völlig gleichgültig gewesen –, doch nun war eben alles anders. Was von großer Bedeutung für sie gewesen war, interessierte sie überhaupt nicht mehr und umgekehrt. Sie spähte über das Geländer zu der wohlvertrauten Gruppe hinunter, die sich bereits versammelt hatte. Dabei überlegte sie trübsinnig, ob sie nun Jahr für Jahr mit ihnen verbringen müßte, bis sie eine Haube und seidene Handschuhe tragen würde wie die alte Miß Cantripp, die als geradezu vorbildliches Exemplar einer alten Jungfer galt.

Am Fuß der Treppe erwartete sie ihr Onkel.

»Bemüh dich nach Kräften, meine Liebe. Ich weiß, daß du dir aus solchen Sachen genausowenig machst wie ich. Denk immer daran, daß wir das Haus schon morgen wieder ganz für uns allein haben.«

»Ja, Onkel.«

»Wir wollen es uns in diesem Sommer besonders schön machen, du und ich. Wir werden ausreiten, bis wir vor Erschöpfung umsinken. Schon seit vier Wochen bist du kaum mehr auf einem Pferderücken gesessen, stimmt's? Kein Wunder, daß du so spitz im Gesicht aussiehst. Aber jetzt lauf und paß auf, daß kein junger Mann Julia zu sehr in Anspruch nimmt.«

Sie lächelte ihn dankbar und voll Zuneigung an, als er mit energischen Schritten kampfesmutig auf eine geschlossene Front von Witwen zuging. Schon im nächsten Moment wurde sie von John Knight-Knox in Beschlag genommen. Er war ein gutaussehender, gesunder, etwas unsensibler Engländer, der Eliza und Julia seit ihrer Kindheit kannte und zu jenem Grüppchen gehörte, das Julia seit zwei Jahren heftig verehrt hatte.

»So allein, Miß Stanhope? Meine liebe Eliza, das kommt gar nicht in Frage. Überlegen Sie nur, in welch vorteilhafte Lage Sie geraten, weil Julia nun heiratet. Das müßte Sie eigentlich vom Trübsalblasen abhalten.«

»Gefühle sind nichts Logisches, Mr. Knight-Knox. Julia und ich sind keineswegs austauschbar in der Zuneigung anderer Leute.«

»Mr. Knight-Knox, haha! Also wirklich, Eliza, ich muß Ihnen den Kopf zurechtsetzen. Sind Sie wirklich derart niedergeschlagen über Julias Fortgehen, daß Sie zu einem alten Freund wie mir nicht mal halbwegs höflich sein können?«

»Tut mir leid, John, ich wollte nicht unhöflich sein. Vermutlich bin ich müde, das ist alles. Sie können sich den Feldzug nicht vorstellen, der für diese Hochzeit in Szene gesetzt wurde. Selbst ein altgedienter Soldat würde dabei vermutlich schlappmachen.«

John Knight-Knox lachte herzhaft und führte Eliza dann zum Tanz. Er wurde in steter Folge von anderen abgelöst, die sich ihr gegenüber so galant benahmen, wie sie es ihnen nie zugetraut hätte. Als Ergebnis davon fühlte sie sich zunehmend besser. Als dann jener schreckliche Augenblick kam, in dem die Beaumonts eintrafen, dachte sie gar nicht daran, in Ohnmacht zu fallen, wie sie befürchtet hatte. Eigentlich war sie über sich sogar ein wenig enttäuscht. Als erster tauchte ein hochgewachsener, gutaussehender Mann auf, der kein bißchen lächelte – das mußte Sir Gerard sein. Er wurde von ihrem Onkel gleich ins Kartenzimmer geführt. Dann sah sie Richard mit strahlendem Gesicht eilfertig durch die Menge zu Julia und Mrs. Lambert gehen. Und dann zwang sie sich dazu, Francis anzuschauen. Er sah so groß und unerschütterlich aus wie eh und je, als ob vor kurzem nichts Außergewöhnliches vorgefallen wäre. Er stand in lässiger Haltung bei der Tür, schaute sich gemächlich im Raum um, begegnete ihrem Blick, verbeugte sich leicht und richtete seine Aufmerksamkeit auf etwas anderes. Dann schien er jemanden zu erkennen, denn er drängte sich zwischen den Gästen durch. Er kennt also Henry Leslie, dachte Eliza und war erschüttert, daß sich nichts Besonderes ereignet hatte, obwohl Francis und sie sich im gleichen Zimmer befanden. Woher kannte er wohl Henry Leslie?

»Tanzen Sie nicht?« fragte eine Stimme hinter ihr. Als sie sich umdrehte, stand Pelham Howell vor ihr.

Es war ein leichtes für Pelham gewesen, eine Einladung zur Hochzeit und zu den vorangehenden Festlichkeiten zu bekommen. Mrs. Lambert war wie die meisten Gastgeberinnen von ihm bezaubert und hatte ihn selbstverständlich auf die Gästeliste gesetzt, ja sogar einen der ortsansässigen Adeligen zu Pelhams Gunsten gestrichen, da die Kirche so klein war. Pelham hatte sich großartig revanchiert. Gleich nach seiner Ankunft hatte er sich einen Weg zu ihr gebahnt und ihr erklärt, daß er Schwierigkeiten habe zu entscheiden, welche von den Damen Lambert die Braut sei. Danach hatte er sich auf die Suche nach Eliza gemacht.

Er sah sie allein in einer Ecke am Rand der Tanzfläche stehen. Sie hatte ihre Umgebung so völlig vergessen, daß sie auf Zehenspitzen stand und den Hals nach hierhin und dorthin reckte, als ob sie nach jemandem Ausschau hielte. Er glaubte, ziemlich sicher zu wissen, wen sie suchte, und beschloß, sie zu überraschen.

Als er ihre Schulter berührte und sie ansprach, fuhr sie herum und errötete. Pelham war zufrieden.

»Mr. – Captain Howell!«

Ihr Tonfall und gerötetes Gesicht waren mehr, als er erhofft hatte.

»Ich werde Sie jetzt für die nächsten Tänze vereinnahmen, Miß Stanhope, bevor ein weiterer Bauer aus Hampshire Gelegenheit dazu hat. Ich warne Sie schon jetzt, daß ich Sie so schnell nicht wieder freigebe.«

Wie herrlich, daß er da ist, dachte Eliza, und ihre Stimmung hob sich beträchtlich, als sie sein vertrautes, hübsches Gesicht vor sich sah.

»Hoffentlich wird es eine angenehme Gefangenschaft.«

»Wer weiß? Bestimmt wird es sehr anstrengend. Ob es angenehm wird, hängt natürlich zum großen Teil davon ab, wie Sie den Kerkermeister behandeln.«

Er führte sie auf die Tanzfläche, verbeugte sich mit übertriebener Grandezza und wirbelte sie so schwungvoll und temperamentvoll herum, daß sie für mindestens fünfzehn Minuten Francis Beaumont völlig vergaß. Zwischen den einzelnen Tänzen wich er nicht von ihrer Seite.

»Keiner der Anwesenden kann sich so aufmerksam um Sie kümmern wie Captain Howell, Ma'am. Möchten Sie ein Eis, in einer schummrigen Ecke sitzen, auf der Terrasse herumspazieren, wieder tanzen oder etwa gar Karten spielen? Sie haben die Wahl, allerdings unter der Bedingung, daß Sie es in meiner Begleitung tun.«

Es war unmöglich, sich in seiner Gesellschaft nicht wohl zu fühlen. Die Rippen taten ihr schon weh vor lauter Lachen. Da auch ihre Füße vom Tanzen etwas schmerzten, wollte sie sich einen Moment ausruhen, um einigermaßen zu Atem zu kommen. Auf dem Weg zu einem Sofa trafen sie Francis und Fanny Leslie an seiner Seite.

»Ich hoffe, es geht Ihnen gut, Miß Stanhope?«

Sein Ton drückte nichts als konventionelle Anteilnahme aus! Das Gefühl der Leere, das sie ihm gegenüber plötzlich verspürte, war fast noch schwerer zu ertragen als seine gleichgültige Haltung.

Pelham bemerkte sofort, wie sich ein Schatten über ihr Gesicht legte, und umfaßte ihren schmalen Ellbogen.

»Was bedrückt Sie jetzt plötzlich?«

Er musterte sie mit so ehrlicher Anteilnahme, daß Eliza wieder einmal gegen einen schmerzenden Kloß in der Kehle ankämpfen mußte. Sie räusperte sich.

»Ich glaube, daß ich etwas frische Luft gut vertragen könnte. Außerdem gibt es noch einen Grund, warum wir in den Garten gehen sollten – sonst wäre nämlich der herrliche Duft der Rosen gänzlich verschwendet, über den sich meine Tante während der letzten drei Wochen viel zuviel ängstliche Gedanken gemacht hat.«

Draußen im Dunkeln fühlte sich Eliza gleich besser. Sie lehnte neben Pelham an der Balustrade, und er gab sich große Mühe, besonders charmant, witzig und aufmerksam zu sein. Allmählich löste sich der stechende Schmerz in Elizas Brust. Nachdem sie mehrere Minuten ungestört vor dem Haus gestanden hatten, ertönten hinter ihnen Schritte, die kurz zögerten und dann zielstrebig auf sie zukamen.

»Schauen Sie sich nicht um«, sagte Pelham.

»Aha, hier ist ja, was ich suche«, sagte eine Stimme. »Ausnahmsweise mal nicht dich, Pelham, denn du bist für mich im Moment schlecht zu gebrauchen. Ich möchte Miß Stanhope fragen, ob sie mit mir …«

»Nein, Francis«, erwiderte Pelham und strich in der Dunkelheit ganz leicht über Elizas Handgelenk. »Miß Stanhope möchte nicht. Miß Stanhope unterhält sich gerade blendend mit mir und hat nicht den leisesten Wunsch, dich für mich einzutauschen.«

Eliza lachte und suchte krampfhaft nach Worten, um Francis ihre große Freude über sein plötzliches Auftauchen auszudrücken, ohne Pelham dadurch zu verletzen, brachte aber nichts heraus, bevor Francis mit etwas scharfem Unterton weitersprach.

»Es ist für Miß Stanhope ganz ungewöhnlich, ihre eigene Meinung nicht mit äußerster Direktheit kundzutun. Du mußt sie verhext haben, Pelham, sonst wäre sie garantiert nicht so unterwürfig. Dennoch lasse ich nicht davon ab, ihre Aufmerksamkeit für einen Moment zu gewinnen. Miß Stanhope, wollen Sie mit mir tanzen?«

Begierig darauf, Francis' erstem Satz zu widersprechen, bevor sie die Aufforderung zum Tanz annahm, platzte Eliza los, ohne lang nachzudenken. »Nein, wirklich ...!« Ihr Protest klang heftig, und sie brach auch gleich darauf verwirrt ab.

Es entstand eine kurze, spannungsgeladene Pause. Eliza seufzte unwillkürlich, und Francis zog scharf den Atem ein. Beides wurde von einem vergnügten Ausruf Pelhams übertönt.

»Da hast du deine Antwort, mein lieber Francis, und zwar mit der anbetungswürdigen Offenheit der jungen Lady. Nun geh bitte deiner Wege und überlaß mir meine zauberhafte Begleiterin.«

Eliza hatte noch nie Schritte gehört, die so sehr nach Zorn und Wut klangen wie jetzt, als Francis ins Haus zurückging. Tief betrübt und voller Selbstvorwürfe hörte sie wie von ferne Pelhams Stimme: »Jetzt gibt es überhaupt keinen Grund mehr für Sie, nicht noch einmal mit mir zu tanzen!« Sie ließ sich von ihm zum Haus zurückgeleiten.

Zu ihrer Erleichterung war es der letzte Tanz. Die Geiger in der Ecke fiedelten mit einem letzten Aufwallen von Energie drauflos. Eliza reckte wieder den Hals, sah Francis in angeregter Unterhaltung mit Julia und wünschte inständig, sie hätte nicht hingeschaut. Ihr Onkel winkte ihr aufmunternd zu, ihre Tante lächelte sie geradezu liebevoll an, doch bei jeder Drehung erblickte Eliza aus dem Augenwinkel Julias schimmerndes Seidenkleid und Francis' dunklen Anzug am Rand der Tanzfläche. Als der Tanz zu Ende war, wirbelte Pelham sie wie einen Kreisel herum, so daß der ganze Raum gleich einem Kaleidoskop aus vielen Farben an ihr vorbeirauschte. Als er anhielt, stand sie auf wackligen Beinen vor ihm. Beide atmeten hastig, Elizas Augen strahlten, und ihre Frisur hatte sich endgültig aufgelöst. Pelham hielt ihrem Blick so lange wie möglich stand, bis er langsam den Kopf senkte und ihre beiden Hände küßte, die er immer noch festhielt.

»Ich hoffe, Sie in Zukunft sehr oft zu sehen, Eliza.«

Aus irgendeinem Grund schwammen ihre Augen in Tränen. Dann redete sie sich rasch ein, daß Männer wie Pelham Komplimente einfach so dahinsagten und nicht ernstgenommen werden wollten. Also machte sie einen schwungvollen Knicks und erklärte, daß er sich ja nur wenige Stunden bis zu ihrem Wiedersehen am nächsten Morgen gedulden müsse.

»Das ist schon viel zu lange«, erwiderte er.

Dann bot er ihr seinen Arm, schaute bewundernd auf ihr zerzaustes Köpfchen hinunter und führte sie zu ihrer Tante.

»Captain Howell! Mein lieber Captain Howell! Ich habe Sie heute abend ja kaum zu Gesicht bekommen, so gut wie gar nicht! Verraten Sie mir doch bitte, ob Sie sich einigermaßen unterhalten haben.«

Pelham neigte sich über ihre Hand. »Madam, ich habe mich noch nie in meinem Leben so gut amüsiert.«

Dann richtete er sich auf, verbeugte sich leicht und verließ mit einem letzten Blick auf Eliza das Zimmer.

Als Eliza müde hinter ihrer Tante und Cousine die Treppe hinaufging, bewegten sie düstere Gedanken. Ob sie nun auch so eine alte Jungfer wie Miß Cantripp oder eine Mrs. Knight-Knox oder im besten Fall eine Mrs. Howell würde? Die Zukunft sah alles andere als vielversprechend aus. Natürlich würde ihr Leben durch Besuche in Bath bereichert werden, wo Julia sie in die Gesellschaft einführen würde, dachte sie bitter. Ach, zum Teufel mit Julia, Richard Beaumont und ganz besonders mit seinem Bruder! Eliza streckte ihre matten Glieder im Bett aus und schlief sofort ein.

Man mußte sie am Hochzeitsmorgen wecken. Ihre Tante war bereits in fieberhafter Aufregung, obwohl es strahlend schönes Wetter war, wodurch bereits die Hälfte aller schrecklichen Geschehnisse wegfielen, die sie befürchtet hatte. Um zwölf Uhr war Julia mit Elizas Hilfe in weiße Seide, um halb eins Mrs. Lambert mit Elizas Hilfe in lila Seide gehüllt. Um ein Uhr hüllte sich Eliza ohne Hilfe in weiße Seidengaze, bearbeitete mit der Brennschere ihre Haare und ging dann mit Julia ins Erdgeschoß hinunter, wobei sie die schneeigen Wogen von Julias Kleid hochhob, da sich seit dem letzten Treppenputz am Morgen möglicherweise einige Staubkörnchen angesammelt hatten.

Dann stiegen sie in die Kutschen und fuhren zur Kirche.

Es war wirklich eine eindrucksvolle Prozession, deren strahlender Mittelpunkt Julia war. Sie sah mit den

Perlen und Diamanten im dunklen Haar wunderschön aus und wirkte so gefaßt, daß ihre Lippen oder gar ihre Hand kein einziges Mal zitterten. Ihr gegenüber saß eine völlig eingeschüchterte Eliza, deren Hände flatterten und die sich im Innersten verlassen und schutzlos fühlte. Sie konnte es einfach nicht fassen, daß Julia einen so wichtigen Schritt ohne jede äußerlich sichtbare Regung tat. War es von größerer oder von geringerer Tragweite, wenn man einen Mann heiratete, den man nicht liebte? Nach Elizas Ansicht war es fast sündhaft. Jagte es einem mehr oder etwa weniger Furcht ein? Eliza errötete bei dem Gedanken, was sie empfinden würde, wenn dies ihr Hochzeitsmorgen wäre und Francis ihr Bräutigam. Sie kam zu dem Schluß, daß sie über alle Maßen aufgeregt, aber keineswegs ängstlich sein würde, weil sie ihn ja liebte. Julia, die Richard ganz offenkundig nicht liebte, machte aber auch keinen verschüchterten Eindruck. Eliza sinnierte traurig darüber nach, daß ihre geliebte Cousine nur nach Reichtum strebte, wo andere Liebe zu finden hofften.

Vor der Kirche hatte sich eine große Menschenmenge versammelt. Das ganze Dorf war erschienen, und auch aus benachbarten Ortschaften waren viele gekommen. Julia entstieg elegant der Kutsche und nahm gnädig Hochrufe und bunte Sträußchen entgegen, die ihr zugeworfen wurden. Eliza stolperte hinter ihr her und wäre fast gestürzt; ein Lakai fing sie im letzten Augenblick auf, und die Dorfbewohner jubelten ihr zu. Julia dreht sich leicht irritiert um und nahm dann anmutig ihres Vaters Arm. Der Lakai bückte sich, hob Julias Schleppe hoch, um auf diese Weise ein weiteres Mißgeschick zu vermeiden, und drückte sie Eliza in die Hände. Die Orgel begann zu spielen, woraufhin sich die kleine Prozession in Bewegung setzte und den Mittelgang der Kirche zwischen den überfüllten Bankreihen hindurch zum Altar schritt.

Und so gelobte am 10. Juli 1814 Julia Lambert in Anwesenheit ihrer Familie und Freunde in der Kirche St. Andrew von Marchants in Hampshire, Richard Beaumont zu lieben, zu ehren und ihm gehorsam zu sein. Captain Francis Beaumont war sein Trauzeuge. Die Mutter der Braut weinte aus schierer Glückseligkeit laut vor sich hin, während der Vater des Bräutigams der Verbindung weder wohlwollend noch mißbilligend gegenüberzustehen schien. Als Brautjungfer stand Eliza im Seitenschiff kaum einen Meter hinter dem Trauzeugen und war äußerst erleichtert, als die ganze Zeremonie vorüber war.

Eliza konnte sich nicht entscheiden, was ihr mehr mißfiel: daß Julia Richard heiratete, oder daß sie selbst nicht Francis Beaumont heiratete. Ihr Onkel betrachtete sie von der Seite aus seinem Kirchenstuhl und dachte, wie unglaublich jung und verloren sie wirkte und wie wenig sie seiner sonst so ungebärdigen Nichte glich. Er nahm sich vor, sich mehr um sie zu kümmern als bisher, wenn dieser ermüdende und kostspielige Unsinn vorüber war. Er liebte und bewunderte seine sanfte Tochter, doch sie weckte in ihm keinen Beschützerinstinkt, wie es bei seiner Nichte der Fall war.

Das Hochzeitspaar drehte sich um und begann die Altarstufen hinunterzuschreiten. Mr. Lambert sah Francis Beaumont mit freundlichem Lächeln zu Eliza treten, um ihr den Arm zu reichen. Doch das Lächeln machte rasch einem ärgerlichen Erstaunen Platz, als Eliza mit gesenktem Kopf, anscheinend tief versunken in eigene Probleme, ihrer Cousine in das Sonnenlicht hinaus folgte und Francis vollkommen ignorierte. Mr. Lambert ging auf Francis zu, der mit verstimmtem Gesicht hinter Eliza herstarrte.

»Sie hat Sie gar nicht gesehen, mein Lieber. Nehmen Sie es sich nicht zu Herzen. Eliza ist sehr traurig darüber, Julia in gewisser Weise zu verlieren. Ihre Gedanken kreisen nur darum.«

»Natürlich hat sie mich gesehen, Sir, sie konnte gar nicht anders, denn ich war ja kaum einen halben Meter von ihr entfernt«, widersprach Francis heftig. »Ich fürchte, daß sie alle Beaumonts ablehnt und ihre spezielle Abneigung gegen meinen Bruder auf mich übertragen hat.«

»Ich glaube nicht, daß ...«, begann Mr. Lambert, doch hinter ihm drängten sich die Leute, und neben ihm ertönte die Stimme seiner Frau. Beides trennte ihn von Francis, und er ließ sich von der Menge aus der Kirche hinausschieben.

Erst im Freien wurde Eliza klar, daß sie sich eigentlich von Francis hätte geleiten lassen müssen. Da sie sich ihn derart lebhaft als Bräutigam vorgestellt hatte, war ihr jedoch jedes Gefühl für Etikette abhanden gekommen. Sie schluckte krampfhaft und sah sich nach ihm um, weil sie sich entschuldigen wollte. Gerade eben trat er aus dem hohen Kirchentor, fast einen Kopf größer als die meisten anderen Männer. Sein Gesichtsausdruck war so unheildrohend, daß ihr Herz einen Sprung machte. Bestimmt würde er sie mit Verachtung strafen, wenn sie jetzt zu ihm ginge. All ihr Mut hatte sie verlassen. Doch dann straffte sie resolut die Schultern. Wenn er sich über einen so kleinen Irrtum, einen so winzigen Fehler kleinlich aufregte, dann war er nicht der Mann, für den sie ihn gehalten hatte, nein, ganz gewiß nicht.

Sie stieg mit Onkel und Tante in die Kutsche und ließ sich auf der Heimfahrt nach Marchants durchrütteln und von ihrer Tante mit geschwätzigen Lobreden über Julia und deren frischgebackenen Ehemann überschütten. Von ihrem Onkel wurde sie mit wohlwollenden Blicken bedacht. Pelham wartete schon, um Mrs. Lambert aus der Kutsche zu helfen.

»Versprechen Sie mir, Madam, daß Sie das zweite entzückende weibliche Wesen, das dieses gastliche Haus beherbergt, nicht verheiraten, ohne meinen Rat einzuholen.«

»Oh, Captain Howell, Sir! Ich bin entrüstet! Wahrhaftig! Hast du das gehört, Eliza? Schockierend, nicht wahr? Seien Sie so gut, Captain Howell, und sorgen Sie dafür, daß Eliza eine Erfrischung bekommt. Sie sieht reichlich mitgenommen aus. Was ja ganz verständlich ist«, fuhr sie, zu Pelham gewandt, halblaut fort. »Sie liebt Julia schwärmerisch, müssen Sie wissen.«

Pelham nickte und hakte Eliza unter. Mr. Lambert sah ihnen lächelnd nach und wappnete sich dann für den zweiten Ansturm all dieser vielen Leute innerhalb von vierundzwanzig Stunden seines sonst so ruhigen Lebens.

»Sind Sie erschöpft?« erkundigte sich Pelham bei Eliza.

»Ein bißchen. Allerdings mehr seelisch als körperlich. Ich war noch nie auf einer Hochzeit, bei der ich so wünschte – ja, so wünschte, daß die Braut glücklich wird und ihren Entschluß nie bereut.«

»Bei allem Respekt vor dieser speziellen Braut«, sagte Pelham und führte Eliza zu einer lauschigen Ecke, aus der sie nicht so leicht entwischen konnte, »sie wird schon dafür sorgen, daß sie glücklich wird. Ich weiß, daß Sie ihr herzlich zugetan sind, doch Sie sollten auch ein Quentchen Mitgefühl für Richard Beaumont erübrigen. Ich fürchte, er wird's dringend nötig haben.«

Elizas Reaktion schwankte zwischen Argwohn und Nichtbegreifen.

»Unsinn!« erklärte sie schließlich in entschiedenem Ton. »Er ist weitaus glücklicher dran, als er es je hätte erhoffen können. Julia ist tausendmal zu gut für ihn.«

Pelham lehnte sich an die Wand neben sie.

»Ich würde vor Freude sterben, wenn Sie mich in dieser Weise verteidigen würden, Eliza.«

Eliza war in Gedanken so mit Julia beschäftigt, daß sie ohne jede Koketterie antwortete: »Dann müssen Sie es lernen, meine Liebe ebenso zu verdienen, wie es bei ihr der Fall gewesen ist.« Pelham war völlig überwältigt von dem Gedanken an die möglichen Folgerungen aus dieser Bemerkung. Er machte sich auf die Suche nach Erfrischungen für sie beide, wollte sich aber vor allem etwas beruhigen. Als er sich mit zwei Gläsern einen Weg durch die Gästeschar bahnte, hielt Francis ihn auf.

»Für wen ist denn das zweite Glas?«

»Das geht dich gar nichts an, mein lieber Francis. Wir hatten es noch nie auf die gleiche Frau abgesehen und wollen bei Gott auch jetzt nicht damit anfangen.«

»Klär mich bitte auf. Mir macht es immer Spaß, deinen Geschmack zu testen«, neckte ihn Francis.

»Sie ist wild, süß und rothaarig. Aber jetzt laß mich vorbei und der amüsantesten Frau weiter den Hof machen, die ich je kennengelernt habe.«

»Den Hof machen?« erwiderte Francis barsch. »Du machst Miß Stanhope den Hof?«

»Was kümmert's dich? Du hast doch den Überlegenen gespielt und dich nicht mehr mit ihr abgegeben.«

»Mir ist ja kaum etwas anderes übriggeblieben«, erwiderte Francis so niedergeschlagen, daß Pelham ihn mit zusammengekniffenen Augen musterte.

»Francis – das ist doch wohl nicht möglich, daß deine Eitelkeit ein bißchen verletzt ist?«

Francis öffnete den Mund, um einzugestehen, daß dies mit Eitelkeit nichts zu tun habe, nickte dann aber nur, gezwungen die Fassung wahrend. Pelham deutete mit einem vollen Glas zu den Fenstertüren hin, vor denen die reizende Gestalt Fanny Leslies besonders gut zur Geltung kam.

»Da drüben hast du große Chancen, mein Junge.«

Francis lächelte. »Abgesehen von einem hübschen Gesicht hat sie kaum etwas zu bieten. Aber macht nichts! In einem solchen Fall kommt meine Moral nicht ins Wanken. Viel Spaß mit deinem Knallfrosch.«

»Du solltest das nicht in so düsterem Ton sagen. Aber es stört mich nicht. Ich will sie über den Verlust ihrer Cousine Julia hinwegtrösten – in meinen Augen übrigens gar kein Verlust.«

Francis nickte. »Richard wird alle Hände voll zu tun haben.«

»Das soll uns eine Lehre sein. Wenn wir eine hübsche Frau wählen, müssen wir erst sichergehen, daß sie auch einen guten Charakter hat.«

»Ich glaube nicht, daß eine solche Frau existiert«, meinte Francis und widmete sich nun endlich Miß Leslie, die seinetwegen schon seit gut zehn Minuten eine bestimmte Pose durchgehalten hatte.

Eliza hatte ihr Gespräch beobachtet. Sie nahm ein Glas Champagner von Pelham entgegen, hatte aber plötzlich keine Lust, ihn zu trinken. Ohne viel Federlesens stellte sie das Glas einfach neben sich auf den Boden.

»Amüsiert sich Mr. Beaumont – Captain Beaumont, was meinen Sie?«

»Nicht sonderlich, und ganz bestimmt nicht den hundertsten Teil so gut wie ich.«

»Ist er denn nicht gern auf Gesellschaften?«

»Oh, ganz im Gegenteil! Ich glaube sogar, daß er die anderen Menschen ebenso sehr mag, wie diese ihn mögen, und das will etwas heißen. Im Grunde hat er keinen einzigen Feind.«

»Oh ...«

»Er steht mir näher als meine eigenen Brüder«, erklärte Pelham mit einer schwungvollen Geste. »Wenn ich einen ähnlichen Charakter wie Francis Beaumont hätte, würde ich ein Leben mit mir selbst vermutlich sehr genießen.«

Eliza hüstelte.

»Und jetzt verschwendet er sich an dieses hübsche, dumme Wesen dort drüben«, fuhr Pelham fort. »Sie ahnt nicht einmal, welch unverdientes Glück sie hat, seine Aufmerksamkeit erregt zu haben. Knietief sind wir in Spanien durch gebrochene Herzen gewatet – und alles nur durch Francis' Schuld. Warum trinken Sie denn nicht?«

»Ich mag jetzt nicht …«

»Was möchten Sie gern tun?«

»In diesem Augenblick würde ich am liebsten auf und davon laufen«, erwiderte Eliza wahrheitsgemäß.

»Darf ich Sie begleiten?«

Daraufhin mußte Eliza herzlich lachen. Mrs. Lambert trat auf die beiden zu. Sie war äußerst zufrieden damit, daß Eliza offensichtlich glücklich und zufrieden war, mit Captain Howell zu flirten. Sie erklärte, daß Julia die Hilfe ihrer Cousine beim Umkleiden benötige.

»Bestimmt will sie noch einmal mit dir sprechen.«

Eliza stieg die Treppe hinauf, um beim Austausch weißer gegen blaue Seide zu assistieren. Julia schien kaum zu bemerken, daß Eliza gekommen war, sondern gab völlig gelassen ihrer Zofe Anweisungen, wie die letzten Gegenstände verpackt werden sollten.

»Wirst du mich vermissen?« fragte die arme Eliza schließlich und wickelte eine der schimmernden Locken ihrer Cousine um ihren Zeigefinger.

»Wirst du denn nicht hier sein?« fragte Julia etwas erstaunt »Soll das heißen, daß du nicht da bist, wenn ich dich brauchen sollte?«

Eliza fand es traurig, daß Julia ›brauchen‹ und nicht etwa ›bei mir haben will‹ gesagt hatte.

»Oh, ich werde hier sein«, sagte sie laut. »Immer«, fügte sie freudlos hinzu.

Julia tätschelte ihr mit ihrer kühlen Hand den Arm. »Na, wunderbar. Dann gibt's doch nichts, weshalb du dich grämen müßtest. Du kannst sicher sein, daß ich nach dir schicken werde.«

Und damit rauschte sie aus dem Raum und schwebte die Treppe hinunter. Kurz danach brach sie mit ihrem Mann zur Hochzeitsreise auf.

Nach ihrer Abfahrt schmolz der Rest der Gesellschaft schnell zusammen. Auch Sir Gerard Beaumont und sein Sohn reisten ab, ohne daß es Eliza aufgefallen wäre. Am späten Abend nahm sie mit Onkel und Tante das immer wieder hinausgeschobene Essen ein, bei dem Mrs. Lambert einen endlosen Monolog hielt, in dem sie ihre vollständige Zufriedenheit mit dem ganzen Verlauf der Feierlichkeiten zum Ausdruck brachte. Mr. Lambert warf Eliza ab und zu einen mitfühlenden Blick zu. Nach Tisch spielten er und sie Karten, dann hielt sie für ihre Tante die Wolle, sie alle tranken Tee, und schließlich wurde es Mitternacht in dem totenstillen Haus.

5

Der 11. Juli brach warm und still an. Eliza wachte mit einem Gefühl der Leere und Niedergeschlagenheit auf. Ihr Kopf war schwer, ihre Stimmung dementsprechend. Sie frühstückte allein, da ihr Onkel schon aus dem Haus und ihre Tante vollauf damit beschäftigt war, alle Hochzeitsgeschenke zu verpacken. Eliza aß sehr langsam und nur sehr wenig, starrte blicklos auf die Rasenflächen, die sanft geschwungenen Felder und den taubenblauen Himmel. Ab jetzt würde es Tag für Tag so sein: unbewegt, ruhig und leer. Nur die Jagdsaison und gelegentliche Besuche außer Haus würden dieses Einerlei unterbrechen. Sie fühlte sich, als ob plötzlich eine Glasglocke über sie gestülpt worden wäre, als ob sie eingesperrt und von jeglichem Lärm, jeder Freude und Aktivität ausgeschlossen wäre. Jahre ihrer Jugend waren vergangen, und sie hatte sich nie die Mühe gemacht zu überlegen, was der nächste Tag bringen würde, da sie sich in Julias Gesellschaft nie langweilte. Doch nun war Julia nicht nur fort, sondern hatte sich durch ihre Heirat auch verändert. Natürlich würde es weiterhin Gesellschaften und Bälle geben, dachte sie angewidert. Aber was brachte das schon, wenn sie mit Tante und Onkel daran teilnahm, aber niemanden hatte, mit dem sie hinterher darüber lästern konnte? Sie zerkrümelte gedankenlos den Toast, seufzte und erhob sich.

Gleich darauf tauchte ihre Tante auf.

»Eliza, meine Liebe, wie gut, daß du hier bist. Kristall und Porzellan kann ich den Dienstboten nicht anvertrauen. Das Verpacken, meine ich. Bist du so lieb, Eliza? Wie nett von dir. Du wirst mich nun bei allem und jedem unterstützen, nicht wahr? Du bist die einzige Tochter, die mir noch geblieben ist.

Oh, ich werde Julia sehr vermissen, ja, das werde ich. Also – das Glas kommt in die Truhe dort beim Fenster, und das Porzellan – oh, dabei fällt mir was ein: Porzellan! Fandest du nicht, daß Fanny Leslie noch nie so hübsch aussah wie gestern? Natürlich hat Julias Hochzeitsfeier über jeden Anwesenden so etwas wie einen Zauber gelegt, und am allermeisten natürlich über sie selbst. Das Porzellan kommt in die Truhe, Eliza, außer den Terrinen. Die müssen in diese Schachtel. Hast du eine Ahnung, was ich mit dem vielen Essen machen soll, das übriggeblieben ist? Ich werde es noch im ganzen Dorf verteilen müssen. Vielleicht bist du so gut, wenn du diese kleine Aufgabe erledigt hast, Eliza …«

Die ›kleine Aufgabe‹ beschäftigte Eliza den ganzen endlos langen Vormittag. Sie wickelte ein, polsterte aus, zwängte und stopfte – ohne jede Hilfe. Lautstark geäußerte Anweisungen ihrer Tante waren zu hören, ihr Onkel blieb unsichtbar. Allein und trübsinnig arbeitete sie vor sich hin, bis die glänzenden Stapel von Julias neuen Besitztümern säuberlich verstaut waren, um nach London, Bath und Gloucestershire gebracht zu werden. Wie herrlich mußte es sein, die Herrin über einen eigenen Haushalt zu sein und nicht aus Barmherzigkeit bei Verwandten leben zu müssen! Wie herrlich, Anordnungen zu geben, nur solche Aufgaben zu erledigen, die Spaß machten, und sein Leben nach eigenen Neigungen gestalten zu können! Es kam ihr so vor, als hätte sie die letzten beiden Monate damit verbracht, bei der Vorbereitung zu Julias neuem Dasein zu helfen, während ihr eigenes Leben nur um so ärmer geworden war. Wenn sie ein Junge wäre, dann würde sie davonlaufen und zur See gehen. Da sie aber leider nur ein Mädchen war, wollte sie wenigstens in den Garten davonlaufen.

Sie legte sich einen Schal um die Schultern, was eigentlich überflüssig war, denn die Luft war warm und ein wenig feucht. Langsam schritt sie über den Rasen und zertrat dabei Gänseblümchen und Ehrenpreis, die ihn sprenkelten. Am Rand des Begrenzungsgrabens blieb sie stehen und sah neidvoll zu den untersetzten, zufriedenen Kühen auf ihrer saftigen Weide hinüber. Alles um sie war so, wie es ihr ganzes Leben lang gewesen war: die Felder, die Hecken, die kleinen Hügel, die Kühe, der Kirchturm, der Taubenschlag. Nur sie und ihre Situation hatten sich völlig gewandelt. Es kam ihr unglaublich und gräßlich vor, daß Julia wirklich für immer gegangen war und sie nun als einziger junger Mensch in Marchants lebte. Sie fühlte sich wie in einer Falle. Eliza hoffte, daß ihre Sehnsucht nach Freiheit sie nicht dazu verleiten würde, einen katastrophalen Fehler zu machen. Leider schien sie ja eine Vorliebe dafür zu haben.

Sie wandte sich nach links, weil sie zu dem Pfad zwischen den Stechpalmen gehen wollte. Als sie bei den ersten Bäumen angekommen war, holte sie ein Dienstbote ein und berichtete, daß ein Captain Howell sie zu sprechen wünsche. Mrs. Lambert habe ihm gesagt, daß sie keine Ahnung habe, wo Eliza stecke. Doch dann habe Captain Howell sie vom Fenster aus gesehen und darum gebeten, sie von seinem Besuch zu informieren. Eliza stieg das Blut ins Gesicht, als sie erwiderte, daß sie Captain Howell in der Bibliothek aufsuchen würde. Sie zwang sich dazu, nicht zu jenem Fenster hinzuschauen, hinter dem er vermutlich stand.

Sie betrat die Bibliothek so leise, daß er sie nicht hörte. Er stand am Tisch, ließ mit einem Finger den großen Globus wirbelnd kreisen und summte vor sich hin. Eliza wünschte, er wäre nicht gekommen. Obwohl sie reichlich unerfahren war, verriet ihr der Instinkt, aus welchem Grund Captain Howell vermutlich zurückgekehrt war. Und ausgerechnet so kurz nach einer Hochzeit, wenn romantische Gefühle geradezu in der Luft lagen. Sie wußte nicht im geringsten, was sie ihm sagen sollte, ja, sie wußte nicht einmal, wie sie auch nur einen Schritt weitergehen sollte. Also blieb sie gleich bei der Tür stehen. Schließlich schaute er auf und zuckte leicht zusammen, als er sie erblickte.

»Miß Stanhope! Warum machen Sie sich denn nicht bemerkbar? Bestimmt haben wir deshalb schon mindestens fünf Minuten verloren!«

Er kam rasch auf sie zu, ergriff ihre beiden Hände und betrachtete sie dann mit weit mehr Zuneigung, als ihr lieb war. »Sie wundern sich vermutlich, warum ich gekommen bin?«

»Warum Sie gekommen sind?« echote sie dümmlich.

»Genau. Ich war mit Captain Beaumont schon auf halbem Weg zu unserem Haus in Newbury ...«

Er brach ab. Die Erwähnung von Francis' Namen erweckte in ihnen beide schmerzhafte Empfindungen. Pelham hatte an diesem Morgen zum ersten Mal so etwas wie einen Streit mit Francis gehabt und war immer noch nicht darüber hinweg. Beim Frühstück in dem Gasthaus, in dem sie übernachtet hatten, tat er Francis seine Absicht kund, nach Marchants zu reiten. Das Gesicht seines Freundes hatte sich daraufhin verdüstert.

»Was ist los, Francis? Paßt es dir nicht, daß ich dorthin zurück will, um mein Glück zu versuchen?«

»Nein.«

»Welche Schritte gedenkst du zu unternehmen, um mich davon abzuhalten?«

»Alle nur denkbaren.«

»Na schön, ich werde mich vorsehen und mich über deine Einwände hinwegsetzen. Bevor du meinem Pferd die Vorderbeine fesselst und meine Reithosen versteckst, möchte ich dich aber doch bitten, mir die Gründe für deine Mißbilligung zu nennen.«

Eine Art Zucken lief über Francis' Gesicht. Ein-, zweimal war er kurz davor zu reden, breitete mehrmals beschwörend die Hände aus, um sie dann zu Fäusten zu ballen, doch es kam nichts. Nach einem offensichtlich schmerzhaften Kampf mit sich selbst rang er sich zu einem Entschluß durch. »Reite nur, Pelham. Natürlich reitest du zurück, wenn du es möchtest. Es geht mich ja nichts an.«

Er gestikulierte immer noch hilflos, wandte sich zur Tür und wollte hinausgehen, doch Pelham packte ihn beim Arm.

»Bist du verrückt geworden? Was soll das heißen? Im einen Augenblick bist du bereit, fast jedes Verbrechen zu begehen, nur um mich zurückzuhalten. Im nächsten schickst du mich mit Tränen in den Augen weg. Was ist denn los?«

»Kannst du mich denn nicht in Ruhe lassen? Ich hab doch gesagt, du sollst gehen, oder etwa nicht? Nun geh schon, und zwar so bald wie möglich!«

»Wirst du hier auf mich warten?«

»Nein!« Die Tür fiel krachend hinter Francis zu.

Daraufhin war Pelham reichlich verwirrt nach Marchants geritten. Sein einziger Trost war die feste Überzeugung, daß Eliza ihn freundlich willkommen heißen würde. Als er nun ihr Gesicht betrachtete, kam es ihm sehr blaß vor, mit dunklen Schatten unter den Augen. Als er Francis' Namen erwähnte, schienen sich ihre Augen für einen Sekundenbruchteil zu weiten, und ihre Hände machten eine unwillkürliche Bewegung.

»Haben Sie ein paar Minuten für mich Zeit?«

»Aber ja ...«

»Sie wirken auf mich heute sehr ermattet.«

»Ich fühle mich – etwas niedergeschlagen, Captain

Howell. Vermutlich liegt das an der ungewohnten Stille nach den lustigen, turbulenten Tagen, die wir hinter uns haben.« Ihre Erklärung konnte ihn nicht überzeugen.

»Sie sind bedrückt, weil Ihre Cousine fort ist, nicht wahr?«

»Ja, unter anderem auch deswegen – das heißt, natürlich liegt es daran, ja, ich werde mich ohne sie hier sehr alleine fühlen ...«

Pelham geleitete sie zu einem Sofa beim Fenster.

»Und welche Gründe gibt es noch?«

Eliza stiegen die Tränen in die Augen. Sie schüttelte stumm den Kopf.

»Wollen Sie mir nicht Ihr Vertrauen schenken? Vielleicht könnte ich Ihnen helfen. Ich muß gestehen, daß ich es nicht ertragen kann, Sie so traurig zu sehen.«

Eliza war völlig überwältigt von seiner liebevollen Anteilnahme. Eine Träne rollte ihr über die Wange.

»Es ist – ich habe mir selbst jede Möglichkeit genommen, von – jemandem gemocht zu werden, für den ich – alles tun würde.«

Pelham nahm ihre Hand und wartete mit zunehmender Beunruhigung ab.

»Ich war unhöflich, wenn ich höflich sein wollte, unfreundlich, wenn ich eigentlich beabsichtigte, nett zu sein. Ich habe mich wie ein törichtes Kind benommen, das die – Achtung eines Erwachsenen nicht verdient. Ich habe – oh, Captain Howell, ich bin so unglücklich.«

Er zog sie an sich, und sie bettete ihren Kopf an seine Schulter, um sich auszuweinen. »Ich kann mir nicht vorstellen, daß Sie sich so verhalten haben«, sagte Pelham nach einer Weile sanft.

Mit nassem Gesicht und zerknittertem Kleid setzte sie sich kerzengerade auf. »O doch, das habe ich! Wirklich! Sie haben es sogar miterlebt. Ich begreife überhaupt nicht, wieso Sie so nett zu mir sind, obwohl Sie doch Zeuge meines unmöglichen Benehmens waren.«

Als Pelham ihr nun direkt ins Gesicht schaute, dämmerte ihm allmählich die Wahrheit. Ohne lang nachzudenken, nickte er.

»Francis Beaumont«, sagte er ruhig.

Eliza senkte den Kopf.

»Kein Mensch weiß davon. Das heißt, keiner außer Ihnen. Und ich flehe Sie an! Niemand darf je davon erfahren. Cap ... er würde mich auslachen, wenn er's wüßte.«

Wie vor den Kopf geschlagen, brachte Pelham eine Zeitlang kein Wort hervor. Es paßte alles zusammen, geradezu perfekt. Alle Teile des Puzzles waren da, doch er hatte sie einfach nicht sehen wollen. In einem Winkel seiner Seele wußte er, daß er dankbar sein mußte, weil er sich ihr noch nicht erklärt hatte. Wenigstens hatte er sein Gesicht gewahrt.

»Es tut mir leid, daß ich Sie mit meinen Problemen belaste, obwohl Sie doch gekommen sind, um mich aufzuheitern. Versuchen Sie bitte, all das zu vergessen! Ich war furchtbar selbstsüchtig.«

Pelham erhob sich ein klein wenig wacklig. Er schaute in ihre feucht schimmernden Augen und zweifelte daran, daß er es noch einen Augenblick länger mit ihr im gleichen Zimmer aushalten könnte, ohne sie als die Seine in die Arme nehmen zu dürfen.

Der Augenblick des Abschieds schien seine Gefühle noch zu verstärken. Auch sie erhob sich und lächelte ihn fast schüchtern an. »Werden Sie mich wieder besuchen?«

Pelham schluckte. »Natürlich. Verzeihen Sie mir, daß ich so wenig – gesprächig bin. Und natürlich ist es keine Last für mich, daß Sie sich mir anvertraut haben. Ganz im Gegenteil ich sehe es als ein Geschenk an. Es wird mir eine große Freude sein, wenn ich in ein paar Wochen wiederkommen kann. Mehr als eine große Freude!«

Er nahm ihre Hand und küßte sie ganz zart.

»*A bientôt*, Eliza.«

Als sich die Tür hinter ihm schloß, sank Eliza wieder auf das Sofa zurück. Sie fühlte sich einerseits völlig verlassen, andererseits aber auch erleichtert, daß sie ihren aufgestauten Gefühlen endlich Luft gemacht hatte. Sie schaute aus dem Fenster und sah ihn langsam den Weg entlangreiten, eine schwermütige Gestalt, was eigentlich so gar nicht zu ihm paßte. Schuldbewußt erinnerte sie sich daran, was sie als Grund für sein schnelles Wiederauftauchen angenommen hatte. Ob sie wohl richtig vermutete, daß er gekommen war, um ihr einen Antrag zu machen? Und wie hatte sie ihn empfangen? Sie war in Tränen ausgebrochen und hatte ihm gestanden, wie sehr sie einen anderen liebte! Eliza wurde brennend rot und beobachtete mit einer gewissen Verzweiflung, wie der Reiter in der langen, schnurgeraden Allee immer kleiner wurde.

Pelham nahm sich zuerst vor, die ganze Strecke in einem durchzureiten, um sich bis zur Erschöpfung zu ermüden. Doch dann beschloß er, die Nacht dazu zu benutzen, etwas zu sich zu kommen, bevor er zu seiner ausgelassenen Familie zurückkehrte. Er ritt ein paar Meilen langsam dahin. Als das Gasthaus ›Stag's Head‹ in Sicht kam, wo er am Morgen mit solchem Optimismus aufgebrochen war, konnte er es kaum fassen, daß er schon wieder zurück war. Beim Absitzen überlegte er, wie töricht es wäre, hier zu übernachten und nachzugrübeln, was hätte sein können. Was er brauchte, war Ablenkung! Also entschied er sich, seinem Pferd eine Ruhepause zu gönnen, ein spätes Dinner einzunehmen und dann in der Dämmerung nach Newbury zu reiten. Er übergab die Zügel dem Stallknecht und trat ins Haus. Zu dieser späten Nachmittagsstunde war es im Gasthaus sehr ruhig, da selbst die Hunde in irgendwelchen lauschigen Ecken dösten. Es verschaffte ihm einige Erleichterung, laut die Treppe hinaufzupoltern.

Er öffnete die Tür zu dem Zimmer, in dem er die vorherige Nacht verbracht hatte, und sah seinen Freund an dem Tisch beim Fenster sitzen. Francis fuhr herum; sein Gesicht drückte unverhohlen ängstliche Erwartung aus.

Pelham trampelte durch das Zimmer zum Bett und begann, sich die Stiefel auszuziehen.

»Ich nahm an, du wärst schon weg.«

»Oh, ich hab mir's anders überlegt.«

»Das seh ich. Hilf mir mal.«

Als er die Stiefel ausgezogen hatte, ließ er sich aufs Bett fallen, breitete die Arme weit aus und schloß die Augen. Francis forschte in Pelhams Gesicht nach irgendwelchen Anzeichen eines glücklichen Triumphes, fand aber keine. Schließlich öffnete Pelham wieder die Augen.

»Ich hatte kein Glück.«

»Kein Glück?« Francis versuchte, in seiner Stimme jede Genugtuung zu unterdrücken, hatte aber wenig Erfolg damit.

»Kein Glück. Um es genauer auszudrücken, ich habe nicht einmal versucht, meine ursprüngliche Absicht durchzuführen, als ich merkte, daß ich keinen Erfolg haben würde.«

Francis krampfte eine Hand in die andere, um ein verräterisches Zittern zu verbergen.

»Das tut mir leid«, sagte er.

Pelham warf ihm einen mehr als skeptischen Blick zu. »Das glaube ich dir nicht, und es sollte dir auch nicht leid tun. Wenn ich mit dem fertig bin, was ich dir jetzt erzählen will, dann hast du auch nicht den geringsten Grund, etwas bedauerlich zu finden.«

»Schieß los«, drängte ihn Francis.

»Dann setz dich. Ich kann schließlich nicht den Heroischen spielen, wenn du derartig über mir aufragst. Hör gut zu. Selbst wenn ich es soweit gebracht hätte, Eliza Stanhope einen Antrag zu machen, hätte sie mich abgewiesen – aus dem einfachen Grund nämlich, weil sie einen anderen liebt. Und der Höhepunkt meiner Geschichte besteht darin, daß ausgerechnet du derjenige bist.«

Erst jetzt setzte sich Francis, und zwar so abrupt, daß alle möglichen Gegenstände im Zimmer ins Wackeln gerieten.

»O Gott!« sagte er und vergrub das Gesicht in den Händen.

»O du lieber Gott!«

Pelham stützte sich auf die Ellbogen.

»Ich finde, daß ich mehr Dankbarkeit verdiene als der Allmächtige.«

Francis stand auf und trat ans Bett. Dann beugte er sich herunter und umfaßte Pelhams Schultern. Sein Gesicht strahlte förmlich vor Seligkeit.

»Ich weiß nicht, wie ich die Dankbarkeit ausdrücken soll, die ich dir schulde.«

»Tu's lieber nicht.«

»Das werde ich auch nicht, ich verspreche es dir. Aber du sollst wissen, daß mir so zumute ist.«

Pelham setzte sich auf.

»Edle Würde steht keinem von uns beiden besonders gut mein lieber Freund. Jetzt geh und überlaß mich der Aufgabe mich damit abzufinden, daß ich nur den zweiten Platz im Herzen der beiden Menschen einnehme, die ich am meisten liebe – ein schmerzlicher Prozeß.«

Die Tür schloß sich hinter einem frohlockenden Francis. Doch kaum eine Minute später flog sie wieder auf.

»Pelham?«

»Ja?«

»Bist du wirklich ganz sicher, daß ich es war, den sie meinte?«

»Das war leider ganz eindeutig!«

»Pelham ...«

»Laß mich in Ruhe!«

Francis blieb einige Zeit im Korridor stehen und befand sich in einer Art Trance. Dann ging er mit resoluten Schritten die Treppe hinunter und zum Stall. Auf halbem Weg dorthin blieb er jedoch stehen und begann zum ersten Mal, einigermaßen vernünftig zu überlegen, was er eigentlich tun sollte. Sein erster Impuls war, sich sofort aufs Pferd zu schwingen und so rasch wie möglich nach Marchants zu reiten. Doch dann wurde ihm klar, daß er vermutlich in keinem allzu günstigen Moment dort eintreffen würde, um seinen Antrag vorzubringen. Die Lamberts aßen früh zu Abend. Wie schnell er auch reiten würde, er käme bestimmt erst dann an, wenn die Stickereien und die Karten bereits zu ihrem Recht kamen. Folglich würde er Eliza nicht unter vier Augen sprechen können.

Bei diesen Überlegungen ging er im Hof auf und ab. Die Lamberts würden ihm notgedrungen ein Bett für die Nacht anbieten, obwohl sie nach der ganzen Hektik der Hochzeitsfeier vielleicht gar keine Lust auf Gesellschaft hatten. Außerdem wären sie sicher reichlich verwirrt, wenn innerhalb eines Tages nun schon der zweite Bewerber um Elizas Hand herbeigestürmt käme. Falls die Unterredung mit ihr überhaupt zustande kommen sollte – er malte sie sich schon aus –, dann mußte er bis zum nächsten Morgen warten, wenn er hoffentlich etwas ruhiger wäre und Eliza die Gelegenheit hätte, ihn allein zu sehen. Es machte ihm schwer zu schaffen, daß er noch warten mußte, aber es blieb ihm gar nichts anderes übrig. Bisher war jeder einzelne Augenblick mit Eliza irgendwie mißglückt. Er wollte und mußte unbedingt dafür sorgen, daß das morgige Gespräch so gut verlief wie nur möglich. Zudem verdankte er Pelham so unendlich viel, daß er ihn in seiner eigenen Aufregung auf keinen Fall vergessen durfte.

Folglich würde er abwarten. Falls Pelham später herunterkäme und seine Gesellschaft wollte, dann würde er sie ihm liebend gern anbieten. Falls er aber allein bleiben wollte, dann würde sich Francis geradezu unsichtbar machen. Nachdem er diese Entscheidung getroffen hatte, setzte er sich rittlings auf den Zaun, schaute ins Leere und malte sich aus, was der nächste Tag bringen würde.

Der 12. Juli wird auch nicht besser werden als der 11., fand Eliza, als sie am Morgen die Augen öffnete. Vermutlich würde der Tag wieder so ruhig und langweilig sein, die Atmosphäre wieder wie eingefroren ... Zudem hatte sie durch eigene Schuld ihr Leben noch mehr veröden lassen, weil sie am Vortag Pelham so ungeschickt behandelt hatte. Zwar hätte sie einen eventuellen Antrag von ihm bestimmt nicht angenommen, doch eine kleine Stimme in ihr flüsterte, daß in ihm zumindest eine Art Ausweg aus der zukünftigen Monotonie zu sehen gewesen wäre. Sie stand auf, da alles besser war, als ewig zu grübeln. Als sie sich im Spiegel betrachtete, hatte sie den Eindruck, sie habe mehrere Wochen unter einem Stein gelegen. Ein bißchen zarte Blässe mochte ja ganz reizvoll sein, aber nicht diese bleiche Durchsichtigkeit. Sie zog sich langsam an und hoffte inständig, daß diese tödliche Schwunglosigkeit wieder so plötzlich vorbei sein würde, wie sie gekommen war.

»Heute reiten wir aus«, erklärte ihr Onkel beim Frühstück, nachdem er sie besorgt gemustert hatte.

Sie lächelte ihm dankbar zu. »Liebend gern, Onkel!«

Ihre Tante runzelte die Stiern. »Ich kann dich nicht entbehren, meine Liebe, ganz unmöglich. Ohne deine Hilfe kann ich unmöglich all das erledigen, was heute vormittag getan werden muß. Es ist sehr selbstsüchtig von dir zu glauben, daß ich alles selbst machen könnte.«

»Es entspricht nicht etwa einer Laune Elizas, daß wir ausreiten«, erwiderte Mr. Lambert in festem Ton. »Ich befehle es geradezu. Es liegen noch genügend Tage vor uns, meine Liebe, an denen sie dir nach Kräften behilflich sein wird.«

Die Dankbarkeit, die Eliza für ihren Onkel empfand, ließ sie ihrer Tante gegenüber besonders freundlich sein.

»Wir werden sicher nicht den ganzen Vormittag weg sein, Tante. Ich helfe dir dann gern noch vor dem Dinner.«

Mrs. Lambert war gerührt. »Das ist lieb von dir. Vielleicht wirst du mir doch noch eine richtige Tochter und eine ebensolche Stütze, wie Julia es für mich war.«

Eliza überlegte, wie unzutreffend diese Bemerkung war, als sie das Musselinkleid aufs Bett warf und ihr Reitkleid aus dem Schrank nahm. Sie konnte sich nämlich nicht entsinnen, daß Julia je in ihrem Leben irgend jemandem auch nur den kleinsten Dienst erwiesen hätte. Doch offensichtlich hatte jeder Abschied die Wirkung, daß bei denen, die zurückblieben, alles vergeben und vergessen war. Eliza nahm Handschuhe und Reitgerte, trat in den Gang und stieg langsam die Treppe hinunter.

Auf dem schwarz-weiß gewürfelten Marmorboden der Diele standen ihr Onkel und – Francis Beaumont! Eliza stolperte, suchte mit einem leisen Aufschrei nach irgendeinem Halt und sah dann Francis mit ausgebreiteten Armen ein paar Stufen hinaufeilen. Dann faßten sich beide wieder. Francis zog sich zurück, und Eliza bewältigte auch noch die letzten paar Schritte, wobei sie sich mit der rechten Hand am Geländer festhielt.

»Nun muß ich leider doch auf deine Gesellschaft verzichten«, verkündete ihr Onkel wohlwollend. »Captain Beaumont möchte dich unbedingt sprechen. Da er nur aus diesem Grund so viele Meilen geritten ist, wäre es meiner Meinung nach äußerst unhöflich, ihn abzuweisen.«

Eliza war im Begriff zu sagen, daß sie gar nicht daran denke, ihn abzuweisen, beherrschte sich aber gerade noch und wurde rot.

»Macht es dir etwas aus, allein zu reiten, Onkel?« fragte sie statt dessen.

»In diesem Fall ganz und gar nicht, meine Liebe. Ich wünsche dir einen angenehmen Vormittag und hoffe, Sie beim Dinner zu sehen, Captain Beaumont.«

Francis verbeugte sich. Als ihr Onkel weggegangen war, kam Eliza das Schweigen unerträglich vor, das nun entstand. »Möchten Sie sich etwas ausruhen, nachdem Sie so weit geritten sind?« erkundigte sie sich hastig.

»Aber nein!«

Eliza wagte nicht, ihm in die Augen zu sehen. Sie konnte sich zwar überhaupt nicht vorstellen, wieso er gekommen war, nahm sich aber fest vor, diese Unterhaltung so gefaßt hinter sich zu bringen, wie es ihr nur möglich war.

»Wollen wir ein wenig im Garten spazierengehen?«

»Nichts täte ich lieber, Miß Stanhope. Darf ich Ihre Reitpeitsche tragen? Ich fühle mich sicherer, wenn Sie keine Waffe bei sich haben.«

Eliza errötete wieder, reichte ihm die Reitgerte und ging dann rasch zur Tür. Er holte sie sofort ein, und sie schritten nebeneinander – allerdings in einem Meter Abstand – über den Rasen. Beide schwiegen.

Als sie den Weg zwischen den Stechpalmen erreicht hatten, räusperte sich Francis. »Es ist sehr liebenswürdig von Ihnen, mir etwas von Ihrer Zeit zu opfern.«

»Ich nahm eigentlich an, daß Sie längst fort wären«, sagte Eliza, ohne sich ihm zuzuwenden.

»Das stimmt auch. Ich habe zehn Meilen geschafft, konnte dann aber nicht weiter – also bin ich zurückgekommen.«

Eliza entschloß sich, über diese Bemerkung nicht weiter nachzudenken. »Haben Sie Ihren Vater auch wieder mitgebracht?«

»Nein, das wäre sinnlos gewesen. Ich bin nämlich aus einem rein persönlichen Grund zurückgekehrt.«

Sie kam ihm immer noch kein Stückchen entgegen.

»Hielten Sie die Hochzeit denn nicht für einen großen Erfolg?«

»Doch«, erwiderte er. »In fast jeder Hinsicht war sie so, wie ich sie mir gewünscht hatte.«

Eliza mißverstand ihn gründlich und drehte sich schroff zu ihm um. »Oh, folglich sind Sie jetzt wohl hergekommen, um wieder etwas auszusetzen, stimmt's?« Ihre Wangen hatten sich bei den letzten Worten gerötet.

Francis machte rasch einige Schritte auf sie zu und versuchte ihren Arm zu ergreifen, doch sie wandte sich ab.

»Miß Stanhope, ich bitte Sie – Eliza! Ich bin aus genau dem entgegengesetzten Grund hier. Glauben Sie mir! Ich will mich für mein unmögliches Benehmen Ihnen gegenüber entschuldigen und Sie um Verzeihung bitten. In einem Augenblick des Wahnsinns hoffte ich sogar, Sie um Ihre Freundschaft bitten zu können. Aber angesichts der Art, wie Sie mich empfangen haben, sehe ich, welch törichte Hoffnung das war …«

Er unterbrach sich. Unbewußt hatte Eliza ihm mit höchster Aufmerksamkeit zugehört und ihn dabei verzweifelt angeschaut.

»Ich bin kein Unhold, Eliza«, sagte Francis in verändertem Ton. »Wirklich, Eliza. Ich bin auch kein ungehobelter Grobian oder unsensibler Klotz. Eliza, ich bin hier, um Ihnen – meinen schrecklichen Fehler einzugestehen.«

Eliza ballte die Fäuste.

»Fehler?« sagte sie heiser. »Sie sprechen von Fehlern? Das ist unmöglich. Fehler sind mein Vorrecht. Ich bin diejenige, die laufend Fehler macht.«

»Aber nur ganz entzückende«, widersprach Francis.

Er kam noch ein bißchen näher und nahm ihre krampfhaft geballten Fäuste in seine große, warme Hand.

»Werden Sie mich sprechen lassen, Eliza, ohne mich zu ohrfeigen? Oder mich wenigstens erst zu Ende reden lassen, bevor Sie mich schlagen?«

»Ich will daran nicht erinnert werden«, sagte Eliza leise.

»Ich auch nicht. Und deshalb soll dieses Gespräch ganz anders verlaufen als alle bisherigen. Kommen Sie.«

Er führte sie zu der Steinbank am Ende des Weges, drückte sie sanft nieder und hielt immer noch ihre Hände fest. Plötzlich begann Eliza zu zittern.

»Schauen Sie mich an.«

Sie schüttelte den Kopf.

»Ich kann nicht.«

»Bitte! Sie helfen mir damit sehr. Ich möchte sehen, ob ich Sie ärgere, denn es ist mein aufrichtiger Wunsch, Sie nie mehr zu betrüben.«

Sein Tonfall klang weit mehr als nur freundlich, so daß Eliza rasch zu ihm aufblickte. Francis legte den Arm hinter sie auf die Banklehne und lächelte unvermittelt.

»Es ist völlig absurd. Ich will damit sagen, daß ich mich völlig absurd finde. Gestern habe ich diese Rede mehrere Stunden lang einstudiert, und heute habe ich sie auf den zehn Meilen hierher ebenfalls geübt, doch nun bringe ich sie einfach nicht heraus.«

»Bitte, berichten Sie mir von Ihrem angeblichen Fehler«, sagte Eliza. »Vielleicht tröstet er mich über meine eigenen hinweg.«

»Ihre ...«

»Ja doch!« erwiderte sie ungeduldig. »Sie kennen sie doch auswendig. Mangel an Urteilskraft, Mangel an Selbstkontrolle, Mangel an Gefühl ... dazu noch Jähzorn ...«

»Letzteres war auch mein Fehler«, unterbrach Francis sie.

»Ich wurde plötzlich aus irgendwelchen Gründen, die sich dann als unzutreffend herausstellten, schrecklich zornig. Und gegen wen richtete sich mein Zorn? Ausgerechnet gegen die eine Person, der ich genau die entgegengesetzten Gefühle offenbaren wollte ...« Er beugte sich nach vorne, ließ ihre Hände los und schlug sich mit der Faust an die Stirn.

»O Eliza! Ich bringe das, was ich sagen möchte, so unbeholfen vor ... Wenn ich Sie weniger lieben würde, könnte ich mich wahrscheinlich viel besser erklären.«

Eliza saß mit geschlossenen Augen da und hatte furchtbare Angst, daß sich dieser glücklichste aller Träume tatsächlich nur als Traum erweisen würde.

»Welche Antwort Sie mir auch geben, meine Gefühle werden sich nicht ändern«, fuhr Francis mit etwas zittriger Stimme fort. »Wenn Sie mich wegschicken, wenn Sie mich verständlicherweise für unerträglich halten – wenn Sie also wollen, daß ich gehe, dann tue ich das auf der Stelle, aber ich ...« Er hielt inne. »Eliza, ich müßte ja wohl gehen, aber ich brächte es kaum über mich!« sagte er dann traurig.

Eliza wurde es fast schwindlig. Oh, dies war soviel schöner als alle Träume, in denen sie während der vergangenen Wochen geschwelgt hatte, als ihr so elend zumute gewesen war! Sie merkte, daß sie nichts sagen konnte, ließ sich aber von ihm hochziehen und mit solcher Gewalt an ihn drücken, daß ihre Lungen schier barsten. Er küßte sie nicht gleich, sondern hielt sie nur fest, die Wange an ihr Haar geschmiegt, und erzählte ihr, wie jämmerlich er sich gefühlt habe, wie er ihr nach dem Picknick in Selborne an die zwanzigmal geschrieben, die zwanzig Briefe aber wieder zerrissen habe, um dies dann wieder bitterlich zu bereuen. Er erzählte ihr, was er sich von ihrem Besuch in Quihampton versprochen habe. Er hatte ihr all die Lieblingsplätze seiner Jugend zeigen und ihr von den Jahren in Spanien berichten wollen, die seine Ansichten über das Leben und die Menschen so völlig verändert hatten. Er verriet ihr auch, wie eifersüchtig er am Vorabend der Hochzeit gewesen war, als er mitansehen mußte, wie sie mit Pelham Howell tanzte und lachte. Dann gestand er, wie er am nächsten Tag in der Kirche sehnsüchtig gewünscht hatte, an seines Bruders Stelle zu sein – mit Eliza an seiner Seite. Eliza preßte ihr Gesicht gegen die schneeweißen Rüschen seines Hemdes und sein elegantes Halstuch und hörte ihm atemlos zu.

»Ich hatte ja keine Ahnung, daß es einen wie ein Blitzschlag trifft, wenn man sich verliebt. Ich fand dich schon bezaubernd, als du dem armen Richard finstere Blicke zugeworfen und deine Tante geärgert hast. Als ich dann aber die Tür zum Pferdestall aufmachte und dich in mein Cape gehüllt in einer Futterkrippe sitzen sah, da hatte ich plötzlich unbändige Lust, dir all das zu sagen, was ich dir jetzt gestehe. Ehrlich gesagt, wollte ich dir unter den Buchen von Selborne das gleiche erzählen, aber ich habe alles falsch gemacht ...«

»Heißt das, daß du mich gar nicht wegen Richard ausschimpfen wolltest?« fragte Eliza und hob etwas den Kopf, um ihm in die Augen zu sehen.

»Nein«, erwiderte er verlegen. »Aber mir fehlte plötzlich der Mut, dir zu sagen, daß ich dich liebe. Ich nahm an, daß du es mir nicht glauben würdest, da ich dich schließlich erst seit drei Tagen kannte. Also benahm ich mich wie ein rechter Feigling und bin hinterher vor Reue fast gestorben.«

»Es ist das einfachste von der Welt, sich in weniger als drei Tagen zu verlieben«, erklärte Eliza emphatisch. »Keiner weiß das besser als ich.«

Francis stieß einen Ruf des Entzückens aus und küßte sie. Als er nach einiger Zeit den Kopf hob und in ihre leuchtenden Augen schaute, lächelte er selig.

»Welch unglaubliches Glück wir haben, Eliza!«

»Oh, das ist mir völlig klar.«

»Nicht nur deshalb, weil wir uns überhaupt getroffen haben, sondern weil wir einander wiederfanden. Wie leicht hätten wir uns durch dummen Stolz für immer verlieren können, denn ich fürchte, Liebste, daß du fast ebenso halsstarrig und stolz bist wie ich.«

»In letzter Zeit ist mein Stolz aber ganz schön gebeutelt worden.«

Sie setzten sich wieder auf die Steinbank, und er legte ihr den Arm um die Schultern.

»Warst du sehr unglücklich?«

Eliza warf ihm einen Blick zu, in dem die ganze Erinnerung an ihr Leid lag. »Oh, Francis! Ich ahnte gar nicht, daß man so unglücklich sein kann. Aber ich glaube, daß ich dadurch etwas erträglicher geworden bin. Ein bißchen, ein ganz kleines bißchen.«

Er lachte.

»Ich muß gestehen, daß ich mir vorzustellen versuchte, daß auch du unglücklich bist, um mich ein wenig zu trösten. Aber im Grunde glaubte ich, daß du lediglich wütend seist. Wenn Pelham nicht gewesen wäre, hätte ich vermutlich nie den Mut gefunden, es mit deiner Wut aufzunehmen und hierher zurückzukommen – so sehr ich es auch wünschte.«

»Pelham?«

»Ich verdanke es ihm und bin für immer in seiner Schuld. Er hat mir eine Chance gegeben – paß auf! Ich wußte, daß er gestern zu dir zurückritt, und glaubte, es nicht mit ansehen zu können, wie er dich für sich gewinnt. Also wollte ich ohne ihn nach Hause reiten. Doch dann merkte ich, daß es noch unerträglicher wäre wegzureiten, ohne zu wissen, ob er nun erfolgreich gewesen war oder nicht. Also saß ich den halben Tag herum, bis er zurückkam und mir erklärte, daß er nichts erreicht habe. Und dann eröffnete er mir, daß du geneigt seist, mich freundlicher zu empfangen, als ich je zu hoffen gewagt hatte.«

»Stell dir vor, du hättest nicht so lange gewartet!« sagte Eliza entsetzt.

Francis lächelte. »Und an Pelham verschwendest du gar keinen Gedanken?«

»O doch, doch. Ohne ihn würde ich – würden wir, ich meine – o Francis, überlege dir nur mal, wie es uns jetzt ohne ihn ergehen würde.«

»Wir dürfen ihm das nie vergessen!«

»Niemals!« versprach Eliza feierlich.

Flüchtig überlegte sie, wie sie sich in diesem Augenblick fühlen würde, falls Pelham nicht so großmütig gewesen wäre. Ihr ganzes Leben hatte sich in dieser einen kurzen Stunde vollkommen verändert. Die Niedergeschlagenheit, die ihr am Vormittag so schwer zu schaffen gemacht hatte, war für sie jetzt eine Stimmung, die sie sich kaum noch ausmalen konnte. Sie schaute Francis' Hand auf ihrer Schulter an und dann auf ihre eigenen Hände, die er in ihrem Schoß umfaßt hielt, sah in das Gesicht, das auf sie so einschüchternd und hochmütig gewirkt hatte und das sie jetzt so verliebt anstarren konnte, wie sie nur wollte.

»Noch heute morgen fürchtete ich, daß niemals mehr etwas Wunderbares geschehen würde.«

»Aber dann ist doch etwas geschehen«, neckte er sie.

»Das Wunderbarste von allem«, erwiderte Eliza ernst.

»Also habe ich dein Herz, liebste Eliza, oder darf zumindest darauf hoffen?«

»Francis!« rief sie fast empört aus. »Hast du denn kein Wort von alledem gehört, was ich in den letzten sechzig Minuten gesagt habe?«

Er sah sie voller Liebe an.

»Ich will ganz sicher sein.«

»Und willst deiner Eitelkeit schmeicheln lassen!«

»Nein, so empfinde ich es nicht. Ich muß mich doch erst deiner Liebe versichern, bevor ich es wagen kann, um deine Hand zu bitten.«

»Wagen nennst du das!« sagte Eliza entzückt.

»Ja, wagen. Lach mich ja nicht aus! Ich habe noch nie etwas so sehr gewünscht.«

»Du sollst es haben!«

Mr. Lambert kam auf seinem Braunen über die Wiese geritten und entdeckte die beiden. Er hielt unter den Ulmen an und beobachtete mit leichtem Erstaunen und beträchtlichem Vergnügen das Schauspiel, das seine Nichte und sein künftiger Neffe boten, als sie in enger Umarmung am Ende des Stechpalmenweges standen. Soso, das war also der Grund für die trübe Stimmung der kleinen Eliza gewesen, dachte er. Wie begriffsstutzig von ihm, nicht darauf zu kommen! Aber da sich Julia bei ihrer Verheiratung so vernünftig benommen hatte, war er eben überhaupt nicht auf romantische Komplikationen eingestellt gewesen. Eliza bewies einen ausgezeichneten Geschmack, lautete sein anerkennendes Urteil. Francis Beaumont würde sie am kurzen Zügel halten; und das war genau das, was sie brauchte.

Wohlwollend lächelnd trieb er sein Pferd an und ritt durch das trockene, leise raschelnde Sommergras zu dem Pärchen hinüber. Die beiden fuhren auseinander.

»Sir ...«, begann Francis und hielt Eliza weiterhin mit einem Arm umschlungen.

»Vermutlich möchten Sie jetzt mit mir reden«, schlug Mr. Lambert hilfreich vor. »Soll ich Ihnen die Mühe und mir die Zeit ersparen, indem ich erkläre, daß ich von Herzen gern einwillige?«

»Wenn mein Vater nur auch so wäre wie dein Onkel, dann würde unserer Liebe nichts mehr im Wege stehen«, sagte Francis etwas später zu Eliza.

6

Francis gönnte sich den Luxus eines freien, unbeschwerten Tages, an dem er nicht über das Problem nachdachte, das sein Vater für ihn darstellte. Er fand heraus, daß es noch viel hinreißender war, verliebt zu sein und dies der Geliebten gestanden zu haben, als er es für möglich gehalten hatte. Das ging so weit, daß Elizas bloße Gegenwart in seinen Augen allem etwas Strahlendes verlieh. Er hatte sie immer für hübsch gehalten. Doch er fand sie geradezu unwiderstehlich, seit sie die Seine war. Auch ihr Witz und ihre Fröhlichkeit hatten an Glanz für ihn gewonnen. Einmal überlegte er kurz, ob er nicht einen völlig idiotischen Eindruck machte, doch im nächsten Augenblick beschloß er, daß ihm das ganz egal war. Es kümmerte ihn keine Spur, was die Welt von ihm dachte. Wenn er über den Tisch hinweg seine lachende Eliza betrachtete, dann hätte er allerdings jeden bis zum Tod bekämpft, der sie nicht lobte und pries. Es gab so vieles, worüber er eigentlich mit ihr sprechen sollte, über seinen Vater und auch darüber, was es hieß, die Frau eines Offiziers zu sein. Doch an diesem Tag, an diesem ersten Tag wollte er auch nicht das kleinste Wölkchen am Horizont ihres Glücks aufkommen lassen.

Mrs. Lambert hatte ihren Ohren nicht getraut, als sie die Neuigkeit erfahren hatte. Als ihr Mann fröhlich vor sich hin summend nach Hause gekommen war, hatte er sie in der Molkerei aufgespürt, wo sie sich gerade darüber aufregte, daß die Butter aus unerklärlichen Gründen noch nicht fertig war. Mrs. Lambert von einem häuslichen Ärger abzulenken, war keine leichte Aufgabe. Doch er machte nicht viel Federlesens, sondern führte sie hinaus zu der Bank unter dem Tulpenbaum und eröffnete ihr, daß Francis Beaumont sich Eliza erklärt habe. Diese habe den Antrag angenommen und er selbst habe beim Vorbeireiten seinen Segen gegeben, um ihnen allen Zeit und Mühe zu sparen. Diese Erklärung machte Mrs. Lambert zwar nicht sprachlos, wohl aber unfähig, sich klar auszudrücken. Es war schon verwunderlich genug, daß irgend jemand Eliza heiraten wollte. Daß aber ausgerechnet ein Mann mit so hervorragenden Eigenschaften sie haben wollte, ging absolut über ihr Begriffsvermögen. Bei längerem Nachdenken kam sie allerdings darauf, daß Eliza in letzter Zeit nicht mehr ganz so ungebärdig gewesen war. Urplötzlich sah sie dann mit erschreckender Klarheit vor sich, daß sie nach Elizas Hochzeit ganz allein sein würde, woraufhin Mr. Lambert ihr die tröstliche Versicherung gab, daß zumindest er nicht daran dächte, sie zu verlassen. Das gehört überhaupt nicht zur Sache, erklärte sie ihm schroff und erging sich dann in endlosen Klagen über die Selbstsüchtigkeit Elizas. Wie konnte sie das Heim bloß im Stich lassen, das sie so liebevoll aufgenommen hatte?

»Meine liebe Maria, es war doch immer unser sehnlichster Wunsch, die Mädchen glücklich zu verheiraten!«

»Aber doch nicht beide auf einmal! Und nicht schon so jung! Ohne den leisesten Gedanken an die Liebe, die ich so verschwenderisch gab.«

Abwechselnd weinte und schimpfte sie. Ihr Mann tröstete sie geduldig so lange, bis ihr der freudige Gedanke kam, daß sie ja nun innerhalb der nächsten Monate noch eine Hochzeit mit der ihr eigenen Perfektion ausrichten konnte. Die Schreckensvisionen von Einsamkeit und leeren Räumen, die sie geplagt hatten, wurden sofort durch Vorstellungen von Brautkleid und Hochzeitsessen abgelöst. Vor allem letzteres bewog sie dazu, eilends den Stechpalmenweg hinunterzulaufen, um ebenfalls den beiden ihre Zustimmung und ihren Segen zu erteilen.

Nach dem Dinner zog Mr. Lambert Francis zur Seite.

»Ich vergaß ganz, eine bestimmte Angelegenheit zu erwähnen.«

Francis blickte ihn fragend an.

»Es tut mir aufrichtig leid, daß Elizas Vater ihr nur eine kleine Summe vermacht hat. Davon können Sie nicht viel mehr als ein paar gute Jagdpferde kaufen.«

»Ich empfinde es als Segen, daß ich finanziell gut genug gestellt bin, um aus Liebe heiraten zu können«, erklärte Francis.

»In diesem Fall hat meine kleine Nichte mehr Glück, als sie ahnt.«

Sie schrieben einen Brief an Julia und ließen ihn sofort überbringen; er enthielt ein Postskriptum – sie nahmen alle an, daß Richard den Brief sicher auch lesen würde –, in dem sie darum baten, Francis' Heiratsabsichten Sir Gerard gegenüber nicht zu erwähnen, bevor Francis selbst mit ihm geredet habe. Es bestand leider kein Zweifel, daß die Unterhaltung mit seinem Vater äußerst schwierig werden würde. Erstens brachte es Sir Gerards ganz besondere Zuneigung zu seinem jüngeren Sohn mit sich, daß er jede Frau, welche Vorzüge sie auch haben mochte, als Eindringling ansehen würde. Zweitens war da noch sein Haß gegen Frauen im allgemeinen.

Es war nicht zu leugnen, daß Eliza viel Charme, Mut und eine große Energie besaß. Dennoch konnte man sie nicht gerade als gute Partie bezeichnen. Ihr Vater war ein mittelloser, leichtsinniger Captain in der Armee gewesen, der ruhmlos am Fieber gestorben war und eine Witwe und ein kleines Kind zurückgelassen hatte. Diese Witwe, Mr. Lamberts temperamentvolle jüngere Schwester, die er ganz besonders gemocht hatte, war kurze Zeit später mit der Kutsche tödlich verunglückt. Elizas Eltern hatten nie viel Geld gehabt, und selbst dies wenige hatten sie töricht verschleudert. Sie hatten nie ein Haus besessen oder zumindest bewohnt, das Sir Gerard als standesgemäße Unterkunft ansehen würde. Ihr Leben war ungeordnet gewesen, ihr Tod nicht weniger. Wenn man ihre Tochter Eliza vor sich sah, konnte man sich vorstellen, daß es reizende Menschen gewesen waren, doch diese Art von Empfehlung bedeutete Sir Gerard überhaupt nichts.

Francis war klar, daß er Eliza vorbereiten mußte. Wie sollte sie sonst verstehen, daß sie heftiger Abneigung und Mißbilligung begegnen würde, die nichts mit ihrer Person zu tun hatten. Sir Gerard würde sie einerseits als Francis' Gemahlin und andererseits als Frau schlechthin ablehnen. Sie durfte auf keinen Fall darauf hoffen, daß Charme oder Sanftmut irgend etwas anderes als Verärgerung hervorrufen könnten. Ihr einziger Trost würde darin bestehen, daß Francis' Wunsch, sie zu heiraten, stark genug war, um mit Sir Gerards Reaktion fertig zu werden. Zum Glück hing er finanziell nicht von seinem Vater ab, der Francis' Mutter ja wegen ihres großen Vermögens geheiratet hatte, von dem ein Großteil dank der guten Vorsorge von deren Vater direkt auf ihre Söhne überging. Ihr Vater hatte seinen Schwiegersohn verständlicherweise verabscheut. Francis konnte also ohne große Schwierigkeiten ein Haus für Eliza und sich kaufen und mit einigem Komfort leben. Er wußte genau, wie wichtig es war, dies möglichst rasch zu tun. Schließlich hatte er häufig genug gesehen, welches Elend von Soldaten heraufbeschworen worden war, die ihre Frauen ungenügend gesichert zurückgelassen hatten, als sie an die Front gerufen wurden.

Leider, leider würde es Trennungen geben, sogar sehr

lange Trennungen, falls es nicht wie durch ein Wunder zu einem dauerhaften Frieden in Europa käme. Francis war der Ansicht, daß Napoleons Verbannung auf Elba lediglich eine vorübergehende Waffenruhe bedeutete. Nur deshalb hatte er nach Hause gedurft. Die Armee war inzwischen in Amerika, Irland und sogar im Orient stationiert, doch Francis hatte so ein Gefühl, als ob die Truppen schon bald wieder gesammelt werden würden. Es war höchst unwahrscheinlich, daß ein Feldherr wie Napoleon auf der Insel resignieren würde. Doch selbst wenn dies der Fall wäre, würden die Engländer bestimmt Gründe zur Klage gegen die Franzosen finden. Wellington hatte zwar erklärt, daß die Engländer keine Feinde der Franzosen, sondern nur des einen Franzosen seien, doch Francis zweifelte daran. Mit einigem Glück konnte er den kommenden Winter noch daheim verbringen, aber viel mehr war mit Sicherheit nicht zu erwarten. In Europa herrschte trotz der Erleichterung über Napoleons Verbannung eine gespannte Atmosphäre. Irgendein Unruheherd, irgendein Land in Aufruhr wie beispielsweise Belgien würde den Einsatz der englischen Truppen gewiß noch vor Ablauf eines Jahres erfordern. Wenn es dazu käme, würde er von Eliza Abschied nehmen müssen, ohne ihr mit Sicherheit sagen zu können, wann sie ihn – falls überhaupt – wiedersehen würde. Vermutlich hätte er ihr all das schon vor seinem Antrag zu bedenken geben müssen. Doch ihm war nichts anderes wichtig gewesen, als sich ihrer Zuneigung zu versichern und sie um ihre Hand zu bitten.

Francis beschloß, sich eine Woche in Marchants zu gönnen, um Eliza all das zu erklären und sich selbst innerlich auf Quihampton vorzubereiten. Eigentlich müßte er es Eliza freistellen, ihren Entschluß zu ändern, falls sie glaubte, die vielen Schwierigkeiten einer gemeinsamen Zukunft mit ihm nicht meistern zu können. Doch er schreckte immer wieder vor dieser Möglichkeit zurück. Schließlich raffte er sich dann bei einem ihrer Ausritte dazu auf, die beiden schwierigen Themen zur Sprache zu bringen: Sir Gerard und das Soldatendasein. Plötzlich erinnerte er sich daran, wie er auf halber Höhe der Buchenhänge bei Selborne angehalten hatte, um sich bei Eliza zu entschuldigen, weil der Anstieg so steil war. Dabei war sie leichtfüßiger hinaufspaziert als er. Und nun war sie fähig, ein viel klareres Bild von der Zukunft zu haben, als er je gehofft hatte. Mehr noch, sie betrachtete alle kommenden Schwierigkeiten als Herausforderung und nicht als Schicksalsschläge. Ihre spontane Reaktion auf die Aussicht von Sir Gerards Feindseligkeit ihr gegenüber war aufrichtige Enttäuschung.

»Weißt du, Francis, ich habe eine ganz besonders gute Beziehung zu meinem Onkel. Wir kommen so prächtig miteinander aus, daß ich mir nichts Schöneres wünschen kann, als dasselbe mit deinem Vater zu erleben. Doch wenn er mich nicht leiden kann, dann kann er mich eben nicht leiden! Schließlich bin ich ja schon daran gewöhnt, nicht gemocht zu werden. Bis vor kurzem habe ich mir auch keine Mühe gegeben, mich beliebt zu machen, weiß Gott! Ich hoffe zwar, daß ich mich inzwischen geändert habe, aber ich weiß, was es heißt, abgelehnt zu werden.«

Francis fürchtete insgeheim, daß selbst ihre Tapferkeit angesichts seines Vaters schwinden würde, sprach es aber nicht offen aus.

»Wäre es sehr unrecht, einfach zu heiraten und ihm nichts zu sagen, da du ja weißt, daß er gegen unsere Heirat sein wird?« fuhr Eliza nachdenklich fort.

»Wenn er uns daran hindern könnte, würde ich ihm garantiert nichts verraten, mein Liebling. Da er aber schlimmstenfalls recht ekelhaft sein wird, sehe ich es als meine Pflicht an, ihn vorher zu informieren.«

»Dann kann er dir wenigstens kein unredliches Verhalten vorwerfen«, stimmte Eliza zu.

»Nein, das gewiß nicht. So schwierig er ist, so empfinde ich ihm gegenüber dennoch Loyalität und eine gewisse Zuneigung, das will ich nicht leugnen, obwohl vermutlich kein Mensch das verstehen kann.«

Was das Dasein als Soldatenfrau betraf, so versicherte sie Francis nachdrücklich, daß sie sich genau das immer gewünscht habe.

»Du wirst viel allein sein«, sagte er immer wieder eindringlich.

»Warum kann ich denn nicht mitkommen?«

»Das hängt ganz davon ab, wohin ich abkommandiert werde.«

»Oh, dann hoffe ich sehr, daß bald ein netter, nicht allzu weit entfernter Feldzug in Europa stattfinden wird.«

»Eliza, ich bitte dich! Es ist mir sehr ernst. Selbst wenn du im selben Land sein könntest, wären wir nur äußerst selten zusammen. Ich versuche dir klarzumachen, was es heißt, meine Frau zu sein. Höchstwahrscheinlich bin ich sehr viel unterwegs ...«

»Das muß ich eben ertragen.«

»Daran zweifle ich nicht. Aber ich möchte, daß du dich innerlich schon darauf vorbereitest.«

»Gut, ich werde es morgen mal versuchen. Aber heute bringe ich es bestimmt nicht fertig. Schau mal, wie die Sonne auf das Weizenfeld dort drüben scheint, und hör auf damit, so ernsthaft zu sein. Du hast mir jetzt drei Tage lang Vorträge gehalten, wie furchtbar ich es als deine Frau haben werde.

Allmählich muß ich ja befürchten, daß du es bereits bereust, um meine Hand angehalten zu haben.«

»Niemals!« protestierte er und nahm sie in die Arme.

»Dann sprich nicht mehr über derlei. Vorausgesetzt,

du willst mich wirklich heiraten! Ich bin bereit, es mit deinem Vater und der ganzen britischen Armee aufzunehmen, denn ich glaube ...«, sie umschloß sein Gesicht mit beiden Händen, »... daß du es wert bist.«

Er küßte sie.

»Ich bete zu Gott, daß du immer so denken wirst.«

»Oh, ganz bestimmt. Ich ändere nämlich nie meine Meinung.«

»Was du so als Meinung bezeichnest«, erwiderte er hänselnd.

Mit einem Aufschrei der Empörung jagte sie ihn quer über den Acker. Francis war erstaunt, wie schnell sie laufen konnte, und mußte vortäuschen, daß er sich freiwillig hatte einfangen lassen, als sie ihm ein Bein stellte und er der Länge nach zwischen die Maulwurfshügel fiel.

Drei Tage später brach Francis nach Gloucestershire auf. Er trennte sich nur sehr schwer von Eliza und war fast böse darüber, mit welcher Heiterkeit sie sich von ihm verabschiedete. Er ritt den Weg zwischen den Weiden entlang und drehte sich immer wieder um, weil er einen letzten Blick auf ihr lächelndes Gesicht und ihre winkende Hand erhaschen wollte. Als er außer Sichtweite war, wurde Elizas Gesicht schlagartig ernst und bedrückt. Sie war traurig und niedergeschlagen, weil Francis fort war, und nicht etwa deshalb, weil sie sich vor der Reaktion ihres zukünftigen Schwiegervaters fürchtete. Doch auf keinen Fall hätte Francis ihren Stimmungsumschwung miterleben dürfen!

Julia war ja offensichtlich in Quihampton ganz erfolgreich gewesen, überlegte Eliza. Falls sie selbst sich so ruhig und unauffällig wie nur möglich verhielte, müßte sie doch eigentlich auch einen annehmbaren Empfang erwarten können.

Mr. Lambert bereitete gerade in seinem Arbeitszimmer Fliegen fürs Angeln vor und dachte dabei an den unfreundlichen und abweisenden Mann, der es abgelehnt hatte, zu tanzen oder Karten zu spielen, und der kaum etwas gegessen oder getrunken hatte. Besorgt schüttelte er den Kopf.

»Es wird eine schwierige Aufgabe für dich werden, meine Liebe. Er ist wahrlich kein einfacher Mensch. Francis ist sein Augapfel, wie du weißt. Schon deshalb wird er alles andere als begeistert über diese Heiratspläne sein.«

»Das spielt überhaupt keine Rolle!« erwiderte Eliza tapfer. »Er kann uns nicht daran hindern!«

»Natürlich kann er euch nicht daran hindern, das ist wahr. Doch er wird seine Mißbilligung deutlich zu erkennen geben. Du wirst jetzt behaupten, daß dir das nichts ausmacht, aber es wird euch härter treffen, als du glaubst, vor allem Francis. Ja, den armen Francis wird es sehr treffen.«

»Er sagt, daß ich ihm das wert bin«, erklärte Eliza stolz.

»Mein liebes Kind, daran zweifle ich überhaupt nicht. Doch Sir Gerard wird ein Kreuz sein, das ihr beide tragen müßt. Wenn du nicht sehr geduldig und zurückhaltend bist, wird der Zustand für deinen Francis unerträglich werden.«

»Ich werde mich bemühen, geduldig und zurückhaltend zu sein. Und ich werde mich auch darum bemühen, daß Sir Gerard seine Ansicht ändert.«

Mr. Lambert erinnerte sich nur zu deutlich an seine Schwester und deren festen Entschluß, Robert Stanhope zu heiraten. Er hoffte inständig, daß Elizas Unternehmen mehr Erfolg beschieden sein würde.

»Du kannst dich schon mal beim Dinner in Geduld und Zurückhaltung üben, meine Liebe. Deine Tante mußte nämlich zwei Küchenmädchen wegen Unehrlichkeit entlassen und regt sich über diese Angelegenheit fürchterlich auf. Ich bin gespannt, ob ich bei Tisch an dir eine ganz neue Geduld feststellen kann.«

Schon bald kam ein sehr liebevoller Brief von Francis, in dem er von seiner großen Zuneigung sprach, aber mit keinem Wort erwähnte, wie sein Vater auf die Neuigkeit reagiert hatte. Eliza sah dies als ein gutes Zeichen an und las den Brief so oft, bis sie ihn auswendig kannte. Sie war zur Zeit in überschäumend guter Laune und barst fast vor Energie. Es kam ihr so vor, als habe sie durch die Qualen ihrer unglücklichen Verliebtheit alle Tiefen menschlichen Leids kennengelernt, so daß jedes zukünftige Problem – Sir Gerard bildete da keine Ausnahme – vergleichsweise unbedeutend sein würde. Schon nach vier Tagen Abwesenheit erschien Francis wieder in Marchants. Eliza war gerade mit ihrem Onkel ausgeritten, erfuhr bei ihrer Rückkehr von seiner Ankunft und rannte atemlos und überglücklich zu ihm in die Bibliothek.

Auf der Schwelle hielt sie einen Moment inne. Francis stand mit dem Rücken zum Raum und schaute in den Garten hinaus.

»Francis«, rief sie mit einer Stimme, die ihre Aufregung nur schlecht verbarg.

Er wandte sich zu ihr um. Eliza war so entgeistert, daß sie nicht in die Arme stürzte, die er nach ihr ausstreckte. Sein Gesicht machte sie ganz unglücklich. Er sah bleich, niedergeschlagen und völlig erschöpft aus.

»Francis?«

»Komm zu mir.«

»War es – war es so schlimm?«

Er nickte nur.

»Komm zu mir«, sagte er dann noch einmal.

Sie lief zu ihm hin.

»Willst du mir davon erzählen? Oder lieber nicht?«

Er lächelte ihr dankbar zu.

»Ich werde es dir natürlich erzählen, aber ich wünschte, es wäre nicht notwendig – laß uns nach draußen gehen. Ich war so ruhelos, daß ich in einem aberwitzigen Tempo hergaloppiert bin. O Eliza, wie froh und dankbar ich bin, hier zu sein! Hier bei dir! Eigentlich sollte ich einen Passus in unseren Ehekontrakt aufnehmen lassen, worin dir zugestanden wird, daß du schreckliche Strafen über mich verhängen darfst, wenn sich bei mir auch nur die kleinsten Anzeichen einer Ähnlichkeit mit meinem Vater zeigen.«

Francis war ein Stein vom Herzen gefallen, als Eliza ins Zimmer getreten war. Vielleicht war sie nicht fähig, seinen ganz besonderen Zwiespalt zu verstehen – er war nicht einmal sicher, ob er selbst ihn so ganz begriff – und zu ermessen, in welche Verzweiflung ihn die Ablehnung seines Vaters gestürzt hatte. Doch im Augenblick des Wiedersehens wußte er mit absoluter Sicherheit, daß Eliza jeden Kampf wert war. Und ein Kampf war es wirklich gewesen. Auf ihrer Lieblingsbank am Ende des Stechpalmenweges beschrieb Francis so schonend wie möglich Sir Gerards Reaktion auf die Nachricht von der bevorstehenden Heirat.

»Zuerst geriet er in blinde Wut. Er ist nämlich leider sehr jähzornig ...« Francis verschwieg, wie viele Gegenstände sein Vater nach ihm geworfen hatte, verschwieg auch Sir Gerards Meinung über Frauen im allgemeinen und über Eliza im besonderen. »Dann vertrat er die Ansicht, daß ein Soldat überhaupt nicht heiraten sollte ...«

»Genauer gesagt, daß dieser bestimmte Soldat nicht heiraten soll, und wenn er es doch tut, dann auf keinen Fall ausgerechnet mich!«

»Er ist jenseits jeder Vernunft, Eliza. Am ersten Tag verpulverte er seine ganze Energie mit Wutausbrüchen, doch am zweiten war es fast noch schlimmer. Er bettelte und flehte und appellierte an meine Zuneigung ... nie zuvor habe ich ihn so erlebt. Um ehrlich zu sein, ich mochte es ganz und gar nicht und fühlte mich reichlich unbehaglich. Um seine Schwäche dann wieder wettzumachen, war er am dritten Tag von einer eisigen Höflichkeit und so abweisend, wie ich ihn noch nie erlebe habe. Das war gestern ...«

Eliza blieb geduldig sitzen – das hatte sie mittlerweile gelernt – und wartete ab. »Was hat er denn abschließend gesagt?« fragte sie schließlich. »Sagte er, daß wir ohne seinen Segen heiraten müssen?«

»Er sagte ...«, Francis ergriff ihre Hände und sah sie verstört an, »... daß er uns zwar nicht daran hindern könne zu heiraten. Er würde jedoch nie einwilligen, dich zu treffen oder mit dir zu reden, und unsere Kinder würden in seinen Augen nicht existieren.«

Eliza war wie vor den Kopf geschlagen.

»Er ist sehr hart.«

»Ich kann dir nur versichern, daß dies meine Absicht, dich zu heiraten, nicht im geringsten ins Wanken bringt.«

»Warum ist er bloß so unnachgiebig? Was haben wir denn getan, was habe ich getan, daß er so unerbittlich ist?«

»Es liegt nicht an uns, sondern nur an ihm. Er ist nun mal so und nicht anders.«

»Kannst du es denn ertragen, mit seinem – seinem Fluch zu leben?«

»O ja, wenn du mir dabei hilfst. Gegen keinen Menschen auf der Welt empfinde ich solchen Zorn und solchen Groll wie gegen ihn. Doch er ist immer noch mein Vater, und das bindet in gewisser Weise. Wenn er mich beleidigt und schmäht, trifft mich das härter als von jedem anderen ...«

»Will er mich nicht wenigstens ein einziges Mal sehen?«

»Nein, nicht einmal das.«

»Dann haßt er wahrscheinlich schon den Gedanken, daß es mich überhaupt gibt.«

Francis schloß sie in die Arme. »Ich will dich und ich liebe dich. Ich will und brauche dich so sehr, daß ich auf alle anderen Beziehungen verzichten kann. Es schmerzt mich tief, daß mein Vater nie wissen wird, was ich an dir habe, aber auch das muß ich ertragen.«

Eliza lag in dieser Nacht lange wach. Der unbeugsame Starrsinn Sir Gerards faszinierte sie irgendwie. Auch sie hatte einen starken Willen, wußte aber genau, was ihre schwachen Stellen waren. Es war für sie undenkbar, daß nicht auch Sir Gerard eine Achillesferse haben sollte. Seine hartnäckige Weigerung, sie zumindest einmal zu sehen, war ebenfalls schwer zu begreifen. Eliza war nicht besonders eingebildet, glaubte aber trotzdem, daß sie Sir Gerard ein bißchen wohlwollender stimmen könnte, wenn sie nur die Chance dazu bekäme.

Sie konnte sich einfach nicht vorstellen, wieso Sir Gerard sie so völlig ablehnte, da doch die Liebe zu Francis sie beide in gewisser Weise verband. Ihr kam gar nicht der Gedanke, daß Sir Gerard seinen Sohn ganz für sich allein haben wollte. Ihrer Meinung nach hätten ihre innigen Gefühle für Francis eine besänftigende Wirkung auf Sir Gerards Zorn ausüben müssen. Er brächte es bestimmt nicht fertig, ein Mädchen zurückzuweisen, dessen einziger Wunsch es war, den angebeteten Francis zu umsorgen und zu verwöhnen. Außerdem könnte ihre gute Laune und Fröhlichkeit doch sein trostloses Junggesellendasein ein wenig aufheitern …

Es gab für sie nur eine Chance. Sie mußte irgendeine Möglichkeit finden, ihn zu sehen, selbst wenn Francis diesem Plan nicht zustimmte. Wie erfreut und stolz würde Francis sein, wenn sie ihm von einer herrlichen Versöhnung berichten könnte! Auf jeden Fall mußte sie Julia irgendwie einschalten – allerdings auf äußerst vorsichtige Weise. Kein Mensch durfte erfahren, wie Sir Gerard getobt hatte. Mit der festen Überzeugung, daß kein menschliches Wesen so unnötig grausam sein könnte, schmiedete Eliza Pläne.

Julia konnte sie im Augenblick noch nicht erreichen, da deren Hochzeitsreise mehrere Wochen dauern sollte. Im August wollte sie aber für eine Zeit nach Bath reisen, um dort Kräfte für ihre ersten Auftritte in der Londoner Gesellschaft im Winter zu sammeln. Ehe sie abgefahren war, hatte Julia Eliza nach Bath eingeladen. Wahrscheinlich lag hier die Lösung des Problems, denn Bath war nicht sehr weit von Quihampton entfernt. Sie mußte allerdings in Betracht ziehen, daß Julia nicht viel von waghalsigen Plänen hielt, falls sie auch weiterhin so gesetzt und solide war wie kurz vor der Hochzeit. Vielleicht langweilte sie sich aber schon ein bißchen mit Richard und sehnte sich geradezu nach Abenteuern. Eliza stand auf und zündete eine Kerze an. Auch wenn sie den Brief jetzt noch nicht abschicken konnte, so sprach doch nichts dagegen, ihn gleich jetzt zu schreiben.

»Liebste Julia,
obwohl ich in nächster Zeit heiraten werde, dauert es bis dahin bestimmt noch einige Wochen. Ich möchte Dich so gern wiedersehen, ehe ich die zweite Mrs. Beaumont werde. Außerdem glaube ich, daß ich in Bath viel hübschere Hüte kaufen kann als in Hampshire. Darf ich also annehmen, daß mein Besuch …?«

7

Bath war für Eliza die reinste Offenbarung! Die eigenartige Lage des Ortes, die Häuser, Leute, Kleider – ja, die wunderbaren, verführerischen Kleider, das gesellschaftliche Leben und die neuartigen Unterhaltungen. Eliza war sich nicht ganz sicher, ob ihr diese Art von Unterhaltung behagte, denn sie hielt sie größtenteils für nichtssagend. Doch sie merkte andererseits, daß ihre eigene Direktheit als reizend und amüsant empfunden wurde. Julia und Richard hatten sie herzlich empfangen, wofür sie sich durch freundliches Benehmen Richard gegenüber revanchierte. Im großen und ganzen hatte sie den Eindruck, daß das Leben für sie eine neue, aufregende Dimension gewonnen hatte. Francis hatte sie nach Bath gebracht, war ein paar Tage geblieben und hatte sich dann auf die Suche nach einem passenden Haus für ihre gemeinsame Zukunft gemacht. Er hätte es gern in seinem alten Jagdgebiet versucht, mußte sich aber eine andere Gegend suchen, da Sir Gerard immer noch häufig auf Jagd ging. Nachdem Francis mit Eliza beratschlagt hatte, beschloß er, Pelham Howells Rat einzuholen, da dieser ja in der Nähe von Newbury lebte.

»Ich möchte dich ungern quer durchs Land schleppen, Liebste, ehe ich nicht ein festes Ziel habe. Mir ist viel wohler bei dem Gedanken, daß du es hier schön und gemütlich hast. Wenn ich etwas finde, das in Frage komme, bringe ich dich dorthin, damit du mir ins Gesicht sagen kannst, daß du um nichts in der Welt dort leben möchtest.«

»Jedes Haus, in dem du bist, wird für mich herrlich sein.«

»Du meinst sicher, jedes Haus, in dem ich und gute Stallungen sind«, erwiderte er lachend.

Die Zeiteinteilung hätte nicht besser sein können. Francis würde eine Woche unterwegs sein, in der Eliza und Julia viele Stunden miteinander verbringen konnten. Mit ein bißchen Glück konnte sie vielleicht sogar ihren Plan in die Tat umsetzen. Alles sah sehr vielversprechend aus. Julia schien durch die Heirat – jedenfalls für ihre Verhältnisse – geradezu lebhaft geworden zu sein und war entzückt darüber, daß Eliza nun nicht nur ihre Cousine, sondern auch noch ihre Schwägerin sein würde. Francis war in sicherer Entfernung, Richard beklagenswert leicht zu handhaben.

Eliza überlegte hin und her, wie sie Julia und Richard die Angelegenheit unterbreiten sollte. Dann wartete sie geduldig mehrere Tage auf eine geeignete Gelegenheit. Diese ergab sich, kurz bevor sie eines Spätnachmittags nur ungern von den bequemen Sesseln am offenen Fenster aufstanden, um der mühevollen Pflicht zu genügen, sich für eine Abendgesellschaft umzukleiden. Richard hatte sich wie üblich so hingesetzt, daß er voll uneingeschränkter Zufriedenheit seine Frau betrachten konnte, und Julia beobachtete einige Mauersegler, die um die Turmspitzen der Abtei flogen. Eliza saß zwischen den beiden und überlegte fieberhaft, wie sie am besten anfangen sollte.

»Warst du in deiner Kindheit oft hier, Richard?«

»Hier in Bath? Du liebe Zeit, nein. Bath ist kein Platz für Kinder. Die Hälfte des Jahres ist es hier sowieso wie ausgestorben. Kinder sollten auf dem Lande aufwachsen. Eine Jugend in der Stadt muß unglücklich und beengt sein.«

»Unsere Kinder werden dort aufwachsen, wo es sich gerade ergibt«, sagte Julia, deren Blicke immer noch den Schwärmen von Mauerseglern folgten.

Eliza war erpicht darauf, das Thema nicht zu wechseln.

»Oh, ich bin sicher, daß Richard recht hat. Kinder fühlen sich bestimmt auf dem Lande wohler. Erinnere dich nur, wie glücklich wir in Marchants waren! Und ich bin überzeugt, daß Richard und Francis in – Quihampton fröhlich und zufrieden waren.«

Richard nickte, erwiderte aber nichts. Julia gähnte verstohlen.

»Es muß wunderschön sein in Quihampton. Francis hat mir viel davon erzählt – von den Bergen, dem Haus und den Gartenanlagen. Es hörte sich so schön an und scheint ganz anders zu sein als alles, was ich bisher gesehen habe ...«

Sie machte eine kurze Pause.

»Ich würde Quihampton gern einmal sehen.«

»Ach, du kennst es noch gar nicht?« fragte Richard erstaunt.

»Nein, aber ich würde es liebend gern kennenlernen.«

»Zwei Schwiegertöchter in einem Sommer sind eine ziemliche Zumutung für deinen Vater«, meinte Julia.

»Aber er hätte doch bestimmt nichts dagegen, wenn wir uns darauf beschränkten, die Gärten und das Haus anzuschauen, vielleicht sogar nur aus einer gewissen Entfernung«, schlug Eliza eifrig vor.

»Wenn wir dabei unsichtbar bleiben würden«, sagte Julia. »Aber das Ganze ist der Mühe eigentlich nicht wert. Die Fahrt durch die Hügellandschaft ist reichlich ermüdend. Ich werde dir bei Gelegenheit eine Zeichnung machen.«

»Aber ich möchte mit eigenen Augen sehen, wo Francis aufgewachsen ist.«

»Warum bringt er dich denn nicht dorthin?«

Eliza blickte zu Boden. Auf diese Frage war sie nicht vorbereitet.

»Ich habe ihn nicht darum gebeten.«

»Dann tu's doch! Nichts ist einfacher.«

»Aber du gehörst gleichfalls nach Quihampton, Richard! Es ist schließlich auch dein Zuhause. Warum kannst nicht du mich hinfahren?«

»Ich hätte eigentlich vermutet, daß du lieber von Francis begleitet würdest«, wandte Julia ein.

Also mußte sie doch die Wahrheit – oder zumindest einen Teil der Wahrheit – eingestehen.

»Ich glaube, daß Francis Sir Gerard im Moment nicht gerade gern besuchen würde.«

Richard suchte nach einer schonungsvollen Erwiderung, doch Julia hatte da weniger Skrupel.

»Da bin ich ganz deiner Meinung, Eliza. Schließlich bist du ja wohl kaum das, was er sich für Francis erhofft hat, oder?

Keine Eltern mehr und höchstens eine Perlenkette als Mitgift. Zweifellos hat der arme Francis Schreckliches durchmachen müssen«, schloß sie ganz ruhig.

Eliza reagierte überhaupt nicht darauf. Zum Teil wegen der neuen, wundervollen Sicherheit, die Francis' Liebe ihr verliehen hatte, zum Teil auch deshalb, weil sie das Ziel, das sie mit dieser Unterhaltung bezweckte, nicht aus den Augen verlieren wollte.

»Nun siehst sicher auch du ein, Richard, daß Francis mich nicht hinfahren kann. Aber ich möchte so gern dorthin! Ich werde ganz leise und unauffällig sein, so daß Sir Gerard überhaupt nicht merken wird, daß ich da war. Das verspreche ich dir. Ich möchte nur einen Blick darauf werfen. Bitte, Richard, bitte!«

»Laß dich erweichen«, sagte Julia zu ihrem Mann »Sei großmütig. Du liebst doch wunderliche Marotten. Je törichter sie sind, desto besser.«

»Es ist keine Marotte«, protestierte Eliza gekränkt. »Und töricht ist mein Wunsch schon gar nicht! Du hast

Richards Geburtshaus in vollkommen herkömmlicher Manier zu sehen bekommen, Julia. Da mir das versagt bleibt, könntest du ruhig etwas hilfreicher sein.«

»Na schön«, meinte Julia gähnend. »Du kannst von mir aus meine Kutsche haben.«

Kaum eine halbe Stunde war vergangen, da stand der Plan schon fest. Zwei Tage später würden sie sich zu dritt auf den Weg nach Quihampton machen. Eliza war begeistert. Sie war fest davon überzeugt, daß alles gutgehen würde, sobald sie in Quihampton war. Aus diesem Grund verschwendete sie auch keinen Gedanken daran, wie sehr sie Julia und Richard hinters Licht führte. Sie würde Francis eine wunderbare Überraschung bereiten, wofür er ihr unendlich dankbar sein und sie noch lieber haben würde. Erfüllt von dieser Hoffnung, hüpfte Eliza die Treppe hinauf, um sich umzukleiden.

Zwei Tage später brachen sie an einem strahlend sonnigen Augustmorgen nach Quihampton auf. Julia wäre am liebsten zu Hause geblieben, da es ihr zu heiß und zu staubig war. Außerdem haßte sie die Berge. Doch sie wurde überstimmt

Eliza machte sich sorgfältig zurecht, wählte ein weißes Musselinkleid mit blauen Bändern und drehte sich keine allzu üppige Lockenfrisur, da sie annahm, daß Sir Gerard das gleiche gefallen würde wie seinem Sohn. Richard fühlte sich in seinem Anzug heiß und unbehaglich, bemühte sich aber, ebenso fröhlich wie Eliza zu sein, da er ja annahm, daß sie zu einer romantischen Pilgerfahrt aufbrachen, die ganz nach seinem Geschmack war.

Die Felder waren schon gelb und ausgedörrt. Wie bunte Punkte wirkten die Leute, die das Heu einbrachten, und auf den meisten Bauernhöfen waren die Heuschober schon voll. Eliza betrachtete die Landschaft mit neu erwachtem Interesse. Es machte ihr nicht das geringste aus, daß sie wegen der tiefen Furchen in der Straße übel durcheinandergeschüttelt wurden. Sie vernahm zwar Julias leises Klagen, konnte es ihr jedoch nicht nachfühlen. Die Farbe der Steine, aus denen Mauern und Höfe erbaut waren, wechselte von Gelb zu Grau, die Dächer wurden steiler, und das Dachstroh wich Ziegeln. Außerdem waren immer größere Schafherden zu sehen. All das bemerkte Eliza mit großem Wohlgefallen. Als sie gerade eine besonders lange und anstrengende Bergfahrt hinter sich hatten und Julia stöhnte, daß sie lieber am Wegrand sitzen bleiben und sich später wieder hier abholen lassen würde, statt sich weiterzuquälen, hielt Richard die Kutsche an. Die Straße schmiegte sich an einen steilen Abhang zur Linken, der mit gelbbraunem Gras bewachsen war, und zur Rechten stürzte die Landschaft jäh ab zu einem engen, bewaldeten Tal. Zwischen den Bäumen war ein Kirchturm zu sehen, einige Felder und ein Gewimmel spitzgiebeliger Dächer. Neben den Häusern schimmerte helles Wasser.

»Quihampton«, sagte Richard.

Eliza schaute sich fast die Augen aus. Das Hauptgebäude glich der Form nach einem E, an das sich einige Seitenflügel, ein Stall und ein eigenartiges ovales Gebilde anschlossen, das Richard als Taubenschlag bezeichnete. Die Kutsche setzte sich wieder in Bewegung, und schon bald zweigte rechts eine schmalere Straße ab, die zu dem Kirchturm führte. Eliza sah Rasenflächen, dunkle, geometrisch abgezirkelte Hecken, graues Pflaster und einen großen Teich, fast ein See, in dessen Mitte auf einer kleinen Insel eine Trauerweide stand. Das Ganze sah wundervoll aus, und Eliza war froh, daß sie auf dieser Fahrt bestanden hatte. Sie fuhren immer weiter ins Tal hinunter, und Eliza konnte wuchtige Fensterpfosten und große goldfarbene Kissen aus Flechte auf den Dächern und den vielen Kaminen erkennen. Dann tauchte die Straße zwischen die Baumwipfel, grüne Dämmerung hüllte sie ein, und sie konnten nichts mehr sehen.

Gleich darauf erreichten sie das Dorf Quihampton, das sich an den letzten kleinen Berg klammerte; steil angelegte Gärten zogen sich hinter den Gehöften bis in die Wälder hinein. Eliza hatte eigentlich erwartet, daß die Kätner ehrerbietig an die Hoftore gerannt kämen, sobald sie Richard sahen, doch nichts dergleichen. Sie erkundigte sich bei Richard, warum sie das nicht täten.

Richard räusperte sich. »Mein Vater hat ein ziemlich unberechenbares Temperament. Ich hoffe nur, daß unser Besuch so unauffällig wie möglich verläuft.«

Er fügte nicht hinzu, daß sein Vater alles andere als ein großmütiger Herr war. Folglich hätte auch der Anblick des Beaumontschen Wappens keine dankbaren Pächter aus ihren Häusern hervorgelockt. Ganz bewußt hatte Richard eine Kutsche genommen, die kein Wappen trug. Aufgrund der politischen Einstellung Sir Gerards hatte das Dorf in den napoleonischen Kriegen schwer gelitten. In einige Familien waren unersetzliche Lücken gerissen worden. Manche Männer hatten zwar die Kriegswirren lebend überstanden, waren aber invalide, so daß sie nicht mehr arbeiten konnten. Sir Gerard nahm darauf so gut wie keine Rücksicht, wenn er irgendwelche Beschäftigungen anbot. Francis hatte sich für ein großzügigeres Verhalten eingesetzt, hatte Sir Gerard eine verantwortungsvollere und väterlichere Einstellung gegenüber den Familien nahegelegt, die in Quihampton tief verwurzelt waren, doch ohne Erfolg. Als Eliza zwischen den stillen grauen Hütten hindurchfuhr, fröstelte es sie plötzlich. Sie ließ ihren Blick die schroffen Talhänge hinaufwandern, über die vielen kahlen Bergkuppen hinweg, die gleichsam eine Barriere bildeten, und mußte unwillkürlich an den Winter denken, in dem das Tal den Winden als Schornstein dienen und die Straßen nach draußen unpassierbar sein würden.

Die Kutsche fuhr an einem großen Portal mit Pförtnerhäuschen und zwei in Stein gemeißelten Adlern vorbei und bog in eine schattige Allee ein, die rings um den Park herumführte. Sie bot einen wundervollen Anblick, denn die Bäume waren von prächtigem Wuchs. An einer Stelle, von der aus man das Haus nicht sehen konnte, war ein etwas kleineres Tor in die Mauer eingelassen. Zwar waren auch hier zwei Torflügel aus Schmiedeeisen angebracht, aber es gab keinen Pförtner. Ein bemooster Weg verschwand zwischen den Büschen. Geräuschlos glitten die Räder über den weichen Boden. Kaum ein Sonnenstrahl drang durch das dichte Laubwerk, das Licht wirkte grünlich-trüb. Es war geradezu beängstigend still. Unter den hohen Buchen wuchs nichts. Nach ein paar hundert Metern machten sie an einem Plätzchen Halt, wo sich der Wald auf eine weite Parklandschaft öffnete. Links von ihnen schlängelte sich ein Pfad im Schutz der Bäume auf das Haus zu.

Unter lautem Klagen ließ sich Julia aus der Kutsche helfen. Es war ihr schleierhaft, was sie dazu bewogen hatte, den Tag in derartiger Unbequemlichkeit zu verbringen, und sie schwor, daß sie keinen einzigen Schritt mehr machen würde. Im Gegensatz dazu war Eliza erwartungsvoll aufgeregt und wäre am liebsten gleich den verführerischen Weg entlanggerannt. Ihr schien es nicht das geringste ausgemacht zu haben, den ganzen Vormittag über durchgerüttelt worden zu sein. Richard wußte nicht, was er tun sollte.

»Liebste Julia, ich habe Eliza einen Blick aufs Haus versprochen.«

»Dann verschaff ihn ihr meinetwegen, aber mich bringst du nicht mehr von der Stelle.«

»Aber Liebste! Ich will dich auf keinen Fall hier allein lassen.«

»Ich bin nicht allein, denn ich habe Roberts und Perry. Außerdem zwei lammfromme Pferde. Alle zusammen werden schon auf mich aufpassen, bis du zurückkommst.«

Kissen und Erfrischungen wurden aus der Kutsche geholt, bis Julia von beidem verschwenderisch viel zur Verfügung hatte. Dennoch machte Richard immer noch ein recht unglückliches Gesicht.

»Vielleicht könntest du mich zu einer Stelle bringen, von wo aus ich eine gute Aussicht auf das Haus habe. Dort magst du mich dann so lange allein lassen, bis ich es skizziert habe.« Eliza sah Richard fragend an.

»So wie du zeichnest, dauert es nicht länger als fünf Minuten«, meinte Julia.

»Es ist nicht schicklich, wenn ich dich allein lasse«, widersprach Richard besorgt.

»Aber wieso denn? Schließlich handelt es sich hier um deinen eigenen Park. Was sollte mir hier schon zustoßen? Man wird mich ja wohl kaum für eine Diebin halten. Außerdem kann ich im schlimmsten Fall sehr laut schreien.«

»Das stimmt«, sagte Julia.

Widerstrebend gab er nach. Sie gingen nebeneinander den einladenden Pfad entlang, und Julia entschwand zu Elizas Erleichterung bald ihren Blicken. Nach einigen Windungen des Weges und nachdem sie eine zierliche Brücke überquert hatten, war Quihampton deutlich zu sehen. Nach einem ganzen Katalog von Anweisungen und langwieriger Suche nach einem geeigneten Platz für Eliza, der weder zu hart noch zu feucht war, überließ Richard sie ihrem Schicksal. Ein Weilchen blieb Eliza unbeweglich sitzen und starrte das Gebäude mit seinen schmalen Fenstern und den steilen

Dächern an. Sie sah die weiten Rasenflächen, die gestutzten Hecken und den Walnußbaum, an dem noch immer Francis' Hängematte baumelte, doch nirgendwo gab es ein Anzeichen von Leben. Eliza machte rasch und ungeschickt eine Skizze, denn sie hatte wenig Begabung fürs Zeichnen, brauchte andererseits aber eine Art Entschuldigung für ihren kleinen Ausflug. Dann legte sie Papier und Stifte auf den Boden, beschwerte sie mit einem Stein und ging mit raschen Schritten auf das Haus zu. Die Buchen boten Eliza eine gute Deckung, so daß sie ungesehen bis auf wenige Meter vor die Haustür gelangen konnte. Dort blieb sie kurz stehen, um ihren Hut zurechtzurücken und den Rock zu glätten. Sie holte tief Luft und trat in den gleißenden Sonnenschein hinaus.

Ihre Schritte machten auf der Zufahrt ein erschreckend lautes, knirschendes Geräusch, doch das Haus schien an diesem heißen, trägen Augustnachmittag zu schlafen. Es war schwierig, sich für eine bestimmte Tür zu entscheiden. Eine kleine befand sich an der Seite, die auf den Park ging, aber Eliza müßte an mehreren Fenstern vorbeigehen, um sie zu erreichen. Außerdem würden Julia oder Richard sie eventuell sehen. Also blieb nur das große graue Eichentor mit seinen schweren Beschlägen, das zum Glück einen Spaltbreit offenstand. Flüchtig dachte sie an Hunde. Sir Gerard besaß ganz sicher welche. Da bei ihrem Näherkommen keiner angeschlagen hatte, nahm sie an, daß sie irgendwo angekettet waren. Sie stieg die Stufen hinauf, drehte sich noch einmal kurz um, doch alles war wie zuvor – heiß, still und verlassen. Also betrat sie kurz entschlossen das Haus.

Nach der blendenden Helligkeit konnte sie einen Augenblick lang überhaupt nichts erkennen. Dann zeichneten sich allmählich die Umrisse einer hohen Halle ab, eines großen mittelalterlichen Raumes, wie er sich normalerweise im Zentrum eines Hauses befand. In Quihampton bildete er jedoch eine Art von Vorraum zu den anderen Zimmern. Dicke Balken stützten die Decke der Halle ab, die mit schwarzen, für Elizas Geschmack häßlichen und altmodischen Stühlen aus der Zeit Jacobs I. eingerichtet war. Spärliches Licht fiel durch schmale Schlitze in den massiven Mauern, und vereinzelte Sonnenstrahlen, in denen Staubpartikelchen tanzten, drangen durch das Dämmerlicht. Eliza schaute zu den Giebelpfosten und den geschwärzten Balken hinauf. Nach Bath kam ihr Quihampton wie verhext vor. Immer noch keine Spur von irgendeinem Bewohner! Eliza nahm all ihren Mut zusammen und ging auf Zehenspitzen über die großen steinernen Bodenplatten zu einer kleinen Tür mit Faltenfüllung an der gegenüberliegenden Wand. Sie ließ sich mühelos öffnen und gab den Blick frei auf einen langen Gang in elisabethanischem Stil mit Fenstern auf der einen und Gobelins auf der anderen Seite. Auch in dieser Hinsicht war Quihampton ungewöhnlich, denn die Galerie befand sich im Erdgeschoß. Alles wirkte steif und unbelebt. Ein paar dunkle Bilder hoben sich kaum von den Wandhehängen ab, üppige Vorhänge verdüsterten die Fenster, deren Glas trübe, grünlich und von ausgesprochen minderer Qualität war. Eliza schätzte die Entfernung zu der Tür am anderen Ende ab, straffte die Schultern und machte sich auf den Weg.

Ausdruckslose Tudor-Augen beobachteten sie von den Wänden herunter, als sie den freudlosen Raum entlang durch Licht und Schatten ging. Einmal schaute sie sich um, ob die kleine Tür noch offenstand, durch die sie hereingekommen war. Diese Öffnung kam ihr wie ein Talisman vor; aber sie zögerte nicht, weiterzugehen. Die zweite Tür war nicht ganz so alt wie jene mit der Faltenfüllung, ließ sich ebenso leicht öffnen und gewährte Eliza

Zutritt zu einer Bibliothek. Nun befand sie sich in einem ziemlich großen, etwas weniger verstaubt wirkenden Raum, der aber genauso lieblos eingerichtet war wie die Halle und die Galerie. Tiefe Sessel, ein oder zwei Gewehrschränke, Pfeifenständer, düstere Bücherrücken – kurzum, nichts Reizvolles oder Schönes, um das Auge zu erfreuen. Der Ausblick war allerdings wundervoll. Hier hatten die Fenster immerhin neue Glasscheiben, durch die man das weite, zauberhafte Panorama mit dem elisabethanischen Garten und dem Park, dem Walnußbaum und dem sanft ansteigenden Buchenhain sah. Aus einem Impuls heraus trat Eliza näher, konnte aber Richard und Julia nicht sehen. Sie schloß daraus, daß auch sie für die beiden unentdeckt bleiben würde. Vielleicht hatte Francis als kleiner Junge an diesem Fenster gestanden und sich überlegt, was aus ihm werden würde, wenn er endlich erwachsen wäre. Vielleicht hatte er sogar darüber nachgesonnen, wen er einmal heiraten würde. Und vielleicht hatte er die Hände auf den breiten Fenstersims gestützt, wie sie es jetzt tat, der noch von der Sonne warm war, und hatte sich wie sie vorgebeugt, um das Gewirr kleiner Hecken zu betrachten, das kunstvoll und akkurat wie eine Holzeinlegearbeit aussah.

»Ich erschieße Eindringlinge.«

Eliza hatte nie zuvor solche Panik empfunden. Eine dumpfe Schwärze legte sich ihr schlagartig über Hirn, Herz und Augen. Sie wankte auf den nächstbesten Sessel zu, taumelte, fand das Gleichgewicht wieder und zwang sich dazu, sich umzudrehen. Sir Gerard stand in einem Durchgang, in dessen Tür mehrere Bücherregale eingelassen waren und die sich nahtlos in die Bibliothek einfügte. Dort, wo er stand, war es so dunkel, daß sie seinen Gesichtsausdruck nicht erkennen konnte, doch noch niemals war sie derart feindselig angesprochen worden.

»Wer sind Sie, wenn ich fragen darf?«

Eliza brachte kein Wort heraus. Zunge und Kehle waren wie ausgedörrt und krampften sich aus Angst und Schuldbewußtsein zusammen.

»Ich wiederhole meine Frage. Wer sind Sie? Warum schleichen Sie in meinem Haus herum, als würde es Ihnen gehören? Was wollen Sie hier überhaupt?«

»Ich wollte – ich wollte Sie sprechen, Sir.«

»Mich? Wieso denn?«

»Ich dachte, wir sollten – wir sollten uns kennenlernen.«

»Ach, tatsächlich?«

Sie nickte stumm.

»Und warum? Mir liegt nichts an dummen Mädchen in weißen Musselinkleidern.«

Vor Ärger fand Eliza ihre Sprache wieder.

»Ich bin Eliza Stanhope und hielt es für angebracht, daß wir uns wenigstens einmal sehen, wenn ich schon – wenn ich ...«

Sie brach ab. Diese Unterhaltung verlief ganz anders, als es ihr Plan gewesen war.

»Sie sind wer?«

Schweigen.

»Antworten Sie!«

Sie konnte es nicht. Oh, wäre sie doch nie gekommen! Inzwischen kam sie sich schon selbst wie ein dummes Mädchen in weißem Musselinkleid vor. Der dunkle Umriß jener Gestalt in der Türöffnung wirkte auf sie bedrohlicher und grauenhafter als alles, was sie je zuvor gesehen hatte. Ihr einziger Wunsch war, so schnell wie möglich wegzurennen. Doch die gleiche panische Furcht, die sie zur Flucht drängte, ließ sie wie angewurzelt auf den polierten Eichendielen stehenbleiben.

»Antworten Sie!«

Er kam einige Schritte näher und blieb dann neben einer Marmorbüste auf schwarzem Sockel stehen. Die beiden unbarmherzigen Gesichter starrten Eliza an.

»Sie kraftloses Frauenzimmer, Sie schwachköpfiges, törichtes Mädchen! Warum antworten Sie mir nicht? Weil Sie schwächlich und idiotisch sind wie alle Weiber! Ich brauche keine Antwort, denn ich kenne sie selbst. In diesem dummen Spatzenhirn gibt es den Traum, meinen Sohn zu heiraten. Dadurch werden Sie meinem Sohn jedes nur denkbare Übel und Elend auf Erden antun. Sie sind hierher gekommen, weil Sie sich in den unnützen, dummen Hoffnungen einer Frau wiegten, mich umschmeicheln zu können. Übrigens nähren Sie auch unnütze, dumme Hoffnungen in bezug auf meinen Sohn. Sie werden scheitern. Warum? Weil ich Sie verfluche. Ich verfluche Sie mit jeder Faser meines Wesens. Sie, Ihre Ehe und Ihre Kinder sind ebenso dem Untergang geweiht, als wären Sie schon tot ...«

»Schluß!« schrie Eliza mit bleichem, wütendem Gesicht und schlug mit den Fäusten auf die Stuhllehne. »Schluß, Schluß, Schluß!«

Für einen Augenblick lag ein Schweigen voller Echos im Raum.

»Es war idiotisch von mir, hierher zu kommen, damit haben Sie recht. Aber nicht meine Motive waren idiotisch, sondern nur meine Unwissenheit. Wie sollte ich denn auch ahnen, daß ich es mit einem Ungeheuer, einem eifersüchtigen, bösartigen Ungeheuer, zu tun habe? Ihre Verwünschungen können mir nichts anhaben. Ich bin sicher, bin außer Gefahr! Und warum ist das so? Weil ich es bin, die Francis liebt, nicht etwa Sie. Sie haben nicht die geringste Macht über uns, nein, Sie können uns überhaupt nichts anhaben!«

Als sie fertig war, bewegte sich etwas im Hintergrund. Die Marmorbüste schien plötzlich zu schwanken, und Sir Gerards Gesicht verzerrte sich. Aus einem rein animalischen Instinkt heraus rannte Eliza pfeilgerade auf die Tür zu. Als sie hinausstürmte, kam der Marmorkopf als tödliches Geschoß durch die Luft geflogen, krachte durch das Fenster und fiel in den Garten hinunter. Keuchend und wie von Sinnen flüchtete Eliza durch die Galerie und die Halle, die Stufen hinunter, ohne stehenzubleiben. Schluchzend und stolpernd rannte sie über den Vorplatz bis zu den schützenden Bäumen und dem schattigen Waldpfad. Dabei wäre diese überstürzte Flucht gar nicht nötig gewesen. Nachdem die letzten Glasscherben klirrend zu Boden gefallen waren, ertönte aus der Bibliothek kein einziger Laut mehr. Nichts bewegte sich. Die aufgestörte Luft schien sich wieder zu beruhigen, das war alles.

Eliza hatte in ihrem jungen Leben schon aus vielen Gründen geweint. Aus Zorn, Verzweiflung, Eifersucht oder Überdruß. Aber noch nie aus Furcht. Nun lag sie der Länge nach auf dem Boden, zitterte am ganzen Leib, starrte blicklos aus weit aufgerissenen Augen vor sich hin, während ihr unaufhörlich Tränen übers Gesicht liefen und krampfartige Schluchzer sie schüttelten. Sie wußte nichts, als daß Francis' Vater ihr einen schlimmeren Schrecken eingejagt hatte, als sie es überhaupt für möglich gehalten hätte. Als die Minuten verstrichen und sie merkte, daß niemand sie verfolgte, ließ das Zittern etwas nach.

Sobald sie sich einigermaßen beruhigt hatte, kam ihr zu Bewußtsein, was sie getan hatte und welche Konsequenzen es für sie, Francis und auch für Julia und Richard haben würde. Nie zuvor hatte sie sich derart verachtet und verabscheut. Am liebsten wäre sie davongelaufen, hätte sich verkrochen und sich durch Entbehrungen und Glücklosigkeit selbst bestraft, doch damit würde sie sich auch noch als Feigling erweisen. Schließlich kam sie irgendwie auf die Füße, gab sich keine Mühe, Gesicht, Frisur oder Kleidung einigermaßen in Ordnung zu bringen, sondern stolperte den Pfad entlang, trampelte mit beiden Füßen auf ihrer Zeichnung herum und lief dann, immer noch schluchzend, weiter. Aber es kamen keine Tränen mehr.

Sogar Julia erschrak über ihr Aussehen. Richard benahm sich mit einem Feingefühl und Takt, an die Eliza sich immer mit Dankbarkeit erinnern würde. Er erhob sich von dem lauschigen Plätzchen, wo er gelegen und seiner Frau vorgelesen hatte, kam Eliza wortlos entgegen und zog sie sanft neben Julia ins Gras, damit sie sich beruhige. Natürlich brach sie nun wieder in Tränen aus, versuchte, alles zu erklären, doch ihre Stimme war durch das heftige Weinen viel zu verzerrt, als daß sie sich hätte verständlich machen können. Julia redete liebevoll auf sie ein, wischte ihr die Tränen ab und streichelte sie, während Richard neben ihnen kniete und abwartete.

Schließlich hob Eliza ihr Gesicht und brachte ein heiseres Flüstern zustande. »Ich wollte ihn kennenlernen.«

Ein verständnisvoller Blick flog von Julia zu Richard und zurück. Julia erhob sich vorsichtig und stieg in die Kutsche. Richard half Eliza hoch und bettete sie auf den Rücksitz, wo sie sich an Julia schmiegen konnte. Dann gab er Anordnung, alles einzupacken. Als die Nachmittagssonne schwächer wurde, verließen sie den Schauplatz von Elizas Demütigung mit der trauernden Schweigsamkeit einer Begräbnisprozession. Zwei Tage später fand der Wildhüter Elizas zerknitterte Skizze unter den Buchen und nahm das Fundstück recht verwirrt mit nach Hause zu seiner Frau.

8

Francis war im ersten Moment ausgesprochen verärgert. Julia hatte Eliza vorgeschlagen, ihm die Geschichte nicht mit schonungsloser Offenheit, sondern auf eine etwas dezentere Art und Weise zu berichten, sobald er nach Bath zurückkäme. Doch Eliza wollte davon nichts wissen. Sie empfing ihren Liebsten mit einer Miene tiefster Verzweiflung und sprudelte ihr Abenteuer in allen Details heraus, noch bevor eine halbe Stunde vorüber war. Sie hatte ihre Beweggründe für den Ausflug nach Quihampton vertuscht, was sich als äußerst fatal erwiesen hatte. Daher wollte sie auf keinen Fall eine weitere Katastrophe heraufbeschwören, indem sie irgendeine Kleinigkeit in ihrem Bericht verdrehte oder gar überging.

Trotz dieses Vorsatzes ließ sie eine Begebenheit völlig unerwähnt, und zwar die Marmorbüste. Eliza war so erpicht darauf, ihre Schuld und tiefe Scham einzugestehen, daß sie ganz vergaß, wie unmöglich sich Sir Gerard verhalten hatte. Da das Erlebnis in Quihampton ihr einen ungeheuren Schrecken eingejagt hatte, fiel es ihr nicht leicht, sich alles genau in Erinnerung zu rufen. Und jener Vorfall – daß Sir Gerard sie tätlich angegriffen hatte – war aus ihrem Gedächtnis inzwischen verschwunden. Francis sah sie starr an, als sie erzählte. Sein Gesicht verhärtete sich, und sie wartete ängstlich auf seine Reaktion. Als er dann sprach, klang seine Stimme gar nicht mehr wie die ihres Liebsten, sondern vielmehr wie die eines äußerst verärgerten Mannes, der ihr zehn Jahre an Alter, Erfahrenheit und Vernunft voraushatte. Eliza war arg mitgenommen. Als er mit seiner Strafpredigt fertig war, ergriff er ihre Hand und bat sie um das Versprechen, nie mehr einen übereilten Schritt in Angelegenheiten zu tun, die zu kompliziert für sie waren und von denen sie nichts verstand. Eliza versprach es ihm.

Francis stand auf, ließ sie im Wohnzimmer allein und machte sich auf die Suche nach seiner Schwägerin.

»Du siehst so aus, als hättest du dich eben höchst unbeliebt gemacht«, meinte sie nach einem prüfenden Blick.

»Es hat mir wahrlich keinen Spaß gemacht.«

»Hoffentlich hast du sie wenigstens ein bißchen getröstet.«

»Getröstet?« wiederholte er fassungslos. »Ich soll sie trösten, weil sie uns meinen Vater für immer entfremdet hat?«

»Werde nicht melodramatisch, bitte! Dein Vater war bereits mehr als entfremdet. Ehrlich gesagt, hielte ich es sogar für eher unangenehm, wenn wir eine engere Beziehung zu ihm hätten. Aber du hättest sie wirklich trösten sollen.«

»Und aus welchem Grund, wenn ich fragen darf?«

Julia gähnte. »Nun, weil er sie fast umgebracht hätte«, sagte sie dann völlig gleichmütig.

»Umgebracht?«

Julia musterte ihn mit großen, etwas erstaunten Augen. »Ja. Schließlich hat er eine Marmorbüste nach ihr geworfen. Ich glaube, daß dabei ein Fenster entzweigegangen ist. Hat sie denn nichts davon erzählt?«

»Kein Wort! Der Engel … kein einziges Wort.«

»Dann mach dir darüber mal Gedanken«, erwiderte Julia und nahm ihre Stickerei wieder zur Hand. »Ihr seid schon eine recht merkwürdige Familie. Welch Glück für euch«, fuhr sie dann selbstzufrieden fort, »daß ihr Frauen wie uns gefunden habt.«

»Amen!« rief Francis und stürmte aus dem Zimmer.

Sekunden später hielt er Eliza in den Armen und flehte sie an, ihm zu versichern, daß sie völlig unverletzt sei. Außerdem lobte er sie für ihre Verschwiegenheit. Eliza war immer noch viel zu gedemütigt, um mit ihrer üblichen Überschwenglichkeit darauf zu reagieren. Doch Erleichterung stieg warm und tröstlich in ihr auf, da sich ihre Überzeugung bewahrheitete, daß nichts und niemand auf der Welt zwischen sie und Francis treten konnte.

Francis' einziger Trost war, daß Eliza nichts zugestoßen war.

Die Abgründe im Wesen seines Vaters, die durch diesen Zwischenfall enthüllt worden waren, erschreckten ihn zutiefst. Er hätte es sich nie träumen lassen, daß sein Vater buchstäblich vor nichts haltmachen würde, um seine bigotte und skrupellose Selbstsucht zu befriedigen. Die Liebe, die sein Vater für ihn empfand, glich in nichts jener Großmut wahrer Gefühle, die Francis sich bei seinem Vater gewünscht hätte. Viel eher war sie eine heftige Übersteigerung von Sir Gerards Eigenliebe. Francis schauderte bei dem Gedanken, derjenige zu sein, dem derart animalische Triebe galten. Er blickte auf Eliza hinunter, die er so eng an sich drückte, daß es ihr weh tun mußte. Er löste sich aus der Umarmung und hob ihr Gesicht mit sanfter Hand etwas hoch.

»Falls du es über dich bringst, überhaupt daran zu denken«, sagte er liebevoll, »dann wüßte ich gern, wie dir Quihampton gefallen hat.«

»Oh, es ist wunderschön«, erwiderte sie. »Wunderschön, aber freudlos. So steif und förmlich – doch nur an der Oberfläche. Magst du es eigentlich sehr?«

»In meiner Kindheit habe ich es über alles geliebt. Dabei ist es solch ein merkwürdiger, alter, unmoderner Kasten; aber er hat mir sehr viel bedeutet. Als meine Mutter starb, ist es dort ganz anders geworden. Sie war eine sehr häusliche Frau, die ein gemütliches, angenehmes Heim daraus gemacht hatte. Jetzt ist es unbehaglich, damit hast du ganz recht. Ich glaube, du hättest meine Mutter sehr gemocht.«

»Es wäre sehr schön gewesen, wenn ich die Möglichkeit gehabt hätte, sie vielleicht liebzugewinnen. Weißt du, schließlich hatte ich bisher keinerlei Erfahrung mit Müttern.«

Er nahm ihre beiden Hände.

»Ich hasse es, auf dich ärgerlich sein zu müssen.«

»Ich würde es ebenso hassen, wenn ich es nicht verdient hätte.«

»Es gibt sicher nur wenige Frauen, die solch eine Schelte über sich ergehen lassen.«

»Und wenige, die einen derartigen Unfug anstellen.«

»Ich bete dich an! Übrigens glaube ich, daß ich ein Haus für dich gefunden habe.«

Eliza geriet schier außer sich vor Entzücken. Dies war der Beweis, daß die Zukunft ganz real war. Seine Freunde, die Howells, hatten von einem Haus ganz in der Nähe ihres eigenen erfahren, das auf jeden Fall im kommenden Winter und vielleicht sogar länger zu mieten war. Die dazugehörigen Ländereien waren sehr schön und die Stallungen in einem gepflegten Zustand; es lag südlich von Newbury und war von dort aus ganz leicht zu erreichen. Pelhams Mutter hatte vorgeschlagen, daß Eliza für einige Tage zu Besuch kommen solle, damit sie sich gemeinsam das Haus anschauen könnten. Außerdem wollte sie Eliza gern alles Nähere über die Gegend erzählen. Das klang überaus verlockend. Eliza hatte lediglich ein wenig Angst davor, Pelham wiederzusehen.

Einige Tage später verließen sie das Haus in Bath. Julia und Richard brachen mit so vielen Schrankkoffern nach London auf, daß sie die ganze Londoner Gesellschaft den Winter über hätten einkleiden können, und

Francis fuhr mit Eliza nach Newbury. Eliza erwog zuerst, einen Abstecher nach Marchants zu machen. Ein Brief ihres Onkels, in dem er ihr die Hektik der Hochzeitsvorbereitungen schilderte, ließ sie ihre Meinung ändern.

»Ich will doch gar keine große Hochzeitsfeier!« beklagte Eliza sich bei Francis. »Am liebsten wäre ich mit dir allein irgendwo auf einer Wiese. Ich kann den ganzen Klimbim nicht ertragen, den Julia ...«

»Auf einer Wiese im Regen, hm?«

Eliza schrieb ihrem Onkel, erklärte ihre Einstellung und bat ihn, den Riesenaufwand soweit zu reduzieren, wie es ihm nur irgend möglich war. Im gleichen Umschlag ging ein Schreiben an ihre Tante ab, in dem sie ihr von dem Haus bei Newbury berichtete. Dann packte sie ihre paar Habseligkeiten zusammen. Francis bemerkte anerkennend, daß er noch nie eine Frau gesehen habe, die mit so wenig Gepäck reiste.

»Das ist der Grund für die gräßliche Eintönigkeit meiner Garderobe«, erwiderte Eliza vergnügt.

Sie wurden von den Howells aufs herzlichste willkommen geheißen. Pelham kam als erster zur Kutsche, breitete die Arme aus und schaute Eliza mit einem so strahlenden und freudigen Gesicht an, daß ihr Tränen in die Augen stiegen.

»Einfach großartig!« rief er. »Auf Erden gibt es keine anderen zwei Menschen, die ich lieber sähe als euch. Ihr blüht ja förmlich auf zusammen, das sehe ich euch an. Mutter, das ist Miß Stanhope, die ich wirklich nicht verdient hätte. Ist Francis nicht ein Glückspilz?«

Seine Stimme verriet nicht das leiseste Beben. Der Augenblick des Wiedersehens war dank Pelham ohne jede Peinlichkeit vorbeigegangen. Francis hatte Eliza erklärt, daß Pelham es nicht mögen würde, wenn sie Vergangenes wiederaufrührte. Also streckte sie Pelham die Hand entgegen und versuchte, auf seinen heiteren Tonfall einzugehen.

»Oh, Captain Howell, er ist ganz und gar nicht glücklich dran. Mein Charakter muß noch so verbessert werden, daß Francis eine anstrengende Zukunft vor sich hat.«

»Darf ich bei diesem reizvollen Unterfangen mitmachen?«

»In vernünftigen Grenzen«, meinte Francis.

»Mißgünstiger Kerl! Macht nichts, ich werde meine Zeit abwarten. Wenn Francis dann im Kampf für sein Vaterland fällt, werde ich seine unvergleichliche Witwe nehmen und mich folglich um die langwierige Aufgabe drücken können, mir auf eigene Faust eine Frau zu suchen.«

»Aber er wird nicht im Kampf fallen!« widersprach Eliza temperamentvoll.

»Ich glaube fast jede Behauptung, die jemand mit derartiger Entschiedenheit vorbringt.«

»Und ich empfinde es als äußerst beruhigend«, erklärte Francis. »Wenn ich das Schicksal wäre, würde ich es mir zweimal überlegen, ehe ich die Klinge mit Elizas unbändiger Willenskraft kreuze.«

»Das Schicksal hätte keine Chance.«

Mrs. Howell, eine charmante und tüchtige Frau, fuhr mit Eliza allein zu deren zukünftigem Domizil. Sie ließ es nicht zu, daß die jungen Männer sie begleiteten, da sie Eliza ja doch nur ablenken würden. Die Räume mußten ausgemessen und ihre jeweilige Verwendung bestimmt werden, eine Aufgabe, bei der Männer im allgemeinen höchst überflüssig sind.

Nashbourn Court lag etwa fünf Meilen vom Howellschen Besitz entfernt oberhalb einer romantischen Talstraße. Es war ein kleines hübsches Steinhaus, zwanzig oder dreißig Jahre alt und in herrlich geschützter Lage.

Mrs. Howell führte Eliza geschäftig herum, wies sie auf die schönen Proportionen des Salons, die schmale, aber beeindruckende Freitreppe, den Phantasiereichtum, mit dem die Büsche gepflanzt worden waren und die luftige Geräumigkeit des ganzen Gebäudes hin. Eliza mußte gar nicht erst lange überredet werden. Nashbourn Court gefiel ihr ebenso gut wie Marchants, an dem sie aus irgendwelchen Gründen immer noch hing.

Mrs. Howell versprach, sich um Dienstboten zu kümmern, da sie sich in der Gegend gut auskannte. Welche speziellen Wünsche Eliza in dieser Hinsicht habe, war Mrs. Howells nächste Frage. Eliza verfügte nur über die grundlegendsten Haushaltskennmisse, da ihre Tante es abgelehnt hatte, auch nur die kleinste Verantwortung für den reibungslosen Ablauf der häuslichen Angelegenheiten an andere abzugeben. Folglich mußte Eliza herzlich über Mrs. Howells Frage lachen. Die Aussicht, Francis zu heiraten, war für sie so überwältigend, daß sie noch gar nicht überlegt hatte, wie es sein würde, wenn sie für Francis ein Dinner zusammenstellen oder in der Molkerei nach dem Rechten sehen müßte.

»Ich werde noch sehr viel lernen müssen«, meinte sie.

»Dann sind Sie bei mir richtig, denn ich werde Ihnen gern alles Nötige beibringen. Sollen wir jetzt zurückfahren und Francis sagen, daß Sie einverstanden sind?«

Als Mrs. Lambert erfuhr, daß die Hochzeit nur eine ruhige, kleine Feier sein sollte, war sie tief empört. Für sie war Elizas Wunsch eine Beleidigung ihres Organisationstalents. Als Eliza ihr aber mitteilte, daß sie in Zukunft in Nashbourn Court bei Newbury leben würde, war sie etwas besänftigt.

»Das klingt doch großartig, nicht wahr?« erklärte sie ihrem Mann, nachdem sie die Adresse mindestens zehnmal laut vor sich hingesagt hatte, um zu sehen, wie der Name auf ihn wirkte.

»Sehr gut, meine Liebe.«

»Sie hat wirklich Glück, daß sie in einem Haus wohnen darf, das einen so schönen Namen hat.«

»Das allerdings. Aber mehr noch, weil sie Francis Beaumont heiratet.«

»Wie schade, daß sie den Titel nicht auch noch haben kann!«

»Ich glaube, ihr ist der Mann viel wichtiger als der Titel!« Die Auswahl der Gäste stellte für Mrs. Lambert ein reizvolles Problem dar. Einige der Herrschaften, die an Julias Feier teilgenommen hatten, mußten unbedingt wieder geladen werden. Wie aber sollte sie die große Mehrheit zufriedenstellen, die keine zweite Einladung erhielten und verständlicherweise verwundert und etwas beleidigt darüber sein würden? Als Eliza nach Marchants kam, brachte sie jedoch keinerlei Verständnis für all diese Schwierigkeiten auf. Schließlich ging es um ihre Hochzeit, oder? Was spielte es für eine Rolle, wenn einige Leute, an denen ihr nichts lag, gekränkt wären? Gegen Ende September würden Francis und sie Mann und Frau werden. Es war ihr völlig egal, in wessen Anwesenheit das geschah, Hauptsache, es waren nicht zu viele. Zu Elizas Erleichterung beendete Mr. Lambert die Auseinandersetzung, indem er erklärte, daß er sich nur eine kleine Feier leisten könne, da er vorhabe, seiner Nichte ein schönes Hochzeitsgeschenk zu machen.

»Mir ist es lieber, wenn ich das Geld für meine Nichte ausgebe, die mir besonders am Herzen liegt, statt für die halbe Grafschaft, die ich kaum kenne oder gar mag.«

Francis entging Mrs. Lamberts unverhohlene Enttäuschung nicht. Daher schlug er vor, daß sie ja die Arbeiten überwachen könne, die aus Nashbourn Court ein wohnliches Heim zaubern sollten.

»Ich habe nicht die leiseste Ahnung, was alles getan

werden muß«, fuhr er fort. »Und Eliza möchte sicher nicht alles allein machen.«

Das war ein sehr kluger Vorschlag. Mrs. Lambert war zwar alles andere als eine Geistesgröße, doch ihr Sinn für Formen und Farben war geradezu perfekt. Eine Woche vor der Hochzeit stand das Haus bereit: dezent, elegant und gleichzeitig gemütlich, wie in Marchants. Die Dienstboten, die Mrs. Howell eingestellt hatte, erfüllten bereits ihre Pflichten, brachten den Garten in Ordnung und richteten die Ställe für die vierbeinigen Bewohner her.

»Mir bleibt überhaupt nichts mehr zu tun!« jammerte Eliza. »Außer – mich zu heiraten«, warf Francis ein.

Drei Tage vor ihrem zwanzigsten Geburtstag wurde sie mit Francis in derselben Kirche getraut, in der sie erst zwei Monate zuvor hinter Julia gestanden und sich gewünscht hatte, ihn zu heiraten.

Zu Mrs. Lamberts Kummer war alles so ganz anders als bei Julias Hochzeit. Eliza wollte in dem Kleid vor den Altar treten, das sie als Julias Trauzeugin getragen hatte, und zwar nicht nur deshalb, weil sie es erst einmal angehabt hatte. Nein, sie freute sich über die Maßen, nun das in Wirklichkeit zu erleben, wonach sie sich in ebendieser Kleidung so sehr gesehnt hatte. Sie hatte einen kleinen Feldblumenstrauß in der Hand, den die Küchendienstboten für sie gepflückt hatten, und ließ sich nur deshalb dazu überreden, einen Schleier zu tragen, weil dieser ihrer Mutter gehört hatte. Es waren nur wenige Gäste da: Richard und Julia, die so schön und elegant aussah, als habe sie nie etwas mit Marchants zu tun gehabt; Pelham, der als Trauzeuge fungierte, und ein paar Freunde aus der Nachbarschaft, die Eliza seit ihrer Kindheit kannte. Francis war ebensowenig gewillt, irgendwelche Kameraden aus seinem

Regiment einzuladen, wie Eliza, entferntere Bekannte herzubitten.

»Ziemlich langweilig«, meinte Julia, als sie sich in der nur spärlich besetzten Kirche umsah. »Also wirklich, wir hätten uns die Mühe eigentlich sparen können.«

»Aber, aber, Liebste«, wandte Richard sanft vorwurfsvoll ein. »Du hättest die Hochzeit deiner einzigen Cousine doch bestimmt nicht versäumen wollen.«

Julia gähnte.

»Ein Dinner bei Lady Russell wäre weitaus amüsanter gewesen. Ich kann nicht behaupten, daß ich es als ein Vergnügen ansehe, sechzig Meilen weit zu reisen, nur um Mrs. Knight-Knox und die Leslie-Mädchen wiederzusehen.«

»Fühlst du dich müde. Liebste?«

»Nicht mehr als sonst auch, wenn ich mich langweile.«

Trotz allem schaffte Mrs. Lambert es jedenfalls, ebenso ausgiebig zu weinen, wie sie es bei Julias weit aufregenderer Hochzeit getan hatte. Mr. Lambert dachte mit gemischten Gefühlen an den Abend, der vor ihnen lag. Das Dutzend Bekannte, das jetzt in der Kirche saß, sollte nach der Feier mit ihnen dinieren. Eliza hatte darauf bestanden, daß dieses Essen in keiner Weise aus dem Rahmen fallen solle, ja, sie legte nicht einmal Wert auf Champagner. Auf diesen Teil der Feier freute sich Mr. Lambert geradezu, denn es würde zu einer vertrauten Tageszeit vertraute Gerichte geben, die inmitten vertrauter Gesichter verzehrt wurden. Es war die Zeit nach Abfahrt der Frischvermählten, vor der Mr. Lambert etwas Angst hatte. Wie sollte er seine Frau über ihre melancholischen Gedanken an ihr zukünftiges, einsames und tochterloses Dasein hinwegtrösten? Er sah, wie Francis Eliza den Ehering über den Finger streifte. Irgend etwas an dieser hohen Gestalt, die sich beschützend über Eliza beugte, brachte ihn auf einen Gedanken. Ein kleines Lächeln flog über sein rundliches Gesicht. Natürlich! Er würde seine Frau mit der Aussicht auf Enkelkinder trösten, und zwar Julias Sprößlinge wie auch Großneffen und Großnichten. Sein Lächeln wurde breiter. Wenn man es genau betrachtete, war es ja auch wirklich eine sehr angenehme Aussicht, ja, überaus angenehm.

»Na komm, meine Liebe«, sagte er zu seiner vor sich hin schluchzenden Frau. »Dies ist ein Augenblick der Freude und nicht der Tränen.«

»Oh, wie ergreifend! Wie ergreifend! Ich bin ebenso gerührt wie bei der lieben Julia, ganz genauso. Wie soll ich nur weiterleben ohne eine einzige Tochter, die mir zur Seite steht?«

Als Francis und Eliza durch die Kirche schritten, musterte Julia die beiden belustigt.

»Ich glaube fast, daß dies das Kleid ist, das Papa ihr zu meiner Hochzeit geschenkt hat. Eliza ist wirklich ein höchst eigenwilliges Wesen!«

Sie erhob sich langsam und schritt hinter dem Brautpaar her. Ihre Mutter sah ihr in andächtiger Bewunderung, ihr Vater mit leichter Besorgnis nach. Vor dem hohen Portal bot sie Eliza ihre makellos zarthäutige Wange zum Kuß.

»Du hast es wirklich gut getroffen, Eliza«, meinte sie. »Ich finde, daß man dir zu deinem Glück gratulieren muß, nicht etwa Captain Beaumont, wie es sonst üblich ist.«

Eliza war an Julias kleine Bosheiten gewöhnt und fühlte sich außerdem in ihrem Glück ganz sicher. Also lachte sie nur.

»Normalerweise widerspreche ich einer so schönen Frau wie Ihnen nicht, Mrs. Beaumont«, mischte sich Pelham ein. »Aber ich fürchte, daß Sie diesmal im Unrecht sind. Sie können von mir aus alle beide beglückwünschen, obwohl im Grunde ich es bin, der die meisten Glückwünsche verdient.«

Julia lächelte, machte sich aber nicht die Mühe, Pelham um eine Erklärung zu bitten. Sie hörte sich gnädig die bewundernden Ausrufe ihrer Mutter über ihr prächtiges Kleid an und begab sich dann zu ihrer Kutsche. Francis wartete, bis ihre schlanke Gestalt dekorativ in der Kutsche thronte, bevor er sich wieder Eliza zuwandte.

»Ich weiß, welcher Beaumont Glück gehabt hat«, sagte er liebevoll.

»Da irrst du dich«, widersprach Eliza heftig. »Richard kann stolz darauf sein, daß er eine solche Frau hat. Ich bestehe darauf, Francis! Du hast unrecht!«

Francis drückte ihren Arm. »Und du bist das unbegabteste Wesen, um Komplimente entgegenzunehmen, das ich je getroffen habe.«

»Mag sein. Aber mir wäre es sehr lieb, wenn du Komplimente dieser Art unterlassen würdest.«

»Es ist nicht sehr wahrscheinlich, daß ich das je fertigbringe.«

Das Dinner konnte als einigermaßen erfolgreich bezeichnet werden. Die Unterhaltung wurde weitgehend von Mr. Lambert bestritten, der alle möglichen Anekdoten erzählte. Erfreut über den Anlaß der Feier, zufrieden darüber, in seinem eigenen Haus unter Familienangehörigen und Freunden zu sein, war er leutselig und gesprächig. Julia gab sich wenig Mühe, ihr häufiges Gähnen zu verbergen, Fanny Leslie warf Francis mehr als einmal Blicke zu, die recht deutlich ihre Enttäuschung verrieten, Pelham applaudierte dem Gastgeber, Mrs. Lambert war furchtbar aufgeregt, und Francis und Eliza wünschten, daß das Ganze möglichst bald vorüber wäre. Nachdem ausgiebig auf ihre glückliche Zukunft getrunken worden war, konnten sie endlich aufbrechen. Zum Verdruß ihrer Tante und der amüsierten Verwunderung ihrer Cousine dachte Eliza gar nicht daran, sich umzuziehen. Sie bestand darauf, daß ein Cape genüge, denn die Nacht sei ja schließlich warm. Francis war erstaunt und entzückt darüber, daß sie sich mit derart unkonventioneller Selbstverständlichkeit benahm, und unterstützte sie voll und ganz. Sie wollten schließlich so bald wie möglich aufbrechen, sagte er energisch, woraufhin Henry Leslie und Pelham verständnisinnig lachten.

Eliza gab Onkel und Tante einen flüchtigen Kuß.

»Ich will mich nicht lange damit aufhalten, euch Lebewohl zu sagen. Hoffentlich haltet ihr mich nicht für gefühllos. Aber in Wirklichkeit fühle ich viel zuviel, um es ausdrücken zu können.«

»Sag nichts, meine Liebe«, beschwichtigte sie Mr. Lambert. »Versprich mir nur, daß du gut auf dich achtgibst und dich bald wieder bei uns sehen läßt.«

Und noch einmal flossen Tränen über Mrs. Lamberts Wangen.

»Denk daran, meine liebe Eliza, daß ich ganz allein sein werde, ganz allein. Verschwende ab und zu einen Gedanken an mich. Ich werde traurig und allein sein, weiß Gott!«

Mr. Lambert hakte seine Frau unter.

»Es ist wirklich schade, Maria, daß dir meine Gesellschaft so wenig bedeutet«, sagte er gutmütig und gab Francis mit einem verstohlenen Wink zu verstehen, daß sie sich auf den Weg machen sollten.

Als Eliza in der Kutsche saß, lehnte sie sich hinaus und betrachtete gerührt das Grüppchen auf den Hausstufen. Sie fühlte sich glücklich und zufrieden. Nachdem sie noch einmal gewinkt hatte, lehnte sie sich in die Polster zurück und schloß die Augen.

»Ich werfe keinen einzigen Blick mehr zurück«, erklärte sie resolut.

Sie gingen nicht auf Hochzeitsreise, obwohl Francis es ihr galanterweise angeboten hatte. Eliza spürte, daß er trotz seiner Fröhlichkeit den Wunsch hatte, sich als Herr in seinem eigenen Haus niederzulassen und ein Leben nach seinen Vorstellungen zu führen. Er hatte ja bereits seit vier Monaten versucht, sich auszuruhen, was ihm allerdings nicht gelungen war. Außerdem galt es – selbst Eliza gab dies trotz ihrem überschäumenden Optimismus zu –, sich erst einmal besser kennenzulernen. Eliza war erschreckend ungebildet, während Francis sehr belesen und kultiviert war. Folglich mußte sie sich bemühen, mit all den Dingen vertraut zu werden, die für ihn ganz selbstverständlich waren. Und er durfte bei ihr nicht allzuviel voraussetzen. Diese Gedanken kamen ihr ganz plötzlich in jener ersten Nacht als verheiratete Frau. Sie sah sich in dem Haus um, das voller Bücher und bevorzugter Gegenstände von Francis steckte, die so viel von seinem Geist und Charakter ahnen ließen, wovon sie bisher noch gar nichts gewußt hatte.

»Hoffentlich hältst du mich nicht für sehr dumm«, sagte sie schüchtern, trotz all ihrer Glückseligkeit.

Francis stand gerade vor dem Kamin und betrachtete zufrieden sein neues Heim.

»Dumm?« fragte er etwas überrascht.

»Ich habe so wenig gelesen, weil ich nie stillsitzen wollte, aber jetzt tut mir das leid. Vermutlich werde ich keine sehr geistvolle Gesprächspartnerin für dich sein.«

»Komm zu mir.«

Er umfaßte ihre Hände und drückte sie fest an seine Brust. »Kennst du die Geschichte von Pygmalion?«

»Nein.«

Er erzählte sie ihr.

»Soll ich das mit dir tun? Soll ich aus guten Anlagen die perfekte Frau für mich heranzüchten?«

»Nein, wahrhaftig nicht!« erwiderte Eliza und löste sich von ihm. »Das werde ich ganz alleine schaffen. Du kannst mir ja raten, womit ich beginnen soll«, fügte sie dann großmütig hinzu. »Warum lachst du?«

»Ich bin so froh, daß ich dich geheiratet habe! Vermutlich würde es mich nicht einmal stören, wenn du weder lesen noch schreiben könntest. O mein Liebling, wir haben eine große Zukunft vor uns.«

Später, sehr viel später würde Eliza sich an diesen ersten gemeinsam verbrachten Winter als ein wahres Idyll erinnern. Das Haus war bestens für sie geeignet, so daß sich Eliza schon bald in ihrer neuen Rolle als Hausfrau zurechtfand. Sie ritten sooft wie möglich aus und besuchten häufig die Howells, die für Eliza ebenso eine zweite Familie wurden, wie sie es für Francis schon seit langer Zeit gewesen waren.

Mrs. Howell gab deutlich zu verstehen, daß sie Eliza gern als Tochter gehabt hätte, wenn sie sich außer ihren fünf Söhnen noch etwas hätte wünschen dürfen. Sie war immer noch eine vorzügliche Reiterin, der es großen Spaß machte, daß Eliza jede Herausforderung der Howellbrüder annahm, wenn es ums Reiten ging.

»Hört mal, Jungs, ich verbiete euch, Eliza zu überanstrengen. Sie ist uns allen lieb und teuer ...«

»Besonders mir ...«, meinte Francis.

»... ganz besonders Francis, und wenn mir irgendein unvernünftiges oder übermütiges Benehmen von euch zu Ohren kommt, dann werdet ihr auf das Vergnügen verzichten müssen, mit Eliza auszureiten. Ich halte es für sehr ungerecht, daß sie sich von euch allen den Hof machen lassen muß und dann noch in Gräben gejagt oder auf irgendwelche hohen Äste gesetzt wird.«

Jedesmal wenn sich eine kleine Gruppe zusammenfand, um auszureiten, hielt sie diese mahnende Ansprache. Alle hörten mit ernstem Gesicht zu, warfen ihr eine Kußhand zu und ritten dann in vollem Galopp unter lautem Geschrei und Gejohle los, als habe Mrs. Howell ihre Worte nur zu ihrem eigenen Vergnügen geäußert.

Francis war begeistert von Eliza und freute sich darüber, wie beliebt sie in dieser wunderbaren, von ihm innig geliebten Familie war. Am meisten erstaunte ihn jedoch ihr Mut, obwohl sie zum Glück keineswegs tollkühn war. Falls man sie nämlich zu etwas wirklich Gefährlichem herausforderte, lachte sie und sah Francis an. »Was fällt euch ein? Auf eine Hochzeit soll doch nicht gleich ein Begräbnis folgen!« Daraufhin warfen die Howellbrüder ihre Hüte in die Luft und riefen: »Bravo!«

Doch sie setzte über Hecken, die selbst Francis mit einer gewissen Vorsicht nahm, jagte genauso schnell wie ihre Begleiter hügelabwärts und bewies bei Regen, Wind oder Kälte eine Ausdauer, die ihn sehr beeindruckte. Nie hörte er eine Klage von ihr. Wenn dann der vergnügte, ausgelassene Ausritt vorbei war, dinierten sie mit den Howells, machten sich danach in der frostigkalten Dämmerung auf den Heimweg und freuten sich über die Aussicht auf ihr Alleinsein in Nashbourn Court ebensosehr, wie sie die fröhliche Betriebsamkeit des Tages genossen hatten. Mit einem Gefühl des Wohlbehagens ritten sie zügig dahin, und Francis bestand darauf, daß sie die Zügel nur mit einer Hand hielt, damit er ihre andere ergreifen und festhalten konnte. Die Pferdehufe trommelten einen gleichmäßigen Rhythmus auf den steinigen Wegen – ein Echo ihrer Übereinstimmung miteinander.

In Nashbourn brannten schon die dürren Zweige abgestorbener Bäume aus dem Obstgarten lustig knisternd im Kamin, und es bereitete beiden eine unaussprechliche Genugtuung, das Zimmer zu betreten und den flackernden Widerschein des Feuers über die Bücher und Gemälde huschen zu sehen, die ihre wundervolle Zweisamkeit bereicherten.

Francis las Eliza oft laut vor. Nachmittags wurde Tee serviert, und Eliza breitete strahlend die Arme weit aus. »Wenn ich bedenke, daß mich niemand zwingt, etwas zu sticken oder Wolle aufzuwickeln! Ich kann einfach hier sitzen und dir mit untätigen, leeren Händen zuhören ...«

»So leer wie dein Kopf ...?«

»Nein, wirklich!« protestierte Eliza beleidigt. »Wenn du mich doch nur ausreden lassen würdest! Ich wollte gerade sagen, daß der Kontrast so herrlich ist. Ich habe leere Hände, aber mein Kopf ist beschäftigt, während es früher eher umgekehrt war.«

»Ich möchte dich eigentlich überhaupt nicht anders haben.« Eliza schaute ihn ernst an.

»Ich muß eine kultiviertere Ehefrau für dich werden.« Francis verzog den Mund.

»Liebste Eliza, ich will aber keine. Hör mir zu, wenn ich dir vorlese, solange es dir Spaß macht, aber bitte stopf dir nicht den Kopf mit dem voll, was du Kultur nennst. Wenn ich eine solche Frau wollte, hätte ich sie mir doch suchen können, oder etwa nicht?«

»Ich habe oft das Gefühl, daß ich so etwas wie ein Unfall in deinem Leben bin«, gestand ihm Eliza. »Bestimmt gleiche ich nicht der Frau, die du im Sinn hattest.«

»Ich hatte überhaupt nichts im Sinn. Aber als ich dich sah, hatte ich nichts anderes mehr im Sinn.«

Eliza blühte bei diesen Gesprächen auf. Sie vergaß aber auch nicht das Versprechen, das sie Francis gegeben hatte: Immer mußte ihnen klar sein, wieviel sie Pelham verdankten. Nach einem turbulenten Weihnachtsfest bei den Howells überredeten sie ihn, den Weg nach Nashbourn auf sich zu nehmen und einige Tage bei ihnen zu verbringen.

»Werde ich nicht ganz schrecklich *de trop* sein? Ich eigne mich so gar nicht dazu, die zweite Geige zu spielen.«

»Das werden Sie nicht mal probieren müssen«, verkündete Eliza. »Sie spielen nämlich bei uns beiden die erste Geige. Natürlich sind Sie nicht ganz so wichtig, wie wir beide füreinander«, fügte sie dann wahrheitsgemäß hinzu, und Pelham lachte schallend.

»Wenn Sie einen anderen als Francis geheiratet hätten, wäre die Situation für mich bestimmt unerträglich.«

»Und wenn Sie so großmütig sprechen, fällt es mir sehr schwer, etwas zu erwidern.«

»Da Taten mehr als Worte zählen, freue ich mich in diesem Sinne schon sehr darauf, in Nashbourn ungeheuer verwöhnt zu werden.«

Nashbourn war im Winter sehr angenehm. Die Gärten zogen sich terrassenförmig bis zum Haus hin, von dem aus man einen wundervollen Blick über die sanfte Hügellandschaft hatte. Zwischen schützenden Baumgruppen waren gut befestigte Spazierwege angelegt. So konnten sie ausgedehnte Spaziergänge in die Täler unternehmen, wenn es zum Reiten zu vereist war. Alle drei waren viel zu unternehmungslustig, um mehr als den Abend im Haus zu verbringen, und waren daher stundenlang unterwegs, um die frische, kalte Luft zu genießen. Pelham fand Elizas Wunsch, viel zu lernen, sehr löblich und hielt ihr bei diesen Spaziergängen über die Hügel lange Vorträge. Er und Francis mußten häufig aus voller Kehle schreien, um sich trotz des Heulens des Windes verständlich machen zu können. Eliza ließ sich diese heiteren Unterrichtsstunden gern gefallen, bis bei ihr eine bestimmte Grenze erreicht war.

»Genug! Genug! Ich will kein Wort mehr hören! Außerdem habe ich langsam den Eindruck, daß ihr das nicht nur zu meiner Belehrung, sondern hauptsächlich zu eurem Vergnügen macht!«

Sie sprachen oft über politische Themen. Eliza hatte bisher recht romantische Vorstellungen von Napoleon gehabt, die hauptsächlich aus einer Bewunderung für seine großen Leistungen herrührten, die er vollbracht hatte, ohne über eine vornehme Abstammung oder Reichtum zu verfügen. Doch nun änderte ihre Einstellung sich allmählich. Wenn sie Pelham und Francis über dieses gefährliche Genie reden hörte, dann war sie ganz verwirrt, weil beide noch immer ganz in seinem Bann zu stehen schienen.

»Ich verstehe euch nicht«, rief sie einmal aus. »Mein Onkel sagte, daß wir jetzt Frieden haben, weil Napoleon als Gefangener auf Elba sitzt. Große Teile unserer Armee wurden aufgelöst oder in andere Länder geschickt, weil wir keine Angst mehr zu haben brauchen.«

»Ohne der Ansicht Ihres Onkels den nötigen Respekt zu versagen ...«, begann Pelham.

»Was heißt, daß Sie genau das tun wollen.«

»Richtig. Ich fahre in meinem Satz fort ... Napoleon ist zwar ein Gefangener, gehört aber nicht zu der Sorte von Feldherren, die eine Gefangenschaft stillschweigend akzeptieren.«

Francis hieb mit seinem Stock in ein Brombeergebüsch.

»Mich würde es nicht wundern, wenn er gerade seine Flucht plante, während wir jetzt über ihn reden.«

»Was wird denn dann passieren?« fragte Eliza. »Gibt es wieder Krieg?«

»Wie herrlich direkt deine Frau ist, Francis! Gibt es wieder Krieg? Tja, das hängt ganz davon ab, ob er es schafft, eine Armee aufzustellen.«

Eliza entsann sich sehr wohl an das Charisma, das Napoleon für sie gehabt hatte, für sie, die Hunderte von Meilen entfernt ein zurückgezogenes Leben geführt hatte. »Natürlich schafft er das!« sagte sie voller Überzeugung.

»Er wäre sicher glücklich, wenn er von deinem Vertrauen in ihn wüßte, Liebste.«

»Werde ja nicht gönnerhaft, Francis!«

»Das würde ich nie wagen!«

»Hast du schon irgendwelche Gerüchte gehört?«

Francis schüttelte den Kopf und steckte dann die Hand in Elizas Muff, um ihre kalten Finger zu drücken.

»Keine Angst.«

»Ich habe keine Angst! Ich will nur Bescheid wissen.«

Pelham schaute sinnend in die graue, neblige Luft. Dabei dachte er an die Gespräche, die er erst kürzlich mit seinem Vater geführt hatte. General Howell war in Friedenszeiten immer gereizt und sehnte sich nach neuen Feldzügen. Pelham wußte, daß er dies berücksichtigen mußte, wenn er die Ansichten seines Vaters in Erwägung zog.

»Vielleicht hat Francis wirklich recht.«

»Womit?«

»Damit, daß Napoleon fliehen will.«

»Ich bin zwar entzückt, recht zu haben, aber wenig entzückt über den Anlaß, recht zu haben. Was hast du so gehört, Pelham?«

»Nichts, aber mein Vater behauptet, daß Napoleons Flucht für den Frühling geplant sei. Außerdem soll es schon Bestrebungen geben, alle Streitkräfte zu sammeln, die Napoleon treu ergeben sind. Es ist ja klar, daß mein Vater diese Art von Gerüchten nur zu gerne hört.«

Eliza ließ ihre Blicke über die kahlen, winterlichen Hügel und die grauen Siedlungen im Tal wandern. Sie fand es erstaunlich, daß sie diesen Anblick genießen konnte, während Napoleon im selben Augenblick vielleicht seine Flucht vorbereitete. Was tat er wohl in diesem Moment? Schrieb er, dachte er nach oder speiste er gerade? Hatte er einen Hund zur Gesellschaft oder nur Bücher? Durfte er überall herumspazieren? War ihm erlaubt, allein zu schlafen? Die beiden Männer hatten ihr Gespräch fortgesetzt. Als Eliza aus ihren Grübeleien auftauchte, meinte Francis: »Gerade jetzt würde ich nur ungern gestört werden!«

»Trotzdem möchte ich dich stören und bitten, daß wir nach Hause gehen«, sagte Eliza.

Sie kehrten in ihr wohnliches Heim zurück. So sehr Eliza auch Ausritte und Ausflüge liebte, so genoß sie doch die Rückkehr in diese warme Behaglichkeit fast noch mehr, wenn die Vorhänge zugezogen wurden, wenn Francis und Pelham lasen und dann Shakespeare für sie parodierten.

»Das ist nicht die richtige Erziehung für mich!«

»Etwas Besseres kannst du von uns nach einem so vorzüglichen Wein nicht erwarten, Liebste. Außerdem bin ich sicher, daß Shakespeare selbst keine andere Wahl für dich getroffen hätte.«

»Darf ich auch einmal etwas vorlesen? Ich bin nämlich durchaus in der Lage dazu.«

»Hör mal, Pelham. Wäre sie nicht eine hinreißende Rosalinde?«

»Ausgezeichnet! Paßt auf ... dieses Sofa stellt den Palast, die Stühle dahinten den Ardenner Wald dar. Vermutlich werdet ihr mir nicht erlauben, den Orlando zu spielen, oder?«

»Auf keinen Fall. Das wäre höchst ungehörig. Liebste, du mußt dich für einen Teil des Stücks als Junge verkleiden.«

Eliza war hell begeistert.

»Als Junge? Oh, das mache ich gern!«

»Wenn ich schon nicht Orlando sein darf, dann bestehe ich aber darauf, Oliver, den Herzog und seine sämtlichen Höflinge darzustellen, vor allem den melancholischen Jacques. Findest du nicht, daß ich die Idealbesetzung dafür bin?«

»Ganz im Gegenteil, Pelham«, erwiderte Eliza vergnügt. »Sie passen viel besser als Hofnarr, und wir werden Sie sehr vermissen, wenn Sie uns verlassen.«

»Ich muß unbedingt fort«, sagte er lächelnd, »bevor ich für jede andere Lebensweise untauglich geworden bin. Aber ich werde mit der Regelmäßigkeit der aufgehenden Sonne zum Dinner bei euch erscheinen.«

Er verabschiedete sich gegen Ende Januar und ritt auf äußerst riskante Weise die Straße ins Tal hinunter, die mit einer spiegelnden Eisschicht überzogen war. Sie schauten ihm so lange wie nur möglich nach. Dann wandte sich Francis Eliza zu und umfaßte ihr Gesicht mit beiden Händen. Er blickte sie unverwandt an, küßte sie und führte sie dann wieder ins Haus und damit zu dem behaglichen und wundervollen Ritual ihres Lebens zu zweit.

Im Februar entdeckte Eliza die ersten Schneeglöckchen im Garten, und wenige Wochen später war das Gras mit weißen Krokussen gesprenkelt. Sie konnte es kaum abwarten, bis es hier oben in Nashbourn Frühling und Sommer wurde, wenn sich das erste wirklich schöne Jahr ihres Lebens vollendete; sie hatte einen Mann gefunden, der all ihren Vorstellungen entsprach. Die beiden suchten nun die Gesellschaft anderer ein wenig mehr, nachdem sie sich den Winter über buchstäblich verkrochen hatten.

Julia und Richard kamen für ein paar Wochen zu Besuch. Anschließend drückten Eliza und Francis schuldbewußt ihre Erleichterung darüber aus, daß diese Zeit endlich vorüber war. Julia und Richard waren keine unkomplizierten Gäste gewesen. Vielleicht lag das aber auch nur daran, daß die beiden Paare nicht viel miteinander gemeinsam hatten. Eliza war sehr traurig, daß sie sich mit ihrer Cousine nicht mehr so gut verstand, deren träger Witz sich in etwas viel Unangenehmeres verwandelt hatte.

»Als ich vor drei Wochen ihre Kutsche heraufkommen sah«, vertraute sie Francis an, »habe ich mich darauf gefreut, Julia alles zu zeigen und zu erzählen und sie auf unsere Lieblingsspaziergänge oder Ausritte mitzunehmen. Ich lag nachts oft wach und überlegte mir, was sie am liebsten essen und was ihr am meisten Spaß machen würde. Doch sobald sie in diesem Traum von Pelzmantel aus der Kutsche stieg, verlor ich jegliches Vertrauen in all meine schönen Pläne.«

Julia war mit leicht geringschätziger Miene ins Haus gerauscht und schien auf alles andere als wohlwollende Weise belustigt zu sein. Ihre Haltung hätte auch die optimistischste Gastgeberin eingeschüchtert. Sie blieb in der Halle stehen und betrachtete die Mischung aus Mrs. Lamberts elegantem Geschmack und Elizas unkonventionellen Veränderungen.

»Sehr traulich«, sagte sie. »Ein richtiges kleines Nest. Vermutlich hast du die wirklich guten Stücke für den Stall aufgespart?«

Francis kam Eliza rasch zu Hilfe. »In dem Sinn hast du recht, daß die Pferde weitaus mehr gekostet haben als irgend etwas, das wir hier im Haus haben.«

»Julia hat einen wahrhaft untadeligen Geschmack«, mischte sich nun Richard mit dümmlicher Miene ein.

Außer bei Ehemännern, hätte Eliza am liebsten gesagt, denn sie war tief verletzt. Doch dann dachte sie daran, daß sie zwanzig Tage miteinander verbringen mußten, und verbiß sich die boshafte Bemerkung.

Die zwanzig Tage schienen nicht enden zu wollen. Immer wieder machte Eliza einen Vorschlag, der jedoch nur bekrittelt und verächtlich beiseite gewischt wurde.

»Möchtest du heute vormittag mit uns ausreiten, Julia? Etwa drei Meilen weit entfernt gibt es einen besonders herrlichen Aussichtspunkt, wo du dir wie auf dem Dach der Welt vorkommst.«

»Wenn du die Welt meinst, in der du nun lebst, Eliza, dann kann die Aussicht kaum etwas Besonderes sein. Außerdem habe ich sowieso keine Lust, mich auf die Knochen durchblasen zu lassen, nur um meine Augen anstrengen zu müssen. Bestimmt wird Francis hierbleiben und mir Gesellschaft leisten, oder? Richard kann dich begleiten, um zu verhindern, daß du davongeweht wirst.«

»Ich muß leider ablehnen«, sagte Francis mit einer kleinen Verbeugung, »denn Eliza ist so waghalsig, daß ich sie nicht ohne meine Begleitung ausreiten lasse. Ich fürchte nämlich, daß keiner so gut auf sie achtgeben kann wie ich.«

Julias Gesicht verfinsterte sich für einen Moment, doch dann zuckte sie die Achseln. »Tja, so bleibt mir wohl nichts anderes übrig, als die Fäden im Teppich zu zählen, bis ihr geruht, wieder zurückzukommen.«

Während des anschließenden Reitausflugs war Eliza zerknirscht und erbittert zugleich.

»Ich will es ihr so gern recht machen, doch sie läßt es einfach nicht zu. Immer habe ich das Gefühl, die Schuldige, die Selbstsüchtige zu sein.«

Francis hatte die unterschwelligen Andeutungen in Julias städtisch verfeinerten Manieren sehr wohl verstanden und erklärte voller Überzeugung, daß es vielleicht gar nicht so schlecht sei, wenn die Cousinen nicht mehr so eng befreundet seien, wie es einst der Fall gewesen war.

»Oh, wie unrecht du hast!« rief Eliza temperamentvoll. »Natürlich sollten wir auch weiterhin so eng befreundet sein. Was ist es bloß, das uns nun einander so fremd macht?«

Julias Langeweile, die von morgens bis abends wie eine Wolke über dem Quartett dräute, wurde immer bedrückender, je länger der Aufenthalt dauerte. Es war allen schmerzhaft klar, wie sehr sie die Londoner Gesellschaft vermißte. Und es blieb auch keineswegs verborgen, daß sie es für einen lachhaft unergiebigen Ersatz hielt, alle paar Tage die Howells zu besuchen. In der letzten Woche verzichtete Eliza darauf, wie üblich zu den Howells hinüberzureiten, und legte es nicht einmal Pelham nahe, nach Nashbourn zu kommen.

»Er scheint Julia überhaupt nicht leiden zu können, obwohl ich nicht weiß. wieso. Und leider ist sie inzwischen wohl zu fein für die Howells. Letzten Dienstag hat sie bestimmt mehr als zwanzigmal in der Minute gegähnt. Ich konnte es gar nicht mit ansehen.«

Am Morgen des Abreisetages zeigte Julia zum ersten Mal seit ihrer Ankunft Munterkeit. Sie schien fast ihr altes Selbst zu sein, als sie Eliza mit einer gewissen Wärme küßte.

»Du mußt bald zu uns kommen, wirklich, Eliza. Und zwar, bevor dieses Reitkleid ein untrennbarer Teil von dir wird.«

»Nachts ziehe ich es aus!« rief Eliza. »Aber es ist höchst praktisch für das Leben, das ich führe.«

Julia musterte sie lächelnd von Kopf bis Fuß. »Das sagt alles, liebe Cousine. Falls du aber je Lust haben solltest, eine abwechslungsreichere und amüsantere Lebensform kennenzulernen, dann werde ich sie dir gern vorführen.«

In dem Augenblick, als die Beaumontsche Kutsche holpernd den unebenen Pfad entlangfuhr und schließlich außer Sicht geriet, bemerkte Francis, daß über Elizas Gesicht ein leichter Schatten lag. Spontan schlug er vor, zur Abwechslung zu den Howells zu reiten.

»O ja! Wie gern tue ich das! Ich bin froh, daß wir wieder unser gewohntes Dasein aufnehmen können, Francis. Pelham war eine Bereicherung, aber Julia und Richard schienen eher zu stören, und ich hasse mich dafür, daß ich das so empfinde.«

»Beweist das nicht, daß Pelhams und meine Erziehung den Erfolg gehabt haben, daß du so feine Unterscheidungen treffen kannst?« fragte Francis, um sie zu necken.

»Ganz und gar nicht, denn ich hatte noch nie Schwierigkeiten, Unterschiede zu machen. Ausgleich zu schaffen ist eher mein Problem ...«

Francis ergriff Elizas Hand in der Absicht, so feinfühlig wie nur möglich seinen Verdacht bezüglich Julias anzudeuten. Doch Eliza wandte sich ihm bei seiner Geste mit so strahlendem Lächeln zu, daß er es nicht über sich brachte. Außerdem – was käme schon dabei heraus? Er wollte nichts anderes, als Eliza beschützen, und im Augenblick war Unwissenheit bestimmt ihr bester Schutz.

Am ersten Märztag kam Pelham zum Dinner. Es war sein üblicher wöchentlicher Besuch, anläßlich dessen er einen neuen Roman und einen Strauß wilder Narzissen mit gekräuselten, zarten Blütenkelchen für Eliza mitbrachte. Francis überreichte er eine Flasche Portwein, die der General mit den besten Empfehlungen übersandte. Francis fand, daß sein Freund ein wenig überanstrengt aussah, doch Pelham machte Eliza mit seinem altbekannten Schwung immer neue Komplimente, und ihr schien nichts Außergewöhnliches aufzufallen.

»Meine liebe Eliza, Sie sind wirklich die perfekte Empfängerin von Blumensträußen. Ich bringe Ihnen Narzissen, mit eigener Hand und unter größten Anstrengungen gepflückt, und Sie tragen ausgerechnet heute ein Kleid von der gleichen Farbe. Außerdem sehen Sie selbst wie eine Frühlingsknospe aus. Es erfreut wahrlich das Herz, Sie zu sehen.«

Eliza lachte. »Hat es Ihr Herz denn nötig, erfreut zu werden, Pelham?«

»In gewisser Weise schon. Ich habe nämlich so ein

Gefühl von Langeweile. Manchmal frage ich mich, ob ich etwa so werde wie mein Vater, ja, zum Henker, ob ich vielleicht gar militärische Aktivität brauche.«

»Können Sie nicht mit Ihren Brüdern Soldat spielen?«

»Madam, Sie beleidigen mich! Können Sie im Ernst annehmen, daß sich solch ein schwer gezeichneter Veteran des Spanischen Kriegs mit bloßem Spiel begnügen könnte, nachdem er heroische Taten erlebt hat?«

»Die du als reines Spiel betrachtet hast«, sagte Francis voll freundschaftlicher Zuneigung.

»Willst du damit andeuten, daß ich den Dienst für mein Vaterland nicht ernst nehme?«

»Aber nein! Nur den Wert deines eigenen Lebens nicht!«

»Ich nehme letzteres sehr ernst!« sagte Eliza.

Pelham knurrte: »Francis, übe bitte deine eheliche Autorität aus und verbiete ihr, so etwas wie soeben zu äußern. Mein Herz beginnt sonst nämlich wie rasend zu schlagen, mein Puls flattert, und ich kriege vor Aufregung keine Luft mehr.«

Eliza zog ihn hinter sich her zum Kamin, drückte ihn in seinen Lieblingssessel und ging hinaus, um die Blumen ins Wasser zu stellen. Sobald sie das Zimmer verlassen hatte, wandte sich Pelham mit plötzlich verdüstertem Gesicht an Francis und schien etwas sagen zu wollen, doch sein Freund kam ihm zuvor.

»Kannst du es wirklich nicht mehr abwarten, von zu Hause wegzukommen?«

»Es ist nur heute so. Heute vormittag wollte meine Mutter mir den Kopf zurechtsetzen; sie bestand darauf, daß ich mir die Haushaltsbücher anschaue, um mir ein Bild davon zu machen, wie teuer das Leben ist. Sie behauptet, daß Soldaten völlig unrealistische, romantische Vorstellungen vom Wert des Geldes hätten.«

»Sie muß es ja wissen, nachdem sie mehr als dreißig Jahre lang mit einem verheiratet war.«

»Sie weiß es auch. Deshalb verlief der Vormittag ja so unerfreulich. Sprichst du mit Eliza manchmal über Geld?«

»Nie. Das wäre auch völlig überflüssig, denn sie hat seit unserer Hochzeit nicht mal ein neues Haarband gekauft.«

»Ich will dich nur in Sicherheit wiegen«, meinte Eliza lachend, die seine letzten Worte gehört hatte. »Nun denn, die Fasane sind gebraten, die Kalbsbrieschen fertig und das Feuer im Speisezimmer ist so gütig, einmal richtig schön zu lodern ... Kurzum, kommt zu Tisch, wenn ich bitten darf.«

»Das Essen schmeckt hier einfach himmlisch«, sagte Pelham wenig später mit vollem Mund.

»Alles ist nach den Rezepten Ihrer Mutter zubereitet.«

»Dann muß es wohl an der Atmosphäre und eurer Gesellschaft liegen. Zusätzlich zu meinem enormen Appetit, das ist klar. Aber jetzt erzählt mal, was für Pläne ihr für Frühling und Sommer habt, damit ich gleich ein Veto einlegen kann.«

Francis drehte das Weinglas zwischen den Fingern und schaute Eliza träumerisch an.

»Selbstsüchtig wie ich bin, habe ich keinerlei Lust, mich je von Nashbourn wegzubewegen. Ich befinde mich in einem Zustand äußerster Zufriedenheit ...«

»... was man kaum mit ansehen kann.«

»... in dem ich am liebsten für immer bliebe. Doch vermutlich muß ich Eliza für ein Weilchen nach London bringen und sie in die Gesellschaft einführen. Dann reisen wir vielleicht für ein paar Wochen an die Küste – und ab und zu spielen wir auch mit dem Gedanken, einen Katzensprung zum Kontinent hinüber zu machen.«

Eliza sah, daß sich Pelhams Gesicht einen Moment umschattete.

»Zum Kontinent?« fragte er schroff.

»Ach, irgendwohin, wo es nicht zu abenteuerlich zugeht«, meinte Francis sorglos. »Vielleicht nach Italien.« Damit griff er nach der Weinkaraffe.

»Oh, ich verstehe, die Grand Tour«, gab Pelham mit erzwungener Fröhlichkeit zurück. »Auch die Bewohner von Nashbourn Court wollen also auf der Welle jener Zerstreuungen mitschwimmen, die gerade in Mode sind. Werden Sie auf Ihren Reisen auch malen, Mrs. Beaumont?«

»Sie wissen ganz genau, daß ich nicht malen kann«, erwiderte Eliza, als sie den Portwein von der Anrichte holte. »Statt dessen werde ich Szenen und Ereignisse in meinem äußerst guten Gedächtnis speichern. Doch jetzt lasse ich euch beide allein. Bitte, vergeßt mich nicht völlig! In der letzten Woche mußte ich mir fast zwei Stunden lang ohne euch die Zeit vertreiben.«

Als die Tür hinter Eliza ins Schloß fiel, stand Pelham auf und füllte Francis' Glas, bevor er sich selbst Portwein einschenkte. Einen Augenblick blieb er stehen und sah sich in dem schon dämmerigen Raum um, in dem der Widerschein des Kaminfeuers das polierte Holz, die Messingbeschläge und das Silber aufglänzen ließ. Außer dem Knistern und Knacken der brennenden Holzscheite war es ganz still. Francis hatte die Beine weit von sich gestreckt und betrachtete sinnend die gelbroten Flammen. Pelham setzte sich wieder und räusperte sich.

»Francis.«

»Mm?«

»Mein Lieber, ich fürchte, daß ihr zwei Unzertrennlichen euch etwas umstellen müßt.«

»Ich denke gar nicht daran.«

»Die Entscheidung liegt nicht bei dir.«
»Ach, wirklich?« erkundigte sich Francis mäßig interessiert. »Ich habe Neuigkeiten für dich, denn offensichtlich gelangen Informationen nur sehr langsam in dieses kleine Paradies hier.« Er machte eine Pause.
»Sprich weiter.«
»Napoleon ist von Elba geflohen.«

9

Mit der Idylle war es aus und vorbei. Nicht nur für Eliza, sondern für einen großen Teil Europas, nachdem man ein Jahr lang fest angenommen hatte, daß Napoleon keine Bedrohung mehr darstellte. Bald wußte jeder, daß Napoleon im Süden Frankreichs gelandet war, stürmisch willkommen geheißen wurde und nun unter dem Beifall des Volkes nach Paris unterwegs war. Europa war in Alarmbereitschaft, stellte seine Armeen zusammen, und ein, zwei Wochen lang befand sich alles in unglaublichem Aufruhr. Neuigkeiten wurden rasch, doch häufig ungenau verbreitet. Je weiter man von einem der größeren Nachrichtenzentren entfernt war, desto unklarer lauteten die Berichte, so daß Francis schon wenige Tage später mit Pelham nach London abreiste.

Eliza blieb allein in Nashbourn zurück und konnte nun ihre tapfere Behauptung auf die Probe stellen, gut als Frau eines Soldaten leben zu können. Insgeheim war sie der Ansicht, daß sich nicht so schnell irgend etwas Hochdramatisches ereignen würde. Napoleon mochte ja zurückgekehrt sein, hatte aber schließlich noch keine Armee. Ihn, der das Idol ihres Jungmädchendaseins gewesen war, sah sie nun als ihren ganz persönlichen Feind an. Seine Handlungsweise hatte nun eine unmittelbare und abscheuliche Auswirkung auf ihr Leben Während sie sich den Arbeiten im Haushalt mit doppeltem Eifer widmete – im Grunde war dieser Eifer natürlich sinnlos, da kein Francis da war, um sich darüber zu freuen –, dachte sie voller Haß an den französischen Flüchtling und machte ihren Gefühlen Luft, wenn Mrs. Howell sie besuchen kam.

»Es nützt doch nichts, so wütend zu sein, meine

liebe Eliza. Sie verschwenden nur Ihre Gefühle, glauben Sie mir.«

»Ich bin trotzdem wütend, Mrs. Howell. Furchtbar wütend, daß ein vollendet schönes Leben durch den Ehrgeiz eines Mannes zerstört werden kann.«

»Sie meinen damit wohl Ihr so vollendet schönes Leben?«

»Ja, gewiß. Andererseits glaube ich kaum, daß Napoleon sich auf Dauer als großer Störfaktor für mich herausstellen wird.«

Mrs. Howell brach in herzhaftes Gelächter aus. »Was macht Sie so wunderbar sicher, daß er nur vorübergehend Ihr Dasein stören könne?«

Eliza erinnerte sich an die Gespräche bei jenen Spaziergängen im kalten stürmischen Januar.

Sie errötete. »Francis sagt, daß Wellington im nördlichen Teil Belgiens eine Armee stehen hat. Bestimmt kann sie Napoleon schlagen, falls es nötig werden sollte, oder?«

Mrs. Howell beugte sich vor und tätschelte Elizas Hand.

»Ich muß leider sagen, daß es nur eine zusammengewürfelte Armee ist. Ganz und gar nicht die Art, die der General gutheißt. Er sagt, daß sie ein rechtes Sammelsurium der unterschiedlichsten Menschen sei.« Sie stand auf und ging mit langen Schritten in Elizas Salon hin und her. »Außerdem wissen wir nicht, wie viele Männer sich um Napoleon scharen werden. Der General rechnet mit einer riesigen Anzahl – aber wir dürfen natürlich nicht vergessen, daß der General dem normalen Leben keinen Geschmack abgewinnt und es kaum erwarten kann, bis die Trompeten zum Kampf rufen.«

»Ist der General schon nach London abgereist?«

»Oh, schon vor Tagen. Er brach sogar früher auf als Pelham. Machen Sie doch kein so betrübtes Gesicht. Warum soll denn der General mit seinen Vorhersagen recht haben und nicht Sie. Schließlich sind eure jeweiligen Ansichten stark von euren Wünschen beeinflußt. Aber jetzt will ich Ihnen dabei helfen, für Francis' Rückkehr leckere Rezepte auszudenken.«

Eine Woche später, gegen Anfang April, kam Francis die völlig aufgeweichte Straße im Dunkeln heraufgeritten. Eliza rannte ihm zur Begrüßung bis zur Haustür entgegen, nahm ihm eigenhändig den pitschnassen Umhang ab und führte ihn gleich vor das hell lodernde Kaminfeuer, in dem die Äste eines morschen Apfelbaums knisterten und knackten. Er sah aufgeregt und total erschöpft aus, als wüßte er überhaupt nicht, was er von den Neuigkeiten halten sollte, die er brachte. Er hatte in London Julia besucht, die strahlender Laune gewesen war und ihm aufgetragen hatte, daß Eliza so bald wie möglich zu ihr kommen solle.

»Wieso?« fragte Eliza argwöhnisch.

»Weil du dich hier recht einsam fühlen wirst.«

»Wo mußt du hin?« rief sie angstvoll.

Er lehnte sich im Sessel nach vorne und nahm ihre Hände in die seinen. Eliza fiel auf, wie hübsch sich sein Haar kräuselte, wenn es naß war. Auf seinem Gesicht schimmerten immer noch einige Regentropfen ...

»Wir haben diese Möglichkeit schon einmal durchdiskutiert«, sagte er.

»Ja, ich weiß. Nun sprich schon.«

»Ich werde nach Belgien reiten.«

»Dann hat sich mein Wunsch ja erfüllt«, sagte Eliza mit mühsam gespielter Fröhlichkeit. »Du weißt doch, daß ich mir einen günstig gelegenen Feldzug wünschte. Und Belgien liegt sehr günstig.«

Francis lächelte.

»Tapferes Mädchen«, sagte er. »Du bist mein tapferes und liebes Mädchen.«

»Erzähl mir mehr davon!«

»Kaum einer in Europa hat geglaubt, daß Napoleon das gelingen würde, was er nun tatsächlich geschafft hat. Er ist seit etwa einem Monat in Freiheit und hat in dieser Zeit eine Armee, eine recht bemerkenswerte Armee, zusammengestellt. Seine Truppen stehen alle im Nordosten Frankreichs. Folglich müssen wir in Belgien Aufstellung nehmen.«

»Die Engländer?«

»Und die Preußen, Holländer, Belgier, Österreicher, die Deutschen und die Russen. Es muß Napoleons schlimmste und letzte Niederlage werden. Es ist das einzige, was wir tun können, oder Europa gehört ihm.«

»Also wird es auch eine Schlacht geben«, meinte Eliza, entzog ihm die Hände und faltete sie im Schoß.

»Das wissen wir noch nicht. Aber wir müssen auf jeden Fall dort sein, dürfen uns nicht überrumpeln lassen. Der Befehl des Herzogs – in meinem Fall Lord Uxbridges – lautet, daß wir nach Belgien marschieren sollen, und zwar sofort. Eliza ...«

Sie hatte nicht mehr still sitzen können und stand nun vor ihm.

»Ich werde dir etwas zu essen holen«, sagte sie.

Im Küchentrakt herrschte Ruhe, denn Eliza hatte Francis noch nicht zurückerwartet, und folglich waren keine Dienstboten am Werk. Das kam ihr jetzt sehr gelegen, denn sie konnte unbeobachtet im Dunkeln bitterlich weinen, da sie plötzlich von schrecklichen Ängsten gequält wurde, was mit Francis alles geschehen könnte. Natürlich würde eine Schlacht stattfinden! Ihrer Meinung nach war es die einzig denkbare Lösung, um die Angelegenheit zu beenden. Und Francis würde dabeisein, den Kampf vielleicht nicht einmal überleben, während ihr nichts anderes übrigblieb, als sich Sorgen zu machen und zu warten. Einfach unerträglich! Sie hörte seine Schritte auf den Steinfliesen des Ganges.

»Eliza?«

Er entdeckte sie im Lichtschein einer einzigen Kerze.

»Stell die Kasserolle bitte ab, Liebste. Ich will keine Wildpastete umarmen.«

Sie warf sich ihm an die Brust und brach von neuem in Tränen aus. Francis' Herz war durch seinen eigenen Kummer und durch Elizas Leid doppelt zerrissen.

»Es wird nur ein kurzer Feldzug werden«, versuchte er sie mit nicht ganz sicherer Stimme zu beruhigen.

»Aber gefährlich!«

»Das ist die Jagd auch.«

Eliza stampfte zornig mit dem Fuß auf. »Was für ein absurder Vergleich! Außerdem begleite ich dich ja auch, wenn du auf die Jagd gehst.«

»Das ist in dem Fall ganz ausgeschlossen! Auch wenn ich liebend gern meinen rechten Arm dafür opfern würde, wenn ich dich nach Belgien mitnehmen könnte.«

»Warum ist es völlig ausgeschlossen?«

»Weil es höchst unpassend und unschicklich ist. Außerdem kann es gefährlich werden, und ganz sicher ist es langweilig, weil ich meist anderweitig beschäftigt bin ...«

»Ich verspreche dir, keine Ansprüche an dich zu stellen.«

»Nein, Eliza!«

Sie seufzte tief auf.

»Gehen andere Ehefrauen nicht mit?«

»Ich bin an anderen Ehefrauen nicht interessiert, sondern nur an meiner eigenen.«

Im schwachen Kerzenschein sah sie ihn prüfend an und merkte, daß es im Augenblick besser war nachzugeben.

»Dann möchte ich lieber zu Julia nach London fahren, statt hier allein zu sein.«

»Das hatte ich sehr gehofft, denn damit gibst du mir ein wenig Seelenfrieden.«

»Den werde ich nicht haben, bevor du zurück bist.«

»Eliza, ich habe dir nichts vorgemacht. Du wußtest, daß es soweit kommen würde«, sagte er liebevoll.

»Ja, du hast recht«, stimmte Eliza zu und hob die Kasserolle hoch. »Jetzt komm und iß!«

Später in der Nacht lag Eliza schlaflos im Bett. Francis' rechter Arm lag schwer auf ihr, was keineswegs bequem war. Normalerweise hätte sie ihn von sich geschoben und sich auf ihre Seite des Bettes zurückgezogen, doch heute ließ sie seinen Arm, wo er lag. Zwischen Wolkenfetzen blinkte immer wieder der Mond hervor, und Eliza hatte die Bettvorhänge beiseite geschoben, um ihn sehen zu können. Wie sehr hatte sich ihr Horizont seit jener Zeit erweitert – jene Tage kamen ihr vor wie aus dem Leben eines anderen Menschen –, als sie in Marchants in friedlicher Eintönigkeit ausgeritten war, gelesen und gekichert hatte! Nun war sie eine Ehefrau und in der gleichen Situation wie Tausende und aber Tausende von Soldatenfrauen, deren Glück und Sicherheit bedroht waren. Wenn sie über mehr Vorstellungskraft verfügt hätte, hätte sie vielleicht schon früher dazu fähig sein können, sich auszumalen, was es unweigerlich bedeutete, mit einem Soldaten verheiratet zu sein. Doch sie hatte nur an Trubel, Aufregung und Ruhm gedacht, nicht aber an die Gefahren oder die Möglichkeit des schmerzlichen Verlusts. Nun, sie mußte es ertragen. Francis hatte sie gewarnt, und es war nicht seine Schuld, daß sie nicht begriffen hatte, was er ihr zu erklären versucht hatte. Wenn sie nun versagte, weiterhin weinte und ihm gar Vorwürfe machte, würde sie ihm in jeder Hinsicht hinderlich sein. Auf keinen Fall wollte sie ihm Verdruß oder Traurigkeit bereiten. Eliza beschloß energisch, daß die Tränen der Vergangenheit angehören mußten. Zudem waren sie ja sowieso sinnlos und machten sie nur bedrückt über ihren Mangel an Selbstkontrolle. Sie würde allem zustimmen, was Francis beschloß, und keiner seiner Entscheidungen auch nur den geringsten Widerstand entgegensetzen! Aber – hier fügte sie noch eine private Klausel an – sie würde alles in ihrer Macht Stehende tun, um die Erlaubnis zu erhalten, ihn nach Belgien zu begleiten.

Kurz nach Sonnenaufgang schon wurden die beiden wach. Es war einer jener klaren, schönen Tage, die im April auf schwere Regenfälle folgen. Als sie beim Frühstück saßen, sahen sie zu ihrem Erstaunen Mrs. Howells Kutsche den Weg vom Tal heraufkommen. Sie war nicht nur die Frau eines Soldaten, sondern auch die Mutter von zwei weiteren, und trug den Abschied, der nun auch Eliza zum ersten Mal bevorstand, mit fast so etwas wie Fröhlichkeit. Sie war herbeigeeilt, um sich selbst um die Angelegenheiten in Nashbourn zu kümmern, damit Eliza gleich mit Francis nach London abreisen konnte.

»Wie hat sie auf die Nachricht reagiert?« fragte Mrs. Howell Francis.

»Ziemlich gut. Gestern abend allerdings ... aber es war wirklich nur ein Augenblick. Es ist übrigens für mich genauso schlimm, wenn nicht sogar schlimmer. Nie zuvor mußte ich jemanden zurücklassen, der mir so lieb und teuer ist.«

»Dann nimm sie doch mit.«

Francis glaubte seinen Ohren nicht zu trauen.

»Starr mich nicht so an, mein lieber Francis, sondern nimm sie mit! Wenn man General Howell glauben kann, dann wird es ein ausgesprochen gemütlicher Feldzug. Ich habe sogar gehört, daß die meisten Gesellschaftsgrößen eine Reise nach Brüssel planen, um sich den Spaß unter gar keinen Umständen entgehen zu lassen.«

»Ich will nicht, daß Eliza mit dieser Art von Leuten zusammenkommt«, erwiderte Francis störrisch.

»Wenn sie diese Art von Leuten nicht in Brüssel trifft, wird sie ganz ähnliche in London bei Julia und Richard kennenlernen. Jedenfalls bin ich der Meinung, daß es ein Gewinn für dich sein wird, wenn sie dich begleitet.«

»Das bezweifle ich ja gar nicht.«

»Nun, das will ich hoffen«, sagte Mrs. Howell bedeutungsvoll. »Ich setze große Erwartungen in deine kleine Eliza. Ich an deiner Stelle würde sie mitnehmen. Sie wird uns alle und auch sich selbst in Erstaunen setzen.«

Francis dachte an die langweilige Warterei in Belgien, die unumgänglich war, solange Europa auf Napoleons nächsten Schachzug lauerte, und welch Vergnügen es für ihn wäre, Eliza dann bei sich zu haben. Dann dachte er an die Pöbelhaftigkeit des militärischen Umgangs und blieb bei seiner ursprünglichen Entscheidung. Mrs. Howell erwähnte Eliza gegenüber nichts davon.

Beim Abschied tätschelte sie mütterlich Elizas Wange. »Ich versuche seit dreißig Jahren, den General im Dienst für sein Vaterland zu verlieren, doch er hat noch nicht mal einen Kratzer abgekriegt. Wahrscheinlich werden Sie mit Ihrem Francis ebensolches Pech haben«, meinte sie lachend.

Dann winkte sie ihnen nach. Die beiden sahen noch, wie sie sich umdrehte und mit dem festen Schritt der tüchtigen Organisatorin ins Haus ging. Zum letzten Mal fuhren sie den steilen Weg hinunter nach Newbury, wo sie Pelham abholten. Er hatte sich ein neues Pferd kaufen wollen, dann aber beschlossen, daß er einen erstklassigen Gaul – und schließlich verdiente die Endphase der Napoleonischen Kriege doch einen erstklassigen Gaul – eigentlich nur bei Tattersalls, der Londoner Pferdebörse, erstehen konnte.

Er war bester Stimmung und brachte Eliza auf der Fahrt nach London ein eher unanständiges Lied bei. Die Unanständigkeit war seiner Meinung nach dadurch gerechtfertigt, daß es dieses Lied schon seit vierhundert Jahren gab. Eliza war sehr glücklich und fühlte sich dafür belohnt, daß sie wenige Stunden zuvor so streng mit sich ins Gericht gegangen war. Sie freute sich, als sie die ersten Backsteinbauten entdeckte, die das ausufernde London ankündigten, und schaute gespannt aus dem Fenster. Als sie den Hanover Square erreichten, auf dem knöcheltief der Morast von den letzten Regenfällen stand, war Eliza vollends überwältigt. Alles wirkte so prunkvoll und großstädtisch, daß dagegen die bisher gesehenen Orte – selbst Bath – abfielen. Julias Haus war von höchster Eleganz und geradezu pompös, wenn man es mit der bescheidenen Wohnlichkeit verglich, die sie in Nashbourn zurückgelassen hatten.

Als sie an diesem Abend endlich allein waren, eröffnete Francis ihr, daß er innerhalb der nächsten drei Tage abreisen müsse. Eliza erhob keinerlei Einwände. Ganz bewußt zwang sie sich dazu, in dieser Nacht gut zu schlafen. Als sie am nächsten Morgen erwachte, saß Francis im Nachthemd vor dem Sekretär am Fenster und schrieb. Er behauptete, kein Auge zugetan zu haben, war aber dennoch guter Laune. Eliza war erst knapp vierundzwanzig Stunden in London, kündigte aber an, daß sie unbedingt ins Freie müsse, um nicht einzurosten.

»Vielleicht kann Pelham mit dir im Hyde Park ausreiten«, schlug Francis vor, ohne von seiner Schreiberei aufzusehen.

»Warum nicht du?«

»Ich muß Lord Uxbridge sprechen, Liebste.«

»In diesem Fall bin ich natürlich auf Pelhams Gnade und Freundlichkeit angewiesen«, erwiderte Eliza tapfer.

Francis drückte ihr einen dankbaren Kuß auf die zerzausten Locken und ging, sich anzukleiden. Zwanzig Minuten später kam er zurück, in geradezu unnatürlich makellosem Aufzug, und setzte sich kurz zu ihr auf die Bettkante. Eliza deutete auf ihr Spiegelbild.

»Schau dir das mal an.«

Er sah sich selbst, in dunklem feinem Tuch und weißen Rüschen, eine fest umrissene Silhouette, und daneben Eliza mit ihrem Lockengewirr auf dem zerwühlten Kissen, eingehüllt in ein verführerisches Durcheinander aus Nachtkleidern und Bettüchern. Er hielt den Atem an.

»Ich kann mir keinen besseren Grund vorstellen, um zu spät zu kommen – aber es geht einfach nicht.«

Sie setzte sich auf, legte ihm die Arme um den frisch gestärkten Hemdkragen und küßte ihn mit bewußter Hingabe.

»Wirst du es mir immer so schwer machen, dich zu verlassen?«

»Ja«, sagte sie.

Pelham war von der Idee entzückt, Eliza beim Ausritt im Hyde Park zu begleiten. Zum Erstaunen aller erklärte Julia gähnend, daß sie mitkommen wolle. Dadurch verzögerte sich der Aufbruch beträchtlich, da Julia unendlich lange brauchte, um sich anzukleiden. Pelham nutzte die Zeit, um Eliza Backgammon beizubringen. Sie begriff äußerst rasch.

»Ich glaube fast, daß Sie mehr von einem geborenen Spieler haben als Francis«, meinte er bewundernd.

Es war ein lieblicher, milder Tag und der Hyde Park mit frischem, zartem Grün überzogen. Sie ritten nebeneinander her – Pelham in der Mitte –, und Eliza stellte verwundert fest, wie viele der entgegenkommenden Reiter vor Julia den Hut zogen. Ein Mann nach dem anderen ritt heran, lächelte, verbeugte sich oder wechselte sogar ein paar Worte mit ihr. Eliza reckte den Hals, um an Pelham vorbei mit neuem Interesse ihre Cousine zu mustern. Sie trug ein dunkelgrünes Reitkleid, gegen das sich ihre makellose Haut strahlend abhob, und ihr Gesichtsausdruck war ungewöhnlich sanft.

»Woran denkst du gerade?« wollte Eliza wissen.

»An nichts«, erwiderte Julia lächelnd.

An einer Art Kreuzung wurden sie von vier Reitern angehalten, die Pelham mit lautstarker Fröhlichkeit begrüßten.

»Offiziersfreunde«, erklärte Pelham Eliza. »Ich werde Sie nicht mit ihren Namen belästigen, da sowieso alle Gardeoffiziere austauschbar sind.«

»Ich erhebe Einspruch!« ertönte eine klingende Stimme.

Eliza wandte den Kopf, um sich den protestierenden Offizier anzusehen. Ein bemerkenswert gut aussehender junger Mann, der höchsten ein Jahr älter war als sie, erwiderte ihren Blick – viel zu unverschämt, fand sie – und lächelte. »Halt den Mund, William«, riefen die anderen.

»Mein Bruder«, sagte ein etwas älterer Offizier entschuldigend zu Eliza. »Wie man sieht, ist er ein unbedarfter, frisch rekrutierter Infanterieoffizier ...«

Der hübsche William spielte gekonnt einen Wutanfall und drängte mit seinem Pferd seinen Bruder ab, wodurch das ganze Grüppchen in Unordnung geriet.

»Ein alberner Junge«, meinte Pelham säuerlich.

»Wer ist das?« erkundigte sich Julia mit einem leichten Gähnen, das immer ihre Fragen begleitete. Die anderen sollten schließlich nicht fälschlicherweise annehmen, daß sie auch nur im geringsten an der Antwort interessiert wäre.

»Er heißt William Cowper. Ich glaube, daß er sich ursprünglich der Jurisprudenz zuwenden wollte, jetzt aber leider bei der Armee gelandet ist. Er ist Fähnrich beim Infanterieregiment Nr. 52.«

William Cowpers Bruder kam heran, um sich zu entschuldigen, gefolgt von dem Missetäter, der in keiner Weise zerknirscht aussah.

»Ich möchte Sie darüber aufklären«, sagte er, ausschließlich an Eliza gewandt, »daß die Infanterieoffiziere die wirkliche Arbeit in der Schlacht leisten, denn die Kavallerie ist viel zu sehr damit beschäftigt, ihre Uniformen sauberzuhalten.«

»Diese Information stammt von einem Mann, der nie in seinem Leben näher als hundert Meilen an eine Schlacht herangekommen ist«, fügte sein Bruder vergnügt hinzu.

William Cowper fuhr damit fort, Eliza ganz offen und bewundernd anzustarren.

»Viele Ladys wären bei dem kleinen Tumult eben vom Pferd gestürzt«, sagte er. »Sie sind offensichtlich eine gute Reiterin.«

Eliza lächelte, denn so etwas hörte sie gerne.

»Darf ich Ihren Namen erfahren, da Sie ja schon über den Vorteil verfügen, meinen zu kennen?«

»Eliza Beaumont – Mrs. Beaumont«, fügte sie dann noch mit einem koketten Seitenblick hinzu, für den sie sich noch vor einem Jahr verabscheut hätte.

»Mrs. Beaumont!« wiederholte er entgeistert. »Das kann ich ja kaum ertragen.«

»Das müssen Sie auch nicht«, sagte sie spitzbübisch und brachte sich und ihr Pferd dann auf der anderen Seite von Pelham in Sicherheit. William Cowpers Blicke folgten ihr.

Pelham bemerkte seinen Gesichtsausdruck und auch die leichte Röte auf Elizas Wangen. »War er unhöflich oder zu höflich?« erkundigte er sich.

»Weder – noch«, antwortete Eliza.

Pelham zog seine eigenen Schlüsse, entführte Julia einem Trio von Bewunderern und schlug vor, nach Hause zurückzureiten. Eliza schaute nicht mehr in die Richtung von Fähnrich Cowper, war sich aber bewußt, daß er sie beobachtete. Allerdings hatte das keine andere Wirkung auf sie, als daß sie unvermittelt losgaloppierte und mit einem Tempo lospreschte, das sich nur dadurch erklären ließ, daß sie ihre Reitkünste beweisen wollte.

Als sie heimkamen, trat Richard ihnen schon in der Halle entgegen und erkundigte sich besorgt, ob Julia vielleicht ermattet oder sonst irgendwie verstimmt sei. Julia schob ihn förmlich beiseite, rauschte in den Salon und warf sich aufs Sofa.

»Wen hast du im Hyde Park gesehen, Liebste? Hast du viele Bekannte getroffen?«

»Keinen einzigen«, sagte Julia gähnend.

Eliza schaute sie verwundert an.

»Aber Julia …«

»Keinen einzigen«, wiederholte Julia mit einer Spur von Härte. »Ich treffe nur höchst selten jemanden, den ich kenne.«

Eliza musterte Julias ausdruckslose Miene und dann Richards selbstzufriedenes Gesicht.

»Julia …«

»Ich wäre dir sehr dankbar, wenn du mich nicht dauernd unterbrechen würdest«, unterbrach Julia sie energisch. »Und ich wäre dir noch dankbarer, wenn du mich jetzt in Ruhe ließest, damit ich mich bis zum Dinner ausruhen kann. Richard, könntest du wohl so nett sein und bei Lady Sidney vorbeischauen, um ihr zu sagen, daß ich viel zu erschöpft bin, um heute abend zu kommen. Du, Eliza, würdest mir einen großen Gefallen tun, wenn du für mich nach Marchants schriebest. Dort sehnen sie sich nach Neuigkeiten, und für mich ist es so anstrengend, Briefe zu schreiben.«

Verwirrt und leicht indigniert tat Eliza, worum sie gebeten worden war. Es blieb ihr auch kaum etwas anderes übrig, solange sie auf Julias Gastfreundschaft angewiesen war. Ihre Cousine machte es sich auf den vielen Kissen bequem und schien im Begriff zu sein, für ein Weilchen zu schlafen. Als Eliza das Zimmer verließ, hörte sie die Haustür hinter dem fügsamen Richard ins Schloß fallen. An dem hübschen französischen Sekretär, den Julia im ersten Stock in ihrem Schlafzimmer aufgestellt hatte, ließ Eliza sich nieder und schilderte in allen Einzelheiten Julias Haus, Julias Leben, Julias gesellschaftliches Dasein und Julias Garderobe.

Als sie den zweiten Briefbogen vollgeschrieben hatte, hörte sie das Schlagen einer Tür und überlegte flüchtig, daß Richard seinen Auftrag ungewöhnlich rasch erledigt hatte. Vielleicht war aber Lady Sidney auch gar nicht zu Hause gewesen ... Eliza kritzelte noch eine Seite voll, nahm dann Federhalter, Tinte und Papier und stieg die Treppe hinunter, da sie Julia auffordern wollte, wenigstens noch ein paar Grußworte hinzuzufügen. Aus dem Salon drang Gelächter, und Eliza freute sich spontan, daß Julia und Richard anscheinend doch ein gewisses Vergnügen aneinander fanden, auch wenn es nach außen hin nicht so wirkte. Als sie die Halle durchquerte, übersah sie einen unbekannten Hut und Stock auf dem Stuhl neben der Haustür. Wären sie ihr aufgefallen, hätte sie vermutlich kaum die Tür des Salons mit derartiger Selbstverständlichkeit geöffnet, worauf sich ihr das Bild von Julia in den Armen eines hochgewachsenen, schlanken Offiziers mit großem schwarzem Schnurrbart und spiegelnd blanken Stiefeln präsentierte. Julias Hände lagen auf seinen Epauletten, und seine umfaßten Julias Taille höchst besitzergreifend, wie Eliza wutentbrannt feststellte. Und ihre beiden Münder waren höchstens zentimeterweit voneinander entfernt. Eliza kam es gar nicht in den Sinn, sich diskret zurückzuziehen.

»Julia!«

Julia fuhr herum, und der Ausdruck in ihren Augen wechselte von Erschrecken zu Ärger. Der Offizier machte einen Satz rückwärts und wischte sich mit dem Handrücken über die Lippen, als ob Julias letzter Kuß dort noch sichtbar wäre.

»Was fällt dir ein!« rief Eliza, die alles außer ihrem Gefühl der Empörung vergessen hatte. »Wie kannst du nur!«

Julia schaffte es, ihre Stimme vollkommen unter Kontrolle zu haben. »Und was fällt dir ein, in meinen Salon hereinzuspazieren, ohne vorher anzuklopfen? Dies ist mein Haus und mein Salon, und du kannst dich hier nicht wie der Wildfang aufführen, der du nun mal bist. Captain Lennox, ich möchte Ihnen, wenn auch nur ungern, meine Cousine vom Lande, Mrs. Beaumont, vorstellen.«

»Ich will nicht vorgestellt werden!« protestierte Eliza wild, als Captain Lennox mit entwaffnendem Lächeln auf sie zuging. »Ich könnte es nicht ertragen, einem Mann vorgestellt zu werden, der – der ... Julia, wie konntest du dich nur so aufführen?«

Sie drehte sich um und flüchtete in die Halle, wobei sie nur unklar wahrnahm, daß Richard zurückgekommen war und Captain Lennox gutgelaunt begrüßte. Es war einfach schrecklich, bösartig, abscheulich, schlimmer als alles, was Eliza bisher erlebt hatte. Julia, ihre Cousine Julia, brachte es fertig, sich in ihrem eigenen Haus so zu benehmen, ohne sich die Mühe zu machen, es irgendwie zu verheimlichen. Außerdem dachte sie nicht einmal daran, sich dafür zu entschuldigen. Sah so das Londoner Leben aus? Und war Julia wirklich so? Francis und Pelham hatten es längst gemerkt, das wurde ihr jetzt klar, als sie sich an deren Mitgefühl für Richard erinnerte. Angesichts der letzten peinlichen

Minuten mußte sogar sie es einsehen. Wenn sie nur daran dachte, wie unverfroren Julia mit Francis geflirtet hatte! Eliza wurde es bei diesem Gedanken geradezu übel. Francis! Wie nahe diese Gefahr gewesen war, wußte sie nicht und würde es nie wissen. Wahrscheinlich war es auch besser so. Sie betete darum, daß Francis zurückkommen und ihr dabei helfen würde, sich wieder einigermaßen zu fangen. Vielleicht war es auch nur ein Irrtum von ihr, da ja alles so schnell gegangen war? Vielleicht hatten die beiden sich nur unterhalten? Aber nein, erwachsene Menschen – noch dazu eine verheiratete Frau – führten schließlich nicht in enger Umarmung Gespräche mit Offizieren. Und Julia hatte einen winzigen Augenblick sehr schuldbewußt dreingesehen, bevor ihr klar wurde – Eliza knirschte fast mit den Zähnen –, daß es kaum etwas ausmachte, von Eliza ertappt zu werden. Schließlich konnte sie sich voll und ganz auf Elizas Verschwiegenheit verlassen. So war es schließlich immer gewesen. Eliza mochte ja zu ungebärdig, unhöflich und unbeholfen sein, um eine Bereicherung für Julias Salon darzustellen, doch ein großer Pluspunkt war ihre absolute Loyalität. Also mußte Julia sich ihretwegen keinerlei Gedanken machen. Aber diesmal irrt sie sich, dachte Eliza erbittert. Sie würde Richard aufklären. Warum sollte Julias Schlechtigkeit unbestraft bleiben, und warum sollte sie den armen Richard im unklaren lassen? Sie würde nach dem Dinner mit ihm reden! Eliza trat vor den Spiegel, glättete ihr Haar und dachte darüber nach, wie sie es ihm möglichst schonend beibringen sollte.

Doch beim Dinner merkte sie, daß diese Aufgabe unlösbar war. Während des Essens kamen sie auf Captain Lennox zu sprechen; Julia redete ganz offen über ihn, und Richard charakterisierte ihn mit derselben zufriedenen Selbstüberschätzung, die er immer und überall zur Schau stellte.

»Lennox! Jaja, ein großartiger Bursche, einfach großartig. Erbittet immer meinen Rat und ist mir äußerst dankbar dafür, daß ich ihm meine Grauschimmel verkauft habe. Recht hat er damit.«

»Er ist dir nicht für die Grauschimmel dankbar«, platzte Eliza heraus, »sondern für Julia.«

Richard lachte fröhlich.

»Das stimmt. Er sagt, daß er es ohne sie gar nicht mehr aushält. Vor nicht einmal einer halben Stunde saß er mit ihr im Salon, als ich nach Hause kam. Er hat sich herzlich über meine Erzählung amüsiert, was für Scherereien ich mit meinem Schneider habe. Er behauptete sogar, meine Geschichte würde beim ganzen Regiment großen Eindruck machen. Hast du dich gut mit ihm unterhalten, meine Liebste?«

»Ungemein«, sagte Julia gleichgültig.

»Ich würde nicht zulassen, daß er dich langweilt, Liebste, nein, in der Tat! Es wäre mir unlieb, ihm das Haus verbieten zu müssen, da er so auf meinen Rat hört und dir solche Bewunderung entgegenbringt, aber ich werde es dennoch tun, wenn du es willst.«

»Nein, das ist nicht nötig«, erwiderte Julia ganz gelassen. »Er ist ein angenehmer Gesellschafter. Leider hat sich Eliza ihm gegenüber unhöflich benommen.«

Eliza war fast sprachlos vor Empörung. Doch dann begann sie stockend zu reden.

»Allerdings war ich unhöflich. Ich hatte ja auch jeden Grund, denn er umarmte …«

Julia warf den Kopf in den Nacken und brach in helles Gelächter aus. Richard hob gebieterisch die Hand.

»Ich bitte dich sehr, dein Temperament zu zügeln, solange du unter unserem Dach weilst, Eliza.«

»Du verstehst mich nicht«, rief sie. »Ich versuche dir zu erzählen, daß Captain Lennox und Julia ...«

Richard schüttelte mit geschlossenen Augen heftig den Kopf und war offensichtlich in tiefe Gedanken versunken.

»Ich will keinerlei Informationen, die mir meine geliebte Julia nicht selbst mitteilt. Als Frau meines Bruders bist du für mich hier ein willkommener Gast. Doch ich bitte dich, mehr Höflichkeit und Behutsamkeit im Umgang mit anderen an den Tag zu legen, als mein Bruder von dir zu erwarten scheint.«

Eliza warf die Serviette auf den Tisch und stürzte aus dem Zimmer. Francis mußte unbedingt bald kommen! Sie konnte diese Scheinheiligkeit und Blindheit nicht länger ertragen. Eliza ging in ihr Schlafzimmer, lief rastlos auf und ab und rannte jedesmal zur Tür, wenn sie Schritte hörte, da es ja Francis sein könnte. Inzwischen galt ihr Zorn nicht nur Julia, sondern auch Richard, und sie befand sich in einem wahren Aufruhr. Wenn er so selbstzufrieden, so egoistisch war, dann verdiente er es geradezu, betrogen zu werden. Aber wie brachte Julia es fertig, ihre Täuschungsmanöver durchzuführen, obwohl sie wußte, daß Eliza die Wahrheit kannte? Es war einfach ekelhaft. Eliza wäre am liebsten sofort auf und davon gegangen, heim nach Nashbourn, und nie, nie mehr nach London zurückgekehrt.

Francis kam erst abends zurück und fand Eliza im Dunkeln und in einem Zustand tiefer Niedergeschlagenheit vor. Sie sprudelte sofort alles hervor. Die Arme hatte sie ihm dabei um den Hals gelegt, und ihre Augen funkelten noch immer vor Zorn.

»Warum hast du es mir nicht gesagt, Francis? Du wußtest es doch, daß Julia ihn betrügen würde, nicht wahr? Du kanntest sie besser als ich. Oh, ich kann es nicht ertragen, daß ich mich so geirrt habe ... das heißt, es macht mir nichts aus, mich geirrt zu haben, aber ich kann den Grund für meinen Irrtum nicht ertragen.«

Francis zog ihren zerzausten Lockenkopf an seine Brust und streichelte ihn beruhigend.

»Ja, ich habe es gewußt, und mir war auch klar, daß du es eines Tages erfahren würdest. Aber du warst Julia so innig zugetan, daß ich es nicht über mich brachte, dir die Augen zu öffnen. Doch jetzt tut es mir leid. Ich wünschte, du hättest diesen Nachmittag nicht so allein verbringen müssen.«

Elizas Stimme klang halb erstickt, da sie ihr Gesicht an seine Hemdbrust drückte. »Ist es ganz – ganz üblich, sich wie Julia zu verhalten?«

Francis verstärkte den Druck seiner Umarmung.

»Vermutlich in vielen Ehen, die aus finanziellen Gründen, aber nicht in solchen, die aus Liebe geschlossen werden.«

Eliza schauderte leicht. »Ich könnte es nicht aushalten, eifersüchtig sein zu müssen.«

»Du wirst nie Grund dazu haben.«

»Und du auch nicht«, erklärte sie temperamentvoll. »Niemals, niemals! Wenn ich inmitten eines ganzen Kreises von Offizieren stehen würde, die alle vor mir knien und mir ihr Herz auf der Spitze ihrer Degen anbieten, dann dächte ich trotzdem nur an dich. Und du kannst ganz sicher sein, daß meine Gedanken immer bei dir sind.«

»Soll das heißen, daß ich die einzige Frau auf Erden geheiratet habe, die nicht flirtet?«

»Das weiß ich nicht«, erwiderte Eliza aufrichtig. »Aber jeder Mann, mit dem ich spreche, schneidet im Vergleich mit dir schlecht ab.«

»Ein Wunder, daß sich überhaupt noch jemand mit dir unterhält!« meinte Francis lachend.

»Du solltest dich bei einem so ernsten Thema nicht über mich lustig machen.«

»Ich mache mich nicht über dich lustig, sondern bin unglaublich dankbar und der glücklichste Mann der Welt. Aber jetzt komm! Wir werden mit Pelham ausgehen.«

»Ich will Julia nicht sehen und weiß überhaupt nicht, wie ich mich ihr gegenüber verhalten soll. Es ist mir unmöglich, für sie noch dasselbe wie früher zu empfinden.«

»Aber du kannst auch nicht jedesmal eine Szene machen, wenn ihr euch begegnet. Wenn du wüßtest, wie schuldbewußt ich mich fühle, wenn ich Richard sehe und seine Unwissenheit bemerke. Aber vielleicht ist er gar nicht so blind. Wer weiß? Er ist jedenfalls ein erwachsener Mann, der um Hilfe bitten wird, wenn er es für nötig hält. Wir dürfen uns nicht einmischen, so gern wir es auch täten.«

Eliza schluckte ein paarmal und nickte dann.

»Ich will mir Mühe geben.«

»Und ich liebe dich!«

Es blieben noch zwei Tage. Am letzten Abend sollte ein Empfang stattfinden, dessen Wichtigkeit Eliza immer wieder eindringlich vor Augen geführt wurde. Viele Kommandanten der britischen Armee würden daran teilnehmen. Eliza würde bei dieser Gelegenheit einen ersten Geschmack davon bekommen, wie ein gesellschaftliches Ereignis aussah, unter dessen Deckmantel militärische Taktiken und Strategien besprochen wurden. Auch Francis' Kommandeur, Lord Uxbridge, wurde erwartet, und es ging sogar das Gerücht, daß der große Herzog selbst erscheinen werde. Julia war fast neidisch, ließ sich aber dennoch dazu herbei, Eliza den Perlen- und Diamantschmuck zu leihen, den Richard ihr zur Hochzeit geschenkt hatte. Eliza war an kostbare Juwelen nicht gewohnt und wollte im Grunde auch keine Gefälligkeit von Julia annehmen; folglich empfand sie ihn als große Last.

»Ich werde mich bereits nach einer halben Stunde irgendwo hinsetzen müssen, weil er so schwer ist«, beklagte sie sich.

Richard borgte ihnen seine Kutsche. Eliza war sehr ängstlich zumute, was noch schlimmer wurde, als sie bei ihrer Ankunft auf Francis' tröstlichen Händedruck verzichten mußte. Sie stiegen die breite Freitreppe hinauf, wo ihr das Cape abgenommen wurde. Kandelaber mit unzähligen Kerzen strahlten über ihren Häuptern wie geheimnisvolle Galaxien. Francis legte die Hand ganz leicht unter ihren Ellbogen und schob sie sanft ins Getümmel der vielen Gäste, nickte mal diesem, mal jenem zu und schien sich zu Elizas Verwunderung ausgesprochen wohl zu fühlen. Lord Uxbridge hatte lockiges Haar und einen Schnurrbart. Er richtete einige freundliche Worte an Eliza, aber es war ganz klar, daß er und all die anderen Männer in diesen Fluchten von hellerleuchteten Räumen über militärische Angelegenheiten reden und nicht etwa galante Trivialitäten von sich geben wollten. Eliza nahm ihm das nicht übel, wünschte sich allerdings, sie würde etwas mehr von den Gesprächen verstehen, die überall geführt wurden. Sie nahm das Stimmengemurmel, die vielen Farben und die angeregte Atmosphäre wahr und dachte fast sehnsüchtig an die Gesellschaftsräume und provinziellen Feste in Hampshire zurück. Man brachte ihr Champagner, Eis, erkundigte sich, ob sie gern Karten spiele, fragte sie, wann Francis zu seiner Truppe müsse, machte ihr Komplimente und musterte sie unverhohlen. Es war unerträglich heiß, unerträglich deshalb, weil die Hitze von dem Gedränge der Menschen herrührte.

Eliza lächelte Francis strahlend zu, um zu demonstrieren, wie gut es ihr ging, und begann sich dann einen Weg zu den hohen Fenstertüren zu bahnen. Sie hatte dort einen schmalen Balkon entdeckt, der sehr einladend aussah, doch ist der April in England nicht gerade ein Monat, um einen Balkon so richtig genießen zu können. Also öffnete Eliza den Türflügel nur einen Spaltbreit und ließ den erfrischenden Luftzug ihre erhitzten Wangen kühlen.

»Hoffentlich erkälten Sie sich nicht, Mrs. Beaumont.«

William Cowper stand ganz dicht hinter ihr und sah in seiner Offiziersuniform sehr beeindruckend aus. Er war vermutlich der bestaussehende junge Mann, den sie je kennengelernt hatte. Auf dem schmalen Raum, den er zwischen sich und dem Fenster gelassen hatte, drehte sich Eliza um.

»Mir ist zumute, als würde ich in diesem Augenblick nur zu gern eine Erkältung bekommen, Mr. Cowper.«

»Und mir dadurch zum zweiten Mal an einem Tag das Herz brechen? Es war schon schrecklich genug zu erfahren, daß Sie verheiratet sind. Wenn Sie nun aber auch noch auf Selbstzerstörung aus sind, so bin ich untröstlich.«

»Ich glaube eher, daß mich diese Hitze umbringt.«

»Dann kommen Sie dorthin«, schlug er eifrig vor und deutete auf einen schwach erleuchteten Raum am Ende der Galerie, von der aus es zum Spielzimmer ging. Eliza hielt rasch nach Francis Ausschau.

»Sie brauchen keine Angst zu haben«, flüsterte William Cowper nah an ihrem Ohr. »Ich bin schließlich schon Ihr Sklave und folglich absolut gehorsam.«

Francis war nirgends zu sehen. Es war Eliza unmöglich, die unschuldige Einladung auszuschlagen, irgendwohin zu gehen, wo es kühler und angenehmer war. Außerdem war sie ja eine verheiratete Frau und dadurch vollkommen sicher. Die Aufmerksamkeiten aller Männer außer Francis ließen sie völlig kalt, wie sie ihm erst vor zwei Tagen erklärt hatte. William Cowper bedeutete ihr nichts, jedenfalls nichts Besonderes, und es war weit besser, sich für kurze Zeit von ihm unterhalten zu lassen, statt sich weiterhin zu langweilen, weil sie keine Menschenseele unter all den Anwesenden kannte.

Ohne auf Elizas ausdrückliche Zustimmung zu warten, zog William Cowper ihre Hand auf seinen bestickten Uniformärmel und geleitete sie zu seinem Ziel, einem kleinen Sofa in der Ecke, wo schwere Vorhänge ein gewisses Maß an Traulichkeit gewährten.

»Sie sind sehr direkt, finde ich«, sagte Eliza.

»Mißfällt Ihnen das?«

»Nein, aber es macht mich mißtrauisch.«

»Sie mißtrauen der Tatsache, daß wir erst wenige Sätze getauscht haben, ich aber dennoch auf diesem Empfang nur Ihre Nähe suche?«

»Ja, so ähnlich.«

»Bedeutet das nicht schlicht und einfach, daß Ihnen noch nie Gefühle wie die meinen entgegengebracht wurden?«

»Falls Sie derartige Gefühle haben, glaube ich nicht an sie«, sagte Eliza.

William Cowper lehnte sich kurz zurück und strich sich mit der Hand über die Augen. »Sie müssen es einfach glauben! Ich bin noch nie zuvor so – direkt gewesen, wie Sie es ausdrücken.«

Eliza mißfiel der Verlauf der Unterhaltung.

»Wieso haben Sie die Jurisprudenz zugunsten der Armee aufgegeben?« erkundigte sie sich.

Er gab keine Antwort, sondern schien in Träumerei versunken zu sein.

»Wahrscheinlich haben Sie es nur wegen dieser romantischen Uniform getan«, sprach Eliza weiter.

Er lächelte sie charmant an.

»Wenn ich mich für die Rechtslehre entschieden hätte, wäre ich vorgestern vormittag nicht im Hyde Park ausgeritten und Ihnen folglich nicht begegnet.«

Eliza runzelte leicht die Stirn.

»Wann brechen Sie nach Belgien auf?« fragte sie.

»In vier Tagen. Werden Sie Ihren – Ihren Mann begleiten?«

Eliza schlug ihre Augen nieder und seufzte.

»Nein«, sagte sie dann leise.

»Warum denn nicht?« wollte er wissen.

»Er hält es nicht für … schicklich oder angebracht.«

»Und Sie? Würden Sie nicht gern mitkommen?«

»Oh, aber natürlich! Aber ich kann doch nicht etwas tun, was als … unpassend angesehen wird.«

»Ich würde Sie mitnehmen«, erklärte er galant. »Ich kann mir wirklich keine Art der Lebensführung vorstellen, die mich von Ihnen trennen würde – wenn ich Sie hätte.«

»Nun, Sie haben mich nicht«, sagte Eliza unwirsch, da sie erkannte, in welch ungünstiges Licht Francis durch diese Unterhaltung geriet. »Ich gehe nicht mit und bitte Sie, das Thema nicht mehr zu erwähnen.«

»Sie sehen entzückend aus, wenn Sie zornig sind.«

»Ich bin nicht zornig.«

»Nein, aber Sie sind sehr verletzt, daß er – Ihr Ehemann – Sie nicht nach Belgien mitnehmen will«, sagte er verständnisvoll.

»Er will es sehr wohl! Aber er hält es nun einmal nicht für das Richtige. Er denkt dabei nur an mich.«

»Ich auch«, sagte William Cowper.

Er beugte sich zu ihr und hob ihre Hand hoch. Dann knöpfte er zärtlich den Handschuh auf und küßte das kleine, pulsierende Fleckchen Haut darunter. Eliza schaute wie gebannt zu.

»Ich werde immer an Sie denken«, sagte er.

Schockartig sah Eliza sich selbst plötzlich wie von

ganz weit entfernt im Halbdunkel auf einem Sofa sitzen, neben einem jungen Mann, der ihr Handgelenk küßte. Sie hatte einzig und allein über die unterschwellige Bedeutung seiner Bemerkung über Francis' Weigerung nachgedacht, sie nach Belgien mitzunehmen, und es war ihr durchaus nicht bewußt geworden, daß ihr Verhalten kokett wirken konnte. Doch ganz plötzlich malte sie sich das Bild aus, das sie jedem bieten mußte, der in ihre Richtung schaute. Röte schoß ihr ins Gesicht, und voller Scham und Verwirrung entzog sie William Cowper ihre Hand.

»Bitte tun Sie das nicht, fassen Sie mich nicht an, Sie sind wirklich geradezu beleidigend – lassen Sie mich gehen.«

»Oh, Sie sind so entzückend, wenn Sie zornig sind«, wiederholte er. »Da Sie nun noch zorniger sind, sind Sie auch noch entzückender. Darf ich Ihnen noch etwas zuwispern, nur für Ihre Ohren bestimmt?«

»Nein!« rief Eliza, versuchte aufzustehen, merkte aber gleich, daß er ihr Kleid festhielt, so daß sie in eine Sofaecke zurückfiel. »Nein, das dürfen Sie nicht! Ich will kein Wort mehr davon hören. Sie sind verachtenswert ...!«

»Nur verzweifelt«, erwiderte William Cowper ruhig. »Ich sehne mich verzweifelt nach ein wenig von dem, was Ihr Ehemann in solcher Überfülle hat.«

»Sie sind ein abscheulicher Mensch«, sagte Eliza heftig. »Nichts anderes als ein abscheulicher Mensch.«

Ein Stück weiter entfernt drehte sich Pelham auf der Suche nach Francis um, reckte den Kopf und sah mit einem Blick, wie William Cowper seine Lippen auf Elizas Handgelenk preßte. Rasch wandte er sich ab und mußte erkennen, daß er nicht der einzige war, dem die kleine Szene aufgefallen war. Ein paar Schritte neben ihm stand Francis wie angewurzelt da. Dank seiner Größe hatte er keinerlei Schwierigkeiten, über die Menschen hinweg zu dem kleinen Raum hinüberzuschauen.

Es war, als hätte ihm Eliza nicht erst vor zwei Tagen unverbrüchliche Treue geschworen. In diesem überheizten Raum voller Licht, Animiertheit, voller aufgeputzter Frauen und dekorierter Männer und dem verführerischen Glanz ihres Lebensstils verlor Francis irgendwie die Gewißheit, daß er sich auf Eliza verlassen konnte. Die aufgelockerte Atmosphäre dieses Abends überlagerte jeden anderen Eindruck und kam ihm gefährlicher vor als je zuvor. Er fühlte sich von Locken, nackten Schultern, Geflüster und Schmeicheleien umringt, von einer Fröhlichkeit, die plötzlich hinterhältig wirkte. Ein paar Sekunden beobachtete er, wie William Cowpers attraktives Gesicht gefährlich nahe an Elizas gesenkten rotblonden Lockenkopf heranrückte. Ganz offensichtlich redete er auf sie ein, doch Francis konnte aus ihrer Haltung nicht auf ihre Antworten schließen. Pelham tauchte neben Francis auf.

»Soll ich dem ein Ende machen?«

»Nein.«

Jenseits des Raumes zog sich Eliza in die äußerste Sofaecke zurück, und William Cowpers Gesicht verdüsterte sich. Eliza sah nun so aus, als würde sie ihm einige Unfreundlichkeiten sagen, stand aber nicht auf und ließ ihn allein.

»Wenn ich mir denke, daß ich Eliza etwas Derartigem aussetze, wenn ich sie hier lasse«, sagte Francis zähneknirschend.

10

Die Kanalüberquerung war schauderhaft. Eliza war noch nie in ihrem Leben auf See gewesen, und die grauen Wassermassen sahen vom Quai in Dover aus regelrecht bedrohlich aus. In ein Cape gehüllt stand sie neben ihren Koffern und beobachtete mit Interesse und Aufregung, wie Pferde mit verbundenen Augen an Bord geführt wurden, gefolgt von Kisten und Schachteln, Geschützen auf Rädern und weitaus mehr Soldaten – jedenfalls hatte es den Anschein –, als das Schiff fassen konnte. Es war ein trüber, nieseliger Tag, an dem kein Horizont zu sehen war, da Meer und Himmel in grauer Eintönigkeit ineinander übergingen. Irgendwo da drüben mußte Ostende liegen. Ursprünglich hatten sie eine Passage nach Antwerpen buchen wollen, da es viel näher bei der Hauptstadt lag, doch dann hatte sich Francis für die kürzeste Seeroute entschlossen, da er aus trauriger Erfahrung wußte, wie wenig er zum Seemann taugte. Soldaten, die vollbeladen mit Munition und Decken an Eliza vorbeistampften, warfen ihr ungenierte Blicke zu. Die Frauen der Offiziere reisten normalerweise in Gruppen. Nach dem Zwischenfall mit William Cowper war es Francis jedoch zumindest für den Augenblick lieber, Elizas Schutz selbst zu übernehmen.

Eliza wurde die Offizierskabine auf dem oberen Kanonendeck angewiesen. Sie fühlte sich reichlich unbehaglich, da es überall auf dem Schiff von Männern und Tieren nur so wimmelte. Francis versprach, ihr nach Möglichkeit Gesellschaft zu leisten, fügte aber hinzu, daß das Meer aus ihm einen ungeeigneten Gesellschafter mache – es sei denn fürs Grab. Eliza erklärte, sie würde ihn mit Freuden pflegen. Doch Francis lächelte nur schwach.

»Das werde ich nicht zulassen. Seekrank zu sein ist der unwürdigste Zustand, den man sich nur denken kann, und ich hoffe sehr, daß du ihn nicht kennenlernen wirst.«

Sie lernte ihn tatsächlich nicht kennen. Doch trotz der geschlossenen Tür ihrer Kabine war sie sich schmerzlich bewußt, vermutlich der einzige Passagier auf dem schwankenden Schiff zu sein, der nicht um einen raschen Tod betete. Die Dünung war schwer, und das Schiff schlingerte und stampfte in den riesigen Wellen. Eine halbe Stunde nach Abfahrt von Dover hatte Francis sie mit aschgrauem Gesicht leise stöhnend verlassen. Drei Stunden später war Eliza ihrer Einsamkeit reichlich überdrüssig und wagte es, ihre Kabine zu verlassen und sich auf die Suche nach Francis zu machen. Auf Deck war es beängstigend rutschig, der Gestank ekelerregend; an die Kanonen vor den geschlossenen Geschützluken lehnten oder klammerten sich arme seekranke Wesen. Eliza entdeckte eine Kajüttreppe mit einer Art von Netzseil, die in die luftige Höhe des Oberdecks hinaufführte. Sie bezweifelte aber, daß es ihr gelingen würde, die verfaulten, glitschigen Planken zu überqueren, selbst wenn sie den grauenvollen Gestank aushalten und den hin und her rutschenden Körpern ausweichen konnte. Also zog sie sich wieder in ihre Kabine zurück, schloß die Tür und atmete voller Erleichterung die relativ frische Luft ein. Da sie im Heck des Schiffes untergebracht war, konnte sie nichts Interessantes sehen. England war verschwunden, Belgien würde erst in einigen Stunden auftauchen.

Als sie lange Zeit später den Kopf von einer Patience hob, die ihr keinen Spaß machte, brach ein Sonnenstrahl durch den Nebel, und bald darauf breitete sich ein sanfter Glanz über dem Himmel aus; gleichzeitig glättete sich die See. Kurz darauf wurde Francis von zwei Matrosen hereingebracht, die ihn in einen Sessel an Elizas Seite setzten. Er sah hohlwangig und elend aus und hatte die Augen geschlossen.

»Diese Männer«, murmelte er kaum hörbar und deutete in die Richtung der Matrosen, die schon verschwunden waren, »sagten mir, wie glücklich sie seien, daß wir alle aufbrechen, um Napoleon eine letzte Niederlage zu bereiten. Sie meinten, daß jeder einzelne Mann in unserer Marine Napoleon haßt. Daraufhin erklärte ich ihnen, daß kein Haß auf Erden dem gleicht, den ich für den englischen Kanal empfinde.«

Sie rieb ihn mit Eau de Cologne ab und flößte ihm ein bißchen Brandy ein. »Du wirst vielleicht noch Schlimmeres zu sehen kriegen«, sagte er.

Eliza dachte an das Deck draußen, und es graute ihr ein wenig bei dieser Vorstellung, doch sie wollte es sich nicht eingestehen. Francis schlief ein, und sie beobachtete, wie eine leichte Röte in seine Wangen zurückkehrte und wie die untergehende Sonne in die Kabine strömte.

Nach Südengland bot Belgien ein unerfreuliches Bild – flach, nichtssagend und voller störrischer Bewohner. Nachdem Eliza mit der Wirtin eines Gasthauses in Ostende einen fruchtlosen Kampf um heißes Wasser geführt hatte, beklagte sie sich bei Francis über diese Unwilligkeit, die offensichtlich eine Nationaleigenschaft war. Er lag im Bett und bemühte sich unter Aufbietung all seiner Willenskraft, daß der Raum nicht ständig um ihn herum schwankte.

»Das kannst du den Belgiern kaum verübeln«, meinte er matt. »Letztes Jahr waren die meisten von ihnen noch Franzosen, und jetzt sind sie plötzlich gezwungenermaßen Engländer. Es ist schwierig, freundlich zu sein, wenn man sich überhaupt nicht mehr auskennt.«

»Ich sehe nicht ein, wieso der bescheidene Wunsch nach heißem Wasser etwas mit Politik zu tun hat.«

Francis riß weit die Augen auf, da er dadurch das schwankende Zimmer besser unter Kontrolle zu bekommen schien. »Vielleicht ist für einen Belgier alles Politik.«

Eliza ließ ihn allein und machte sich auf die Suche nach Fanny. Mrs. Howell war an jenem Abschiedsmorgen fest davon überzeugt gewesen, daß sich Fanny als das nützlichste Dienstmädchen erweisen würde, das man nach London (und auch nach Belgien, wie Mrs. Howell insgeheim annahm) mitnehmen könnte. Eliza hegte allerdings schon jetzt gewisse Zweifel. Fanny hatte London nur äußerst ungern verlassen – das lag vermutlich vor allem an Julias zweitem Lakaien –, doch jetzt sah Eliza sie am Treppengeländer des ersten Stocks stehen und den Soldaten an der Pumpe im Hof Kußhände zuwerfen.

»Möchtest du nicht zu ihnen hinuntergehen?« erkundigte sich Eliza sanft.

Fanny zuckte zusammen und errötete. Sie war ein blondes Mädchen mit ausgeprägten Gesichtszügen und scheinbar intelligenten blauen Augen, die einigermaßen die dahinterliegende Leere verbargen, die Eliza aber leider sehr bald entdeckt hatte.

»Sei so gut und sieh nach, was für ein Abendessen sich für uns beide auftreiben läßt. Captain Beaumont geht es viel zu schlecht; er braucht also nichts.«

Fanny war entsetzt. In die Küche hinunterzugehen, wo sie sich nicht auskannte, zu diesen rauhen Männern, und dazu noch die fremde Sprache, nein, das bringe sie nicht fertig, nein, wirklich nicht, Ma'am. Eliza war müde, hungrig, völlig durcheinander und empfand daher nicht das geringste Mitleid.

»Ich muß mich auf die neue Lage einstellen, Fanny, du aber auch!«

Fanny begann zu weinen.

»Ich kann nicht, Ma'am, ich habe Angst, ich kann nicht.«

Eliza packte sie und schüttelte sie erbittert. Offensichtlich blieb ihr nichts anderes übrig, als die Sache selbst in die Hand zu nehmen. Sie hatte das Gefühl, auch bald weinen zu müssen, wenn sie nichts zu essen bekäme. Also ließ sie Fanny wie ein Häufchen Elend im Dunkeln zurück und suchte sich ihren Weg durch ein Gewirr spärlich erhellter Gänge und Treppen, immer dem Küchenduft folgend. Ihre Französischkenntnisse waren mäßig, doch es war ihr ganz egal, wie unkorrekt sie sich ausdrückte, solange sie bekam, was sie wollte. Die Küche war dunkel und wirkte alles andere als einladend. Keiner der dort Beschäftigten nahm von ihrer Anwesenheit Notiz, bis ihr schließlich ein kleiner Küchenjunge zu Hilfe kam. Mit Suppe, Brot und Wein beladen kletterte Eliza wieder zu ihrem Zimmer hinauf, um zum ersten Mal in ihrem Leben eine Nacht außerhalb von England zu verbringen.

Auf dem schmalen Korridor, der zu ihrem Raum führte, wo der leidende Francis lag, hörte sie Stimmen. Durch eine halbgeöffnete Tür konnte sie einen Blick in ein erleuchtetes Zimmer mit einem zerwühlten Bett werfen. Jemand schluchzte, und eine Männerstimme murmelte besänftigende Worte. Eliza blieb mit dem Tablett in der Hand stehen. Zumindest der Mann sprach englisch!

»Louisa, bitte, nimm dich doch ein bißchen zusammen. Die Übelkeit wird bald nachlassen, glaub mir. Ich habe dich ja gewarnt, daß du dich so fühlen würdest, und bat dich, einen ruhigeren Tag abzuwarten. Bitte, Liebste, versuch still zu liegen, dann schmerzt es nicht so.«

Das Schluchzen hörte kurz auf, und Eliza vernahm

einige Worte, deren Sinn sie nicht begriff. Sie stellte das Tablett auf dem Holzfußboden ab und näherte sich der Tür. Eine junge Frau mit blonden Locken und einem zerknitterten grünen Reisekleid warf sich in den Kissen hin und her. Über sie gebeugt stand ein junger Mann in Uniform mit einem Glas Wasser in der Hand. Sein Gesicht drückte gelinde Verzweiflung aus. Eliza trat ins Zimmer.

»Kann ich irgendwie helfen?«

Der junge Mann hob ruckartig den Kopf. Er nahm ihre Stimme, Sprache und Erscheinung in einem Sekundenbruchteil auf und lächelte voller Erleichterung.

»Ich weiß nicht, was man am besten für sie tun soll«, sagte er hilflos. »Sie fühlte sich während der Überfahrt furchtbar elend, und die Schmerzen werden einfach nicht besser. Ich kann sie nicht dazu bringen, ruhig zu liegen.«

Eliza ging zum Bett hinüber und schaute die junge Frau an. Sie war zwar recht hübsch, doch im Augenblick hatte sie eine grünlichbleiche Gesichtsfarbe und schweißfeuchte Haare. Eliza dachte an Francis, der am Ende dieses Ganges so stoisch vor sich hin litt, und preßte die Lippen aufeinander. Dann legte sie dem Mädchen die Hand auf die Stirn, die feuchtkalt war.

»Sie hat kein Fieber.«

»Nein, und sie hat sich auch seit zwei Stunden nicht mehr übergeben, behauptet aber, daß die Übelkeit immer noch schrecklich sei.«

»Das stimmt, das stimmt!« kreischte die Kranke plötzlich und warf sich wieder ruhelos von einer Seite zur anderen.

Eliza beugte sich über sie.

»Unsinn!« sagte sie energisch.

Das Mädchen riß die blauen Augen auf und hielt plötzlich still.

»Wer sind Sie?«

»Ich heiße Eliza Beaumont. Auch ich kam heute mit dem Schiff hier an, und mein Mann war furchtbar seekrank. Doch er liegt ganz ruhig und fühlt sich dadurch viel besser.«

Das Mädchen setzte sich auf.

»Ich bin Louisa Chetwood, und das ist mein Mann Ned. Sie können sich keine Vorstellung davon machen, wie schlecht es mir ging. Ich dachte wahrhaftig, ich würde sterben, und es hätte mir nichts ausgemacht.«

»Aber jetzt sind Sie auf dem Festland«, sagte Eliza mitleidslos. »Sie sind in Belgien.«

Louisa Chetwood schaute sich in dem schäbigen Zimmer um und schauderte.

»Wird es überall so schrecklich sein wie hier?«

»Aber nein!« versicherte ihr Ned mit Nachdruck. Er war ungeheuer erleichtert über die ersten Anzeichen von Besserung. »Brüssel wird ganz prachtvoll werden. Alle Welt wird dort sein.«

»Ich rieche Suppe«, sagte Louisa plötzlich mit gewissem Interesse.

»Das ist meine Suppe«, erklärte Eliza. »Mein Mädchen war zu ängstlich, um sie für mich zu holen.« Sie warf Louisa einen verschmitzten Blick zu. »Möchten Sie mal probieren?«

Louisa wirkte einen Moment lang unschlüssig und verlegen, doch ihr Hunger war zu groß. Also nickte sie errötend. Eliza brachte ihr kärgliches Abendessen herein und setzte es neben Louisa auf dem Bett ab. Der Anblick der Suppe, die fettig und voller undefinierbarer Brocken war, schien Louisas Genesung nicht gerade zu fördern. Doch schließlich ließ sie sich dazu überreden, ein bißchen Brot und ein Glas Wein mit Wasser zu sich zu nehmen. Ihr armer Ehemann war geradezu sprachlos vor Erleichterung über diese wundersame Wendung des Geschicks, verschlang die unappetitliche Suppe in Sekundenschnelle und schaute Eliza über den Schüsselrand hinweg voller Bewunderung und Dankbarkeit an. Sie aß den Kanten Brot, der noch übrig war, und sagte sich, daß Fanny eben hungrig bleiben müsse, was deren Mut bei der nächsten Gelegenheit, wo es um die Beschaffung von etwas Eßbarem ging, vielleicht anspornen würde. Louisa Chetwood strich ihre wirren Locken zurück und wurde nach der kleinen Stärkung geradezu lebhaft.

»Ich kann gar nicht genug betonen, wie ich mich freue, Sie zu sehen«, sagte sie zu Eliza. »Ich fürchtete schon, daß ich hier in Belgien nur Gräßliches erleben würde – nach den Torturen der Überfahrt und diesem abscheulichen Gasthof. Reiten Sie? Tanzen Sie gern? Oh, das ist wundervoll. Wir werden in Brüssel lustige Tage zusammen verleben. Vielleicht wird doch noch alles ganz amüsant.«

»Ich stimme Ihnen vollkommen zu, daß nach den bisherigen Erlebnissen alles Weitere amüsanter sein wird. Aber ich verstehe nicht ganz, warum eigentlich alle Welt nach Brüssel reist.«

»Um sich den Spaß anzusehen, Mrs. Beaumont!« sagte Ned Chetwood erstaunt. »Es wird eine herrliche Zeit werden. Und wir alle werden später unseren Enkelkindern erzählen können, wie Napoleon Dresche bekam.«

Louisa klatschte in die Hände.

»Das wird einmalig, nicht wahr?«

Eliza stand auf und wischte sich die Krümel vom Rock.

»Ich muß jetzt zu meinem Mann zurück. Hoffentlich verbringen Sie eine angenehme Nacht.«

»Werden wir uns in Brüssel wiedersehen? Oh, bitte sagen Sie ja! Wir wohnen in der Rue du Vieux Pont sechs – das stimmt doch, Ned? Falls wir uns morgen früh nicht mehr treffen, müssen Sie uns dort besuchen. Tun Sie es, bitte!«

Eliza schaute in Louisas hübsches, eifriges Gesicht und lächelte.

»Das werde ich gerne tun. Wir selbst haben noch kein Quartier, aber ich werde Sie bestimmt in Ihrem aufsuchen. Gute Nacht.«

Sie schloß sacht die Tür hinter sich und ging mit etwas leichterem Herzen den Gang entlang. Francis schlief friedlich in dem wenig vertrauenerweckenden Bett.

Nach vielen Stunden tiefen Schlafes wachte Francis munter auf und verlangte nach Eiern und Schinken. Die Wirtin ließ ihm durch seinen Diener ausrichten, daß die Soldaten bereits alles aufgegessen hätten. Francis brachte einige Francs zum Vorschein, und die Wirtin tischte Schinken auf. Eliza fühlte sich matt, und ihre Haut juckte nach der ruhelosen Nacht auf einer Matratze, in der es ständig geraschelt hatte, auch wenn sie sich gar nicht bewegte. Mit Fannys Hilfe versuchte sie eine Waschgelegenheit zu finden, was sich jedoch als unmöglich erwies. Die einzige Pumpe war immer noch von lärmenden Soldaten umlagert, und Fanny blieb eisern bei ihrer Weigerung, sich in deren Nähe zu wagen – nicht einmal wegen einer Schüssel Wasser. Eliza mußte sich mit temperamentvollem und ausgiebigem Haarebürsten zufriedengeben. Dann zog sie sich frische Wäsche an, überwachte einigermaßen entnervt, wie Fanny dic Koffer packte, und stieg anschließend zu Francis hinunter.

Es war ein bedeckter, windstiller Tag. Immer noch hing grauer Dunst über dem Meer und der flachen Küste und dehnte sich in leichten Schwaden bis über die angrenzenden Felder aus. Eine Fahrt von ungefähr siebzig Meilen bis Brüssel lag vor ihnen, und Eliza hatte bereits jetzt den Eindruck, als sei England und alles ihr

Wohlvertraute weltenweit entfernt. Sie war sehr gespannt auf Brüssel und die Vielfalt an Leuten und Vergnügungen, von denen sie bisher keine Ahnung gehabt hatte. Eine geschlossene Kutsche fuhr vor, die Koffer wurden verstaut, und der Kutschenschlag wurde für sie geöffnet.

Sie hielt nach ihren neuen Bekannten Ausschau, doch die waren nirgends zu sehen. Da die Chetwoods schon eine feste Bleibe in Brüssel hatten, standen sie natürlich nicht unter demselben Zeitdruck, die Hauptstadt noch vor Dunkelheit zu erreichen, wie die heimatlosen Beaumonts. Rue du Vieux Pont 6 hatte Louisa Chetwood als Adresse angegeben, und Eliza würde sie bestimmt besuchen. Schließlich war Louisa nicht nur die einzige Frau, die Eliza in Brüssel kannte, sondern sie versprach auch, eine unterhaltsame Gefährtin zu werden. Eliza machte es sich in der Kutsche bequem und überlegte, daß sie inzwischen kein völliger Neuling bezüglich Reisen mehr war wie noch am gestrigen Tag. Sie war fast ein bißchen stolz darauf, daß sie schon mehrere ungewohnte Situationen ohne große Schwierigkeiten gemeistert hatte.

Francis bezahlte den Gastwirt, der ungläubig und muffig die Münzen in seiner Hand anstierte. Inmitten einer Kompanie Infanteriesoldaten verließen sie Ostende.

Im Laufe des Vormittags hob sich der Nebel, und sie konnten weiter als bis zu den verschlammten Rändern der holprigen Straße sehen. Francis hatte Eliza schonend darauf vorbereitet, daß die Fahrt durch Belgien unangenehm und bedrückend sein würde, da jede Armee schreckliche Spuren hinterließ, und es waren schon Tausende von Männern nach Brüssel gezogen. Der erste Teil der Reise war nur aufgrund seiner Monotonie unerfreulich, da es schier endlos durch weite, flache Felder und durch verwüstete, ausgestorbene Dörfer ging. Natürlich wimmelte es nur so von Soldaten. Eine Kompanie nach der anderen marschierte gen Brüssel, und die Soldaten in ihren roten Uniformen waren längst ein vertrauter Anblick für Eliza.

Als sie sich Gent näherten, waren außer den Soldaten auch andere Leute zu sehen: Frauen und Kinder der Armeeangehörigen, reisende Händler, Grüppchen von Schneidern und Hufschmieden, die man an dem Werkzeug erkannte, das sie an ihr Gepäck geschnallt hatten. Für Eliza war das ausgesprochen faszinierend, denn sie hatte keine Ahnung gehabt, welch großer, bunt zusammengewürfelter Anhang die Armee begleitete. Ab und zu entdeckte man im Schutz einer Mauer oder einer Baumgruppe Anzeichen davon, welchen Tribut eine Armee von ihren Männern und ihrem Troß forderte. Kranke Soldaten lagen im Gras, und Frauen saßen am Wegrand, die von den Strapazen der Reise erschöpft waren. Unzählige ausdruckslose und abgezehrte Gesichter hoben sich, wenn Elizas Kutsche vorbeirumpelte. Mit leerem Blick ertrugen sie ihr Schicksal.

Eliza drehte sich zu Francis um und wollte mit ihm darüber sprechen, doch er hatte eine geöffnete Depeschentasche vor sich liegen und war trotz des Gerüttels der Kutsche völlig in die Briefe vertieft. Also schaute sie wieder hinaus, fasziniert und traurig zugleich. Die Flutwelle von rotuniformierten Soldaten brandete unaufhörlich weiter und ließ die Schwachen und Kranken wie Strandgut in diesem fremden öden Land zurück. Eliza fragte sich verwundert, wieso es Frauen vorzogen, zuerst die Überfahrt zu ertragen und dann mühsam an die hundert Meilen zu Fuß mit einem Kind im Arm und weiteren Kindern am Rocksaum dahinzutrotten, statt lieber in England zu bleiben. Wäre es denn nicht besser, dort allein zu leben, als hier unbeachtet und völlig überfordert zu sein? Plötzlich mußte sie an jene freudlosen Hütten in Quihampton denken, die so elend und ärmlich gewirkt hatten, und sie begriff, daß es für einige gar keine Wahl zwischen gut und schlecht, schön oder häßlich gab.

Sie machten in Gent Rast, um etwas zu essen. Francis' Diener, ein braver Bursche namens Tom Bridman, übernahm es, die nötigen Arrangements für Eliza und Francis zu treffen, obwohl er strikt gegen mitreisende Ehefrauen war. Sie suchten sich einen kleinen Gasthof am Rande von Gent aus, der einen Obstgarten hatte und noch nicht von Soldaten wimmelte. Die Erleichterung war groß, endlich von der Straße weg zu sein. Eliza erkundigte sich, wie weit sie noch fahren müßten.

»Ungefähr dieselbe Strecke wie bis jetzt.«

»Aber dann erreichen wir Brüssel nicht vor Anbruch der Dunkelheit. Und wir haben noch kein Quartier.«

»Somit bekommst du einen Geschmack vom Leben eines Soldaten, Liebste.«

»Ich fühle mich ganz steif.«

»Die Alternative wäre, daß du vom Sattel wund bist«, erwiderte Francis.

Nach dem Dinner stellte Eliza fest, daß Bridman auch ihr Gepäck unter seine Obhut genommen hatte, und Francis erklärte ihr daraufhin, er verstünde nicht, womit sie diese Aufmerksamkeit verdient habe. Eliza wollte auf keinen Fall eine solche Gefälligkeit als selbstverständlich hinnehmen. Also blieb sie auf dem Weg zur Kutsche stehen, um Bridman zu danken. Er war gerade dabei, eine winzige Uniform zu einem handlichen Päckchen zu verschnüren.

»Das ist wohl kaum Ihre Größe, Bridman?«

»Nein, Ma'am.«

»Wem gehört sie denn?«

»Einem Jungen, Ma'am.«

»Was für einem Jungen, Bridman?«

»Einem toten Jungen, Ma'am.«

»Tot?«

Bridman richtete sich auf und klemmte sich das rotweiße Bündel unter den Arm.

»Ein toter Trommlerjunge, Ma'am. Ist dort in der Scheune vor knapp einer Stunde gestorben. Ich kenne sein Dorf, Ma'am, und nehme die Sachen für seine Mutter mit.«

Tief bewegt ließ sich Eliza das Kleiderbündel geben und breitete die Uniform auf dem Gras aus. Die weißen Hosen waren so eng, daß sie ihr gepaßt hätten, das Hemd war schmutzig und zerrissen, die Uniformjacke steif von getrocknetem Blut. Eliza schaute Bridman fragend an.

»Sie haben ihn zur Ader gelassen, Ma'am.«

In der Rocktasche fand sie eine Locke von mit grauen Fäden durchzogenem braunem Haar, die in ein Papier eingewickelt war, auf dem der Name des Jungen und seines Dorfes mit geübter Hand geschrieben war – vermutlich vom Pfarrer. Eliza fuhr mit der Hand in die anderen Taschen. Sie fand einen Rosenkranz aus Holz und ein blankgeriebenes Hühnerknöchelchen. Dann berührte sie die Vorderseite der Uniformjacke mit den Fingerspitzen.

»Woran ist er gestorben?«

»Am Fieber, Ma'am.«

»Wie alt war er?«

Bridman zuckte die Achseln und kniete sich hin, um die Sachen wieder zusammenzulegen. Eliza sah ihm dabei zu. Kaum eine Stunde zuvor hatte in dieser Jacke noch ein Junge geatmet – und nun ruhte er für immer in Belgien, von Männern begraben, die nichts von ihm wußten und nicht mehr für ihn tun konnten, als dafür zu sorgen, daß er anständig begraben wurde. Irgendwo im Süden Englands gab es eine Mutter in einem Dorf, die noch keine Ahnung hatte, daß ihr Sohn nicht mehr lebte.

»Gibt es noch etwas, Ma'am, das ich für Sie tun kann?«

Eliza fiel wieder ein, weshalb sie überhaupt gekommen war.

»Ich wollte mich bedanken, daß Sie sich um mein Gepäck kümmern.«

»Ich möchte nicht, daß es abhanden kommt, Ma'am.«

Eliza nickte und ging langsam zur Kutsche. All die Soldaten, die auf der Landstraße dahinzogen, sah sie nun in einem anderen Licht, da jeder von ihnen ein so vergängliches Leben hatte wie der kleine Trommlerjunge. Eliza ließ sich nachdenklich in der Kutsche nieder. Ihrer Erfahrung nach war der Tod bisher etwas gewesen, was zur gegebenen Zeit eintrat. Auch der Tod ihrer eigenen Eltern war fast zu einer tröstlichen Legende geworden. Alte Dienstboten waren in Marchants gestorben, auch ein oder zwei jüngere Dienstmädchen im Kindbett, doch sie waren unter Freunden und in vertrauter Umgebung dahingegangen, nicht allein in einer fremden Scheune, auf schmutzigem Stroh und mit irgendwelchen Kleidungsstücken zugedeckt. Die Kutsche fuhr los, und Eliza schaute aus dem Fenster so lange zu der Scheune hinüber, bis eine Gruppe hoher Ulmen sie verdeckte.

Während sie nach Brüssel unterwegs waren, bereitete jemand in England eine ganz ähnliche Reise vor. Francis hatte seit dem Sommer letzten Jahres keinen Kontakt mehr mit seinem Vater gehabt, doch Richard hielt es für seine Pflicht, Sir Gerard über Francis' Angelegenheiten zu informieren. Sobald Eliza und Francis nach Dover abgereist waren, hatte Richard seinen Vater brieflich davon unterrichtet, allerdings verschwiegen, daß Francis nicht allein fuhr. Sobald Sir Gerard diesen Brief erhielt – er hatte verbittert und einsam einen harten Winter verbracht –, war sein Entschluß auch schon gefaßt. Er gab Anordnung, alles für eine mehrmonatige Reise nach Belgien vorzubereiten. Sir Gerard hatte vor, Francis unauffällig zu folgen – wenn es sein mußte, sogar in die Schlacht.

11

Brüssel übertraf alle Erwartungen. Keine hundert Meilen weit entfernt stand Napoleons neu rekrutierte Armee, und die Hauptstadt füllte sich zusehends mit den alliierten Belgiern, Holländern und Deutschen, denen gegenüber Wellington eigenem Bekunden nach höchst argwöhnisch war. Und doch herrschte eine fröhliche Stimmung, als sei am sicheren Sieg überhaupt nicht zu zweifeln. Eliza war fasziniert von den frühlingshaft heiteren Straßen voll uniformierter Männer und elegant gekleideter Frauen. Über allem schien eine Ferienstimmung zu liegen. Nach weiteren zwei Monaten würde Eliza die Uniformen und die ganze Atmosphäre ermüdend und langweilig finden, doch der erste Eindruck an diesem schönen Apriltag war äußerst verführerisch. Nach einer ausgesprochen unbehaglich verbrachten Nacht, die sie Pelhams wohlgemeinter, aber unzureichender Gastfreundschaft verdankten, fanden sie einigermaßen ruhige Räume in einer safrangelb getünchten Herberge hinter der Rue Royale. Der Preis war aufgrund der starken Nachfrage nach Unterkünften erschreckend hoch, doch das sei es ihm wert, meinte Francis, der Romantiker, da das Gasthaus ›Les Deux Colombes‹ hieß und Tauben einander immer treu blieben, wie jeder wüßte. Er legte großen Wert darauf, daß Eliza die Zimmer gefielen, da er sehr viel Zeit getrennt von ihr in Gramont sein würde, wo die Kavallerie stationiert war.

Die Räume waren hoch und nicht sehr hell, hatten gestrichene Holzschränke, ein steinhartes Bett mit schweren Vorhängen und hohe Fenster mit Läden, von wo aus man auf den gepflasterten Hof voller Holzeimer und

Geranien hinausschaute, in dem sich ein mageres, schmutziges Schwein herumtrieb. Francis entschuldigte sich quasi für das Vorhandensein des Schweins.

Eliza rümpfte die Nase. »Nach der Schiffsüberfahrt kann ich jeglichen Tiergeruch ertragen. Schweine können unmöglich noch mehr stinken als Menschen.«

Francis mußte fort, um sich irgendeiner offiziellen Angelegenheit zu widmen, und Eliza machte eine Art Bestandsaufnahme ihrer Umgebung: die unbehagliche Einrichtung, die verschlossenen Schrankkoffer und die ganze fremdartige Atmosphäre. Es gab eine Menge zu tun! Ohne auf Fannys Gejammer und Proteste zu hören, gab sie ihr den Auftrag, sich auf die Suche nach Wasser und einem Schrubber zu machen. Dann band sich Eliza ein Tuch um den Kopf und öffnete sämtliche Kofferdeckel, so daß gar nichts anderes übrigblieb, als alles auszupacken. Als Francis zurückkam, erklärte er, daß er ja keine Ahnung gehabt hätte, wie begabt Eliza darin sei, ein gemütliches Heim zu schaffen. Sie schnitt ihm eine Grimasse.

»Man kann es sicher nicht mit der verantwortungsvollen Aufgabe vergleichen, gemeinsam mit dem Herzog von Wellington über die Zukunft Europas zu entscheiden – aber ich habe mir redliche Mühe gegeben, wie mein Onkel es vermutlich ausdrücken würde.«

In den folgenden Wochen verbrachte Eliza erstaunlich wenig Zeit in den düsteren, großen Räumen von ›Les Deux Colombes‹. Ende April bis Anfang Juni des Jahres 1815 war der überwiegende Teil der nach Brüssel verschlagenen Menschen auf Vergnügen aus, und Eliza wurde von dem Strudel mitgerissen. Unter den vielen neuen Gesichtern gab es auch einige vertraute. Fast täglich kamen Pelham vorbei, der ältere Cowper und William, der angeblich immer noch an seiner großen Liebe litt, und schließlich noch Henry Leslie aus Hampshire. Hauptgesprächsthemen waren einerseits die neuesten Skandale und andererseits Napoleon; die meisten Abende vergingen wie im Flug bei Bällen und sonstigen Gesellschaften. Eliza freundete sich mit einigen Frauen von Offizieren an, spazierte mit ihnen an warmen Nachmittagen durch den Park und vertrieb sich die Zeit, bis sich die Männer, von ihren Verpflichtungen frei, ihnen wieder zugesellen konnten. Anfangs fand sie alles reizend, unterhaltsam und angenehm und war fasziniert von neuen Bekanntschaften, doch bald hatte sie sich an alles gewöhnt und begann sich nach irgendeiner Aufgabe oder Pflicht zu sehnen.

»Wie ich dich beneide!« sagte sie eines Nachts zu Francis. »Du hast eine dir zugeteilte Aufgabe zu erfüllen. Selbst Bridman ergeht es ähnlich, denn er wichst deine Stiefel und poliert deine Knöpfe. Nur ich habe nichts zu tun und kann mir nicht vorstellen, wie ich mich nützlich machen könnte.«

»Aber für mich bist du sehr nützlich, um es einmal so auszudrücken«, widersprach er. »Ich mache mir nicht viel aus den nüchternen militärischen Gesprächen und bin unendlich erleichtert, wenn ich zu dir zurückkomme.«

Er musterte sie nachdenklich.

Eliza saß auf der Kante des Sofas und drehte eine Locke um den Zeigefinger.

»Langweilst du dich?«

»Nicht direkt. Nein – nein, ich langweile mich eigentlich nicht. Aber ich beschäftige mich auch nicht mit den richtigen Dingen. Jeden Abend haben wir in dieser Woche außer Haus diniert, und ich habe ein Paar Schuhe durchgetanzt. Die Zeit ist sehr angenehm vergangen, aber ich habe sie nicht genutzt, sondern nur schlicht und einfach verstreichen lassen.«

»Haben wir sie in Nashbourn besser genutzt?«

»Da war kein derartiger Kontrast!« rief Eliza. Sie dachte an den heutigen Vormittag zurück, als Francis schon früh nach Gramont gerufen worden war. Sie hatte sich beim Ankleiden eine volle Stunde Zeit gelassen und war dann mit Louisa spazierengegangen. Danach hatte sie im Kreise vieler neuer Bekannter diniert. Vergnügt und bestens informiert über den neuesten Klatsch war sie ins ›Les Deux Colombes‹ zurückgekommen und hatte Francis und Pelham vorgefunden, die in ernste Gespräche vertieft waren. Schlagartig hatte sie sich im Vergleich mit ihnen albern und unbedarft gefühlt.

»Du hast eine Aufgabe, hast Pflichten!« sagte sie.

»Möchtest du nach Hause fahren?«

Eliza war entsetzt. »Nein, auf keinen Fall. So habe ich es nicht gemeint. Ach, Francis! Es tut mir so leid, daß ich dir etwas vorjammere! Ich will dir doch keine Sorgen machen!«

»Das tust du auch nicht, aber ich möchte, daß du glücklich bist.«

»Ich bin glücklich«, erklärte Eliza mit Nachdruck. »Ich wollte dich begleiten und wäre todunglücklich, wenn ich's nicht getan hätte. Vermutlich bin ich einfach nur neugierig auf die Welt, in der du lebst.«

»Sie würde dir nicht gefallen, Liebste«, sagte er sanft. »Ich bin sehr froh, daß du nichts damit zu tun hast.«

Elizas Einstellung änderte sich nicht, doch die Tage vergingen auch weiterhin ohne bemerkenswerte Geschehnisse. Die einzige Abwechslung boten die immer neuen Gesichter, die in rascher Folge auftauchten.

Eliza ging weiterhin spazieren, tanzte an den Abenden, spielte Karten und aß Eis, doch es bereitete ihr viel weniger Vergnügen als in den ersten Wochen. Sie sehnte sich mehr und mehr nach dem Zusammensein mit Francis, weil er neben all seinen sonstigen Vorzügen nun auch noch ihre Informationsquelle über die Pläne der Armee darstellte. Natürlich konnte er ihr nur wenig verraten, aber schon diese Andeutungen genügten, um ihre Neugier ein wenig zu befriedigen. Wenn möglich, saß sie bei den Gesprächen der Männer dabei, lauschte den endlosen Diskussionen über Napoleon und fand es immer wieder höchst erstaunlich, daß niemand etwas gegen ihn zu unternehmen schien.

An manchen Nachmittagen hatte Francis Zeit, mit ihr spazierenzugehen. Unter den Platanen im Park trafen sie immer wieder Gruppen von Offizieren. Die Parade der bunten Uniformen im Park wirkte immer reichlich überzogen, von einer theatralischen Aufgeputztheit, wohl kaum für einen richtigen Kampf geeignet.

Pelham lagerte zu Elizas Füßen im Gras. Er machte eine verächtliche Handbewegung. »Einige ausländische Offiziere entwerfen ihre eigenen Uniformen. Das ist eine große Hilfe für Napoleon, denn auf diese Weise kann er viel leichter Spione einschleusen.«

William Cowper drückte sich wie immer in ihrer Nähe herum, von Francis mit unterschwelliger Wut toleriert, von Eliza meistens völlig ignoriert.

»Es ist noch viel schlimmer«, sagte William. »Den Franzosen ist es gelungen, viele von unseren Spionen auszuschalten. Die Postkutschen von Paris werden ständig abgefangen.«

Mit ganz bewußter Teilnahmslosigkeit ließen Pelham und Francis ihre Blicke über den Park schweifen. Doch William Cowper war durch die Tatsache nicht zu bremsen, daß seine letzte Bemerkung keinerlei Neuigkeitswert hatte. Unverdrossen redete er weiter.

»Es ist nur eine Frage der Zeit, bis Napoleon einen Fehler macht.«

Francis wandte sich Pelham zu. »Der Herzog wird Napoleons nächste Schritte abwarten und erst dann reagieren.«

»Er soll lieber nicht zu lange warten«, erwiderte Pelham. »Napoleon ist nämlich drauf aus, einen Keil zwischen unsere britischen und die russischen Flanken zu treiben. Wenn wir noch lange bei belgischen Dörfern herumlungern ... wie heißt der Ort noch gleich?«

»Quatre Bras«, sagte William Cowper, wurde aber absichtlich überhört.

»Kommt der Prinz von Oranien?« erkundigte sich Eliza.

William Cowper war entzückt über die Gelegenheit, ihr direkt antworten zu können, und platzte los, bevor Francis oder Pelham den Mund aufmachen konnte.

»Er lauert den Franzosen auf. Übrigens ist er genauso alt wie ich ... wie wir. Wenn man sich das vorstellt! In unserem Alter und hat schon das Kommando über vierzigtausend Soldaten.«

»Mir tun diese vierzigtausend leid«, sagte Francis ganz nebenbei. »Hoffentlich beschränkt sich der Prinz darauf, nur die simpelsten Befehle zu geben. Zweiundzwanzig ist er erst? Kaum aus der Wiege raus.«

»Das bedeutet, daß ich noch drinliege«, entgegnete Eliza.

»Ihr Oberbefehl wäre mir weitaus lieber«, erklärte Pelham galant.

»Haben wir eine schlechte Armee?« wollte Eliza wissen.

»Das kann man wohl sagen«, meinte Francis lächelnd. »Die Hälfte der Belgier und Holländer kämpfte auf Napoleons Seite, bevor er nach Elba verbannt wurde, und es liegt nur an den veränderten Grenzen, daß sie nun unsere glücklosen Mitstreiter geworden sind.«

»Jemand hat behauptet«, begann Eliza vorsichtig, denn Francis verachtete jeglichen Klatsch, »daß Wellington die Armee als miserabel bezeichnet.«

Pelham warf den Kopf in den Nacken und lachte laut heraus.

»Wie beleidigt wäre Napoleon, wenn er das wüßte!

Für Europa gegen einen verärgerten Pöbelhaufen auf irgendwelchen obskuren Landstraßen in diesem eintönigen Land in die Schlacht zu ziehen!«

»Es wird also eine Schlacht geben?« fragte Eliza rasch.

»Meine Liebe, das will ich doch sehr hoffen«, meinte Pelham. »Wenn ich an die Mühen denke, hierher zu gelangen und an die Langeweile in den letzten Wochen!«

Es wurde überall über den Krieg geredet, doch die unbeschwerte und fröhliche Atmosphäre Brüssels blieb zum Erstaunen der letzten Sympathisanten Napoleons völlig unberührt davon. Eliza ließ sich ohne große Begeisterung zu einer scheinbar unaufhörlichen Folge von Kricketturnieren mitnehmen, denn der Mann ihrer engsten neuen Freundin Louisa Chetwood war ein passionierter Spieler.

»Ich habe noch nie ein derart albernes Spiel gesehen«, erklärte sie ihrer Freundin offen, als sie im Schatten zarter Sonnenschirmchen am Rande des Spielfelds saßen. »Es scheint sich nie etwas zu ereignen, und ich wundere mich bloß, warum sie nicht im Stehen einschlafen.«

»Ned würde das aber gar nicht gern hören«, sagte Francis. »Er behauptet, daß Kricket ein äußerst subtiles Spiel sei.«

»Im Grunde macht es ihm vor allem Spaß, seine Waden in diesen Kniehosen zur Schau zu stellen«, behauptete Louisa. »Außerdem kann ich keine Dummheiten machen, wenn ich ihm fünf oder sechs Stunden lang beim Kricketspiel zuschaue. Das sagt er jedenfalls.«

»Mit mir wollen Sie also keine Dummheiten machen?« erkundigte sich Pelham.

»Nein, ganz bestimmt nicht. Außerdem bin ich viel zu erledigt für irgendwelche Dummheiten, nachdem ich hier einen halben Tag lang in der Sonne gesessen und nicht das geringste vom Spiel begriffen habe.«

Eliza schaute zuerst zu den weißgekleideten Offizieren hinüber, die auf dem gemähten Rasenstreifen herumstanden, und dann zu den Soldaten, die von der gegenüberliegenden Seite zuschauten.

»Dürfen die Soldaten nicht mitspielen?«

Pelham warf die Hände in gespieltem Entsetzen hoch. »Aber Eliza! Dies ist ein Spiel für Offiziere.«

»Dann kann ich nur sagen, daß ihm eine gewöhnliche Note sehr fehlt, die es lebendiger machen würde.«

»Soll ich die Spielregeln erklären?«

»Noch einmal, Francis? Nein, bitte nicht. Wenn mir ein Spiel sinnlos vorkommt, dann erscheint die Erwähnung von Spielregeln geradezu absurd.«

Das schwache Geräusch von Händeklatschen tönte von den Soldaten herüber.

»Was ist geschehen?«

»Ned hat einen Lauf gewonnen.«

Eliza machte ein verwirrtes Gesicht. »Aber er ist doch gar nicht gelaufen! Er ging höchstens ein paar Schritte, nicht wahr, Louisa? Ich kann schwören, daß er nicht gelaufen ist.«

»Vermutlich kann er gar nicht laufen«, erwiderte Louisa. »Er ist derart ans Reiten gewöhnt, daß es mich jedesmal wundert, wenn seine Beine beim Absitzen nicht unter ihm zusammenknicken, sobald sie die Erde berühren.«

»Hoffentlich bleibt ihm die Erkenntnis erspart, welch undankbare Zuschauer er hat«, sagte Francis.

»Oh, zu dieser Erkenntnis habe ich ihm erst gestern verholfen«, versicherte ihm Eliza. »Ich fragte ihn nämlich, wieso man das Spiel nicht zu Pferde absolviert. Überlegt nur, um wieviel interessanter es dann wäre!«

Dreimal ließ sich Eliza zum Pferderennen in Gramont begleiten, was bei ihr merklich größere Begeisterung hervorrief.

Alle Kavalleriekommandeure bemühten sich eifrig

um sie. Bei einer Kavallerieparade machte sie ihre erste und gleichzeitig zu ausgiebige Bekanntschaft mit roséfarbenem Champagner, die sie dank stechender Kopfschmerzen nicht so schnell wieder vergaß. Als die Tage verstrichen, wurde die Langeweile immer größer, aber auch die Zuversichtlichkeit. Eliza konnte sich wie jeder andere einfach nicht vorstellen, daß der Herzog nicht ganz genau wußte, was er zu tun hatte. Nein, er wußte es sicher und konnte deshalb bis zum entscheidenden Moment seine Zeit mit Lady Francis Webster und Lady Georgiana Lennox vertrödeln, die ständig an seiner Seite waren. Eliza fand beide faszinierend: die eine, weil sie so unübersehbar hochschwanger war, die zweite wegen ihrer unglaublichen Jugend. Verstohlen beobachtete sie die beiden Ladys quer über den Ballsaal hinweg.

Louisa Chetwood zog sie deshalb oft auf. »Hampshire liegt wohl ganz außerhalb der Welt, hm? Sie waren früher noch nie in der großen Gesellschaft, oder?«

Eliza gab dies ohne weiteres zu. Dann wies sie darauf hin, daß ihre Kenntnisse von der Welt im frivolen, ungezügelten Brüssel rasch ungeahnte Ausmaße annähmen.

»Ehrlich gesagt, ziehe ich es aber bei weitem vor, mein Leben in Hampshire zu verbringen«, fügte sie hinzu.

»Sie sind wirklich sehr zimperlich.«

»Nein«, erwiderte Eliza, »nur praktisch veranlagt.«

Ein Ball folgte dem anderen. Einige wurden sogar von Wellington gegeben, doch die fieberhafteste Erwartung galt jenem, zu dem die Herzogin von Richmond am 25. Juni einladen wollte. Lachend wurde von ihr erzählt, daß sie bereits im frühen Mai den Herzog von Wellington gefragt habe, ob sie den Ball abhalten könne. Er habe erwidert, daß sie dies sehr wohl tun könne, da er vor Juli keinerlei Kämpfe erwarte. Die Richmonds hatten ein Haus in der Rue de la Blanchisserie gemietet, und ab

Anfang Juni sah man dort Handwerker ein und aus gehen, um für den Ball eine Dekoration herzustellen, die an romantischem Zauber alles bisher Dagewesene übertreffen sollte.

»Wenn ich mir die unzähligen völlig erschöpften Ehemänner rings um mich ansehe, komme ich zu dem Schluß, daß der Richmond-Ball Thema Nummer eins in Brüssel ist«, sagte Francis eines Abends.

»Ich überlegte mir«, begann Eliza mit beträchtlicher Befangenheit, »ja, also, ich überlegte, ob es eine furchtbare Verschwendung wäre, wenn ich ...« Sie brach ab.

»Ein neues Kleid, Liebste? Aber natürlich. Außerdem – wenn ich an die Kleider denke, die in letzter Zeit getragen werden, so kann man wirklich kaum von Verschwendung reden. An den Korsagen ist ja so gut wie kein Stoff mehr dran.«

Francis war blendender Laune. Beim Dinner hatte er erfahren, daß William Cowper sich beim Versuch, in betrunkenem Zustand eine Hauswand hinaufzuklettern, da ihn eine Schöne aus dem dritten Stock verführerisch lockte, das Bein gleich an zwei Stellen gebrochen hatte. Dieser Unfall würde William an sein Quartier fesseln, bis der Knochen geheilt war. Falls Napoleon sich rechtzeitig in Marsch setzte, könnte das Infanterieregiment Nr. 52 erfreulicherweise ohne die amateurhaften Ratschläge von Fähnrich Cowper in die Schlacht ziehen. Seit William gehört hatte, daß Wellington für die bevorstehenden kriegerischen Auseinandersetzungen ganz besonders auf die Infanterie zählte, war er so anmaßend in seinem Auftreten geworden, daß sein Unfall für fast alle seine Bekannten eine wahre Erleichterung darstellte. Francis' Reaktion darauf war geradezu ausgelassen. Er bezweifelte keineswegs, daß Elizas Erlebnis mit William Cowper – was sie betraf – völlig unschuldig gewesen war. Dennoch war ein William Cowper, der mit gebrochenem Bein in seinem Quartier lag und sich – so wurde berichtet – mit etlichen Kisten Bordeaux zu trösten versuchte, ein Ärgernis weniger auf dem Richmond-Ball.

Am 14. Juni, dem Tag vor dem Ball, wurde Francis nach Gramont beordert. Eliza dachte natürlich, daß dieser Befehl nicht mehr zu bedeuten habe als frühere, auf die hin Francis zum Hauptquartier der Kavallerie geprescht war. Leichten Herzens ging sie zur Schneiderin, um ihr Ballkleid abzuholen, dessen schimmernd blaßgrüne Seide ihr ausnehmend gut stand. Es war sehr tief ausgeschnitten, tiefer, als es zu Hause je erlaubt gewesen wäre, doch es bestand gar kein Zweifel, daß kupferrotes Haar, weiße Haut und grüne Seide eine verführerische Mischung darstellten. Eliza trug das Kleid mit einem Gefühl tiefer Zufriedenheit und Dankbarkeit in den Gasthof ›Les Deux Colombes‹. Von Francis war keine Spur zu sehen.

Sie zog sich um und ging zu den Chetwoods zum Dinner. Nach dem Essen spielten sie Karten, und auf dem Heimweg begegnete ihre Kutsche der des Herzogs, der vermutlich auf dem Weg zur Rue de la Blanchisserie war. Aus den vielen geöffneten Fenstern drangen Stimmengewirr und Gelächter in die laue, milde Nacht hinaus. Eliza lag schläfrig in die Wagenpolster zurückgelehnt, schaute zu dem goldenen Sommermond hinauf und überlegte müßig, ob Napoleon wohl der ganzen Sache überdrüssig geworden und nach Paris zurückgefahren war.

Francis war immer noch nicht da, doch Fanny hatte vorsorglich Kerzen angezündet und die Betten aufgedeckt. Kaum hatte Eliza sich den Schal von den Schultern genommen, als es klopfte. Bridman kam ins Zimmer, ohne Elizas Aufforderung abzuwarten.

»Ich hab die Kutsche gesehen, Ma'am.«

Eliza nickte.

»Hab auf Sie gewartet, Ma'am. Bin von Gramont rübergeritten. Eine Nachricht vom Captain, Ma'am.«

»Ist etwas passiert, Bridman?«

»Noch nicht, Ma'am«, erwiderte er düster und reichte ihr einen Brief.

»Liebste, ich bin heute leider verhindert. Bitte beunruhige Dich nicht, denn es besteht kein Grund dazu. Ich werde versuchen, rechtzeitig zurück zu sein, um Dich morgen zum Ball zu begleiten. Sollte ich doch länger aufgehalten werden, vertraue ich Dich Captain Chetwoods Schutz an. Ich habe ihn schon benachrichtigt. Träume süß! Dein Francis«

Militärangelegenheiten, immer diese Militärangelegenheiten! Eliza warf den Brief auf ein Tischchen, gähnte und lächelte Bridman schlaftrunken an.

»Reiten Sie jetzt gleich nach Gramont zurück?«

»Ja, Ma'am.«

»Dann beeilen Sie sich lieber.«

»Irgendeine Nachricht für den Captain, Ma'am?«

»Richten Sie ihm aus, daß ich tun werde, was er mir befiehlt«, sagte Eliza lächelnd.

Sie rief Fanny, die sich doch noch als recht fügsam entpuppt hatte, da Brüssel sogar noch aufregendere Attraktionen zu bieten hatte als London, und ließ sich in etwas sehnsüchtiger, aber auch höchst zufriedener Stimmung zu Bett bringen. Natürlich war es ein wenig traurig, ohne Francis zu sein, doch Brüssel war inzwischen fast ein zweites Zuhause geworden. Vom nächsten Tag versprach sie sich viel Vergnügen und Spaß, und sie freute sich schon riesig darauf, Francis ihr neues, herrliches Kleid vorzuführen. Das Schwein unterhalb ihres Fensters wälzte sich ruhelos auf seinem Stroh herum, die Hennen duckten sich ganz dicht zusammen, und gedämpft drang der Lärm von Festgelagen durch die warme Juninacht, während Eliza sacht einschlief.

12

Als Eliza erwachte, war Napoleon schon seit mehreren Stunden in Belgien einmarschiert. Eliza ließ sich mit dem Aufstehen Zeit, kostete den heiteren Sommermorgen voll aus und fühlte sich ganz besonders wohl und ausgeruht. Während sie frühstückte, trieb die französische kaiserliche Garde die Preußen aus Charleroi, das etwa dreißig Meilen südlich von Brüssel liegt. Ein Briefchen von Louisa Chetwood wurde abgegeben, in dem sie der Hoffnung Ausdruck gab, Eliza möge es nicht zu langweilig finden, an zwei aufeinanderfolgenden Tagen mit ihnen zu dinieren. Da Francis sie und Ned gebeten habe, Eliza Gesellschaft zu leisten, wollten sie dies auch ausgiebig tun.

Eliza saß am offenen Fenster ihres Schlafzimmers, bewunderte den blauen Himmel, die roten Geranien und die rosafarbenen Dachziegel. Dann schrieb sie Mrs. Lambert einen Brief, der eigentlich nur aus einer Aufzählung der verschiedenen Festlichkeiten bestand, ihrer Tante aber wesentlich mehr Vergnügen bereiten würde, als es irgendein ernsteres Thema fertiggebracht hätte.

»Wenn man bedenkt, daß die kleine Eliza mit solchen Leuten wie der Herzogin von Richmond zusammenkommt und den Herzog von Wellington sogar schon aus nächster Nähe gesehen hat, so kommt mir das ganz unglaublich vor!« würde sie ausrufen. »Wie jammerschade, daß Julia nicht dabei ist; sie sieht im Abendkleid so besonders schön aus. Zu dumm, daß sie in London sein muß, wenn sie doch in Brüssel soviel Aufsehen erregen könnte!«

Kurz vor drei Uhr ließ Eliza die Kutsche vorfahren

und sich zu den Chetwoods bringen. Während sie in gemächlichem Tempo durch die sonnigen Straßen rollte, kam ein staubbedeckter preußischer Offizier nach Brüssel galoppiert, um Wellington über das Gefecht bei Charleroi Bericht zu erstatten. Eliza wurde von den Chetwoods und einigen Freunden, die dort schon versammelt waren, aufs herzlichste begrüßt. Mehrere Gentlemen gaben sich redliche Mühe, sie dazu zu überreden, ihnen für den Ball am Abend einige Tänze zu reservieren.

Die hohen Fenster des Speisezimmers standen weit offen und ließen den Blick frei auf einen rechteckigen, üppig grünen Garten, der von Mauern umgeben eine stille Oase bildete, in der hellgelbe Rosen ihre Pracht entfalteten. Jener Offizier, der ihr bei der Militärparade so verschwenderisch roséfarbenen Champagner eingeschenkt hatte, versuchte sein Glück zum zweiten Mal, wurde aber lachend abgewiesen. Auf der Spitze einer wahren Obstpyramide thronte eine riesige Ananas, und es wurden enorme Wetten darüber abgeschlossen, wie viele Blätter sie hatte. Eliza bekam die Aufgabe zugeteilt, die Blätter herauszuzupfen und zu zählen. Als sie feststellte, daß ihr Gastgeber am korrektesten geschätzt hatte, wurde sie scherzhaft des Komplotts mit ihm beschuldigt. Dann wurde die Ananas Captain Chetwood überreicht und erneut gewettet. Diesmal ging es darum, daß er unmöglich mit der Frucht einen Baum treffen könnte, der fast zwanzig Meter weit entfernt am Ende des Gartens wuchs. Captain Chetwood stieg auf seinen Stuhl, stieß vor lauter Anstrengung einen Schrei aus und schleuderte die goldbraune Ananas in den Garten hinunter, wo sie kurz vor ihrem Ziel mit dumpfem Krachen zu Boden fiel. Es gab Geschrei und Gelächter im Übermaß, und erst nach einem Weilchen bemerkte Eliza, daß ein Diener sich vergeblich bemühte, die Aufmerksamkeit des Captains auf sich zu ziehen. Rasch ging sie um den runden Tisch herum und berührte ihn an der Schulter.

»Ned, Sie werden gebraucht.«

»Ich hoffe von Ihnen, meine Liebe!«

Eliza deutete zu dem Diener hinüber. In der plötzlich einsetzenden Stille sprang Chetwood vom Stuhl und ging mit dem Mann hinaus.

»Sicher geht's wieder um den Koch«, meinte Louisa Chetwood. »Er ist zwar ein wahrer Künstler, gerät aber leicht in Wut, und dann schüttet er heiße Suppe über die Küchenmädchen.«

»Vermutlich so!« schrie jemand und leerte sein Champagnerglas über dem Kopf seines Nachbarn aus. Dieser revanchierte sich natürlich sofort, und die Damen flüchteten mit entzücktem Gelächter und Gequietsche hinter die Vorhänge, ängstlich darauf bedacht, einerseits ihre Kleider zu schützen, andererseits aber ja nichts zu versäumen.

Eliza ging zur Türe, die zur Halle hinausführte. Gleich darauf entdeckte sie Edward Chetwood, der ihr zuflüsterte, Major Webster zu ihm zu bitten, sonst aber niemandem etwas zu sagen. Zum Glück sah Eliza den Major sogleich, der gerade mit einem Stuhl eine volle Weinkaraffe abzuwehren versuchte. Eliza hielt ihm die Tür auf, tat so, als würde sie sie schließen, und preßte das Ohr gegen den Spalt, wobei sie sich den Anschein zu geben versuchte, vor dem Tumult im Speisezimmer fliehen zu wollen.

»Der kleine Wilhelm war hier«, sagte Chetwood.

Major Webster versuchte, sich durch heftiges Kopfschütteln von den Weintropfen in Ohren und Haar zu befreien. Er machte ein völlig verwirrtes Gesicht.

»Glaub mir, Henry«, fuhr Chetwood ernst fort. »Mein Lakai hat ihn selbst gesehen.«

»Wen?«

»Den Prinzen von Oranien, du Tölpel! Er kam in derartigem Tempo an, daß er sicher Neuigkeiten bringt. Er war auf dem Weg zu Wellingtons Quartier.«

»Aha«, erwiderte Webster mit schwerer Stimme. »Ich muß nach Hause und mich umziehen. Kann unmöglich in einem nassen Hemd kämpfen.«

Eliza trat in die Halle hinaus.

»Geht es los?«

Ned Chetwood drehte sich rasch zu ihr herum.

»Schon möglich, Eliza, schon möglich. Ich glaube übrigens, daß Francis es begrüßen würde, wenn Sie stumm wie ein Fisch bleiben würden.« Er deutete in Richtung Speisezimmer. »Ehrlich gesagt, ist es mir sogar am liebsten, wenn Sie nicht einmal Louisa einweihen.«

Eliza nickte. »Kann ich meine Kutsche haben?«

Ned Chetwood geleitete sie hinunter.

»Falls Francis bis heute abend elf Uhr nicht zu Hause ist, lassen Sie es mich bitte wissen. Wir brechen bestimmt nicht eher auf, denn ich kann's nicht leiden, irgendwo zu früh zu erscheinen.«

»Ich glaube nicht, daß ich es fertigbringe zu tanzen, wenn Francis … kämpft.«

»Er wird nicht kämpfen, meine Liebe. Der Herzog hat es gesagt. Es wird lediglich zu einem Scharmützel kommen, bei dem hauptsächlich die Infanterie eingesetzt wird.«

»Ich kann es nicht fassen, daß nun wirklich etwas geschieht.«

Ned Chetwood tätschelte ihre Hand. »Wir wissen ja noch nicht sicher, ob es wirklich so ist.«

In ›Les Deux Colombes‹ war es geradezu unerträglich still. Eliza fieberte darauf, weitere Neuigkeiten zu hören, konnte jedoch nichts unternehmen, um irgendwelche Informationen zu bekommen. Da sie Fanny gesagt hatte, daß sie vor neun Uhr nicht benötigt würde, war diese außer Haus – zweifellos bei irgendeinem amourösen Abenteuer. Eliza lief ruhelos durch die Zimmer, versuchte zu lesen, versuchte zu schreiben, versuchte zu sticken, brachte es jedoch nicht fertig und warf sich schließlich aufs Bett, wo sie sich hin und her wälzte und mit Sorgen quälte. Kurz nach sechs Uhr tauchte Bridman mit einer Nachricht von Francis auf.

»Liebste, die Kavallerie hat den Befehl, sich zu sammeln. Ich werde Dich aber vorher noch einmal sehen. Dein F.«

Es stimmte also. Eliza konnte es kaum glauben, als sie auf Brüssel schaute, das an diesem goldenen Sommerabend so völlig unverändert, so gänzlich alltäglich wirkte. Am hohen klaren Himmel flogen Vögel hin und her, die Kirchenglocke erklang, Schwein und Hennen vergnügten sich im Staub, als ob es keine Veränderung gäbe, ganz zu schweigen von einer derart einschneidenden …

Nun gut, Brüssel mochte weiterhin gleichmütig bleiben, sie dachte gar nicht daran. Sie holte sich Papier und Tinte, die sie erst eine Stunde zuvor lustlos in die Ecke gefeuert hatte, und setzte sich an den Tisch, um an Julia zu schreiben. Ausführlich berichtete sie alle Ereignisse dieses seltsamen Nachmittags. Ab und zu blickte sie auf, als ob sie erwartete, schwarze Rauchwolken am Horizont zu sehen. Manchmal fiel ihr Blick auch auf die grüne Seidenrobe, die nun ungeheuer frivol wirkte.

Einige Minuten nach neun Uhr kam Fanny in ausgelassener Stimmung zurück. Der Himmel hatte sich inzwischen tief dunkelblau gefärbt, und Eliza ließ alle Fenster weit offen, trotz ihrer Angst vor Fledermäusen.

Bei geschlossenen Fenstern wäre sie sich völlig isoliert und fernab aller wichtigen Geschehnisse vorgekommen. Um elf Uhr war sie fertig angekleidet, frisiert, parfümiert und zögerte unentschlossen, ob sie den Chetwoods eine Nachricht senden sollte. In dem Augenblick tauchte Francis auf – zu ihrem großen Erstaunen in Abendkleidung.

»Ich dachte, du bist abkommandiert?«

»Stimmt, aber nicht vor Morgengrauen. Dann reiten wir nach Quatre Bras.«

»Also kannst du bis zum Morgengrauen durchtanzen, oder?« erkundigte sie sich begeistert über das Abenteuerliche an diesem so ganz besonderen Ballabend.

»Wenn's mir gelingt, möchte ich bis zum Morgengrauen nur mit dir tanzen«, stimmte er lächelnd zu. »Allerdings werde ich wohl kaum das Glück haben, denn du siehst einfach hinreißend aus.«

Eliza lächelte strahlend. »Wo ist Napoleon?«

»Er kommt immer näher; er zieht nach Norden. Erst war er noch dreißig Meilen weit weg, bei Charleroi. Inzwischen ist er schon bis auf fünfzehn Meilen näher gerückt.«

»Bis – bis Quatre Bras?«

»Wir werden am Morgen auskundschaften, was er vorhat.«

»Kommst du wieder zurück – nach dem Morgen?«

Aus Respekt vor der grünen Seide hielt Francis sie nur ganz leicht an den Schultern umfaßt.

»Wahrscheinlich nicht gleich.«

»Soll ich hierbleiben und warten?«

»Wenn du willst.«

Eliza schluckte ein paarmal.

»Das ist jedenfalls besser, als in London zu warten.«

Sie ließen die Kutsche kommen. Eliza entging es, daß

Bridman auf den Bock neben den Kutscher stieg und einen Koffer bei sich hatte, in dem Francis' Uniform verpackt war. Das Haus der Richmonds konnte man schon von weitem an dem gelblichen Schein erkennen, der den Himmel darüber erhellte. Die Straße war total verstopft. Überall steckten Kutschen fest, deren Insassen es nur mit Mühe schafften, wenigstens einigermaßen nahe am Portal abgesetzt zu werden.

Die laue Luft, die vielen Lichter, die Musik, die glitzernden Juwelen und schimmernden Gewänder vereinigten sich zu einer Symphonie des Luxus. Eliza vergaß fast, wie sehr sie sich in den vergangenen Monaten an glanzvolle Bankette gewöhnt hatte, und stieß einen andächtigen Seufzer aus, als sie den Ballsaal betrat, der so wundervoll und extravagant dekoriert war. Überall hingen rote und goldfarbene Vorhänge, die Wände verschwanden förmlich hinter unzähligen Rosen, die Säulen waren mit Girlanden und Blättern umwunden. Riesige strahlende Kandelaber schwebten über der Tanzfläche, die bereits überfüllt war. Der Herzog war noch nicht da, wurde aber jeden Augenblick erwartet.

Pelham eilte ihnen entgegen; in seinem Kielwasser folgten die Chetwoods.

»Sie haben mich um das größte Vergnügen meines Lebens gebracht, weil Sie Eliza selbst hierherbegleitet haben«, rief Ned Francis als Begrüßung zu.

Francis nahm ihn beiseite, um ein paar vertrauliche Worte mit ihm zu wechseln. Louisa plauderte mit Pelham, während Eliza sich die Leute anschaute.

»Er ist da«, verkündete sie unvermittelt.

Der Herzog von Wellington stand in der Tür. Er wirkte vollkommen gelassen und ruhig, als er sich mit Lady Georgiana Lennox unterhielt, die bei seinem Erscheinen ihren Tanz unterbrochen hatte. Nach einigen Sätzen wandte sich Lady Georgiana mit bekümmertem Gesicht ab, und fast unmittelbar darauf schwoll das Stimmengewirr im Saal an, und man konnte einzelne Ausrufe hören. »Also stimmt es, das Gerücht stimmt, wir ziehen morgen los!«

Eliza spürte Francis' Blicke und wußte, daß sie auf keinen Fall in Panik geraten durfte. Doch andere verhielten sich nicht so gefaßt. Eine Dame im rosa Kleid sank direkt neben ihr in Ohnmacht, und mehrere andere Ladys taten ihr Bestes, um diesem Beispiel zu folgen. Offiziere, deren Regimenter in einiger Entfernung stationiert waren, eilten durch den Raum, um sich von ihren Bekannten zu verabschieden. Andere schienen den Abschiedstrunk im Sattel vorwegnehmen zu wollen, indem sie direkt aus Champagnerflaschen tranken.

Es verblüffte Eliza, daß sich der Ball trotz alledem nicht sogleich auflöste. Vermutlich lag es daran, daß der Mittelpunkt des Wirrwarrs so gelassen und ungerührt blieb: Der Herzog von Wellington saß mit der heitersten Miene der Welt auf einem Sofa. Seine zuversichtliche Miene und die leutselige Art und Weise, in der er sich mit den Umstehenden unterhielt, ließen die Hysterie und das aufgeregte Geschnatter in anderen Teilen des Saales völlig übertrieben wirken. Überall entstand Bewegung, da sich ganze Gruppen von Gästen auflösten und dann wieder neu formierten. All das schien gänzlich überflüssig zu sein, da ja der Herzog weiterhin sitzen blieb und die Ruhe selbst war.

»Tanz mit mir«, sagte Francis und führte Eliza zur Mitte des Saales. Francis hatte immer behauptet, daß jeder Walzer seine ganze Konzentration erfordere, aber das war diesmal gewiß nicht der Grund für sein Schweigen. Sie wirbelten und drehten sich durch den großen, funkelnd hellen Raum und versuchten, all jene Gedanken zu verdrängen, die schwer auf ihnen lasteten, und die Abschiedszenen und die Hysterie zu ignorieren, die so aufdringlich wirkten.

»Falls Napoleon uns in Richtung Brüssel zurückdrängt«, begann Francis schließlich, »siedelst du nach Antwerpen über. Ich habe schon alles arrangiert. Du reist mit Mrs. Chetwood nach Antwerpen, wenn Napoleon weiter als bis Quatre Bras kommt.«

Sie nickte.

»Wirst du tun, was ich dir sage? Es würde mich sehr beruhigen, wenn ich wenigstens dich in Sicherheit wüßte. Versprich mir, daß du nicht in Brüssel bleiben wirst, Eliza.«

Dieses Versprechen konnte sie ihm geben.

»Ich verspreche dir, nicht in Brüssel zu bleiben.«

Sie gingen in den angrenzenden Saal zum Souper und wählten instinktiv einen gut besetzten Tisch, weil sie sich etwas Ablenkung erhofften.

»Möchtest du noch etwas Ananas haben, Eliza?«

»Ich wette, sie könnte damit viel treffsicherer zielen als Chetwood.«

»Ein Glas Champagner, Mrs. Beaumont?«

»Soso, Francis, du ziehst also mit Tanzschuhen in den Kampf, wie ich sehe.«

»Ich kann unmöglich kämpfen, Francis. Hätte ich bloß nicht so viel getanzt. Ich bin völlig erledigt ...«

Eliza verließ mit Pelham und Francis den Soupersaal. Irgend jemand hinter ihnen machte die Bemerkung, daß Wellington um eine Landkarte gebeten habe und sie nun im Arbeitszimmer des Herzogs von Richmond studiere. Eliza wandte den Kopf, um zu sehen, wer gerade gesprochen hatte. Dabei erblickte sie am Ende des Raumes eine hochgewachsene und hagere Gestalt, die zu ihrem Entsetzen jenen Nachmittag in Quihampton in ihr wiederaufleben ließ, der ungefähr ein Jahr zurücklag.

Er konnte es nicht sein, nein, das war ganz unmöglich! Was hatte er denn in Brüssel verloren? Sie kniff die Augen ein wenig zusammen, um über die vielen Menschen und den flackernden Kerzenschein hinweg eine bessere Sicht zu haben. Es war tatsächlich Sir Gerard! Er war schwarz gekleidet und schaute glücklicherweise nicht in ihre Richtung. Bestimmt wollte er seinem Sohn nachspionieren, dachte Eliza empört. Sie drehte sich um und wollte Francis vorwarnen.

»Liebster, ich glaube, daß dein …«

Francis war verschwunden. Sie warf Pelham einen verstörten Blick zu, der sie mit besorgtem Gesicht musterte.

»Er hat mir dies für Sie gegeben.«

Pelham zog eine lange, vollendet schöne Perlenkette aus der Tasche und legte sie ihr behutsam um den Hals.

Ihre Augen brannten.

»Für – mich?« fragte sie sinnloserweise.

»Und dies hier.« Pelham drückte ihr ein zusammengefaltetes Stück Papier in die Hand. »Perlen sind leichter zu tragen und zu verstecken als Gold.«

Sie umklammerte mit beiden Händen die Kette. Diese Perlen stellten also eine Art Notkasse dar. Francis hatte für ihre Rückreise vorgesorgt, falls das Schreckliche einträte, daß sie ohne ihn fliehen mußte. Sie konnte die Tränen kaum noch zurückhalten. Dann blickte sie zu Pelham auf, der sie mit einer Intensität betrachtete, die sie kaum ertragen konnte. Rasch wandte sie den Blick ab, wodurch Pelham von einer Art Zauberbann erlöst zu sein schien.

»Eliza.« Er berührte ihre Hand, die immer noch die Perlenkette umfaßt hielt.

»Ja?«

»Ich glaube, Sie werden dringend benötigt.«

Er machte eine Handbewegung zu dem Sofa hin, das direkt neben dem Eingang zum Ballsaal stand. Louisa

Chetwood lag der Länge nach darauf und weinte herzzerreißend. Neben ihr stand ihr untröstlicher Ehemann.

»Ned muß los«, sagte Pelham ruhig. »Gott schütze Sie.«

Eliza wußte ja auch, daß er fort mußte. Mit soviel Zuversicht, wie sie es nur irgendwie zuwege brachte, sagte sie: »*As revoir*«, schob Francis' Brief in ihre Korsage und ging dann zu Louisa hinüber.

»Geh, Ned!«

Louisa klammerte sich schreiend an seinen Arm und hatte die Augen fest zugepreßt. Ihr Gesicht war tränenverschmiert. Eliza kniete sich auf den Boden und schaffte es, sozusagen ihren Arm gegen Neds ›auszutauschen‹, so daß Louisa sich nun an ihr festkrallte. Das arme Ding war viel zu sehr außer sich, um es zu bemerken.

»Leben Sie wohl«, stammelte Ned Chetwood.

»Gehen Sie!« kommandierte sie.

Er küßte ihre freie Hand und verschwand. Wasser, Riechsalz und Brandy wurden von hilfreichen Freunden herbeigebracht. Mit vereinten Kräften gelang es, Louisa leicht aufzurichten, ihr ein paar Tropfen Brandy einzuflößen und sie etwas zu beruhigen. Stumm und völlig hilflos weinte sie weiter vor sich hin. Ihr hübsches Gesicht war verquollen, die Frisur in völliger Unordnung. Eliza kniete immer noch neben ihr und sprach unentwegt besänftigend auf sie ein. Flüchtig wurde sie einer hohen düsteren Gestalt gewahr und verspannte sich, da sie wußte, wer da hinter ihr stand. Vielleicht hatte dieser dunkle Schatten vorgehabt, mit ihr zu reden, vielleicht auch nicht. Auf jeden Fall verschwand er wieder, und Eliza blickte sich absichtlich nicht mehr um. Sie ließ Louisas Kutsche kommen, half ihr inmitten des allgemeinen Aufbruchs hinein und begleitete sie nach Hause, während überall in der Stadt Hornsignale ertönten und widerhallten. Sie brachte Louisa zu Bett, blieb bei ihr sitzen, bis sie eingeschlafen war, und brach dann mit einem Gefühl der Erleichterung auf, dessen sie sich schämte.

Ein wenig später lag sie nun schon zum zweiten Mal allein in dem harten Bett. Sie würde Brüssel verlassen, wie sie es versprochen hatte. Schon morgen. Aber sie würde nicht nach Antwerpen reisen.

13

Eliza wurde etwas später durch lautes Donnern geweckt. Als sie sich bemühte, aus den Tiefen des Schlafs hochzutauchen, kam es ihr zuerst so vor, als tobe draußen ein heftiger Sturm. Doch dann wurde ihr allmählich bewußt, daß höchst selten Stürme brausten und tosten, wenn der Himmel so klar war. Nein, es waren Kanonen, doch Kanonen! Ganz in der Nähe ertönte noch ein anderes Geräusch – das Rollen und Rattern von vielen Rädern über Kopfsteinpflaster. Offensichtlich war die ganze Stadt in Bewegung. Eliza warf die Bettdecke zurück, und all die Ereignisse des vorangegangenen Tages überfielen sie mit ungestümer Heftigkeit. Es war einfach nicht zu glauben, daß jenes dumpfe Dröhnen dort draußen tatsächlich das war, was es – wie sie nur zu gut wußte – sein mußte. Und vielleicht war sogar Francis mittendrin! Erst später erfuhr sie dann, daß er nicht dabeigewesen war. Da Eliza inzwischen genügend über militärische Angelegenheiten Bescheid wußte, hätte selbst diese beruhigende Tatsache nicht verhindert, daß sie schwer betroffen über jenes Geschützfeuer in der Ferne war.

Von Louisa und anderen Freunden trafen Botschaften ein. Alle warteten begierig auf neueste Informationen. Es würde mit Sicherheit ein gräßlicher Tag werden, ein Tag des Abwartens, voller angstvoller Überlegungen, kurz, genau die Art von Tag, für die Eliza am allerwenigsten geeignet war. Schon am Vortag war es ihr schwergefallen, sich auf irgend etwas zu konzentrieren, doch nun war es gänzlich hoffnungslos. Alle Straßen quollen förmlich über von Kutschen und Karren, die in nördlicher

Richtung nach Antwerpen strebten und ein höchst beunruhigendes Bild der völligen Auflösung boten.

Louisa konnte es gar nicht abwarten, so rasch wie möglich aufzubrechen; Eliza war in gleichem Maße erpicht darauf, noch auszuharren, bis sie irgendwelche Nachrichten über die Lage bekommen konnte. Am Nachmittag waren die widersprüchlichsten Gerüchte im Umlauf. Wellington hatte nämlich Boten mit Berichten über das Gefecht bei Quatre Bras zur Hauptstadt zurückgesandt, doch sie brachten keine Klarheit in die allgemeine Verwirrung. Gegen Abend konnte Eliza die anderen Ehefrauen samt ihren Salons nicht mehr länger ertragen und machte sich mit Fanny auf den Weg zu den Festungswällen, um von dort angestrengt gen Süden zu spähen.

Viele Menschen hatten sich dort bereits versammelt, und es herrschte eine Atmosphäre der Neugierde und Aufregung. Eliza ging von Gruppe zu Gruppe, da sie hoffte, wenigstens bruchstückhaft irgendeine brauchbare Information zu erhalten. Es gab viele sehr aufgeregte Diskussionen darüber, ob Wellington tatsächlich um ein Haar gefangengenommen worden sei oder nicht. So dramatisch diese Nachricht auch war, sie bedeutete Eliza nichts im Vergleich zur Bemerkung eines älteren Mannes: »Heute hatten die schottischen Regimenter die Hauptlast zu tragen. Die Kavallerie bekam nichts zu tun.«

Hoffentlich stimmte es, flehte Eliza innerlich. Gott sei gedankt! Francis schien tatsächlich in Sicherheit zu sein.

»Reisen wir nach Antwerpen, Ma'am?«

»Morgen, Fanny, morgen«, erwiderte Eliza abwesend.

Am nächsten Tag mußte sie unbedingt etwas unternehmen, oder sie würde verrückt werden. Einen weiteren Tag dieser quälenden Warterei konnte sie unmöglich ertragen! In diesem Entschluß wurde sie durch die Furcht bestärkt, ihren Schwiegervater zu treffen, falls sie noch länger in Brüssel bliebe, und das wollte sie unter allen Umständen vermeiden. Falls sie am nächsten Morgen noch keine entscheidenden Neuigkeiten erhalten hatte, würde sie damit beginnen, ihre Pläne in die Tat umzusetzen. Die erste Idee zu diesen Plänen war ihr in der Nacht zuvor gekommen, als sie mit Francis getanzt hatte. Zwar hatte sie ihm vor langer Zeit in Bath versprochen, nie wieder etwas Impulsives, Unüberlegtes zu tun, doch dieses Versprechen hatte sicherlich nur für normale Lebensumstände gegolten. Inzwischen war aber das ganze Leben aus den Fugen geraten. Eliza schaute noch einmal in die Dunkelheit am südlichen Horizont, hörte die Kanonen und erkannte wieder einmal, wie machtlos sie als Frau war. Es machte sie fuchsteufelswild!

Als sie nach Hause zurückkam, wartete eine tränenüberströmte Louisa voller düsterer Vorahnungen auf sie.

»Die Franzosen rücken immer näher, Eliza. Ich höre sie schon. Mit jeder Minute kommen sie näher! Wir werden gefangengenommen und nach Frankreich verschleppt, das weiß ich ganz genau.«

Eliza musterte sie mit derselben verächtlichen Ungeduld, mit der sie zwei Monate zuvor Fanny in der Ostender Herberge angeschaut hatte. Wie hatte sie in Louisa eine Freundin sehen können, für die man sich glücklich schätzen mußte?

»Die Franzosen rücken nicht näher! Außerdem hören Sie nicht nur ihre Kanonen, sondern genausogut auch unsere. Falls sie aber doch kommen sollten, dann nehmen sie garantiert keine Frauen als Gefangene. Die sind nur an unseren Soldaten interessiert.«

In Louisas Kopf hatte sich jedoch die Vorstellung viel

zu fest eingenistet, von einem ruchlosen Franzosen gewaltsam auf ein abgelegenes Schloß verschleppt zu werden, wo sie seinen Lüsten hilflos ausgeliefert wäre, als daß sie sich von Eliza so leicht hätte beruhigen lassen.

»Ich habe gräßliche Angst zu bleiben, Eliza. Ich habe Angst vor dem, was mit uns geschehen wird, wenn die Franzosen kommen. Vielleicht wird man uns zwingen, zu Fuß nach Frankreich zu marschieren, und Ned wird nie erfahren, was aus mir geworden ist.«

»Machen Sie sich denn keine Gedanken, was aus Ned wird?« erkundigte sich Eliza schroff.

»Aber natürlich«, rief Louisa indigniert. »Aber was kann ich hier für Ned tun? Was hilft es Ned, wenn ich hierbleibe? Schon morgen früh müssen wir nach Antwerpen fahren. Ich halte es hier keinen Moment länger aus!«

Eliza überlegte blitzschnell.

»Liebste Louisa!« Eliza kniete sich auf den Holzfußboden und schaute bittend in das tränenfeuchte hübsche Gesicht hinauf. »Liebste Louisa, bitte warten Sie noch einen halben Tag länger! Nur noch einen halben Tag! Ich muß noch ein, zwei Dinge klären, doch dann komme ich mit Ihnen.«

»Wenn wir nicht schon am frühen Morgen aufbrechen, werden wir irgendwo in diesem gräßlichen Land bei Anbruch der Dunkelheit auf der Straße liegen. Nein, ich bleibe nicht länger, und Sie auch nicht, denn Sie haben Ned und Francis versprochen, mich zu begleiten.«

»Dann müssen Sie eben vor mir losfahren«, erklärte Eliza mit Bestimmtheit. »Ich beschaffe mir ein Pferd und folge Ihnen etwas später nach.«

Louisa war völlig entgeistert. »Reiten? Sie wollen alleine durch dieses Land reiten? Das kommt gar nicht in Frage. Außerdem können Sie mich nicht allein vorausfahren lassen, nein, Sie dürfen mich nicht allein lassen.

Ned hat mir sein Wort gegeben, daß Sie mich nach Antwerpen bringen, das wissen Sie ganz genau.«

»Dann müssen Sie es eben akzeptieren, daß wir erst am Nachmittag aufbrechen«, erwiderte Eliza unnachgiebig.

Schluchzend und mit verdrießlichem Gesicht stimmte Louisa schließlich zu, denn es blieb ihr ja gar nichts anderes übrig. Ned hatte ihr eine Kutsche und zwei edle, sehr schnelle Braune dagelassen, die er eigens für sie nach Belgien mitgebracht hatte. Louisa verabredete mit Eliza, daß sie am nächsten Tag nach einem frühen Dinner mit dieser Kutsche nach Antwerpen reisen würden. Eliza versprach, mit Fanny zu Louisa zu kommen.

»Was müssen Sie denn eigentlich noch erledigen, daß Sie nicht gleich aufbrechen können?« wollte Louisa schließlich wissen.

»Ach, packen und einiges ... arrangieren«, lautete Elizas wenig ergiebige Antwort.

In der himmlischen Ruhe nach Louisas Aufbruch – mit beginnender Dunkelheit war auch der Kanonendonner verebbt – zündete Eliza eine Kerze an und setzte sich hin, um ihrer Cousine Julia einen Brief zu schreiben. Darin berichtete sie detailliert alles bisher Geschehene. Sie schilderte außerdem, was sie von den kommenden Tagen erwartete und auch, was sie selbst zu tun beabsichtigte. Sie beschriftete das Kuvert mit Julias Londoner Adresse und steckte dann diesen Brief in einen zweiten Umschlag, auf den sie schrieb:

»Mrs. Edward Chetwood
Dieser Brief möge bitte Mrs. Richard Beaumont übergeben werden.«

Darunter notierte sie noch einmal Julias Adresse. Sie rief Fanny, ließ sich von ihr zu Bett bringen und schlief dann mit der Ruhe ein, die auf eine endgültig getroffene Entscheidung folgt.

Als sie am nächsten Morgen im Bett lag und im Geiste alles durchging, was sie zu erledigen hatte, geschah ein kleines Wunder in Form einer Botschaft von Francis. Er war unverletzt, schrieb ihr, daß er sie liebe, und bat sie, keine Zeit mehr zu verlieren, sondern gleich nach Antwerpen zu fahren. So wie er die Lage einschätze, plane Wellington, Quatre Bras zu verlassen und sich in Richtung Brüssel bis zu einer Straßenkreuzung zwischen Kornfeldern zurückzuziehen, die in der Nähe eines Dorfes namens Waterloo liege. Er habe anscheinend vor, schrieb Francis weiter, dort die Schlacht gegen Napoleon zu schlagen. Darunter hatte er mit Bleistift hinzugefügt: ›vernichtend‹.

Nur mit dem Nachthemd bekleidet suchte Eliza Francis' Landkarte von Belgien und breitete sie auf dem Bett aus. Waterloo war nur ganz winzig eingezeichnet und lag etwa zehn Meilen südlich von Brüssel. Das einzige Hindernis zwischen der Hauptstadt und diesem Dorf schien ein Wald mit Namen Soignes zu sein. Eliza kam die Wahl dieses Schlachtortes recht merkwürdig vor. Es gab dort nichts außer dem kleinen Schloß Hougoumont und der Straßenkreuzung. Immerhin war es nicht weit entfernt – und das war schon ein großer Vorteil.

Sie zog sich an, frühstückte und befahl Fanny zu packen. Alle Habseligkeiten, die sie nach Belgien mitgebracht hatten, wurden in Koffern verstaut und die Koffer mit Elizas Namen und Julias Adresse beschriftet. Eliza besaß außer den Perlen kaum Schmuck, doch das wenige befestigte sie an ihrem Hemd unter dem Kleid – unbemerkt von Fanny. Als Eliza damit fertig war, fiel ihr auf, daß sich der seit Tagen wolkenlose Himmel urplötzlich verdüsterte. Mit der unheimlichen Geschwindigkeit von Sommergewittern türmte sich eine schwere

Wolkenwand über der Stadt auf, und große Regentropfen begannen auf die aufgeheizten Mauern und Dächer zu prasseln. Im Nu war es der reinste Wolkenbruch. Eliza und Fanny standen in der zunehmenden Kühle am Fenster und starrten in den Hof hinunter. Der Staub verwandelte sich in Morast, und die Hennen flüchteten sich gackernd ins Trockene. Eliza schaute kritisch zum Himmel hinauf. Der allgemeine Wirrwarr, der durch dieses jähe Gewitter entstand, würde ihrem Vorhaben förderlich sein, die Nässe leider nicht. Sie zog Fanny ins Zimmer zurück, beauftragte sie damit, auch noch die letzten Kofferdeckel zu schließen, und setzte sich dann erneut hin, um einen Brief zu schreiben.

»Liebe Louisa,
bei mir ist alles in bester Ordnung, aber ich bin leider unvorhergesehenerweise aufgehalten worden. Ich bitte Sie, sofort aufzubrechen, sobald Sie meine Botschaft erhalten. Nehmen Sie mein Gepäck und Fanny mit. So rasch wie möglich werde ich nachkommen. Fanny hat ausreichend Geld bei sich.

A bientôt
Eliza«

Zweifellos würden diese Zeilen einen hysterischen Anfall auslösen, doch das war eben nicht zu ändern. Die Furcht würde sicher derart überwiegen, daß Louisa gleich losfahren würde. Falls sie dabliebe, würde es ihr nicht das geringste nützen, da sie Eliza nicht finden würde. Fanny bekam einige Instruktionen und dann den Brief in die Hand gedrückt. In der festen Annahme, daß ihre Herrin ihr in Kürze nachfolgen werde, erhob Fanny keinerlei Einwände dagegen, das Gepäck ganz allein mit der Kutsche zu Mrs. Chetwood zu schaffen. Eliza schaute zu, wie ihr Mädchen und ihre Besitztümer inmitten des immer stärker werdenden Verkehrs davonfuhren, und ging in froher Stimmung in die nun verlassenen Räume zurück.

Ein Weilchen stand sie ganz ruhig da und sah vor sich hin. Sie besaß nun nur noch die Kleider, die sie am Leib trug, einen Mantel, eine Perlenkette, zwei kleine Diamantbroschen, ein Armband aus Korallen, etwas Gold und ihren Plan. Der erste Teil dieses Plan schien nicht schwer zu bewerkstelligen zu sein. Wenn sie ihr Vorhaben in die Tat umsetzen wollte, mußte sie unauffällig aussehen, aber ein rothaariges Mädchen im weißen Musselinkleid mit Perlen war alles andere als unauffällig. Mehr noch – jedes Mädchen inmitten von Soldaten war auffällig. Also mußte sie vorübergehend aufhören, ein Mädchen zu sein. Aber was für ein ›Mann‹ sollte sie sein? Natürlich ein Soldat! In ihren Mantel gehüllt, schlüpfte Eliza die halbdunkle Treppe hinunter zu dem winzigen Kämmerchen hinter der Küche, wo Bridman in den Nächten geschlafen hatte, die er nicht draußen in Gramont verbrachte. Bisher hatte sich der Sturm für Eliza als segensreich erwiesen. Die Gastwirtin und die Dienstmädchen waren alle dabei, mit viel Lärm in der Küche gegen die schlammige gelbe Brühe anzukämpfen, die über die Schwelle vom Hof hereindrang. Als Eliza an der offenen Tür vorbeigehuscht war, fand sie eine Speisekammer, die nach Käse und Knoblauch roch, dann eine Nische mit Feuerholz und schließlich zu ihrer Freude einen Raum, der kaum größer als ein Schrank war, aber immerhin Platz für ein Feldbett und einen Holzklotz mit einem Kerzenstummel bot. Auf dem Bett lag eine grobe dunkle Decke, doch als Kissen diente ein wohlvertrautes kleines, hartes Bündel aus weißem und scharlachrotem Tuch. Eliza hob es hoch und sah, daß es tatsächlich die Uniform des Trommlerjungen war, der in einer Scheune an der Straße nach Gent gestorben war.

Mit ihrer Beute unter dem Arm eilte sie die Treppe hinauf in ihr Zimmer und verriegelte die Tür hinter sich. Rasch streifte sie ihr Kleid ab und mühte sich dann in die zerrissene, schmutzige Uniform. Die Kniehosen saßen ihr wie angegossen, das Hemd paßte so einigermaßen, da durch den Riß an der Rückseite genügend Spielraum blieb, doch die Jacke machte ihr einen Strich durch die Rechnung. Selbst mit allergrößter Anstrengung konnte sie Arme und Schultern nicht in die rote Uniform hineinzwängen. Eliza war wütend und spannte die Schultern in einem letzten Versuch an, die Jacke doch noch hochzuzerren. Mit einem häßlichen Geräusch zerriß der Stoff, und ein Ärmel war fast völlig abgetrennt. Eliza lief in Hemd, Kniehosen, Strümpfen und Schuhen im Zimmer auf und ab und wäre am liebsten vor Zorn in Tränen ausgebrochen. Was sollte sie tun? Selbst sie brachte es nicht über sich, bei einem derartigen Sturm nur im Hemd auf die Straße zu gehen. Außerdem war das Hemd ja so zerrissen, daß vermutlich bei jedem Windstoß für jedermann klar ersichtlich würde, welchen Geschlechts sie war ...

Sie warf sich der Länge nach aufs Bett und schlug mit den Fäusten auf die Decke. Wer konnte ihr helfen? Wen gab es denn noch, der helfen konnte? Nur Frauen waren in Brüssel, und keine Frau würde ihren Plan unterstützen. Sie brauchte einen Mann, um die gewünschte Hilfe zu erhalten, doch jeder Mann aus ihrem Bekanntenkreis kämpfte irgendwo dort draußen im Regen gegen Napoleon. Moment mal! Mit der gleichen jähen Plötzlichkeit wie das Aufzucken der Blitze vor den Fenstern fiel ihr etwas ein. William Cowper! Sicher war er wegen seines Beinbruchs immer noch invalide und versäumte das große militärische Abenteuer, weil er sich zu waghalsig in ein amouröses Abenteuer gestürzt hatte. Wenn es einen Mann gab, von dem sie alles bekommen würde, was sie wollte, dann war es William Cowper. Schnell schlüpfte Eliza wieder aus dem Hemd und der Hose, rollte beides zu einem handlichen Bündel zusammen und zog sich ihr Kleid an. Wahrscheinlich war es verlorene Liebesmüh, ihre Haare schön zu frisieren, wenn sie an den strömenden Regen dachte, dem sie sich auf dem Weg zu William Cowpers Quartier aussetzen würde, aber sie durfte nichts unversucht lassen. Sie zupfte ihre Locken zurecht, schlang sich die Perlen zu einem schimmernden Kragen um ihre Kehle, zog das Dekolleté so tief, wie sie es gerade noch wagte, und huschte dann in den Mantel gehüllt ins Unwetter hinaus.

Zum zweiten Mal hatte William Cowper nun schon ganz allein diniert und lauschte mit dumpfer Verzweiflung auf die Anzeichen der Kriegsgeschehnisse, die er verpaßte. Seine Freunde hatten aus praktischen Gründen den belgischen Arzt zu ihm geschickt, der nur zwei Häuser weiter wohnte, um sein Bein zu schienen. Sie wagten nicht, den Regimentsarzt damit zu behelligen, der an dem nämlichen Tag Kricket spielen wollte. Das Bein war reichlich merkwürdig geschient worden und tat zeitweise höllisch weh. William fand heraus, daß Brandy gegen diese Schmerzen die beste Arznei war, Bordeaux die zweitbeste, falls Brandy nicht greifbar war. Seit fast einer Woche war er nun so gut wie ständig betrunken, und seit dem frühen Freitagmorgen, als alle ins Feld gezogen waren, hatte sich die Trunkenheit noch gesteigert. Am Samstag wurde er durch das Brathähnchen ein klein wenig nüchterner, das ihm seine Wirtin brachte, die von seinem elenden Aussehen gerührt war. Als er mit dem Brandyglas in der Hand zur Tür schaute, wollte er seinen Augen nicht trauen. Dort stand Eliza – die kupferroten Haare waren in wirre Löckchen geringelt, das Musselinkleid klebte an ihrem Körper, sie war außer Atem und ihre Augen strahlten. William Cowper ließ das Glas fallen.

Mit einem Blick nahm Eliza alles wahr: die Unordnung, den Schmutz, die vielen Flaschen, die Uniformjacke, die achtlos über einer Stuhllehne hing, den jungen Mann, der offenkundig Fieber hatte. Es war alles perfekt.

»William«, sagte sie und ließ ihren Umhang zu Boden gleiten.

Er vergaß sein gebrochenes Bein, das er auf einem Stuhl neben dem Bett abstützte, versuchte sich zu erheben und fiel gleich darauf mit einem Aufschrei zurück.

»Lassen Sie das«, sagte Eliza und trat rasch näher. »Lieber William, lassen Sie es gut sein. Ich bin hergekommen, um es Ihnen ein wenig bequemer zu machen.«

»Ich bete Sie an«, murmelte er.

»Das können Sie mir später erzählen«, erwiderte Eliza und machte sich an dem schmuddeligen Bettzeug zu schaffen. »So, jetzt ist es schon ein wenig besser, auch wenn Sie natürlich etwas ganz anderes verdienen würden. Jetzt legen Sie den Arm hierher – es tut leider weh, ist aber gleich vorbei – und lehnen sich auf mich. Nein, William, jetzt nicht ...« Dies äußerte sie energisch auf seinen ungeschickten Kußversuch hin. »Na, ist es jetzt nicht viel bequemer?«

William lag in die Kissen zurückgelehnt, das schmerzhaft pochende Bein vor sich ausgestreckt.

»Ich wußte, daß Sie kommen würden«, sagte er dümmlich. »Ich habe es mir erträumt.«

Liebreizend lächelnd drückte ihm Eliza das Glas in die Hand, das ihm kurz zuvor entglitten war, und schenkte großzügig nach.

»Trinken Sie auf mein Wohl, William.«

Er hob das Glas.

»Auf El – liza und auf die L – Liebe!« Er grinste schief und nahm einen tiefen Schluck.

Eliza setzte sich neben ihn auf das Bett.

»Wo ist Ihr Diener, William?«

»Weg!« Er machte eine schwungvolle Bewegung mit dem Glas, und der Brandy spritzte auf Elizas Kleid. »Weg, um sich den Ruhm zu erwerben, der mir nun ver – verwehrt ist.«

»Hoffentlich hat er nicht Ihr Pferd mitgenommen«, sagte Eliza besorgt.

»Mir nützt es nichts, überhaupt nichts, ich kann's nicht r – reiten. Wissen Sie was, zauberhafte Eliza? Sie kriegen mein Pferd. Als G – Geschenk von mir. Nehmen Sie's!«

Eliza mußte ihre Dankbarkeit nicht vortäuschen, denn sie empfand sie im Übermaß.

»Wo ist das Pferd, lieber William? Was für ein herrliches Geschenk!«

»Eines Tages kaufe ich Diamanten für Sie. Und Schl – Schlösser. Möchten Sie gern ein Schl – Schloß?«

»Nicht so gern wie ein Pferd. Wo ist es?«

»Unten. Unten im – im Stall. Ein Brauner. Er gehört Ihnen. Nehmen Sie ihn.«

Durch das Rauschen des Regens hindurch konnte Eliza das Rumpeln und Poltern vieler Fahrzeuge hören, die ganz offensichtlich eiligst aus Brüssel flohen. Sie erhob sich von der Bettkante und trat ans Fenster. Es war ungefähr fünf Uhr nachmittags, regnete noch immer und war so düster, als ob sie November hätten und nicht Juni. Die Straße war fast verstopft von Kutschen und Karren, die alle nach Norden drängten und ein Bild der Verzweiflung boten, wie sie sich dicht an dicht nur im Schrittempo vorwärtsbewegten. Keine Sekunde wünschte Eliza sich, zu ihnen zu gehören, doch sie überlegte plötzlich, was wohl aus dem armen, betrunkenen und verwundeten William würde.

Sie drehte sich um und schaute zu ihm hinüber, der in seinen angeschmuddelten Kissen lag und das Brandyglas ungeschickt vor seiner Brust umklammert hielt. Er tat ihr leid, und sie würde nach Hilfe schicken, bevor sie aufbrach, aber sie würde sich auf keinen Fall durch ihn von ihrem Ziel abbringen lassen. Sie ging wieder zu ihm.

»Kommen Sie hier – hierher.«

Er packte sie beim Arm und zog sie neben sich aufs Bett. Seine Augen glänzten unnatürlich, seine Hand fühlte sich heiß und trocken an. Er zerrte grob das Musselinkleid über ihre linke Schulter und beugte sich unbeholfen nach vorne, um seinen Mund der nun entblößten milchweißen Haut zu nähern. Sanft, aber unnachgiebig legte Eliza ihre Hand über den suchenden Mund und schob Williams Kopf zurück, zurück auf das Kissen.

»Wa – warum tun Sie das? Warum?«

»Nicht jetzt.«

»Warum nicht?«

»Weil Sie völlig erschöpft sind«, erwiderte Eliza mit liebevoll fürsorglichem Ton, da sie ihn auf keinen Fall erzürnen wollte. »Sie müssen jetzt erst einmal schlafen. Wenn Sie dann aufwachen, ist alles anders.«

»Sie bleiben hier? Eliza, bleiben Sie hier? Sie verlassen mich doch nicht, oder?«

»Sehe ich so aus?« fragte sie zurück, ließ sich wieder auf dem Rand des Bettes nieder und nahm Williams unnatürlich heiße Hand.

»Singen Sie mir was vor!« befahl er.

»Sie werden's bereuen.«

»N – nie werd ich was bereuen, was Sie betrifft.«

Mit ihrer flachen, ausdruckslosen Stimme begann Eliza zu singen, und zwar ganz instinktiv die Schlaflieder und schlichten Weisen, an die sie sich aus ihrer Kindheit erinnerte. Kurz darauf schloß William die Augen, und sein Kopf mit dem hübschen Profil sackte ein Stückchen tiefer. Eliza ließ ihn eine gute Viertelstunde schlafen, bevor sie sich zu bewegen wagte. Dann löste sie mit großer Behutsamkeit ihre Hand aus seiner und stand vorsichtig auf.

Im Raum verstreut lagen mehrere Hemden herum, von denen Eliza die beiden saubersten auswählte. Das eine benützte sie als Hülle, in die sie den ganzen Rest hineinwickelte: die Uniformjacke mit den Silberknöpfen, dazu Tschako und Gürtel. Danach inspizierte sie Williams Stiefel, die in einer Ecke standen. Er war zwar hochgewachsen, aber sehr schlank und hatte relativ kleine, schmale Hände. Vielleicht war es mit seinen Füßen nicht anders. Eliza schlüpfte mitsamt ihren leichten Schuhen hinein. Es war natürlich nicht ideal, aber es ging. Sie stopfte Stiefel, Kniehosen und Hemd, die sie mitgebracht hatte, zu dem übrigen Plunder, verschnürte das Bündel und verließ das Zimmer.

Die Wirtin kam ihr im Stiegenhaus mit einem Schwall Französisch entgegen.

»*Monsieur Cowper*«, erklärte Eliza mit ihrem abscheulichen Akzent, »*a besoin d'un médecin. Vous allez tout de suite.*«

Mühsam fummelte sie ein Goldstück unter dem unförmigen Bündel und ihrem Umhang hervor.

»*Tout de suite*«, wiederholte sie gebieterisch und rauschte die Treppe hinunter. Die Wirtin flüchtete geradezu vor ihr her, bis sie beide auf der Schwelle der Haustür standen.

»*Où demeure le médecin?*« fragte Eliza.

Die Frau deutete über das regennasse Kopfsteinpflaster zum dritten Haus rechter Hand.

»*Vous allez*«, sagte Eliza noch einmal. »*Tout de suite.*«

Sie schob die Wirtin in den Regen hinaus und schaute ihr nach, wie sie zwischen den Fahrzeugen hindurch zur Haustür des Arztes rannte, klopfte und eingelassen wurde. Dann warf sie noch einen Blick zum Fenster hinauf, hinter dem der arme William lag und vor sich hin schwitzte. Als die Frau in Begleitung einer männlichen Gestalt wieder auftauchte und sich einen Weg über die völlig verstopfte Straße bahnte, schlüpfte Eliza in den dunklen Durchgang, der zu den Stallungen hinter dem Haus führte.

Natürlich war kein Brauner zu sehen – was sie sich eigentlich hätte denken können. Statt dessen stand da ein schlecht gestriegeltes graues Pony. Irgend jemand hatte Williams Braunen genommen, und genauso würde sie das Pony irgendeines Jemands nehmen. Ein recht und schlecht geflickter Filzsattel hing an der Wand; daneben Zaumzeug, das ungeschickt mit Draht geflickt war. Eine solche Ausrüstung war zwar dürftig genug, aber besser als nichts. Eliza sattelte das Pony im Halbdunkel und ließ es dann weiterhin an seiner Futterkrippe angebunden stehen. Es schaute ihr grämlich zu, während sie in ihre Kniehosen stieg und sich drei Hemden übereinander anzog. Die drei Hemden machten Eliza ein wenig dicker, aber bei weitem nicht dick genug für die Uniformjacke. Sie versuchte, die Ärmel umzuschlagen, doch Tressen, Knöpfe und der feste Stoff machten es unmöglich. Die Schultern wirkten geradezu lächerlich, so breit waren sie. Eliza war heilfroh, daß es schummerig war und jeglicher Spiegel fehlte. Der Tschako saß zum Glück besser, da sie ihre Locken darunterstopfte und ihn somit gewissermaßen auspolsterte. Als letztes stieg sie wie zuvor mitsamt ihren Schuhen in Williams Stiefel.

Unversehens wurde ihr bewußt, wie hungrig sie war, als sie da so absurd in einem Mischmasch verschiedener Uniformen gekleidet in Gesellschaft eines Ponys in einem belgischen Stall stand. Sie war derart auf die erste Phase ihres Plans konzentriert gewesen und außerdem so ungewohnt, sich wegen etwas Eßbarem Gedanken zu machen, daß sie völlig vergessen hatte, gegen etwaigen

Hunger vorzusorgen. Nun, da half alles nichts. Zumindest für den Augenblick mußte sie ihn ertragen. Sie rechnete damit, daß sie bestimmt noch vor dem Morgengrauen an einem Bauernhaus oder irgendeiner Hütte vorbeikommen würde, wo sie ein Stück Brot oder sonst etwas bekommen konnte. Ihr kam gar nicht der Gedanke an die Tausende von Soldaten, die vor ihr nach Süden gezogen waren ... Mit einiger Schwierigkeit stieg sie in den Sattel und drängte das graue Pony aus dem Stall in den Hofdurchgang hinaus. Eine Frau stand draußen im Regen, um den Kopf einen Schal gewunden. Sie trat ein paar Schritte näher und legte die Hand an den Zügel.

»Komm mit mir, Soldatenjunge.«

Eliza war begeistert.

»Tut mir leid«, sagte sie mit so tiefer Stimme, wie sie nur konnte. »Aber auf uns wartet Arbeit.«

»Ich schenk dir was, damit du Brüssel nie vergißt!« rief die Frau hinter ihr her, doch Eliza ritt weiter, hinaus auf die Straße und von dort nach Süden, genau entgegengesetzt zu all den flüchtenden Kutschen. Südwärts in Richtung Waterloo.

14

Die ganze Nacht hindurch goß es in Strömen. Eliza kämpfte sich auf der schlammigen Straße voran, an ganzen Wagenladungen voller Verwundeter vorbei. Ebenso unaufhörlich regnete es auf Francis in seinem Feldlager hinter den Infanterielinien am südlichen Rand des Waldes von Soignes herab. Es war ein höchst unbequemes Feldlager; sie hatten keine Nahrungsmittel oder Wasser, da der Troß die Offiziere noch nicht eingeholt hatte. Eliza war trotz ihrer vielfachen Umhüllungen schon kurz nach ihrem Aufbruch bis auf die Haut naß, verbot sich jedoch jegliches Klagen, da es ja schließlich ihr ureigenster Entschluß gewesen war, Francis zu folgen. Francis wiederum wußte ganz genau, daß für einen Offizier im Einsatz alle Klagen nutzlos waren. Eliza fand nur eine Stunde Schlaf unter einem umgestürzten Karren, der im Dreck liegengelassen worden war. Francis verbrachte seine einzige Ruhepause in einem völlig aufgeweichten Roggenfeld. Er hatte sich fest in seinen Umhang gewickelt und starrte in das Feuer, das Bridman und einige andere unter größten Mühen entfacht hatten, das aber in dem steten Regen allmählich verlöschte. Beide waren sie hungrig.

Eliza hatte aus ihrem schrecklichen Erlebnis in Quihampton zumindest eines gelernt: Man konnte nicht damit rechnen, daß die Ereignisse auch wirklich so eintrafen, wie man es sich in seiner Phantasie ausgemalt hatte. Mit ihrem üblichen Tatendrang und in ihrer Eigenwilligkeit hatte sie beschlossen, daß sie es auf keinen Fall ertragen könnte, irgendwo herumzusitzen, sich zu grämen und auf Nachrichten zu warten. Sie wußte, daß mehrere Zivilisten wie etwa der Herzog von Richmond und sein Sohn vorhatten, sich alle Geschehnisse, welcher Art auch immer sie sein mochten, aus nächster Nähe anzuschauen. Für ihresgleichen war das Ganze so etwas Ähnliches wie das Pferderennen in Newmarket. Daher war es gar nicht so unüblich, der Armee in gewissem Abstand zu folgen. Den Frauen der gemeinen Soldaten blieb oft nichts anderes übrig, als der Armee zu folgen, da sie nicht wußten, wo sie sich sonst hinwenden sollten. Eliza hegte außerdem die zwar vage, dafür aber um so stärkere Hoffnung, daß sie Francis helfen könne, falls er verwundet würde. Sie wußte zwar nicht so recht, wie sie diese heroische Tat inmitten der britischen Armee bewerkstelligen sollte, hielt aber dennoch eisern an dieser Vorstellung fest. Abgesehen von Elizas liebender Bewunderung für Francis bewegte sie auch der Wunsch nach Aufregung und Abenteuer. Sie wollte all das aus erster Hand erleben, was Francis im Spanischen Krieg mitgemacht hatte. Sie wollte nicht wie die anderen Frauen sein, sondern viel lieber das tun, was verboten war. Sie war zwar durch ihre Ehe vernünftiger und erwachsener geworden und hatte das starke Bedürfnis, eine Idealfrau für Francis zu sein, doch unter alledem lauerte immer noch der kleine Wildfang, der Mrs. Lambert in Marchants viele Jahre lang an den Rand der Verzweiflung gebracht hatte.

Marchants! Als Eliza in der grauen Morgendämmerung aus dem Wald ritt und zu dem Dorf Mont St. Jean gelangte, sah sie vom Rücken ihres schlammbespritzten, erschöpften Ponys aus eine weite flache Ebene mit Kornfeldern vor sich, die sie urplötzlich und schmerzlich an Hampshire erinnerte. Sie vergaß ihre Müdigkeit, Steifheit und Durchnäßtheit, die brennenden Augen, die unbequeme, schwere Uniform, als sie sich umdrehte. Immer noch rollten Karren an ihr vorbei in Richtung

Brüssel, doch kaum einer der Passagiere hatte Interesse für einen Jungen in der Uniform eines Fähnrichs vom Infanterieregiment Nr. 52, und schon gar nicht daran, ihn sich näher anzuschauen.

Vor Eliza führte die Straße schnurgerade durch die Talmulde und verschwand über dem Hügelkamm bei irgendeinem Gebäude. Kurz vor ihr kreuzte ein Weg die Straße. Links von ihr lag ein tiefes Tal und rechter Hand war das Land hügelig; dort konnte Eliza überall Truppen sehen. Rauch stieg auf, und sie hörte Stimmengewirr. Als erstes mußte sie unbedingt jemanden finden und fragen, wie es eigentlich stand. Sie blickte nach links, überlegte kurz und ritt dann auf dem steifbeinigen Pony langsam den Weg nach rechts hinunter. Wenn sie geahnt hätte, daß sie Francis in seinem Mantelkokon nur um wenige hundert Meter links von sich verfehlte!

Endlich hatte es aufgehört zu regnen, die ersten blassen Sonnenstrahlen zeigten sich, und überall im Tal stiegen Dampfschwaden über Männern und Pferden auf. Die zaghafte morgendliche Wärme erzeugte in Eliza eine jähe, überwältigende Schläfrigkeit. Schließlich hatte sie abgesehen von den ein oder zwei Stunden unter dem Karren die ganze Nacht kein Auge zugetan und außerdem anstrengende und aufregende Stunden hinter sich. Während sie auf dem Pony dahintrottete, entdeckte sie rechts vom Weg eine Gruppe von Büschen, die zum Glück anscheinend von keinem Schutzsuchenden okkupiert waren. Sie saß ab und zerrte das widerspenstige Pony hinter sich die Böschung hinauf. Der Boden unter den Büschen war feucht, aber wenigstens nicht aufgeweicht wie die Erde ringsumher. Eliza breitete ihren Umhang aus, band das Pony fest und warf sich auf das harte Lager. Im Nu war sie fest eingeschlafen. Hinter flimmerndem, grauem Dunst ging die Sonne auf. Das Pony spürte, daß es keineswegs fest angebunden war, riß sich ohne sonderliche Schwierigkeiten los und machte sich in Richtung der anderen Pferde im Tal auf und davon.

Zwei Stunden lang schlief Eliza so traumlos tief wie ein Kind, trotz der krachenden Musketenschüsse, als die Soldaten unterhalb ihres Ruhelagers überall ihre Waffen reinigten. Als der Troß gegen neun Uhr früh hinter die Linien beordert wurde und die Truppen in nördlicher Richtung aus dem Tal zu marschieren begannen, bot sich zwei Sergeanten der Gardeinfanterie ein ungewohnter Anblick. Zuerst fiel ihnen etwas Rotes auf. Als sie neugierig näher kamen, entdeckten sie unter einigen Rosenbüschen eine uniformierte Gestalt, die fest schlief. Der Tschako war zur Seite gerollt, und eine Flut kupferroter Locken verdeckte das Gesicht. Sergeant Webster kniete sich hin, zog den Uniformärmel ein Stückchen zurück und sah eine schmale, gepflegte blasse Hand mit Ehering.

»Das is 'ne Lady, Tom.«

»Was hat die hier verloren?«

»Mir völlig schleierhaft.«

Für ein Weilchen hockten sie neben ihr unter den Büschen und stellten fest, daß sie ebenso naß war wie sie beide. Außerdem stellten sie fest, daß die roten Haare echt waren und nicht etwa Blut, das auf das weiße Koppel geflossen war. Schließlich wurde ihre Ausdauer belohnt. Eliza bewegte sich, drehte den Kopf und wurde durch das helle Licht wach, das durch die Zweige über ihr drang. Sie öffnete die Augen, nahm den Himmel und die Rosenbüsche wahr und schaute dann unverwandt die beiden Soldaten an.

»Ist alles vorbei?« fragte sie.

Webster lächelte. »'s hat noch nicht mal angefangen. Erst heut vormittag, Ma'am«, fügte er dann hinzu.

»Ich will zu meinem Mann. Ich – ich bin hergekommen, um ihn zu suchen. Er gehört zu den Dragonern. Captain Beaumont.«

»Jetzt können Sie nicht zu ihm, Ma'am. Sind alle unter Kommando. Am besten gehen Sie wieder nach Brüssel zurück.«

Eliza mühte sich zu einer halb sitzenden Position auf. Der Umhang unter ihr fühlte sich zwar warm, aber auch recht feucht an.

»Das tue ich ganz bestimmt nicht!«

Die beiden Sergeanten tauschten Blicke.

»Das hier is' kein Anblick für 'ne Lady, Ma'am.«

Eliza dachte an das Schiff.

»Darauf bin ich vorbereitet«, erwiderte sie stolz.

Sergeant Dixon überlegte kurz. Es war nicht seine Aufgabe, gehörte nicht zu seinen Pflichten, herumstreunenden Frauen in Uniform zu befehlen. Wenn sie bleiben wollte, dann sollte sie eben bleiben. Sie stand schließlich nicht unter seinem Kommando.

»Hier dürfen Sie aber nicht bleiben, Ma'am. Sie müssen zum Troß. Es wäre ja blöd, verwundet zu werden.«

»Ich habe keine Angst.«

»Es geht hier nicht um Angst, Ma'am. Wenn Sie tot sind, können Sie Ihrem Captain nicht helfen, wenn er verwundet wird.«

Eliza nickte.

»Das stimmt.«

»Na, dann kommen Sie mal mit.«

Gehorsam krabbelte sie hinter den beiden aus ihrem Versteck hervor. Während ihres zweistündigen Schlafs hatte sich das Tal unter ihr unglaublich verändert. Inzwischen war es ein einziges Gewimmel von Männern und Pferden, die zu ihren Stellungen eilten. Mit dem Anflug eines Lächelns deutete Sergeant Dixon nach rechts.

»Dort ist Ihr Regiment, Ma'am.«

»Mein ...?«

Er zeigte auf ihre Uniform, und Eliza errötete leicht.

»Es soll Hougoumont verteidigen. Dort warten sie nämlich auf Boney.«

Hougoumont – das kleine Schloß, das sie erst gestern morgen auf der Landkarte gesehen hatte.

»Wohin bringen Sie mich?«

»In Sicherheit, Ma'am.«

Sie folgte ihnen schwerfällig in William Cowpers Stiefeln und wurde von den Soldaten ringsum mit einer Mischung aus Bewunderung und Belustigung angestarrt. Es ließ sich nicht leugnen, dachte Eliza, daß das Abenteuer endgültig begonnen hatte. Allerdings ganz anders, als sie erwartet hatte. Nachdem sie mehrere hundert Meter weit westlich über den Hügelkamm gestolpert waren, immer weiter weg von Mont St. Jean, hielten die beiden Sergeanten der Gardeinfanterie bei einer Baumgruppe an, wo ein Feldlazarett aufgebaut wurde.

»Mr. Johns, Sir!«

Der Arzt drehte sich um. In der Hand hielt er eine Säge, in die er gerade ein neues Sägeblatt einspannte.

»Wen bringen Sie mir denn da, Webster?«

Zum zweiten Mal tauschten die Sergeanten Blicke.

»Eine Lady, Sir.«

Da Eliza das unangenehme Gefühl nicht los wurde, daß man sich über sie lustig machte, mischte sie sich ein. »Ich heiße Eliza Beaumonc. Mein Mann ist bei den Dragonern. Ich bin hergekommen, weil es für mich unerträglich ist, in Brüssel abzuwarten.«

»Ich danke Ihnen«, sagte der Arzt. Er spannte das Sägeblatt vollends ein und wandte sich dann wieder ihr zu. »Wissen die Light Bobs, daß Sie sich als einer der Ihren verkleidet haben?«

»Die Light Bobs?«

»Das Infanterieregiment Nr. 52.«

»Nein, davon haben sie keine Ahnung. Ich hoffte, auf diese Weise weniger aufzufallen ...« Der Arzt musterte ihre Kostümierung und lächelte. »Deswegen habe ich mir die Uniform von einem Fähnrich ausgeliehen, der sie im Augenblick nicht benötigt.«

»Sie sind eine unternehmungslustige Dame, Mrs. Beaumont.«

Er wandte sich ab und legte die Säge zu einer bemerkenswerten Sammlung von Messern und Skalpellen in einem plüschgefütterten Holzkasten.

»Gehört auch ein widerstandsfähiger Magen zu Ihren Vorzügen, Mrs. Beaumont?« erkundigte er sich dann.

»Ich hoffe schon.« Die Erwähnung des Magens brachte Eliza ihren quälenden Hunger wieder voll zu Bewußtsein. Jetzt war bestimmt nicht der Zeitpunkt, zimperlich damenhaft zu sein. »Ehrlich gesagt, bin ich furchtbar hungrig.«

Der Arzt lachte lauthals. »Wir könnten ihr eigentlich etwas Zwieback abgeben, was, Dixon?« Dann drehte er sich wieder zu Eliza um. »Sind Sie bereit, sich als nützlich zu erweisen, wenn ich Ihnen etwas zu essen gebe?«

Eliza war mit den Gedanken völlig bei der Aussicht auf etwas Eßbares und begriff nicht ganz, was er eigentlich meinte.

»Da heute eine Schlacht stattfindet, werden viele Verwundete hierher unter die Bäume gebracht. Ich muß Wunden nähen, Flintenkugeln herausschneiden und auch amputieren. Dabei werde ich alle Hilfe benötigen, die ich kriegen kann. Was meinen Sie? Sind Sie zu zartbesaitet, um mir zu assistieren?«

»Ich habe noch nie einen Verwundeten gesehen«, gestand Eliza. »Aber ich will es versuchen«, fügte sie dann tapfer hinzu.

»Dann bekommen Sie auch Zwieback. Ihr zwei könnt nun gehen«, wandte er sich an die beiden Sergeanten.

Eliza kaute auf dem strohtrockenen, fad schmeckenden und dennoch hochwillkommenen Zwieback herum und sah den Sergeanten nach, die ins Tal hinunterliefen, um sich ihrer Kompanie anzuschließen. Dabei kamen sie an einer Abteilung des Infanterieregiments Nr. 52 vorbei, die vorüberhastete, um sich bei Schloß Hougoumont in Schlachtordnung aufzustellen.

»Wußte noch gar nicht, daß ihr auch Frauen rekrutiert«, rief Dixon.

»Frauen?«

»Hab grad eine gefunden. Schlief unter 'nem Busch. Fähnrichsuniform. Hab sie zu Dr. Johns gebracht.«

»Wer ist sie?«

»Keine Ahnung. Irgend'ne Lady. Frau von 'nem Dragoner.«

»Eine Lady?«

»Hat so kleine Hände wie'n Kind.«

»Eine Lady bei den Light Bobs!«

Die Neuigkeit verbreitete sich rasch unter den Gardeinfanteristen.

»Bei den Light Bobs gibt's 'nen weiblichen Fähnrich.«

»Eine Lady!«

»Die kann auch nicht schlimmer sein als die Burschen, die sie schon haben.«

»Eine Lady!«

»Tom, Tom, hast du's gehört? Bei den Zweiundfünfzigern haben sie 'nen weiblichen Offizier.«

Das Gerücht wurde immer mehr aufgebauscht, je weiter es drang. Überall drehten und wandten sich Köpfe nach hierhin und dorthin, als ob in jedem Moment eine Frau in voller Uniform hoch zu Roß an ihnen vorbeipreschen und Befehle erteilen würde. Das Infanterieregiment Nr. 52 hoffte natürlich, daß es eine Lady von Rang war, die ganz bewußt ihre Uniform gewählt hatte. Die schottischen Regimenter in Hougoumont lachten sie nur aus.

Jene Lady hatte keine Ahnung davon, welche Aufregung sie verursacht hatte, und versuchte gerade, einen besseren Überblick über das Tal zu gewinnen, indem sie auf einen Gepäckkarren stieg.

»Schauen Sie sich den Feind jetzt an«, hatte Mr. Johns ihr geraten. »Später ist so viel Rauch in der Luft, daß Sie keinen Schritt weit sehen können.«

Der Feind war es wirklich wert, angesehen zu werden. Elizas Empfindungen waren durch die Fremdartigkeit ihrer Umgebung und ihre überraschende Teilnahme an den Ereignissen derart durcheinandergeraten, daß sie ganz erleichtert war, als sie kindliche Aufregung beim Anblick der blitzenden Waffen und bunten Uniformen empfand, die sie von ihrem Aussichtsposten auf dem Gepäckkarren sah. Jenseits des Tales waren die Tigerfelle, die großen farbigen Federn, die Kupferhelme, die goldenen und silbernen Fransen und all die anderen prachtvollen Verzierungen der französischen Uniformen zu erkennen. Der Arzt zeigte ihr die berühmte Kaiserliche Garde in den langen blauen Uniformröcken und das Gardedragonerregiment in Weiß. Alle zusammen marschierten beim lärmenden Trara von Trompeten und dem Wirbeln von Trommeln zu ihren Plätzen.

»Prägen Sie sich's gut ein«, riet ihr Dr. Johns. »Heute abend wird alles ganz anders aussehen.«

Eliza wandte den Blick von den Franzosen ab und zu dem Hügelkamm hin, über den sie in der Morgendämmerung hergekommen war. Hinter diesem Kamm erstreckte sich eine lange Linie von roten Uniformen. Tausende und aber Tausende von Männern lagen auf dem Boden, wie es ihnen eingedrillt worden war, und erwarteten Napoleons Angriff. Lediglich eine Gruppe in blauen Uniformen schien aufrecht zu stehen.

»Holländer und Belgier«, erklärte der Arzt abfällig. »Die wissen's nicht besser.«

Jenseits der Straße nach Brüssel konnte Eliza die Kavallerie sehen. Einen Augenblick lang empfand sie den fast unwiderstehlichen Impuls, an der langen Reihe der roten Gestalten entlangzustürmen und Francis zu suchen. Nur, um ihn noch einmal zu sehen, um noch einmal mit ihm zu sprechen, im Falle, daß ...! Nein, das kam nicht in Frage! Sie mußte sich beherrschen. Zum Glück würde sie nun während der Warterei mit etwas beschäftigt sein. Eliza schaute dort hinüber, wo alles für die Verwundeten vorbereitet worden war. Die schrecklichen Instrumente waren mit Leinsamenöl eingerieben und glänzten in der Sonne, daneben lagen Schwämme und Bandagen aus Leinen, Verbände und Feldflaschen mit verdünntem Branntwein. Sie hoffte inständig, daß sie nicht in Ohnmacht fallen würde, und war stolz darauf, mit welch selbstverständlicher Kameraderie sie von Johns und seinem Assistenzarzt behandelt wurde. Auf keinen Fall wollte sie dies durch einen Schwächeanfall verderben.

Das Warten wurde gegen elf Uhr durch den Anblick des Herzogs von Wellington höchstpersönlich in strahlend weißen Kniehosen belohnt, der mit seiner Eskorte in Richtung Hougoumont ritt. Jede Kompanie jubelte ihm zu, doch er brachte sie durch eine Handbewegung zum Schweigen. Eliza betrachtete ihn voller Bewunderung.

»Wahrscheinlich werden wir gleich was zu tun kriegen«, meinte Johns.

Die Spannung war nun förmlich in der Luft spürbar. Inzwischen war die Sonne voll durchgebrochen. Eliza fiel plötzlich ein, daß es Sonntag war. Sie lehnte sich mit dem Rücken gegen einen Baum und dachte träumerisch an die Sonntage ihrer Kindheit in Marchants, an die herrlichen Sonntage nach ihrer Hochzeit in Nashbourn und schließlich an jene in Brüssel, als sie in der Kirche beim Knien durch ihre gefalteten Hände hindurch die Kleider der anderen Damen gemustert hatte.

Plötzlich explodierte die Welt. Mit einem plötzlichen, ungeheuren Getöse eröffneten die französischen Kanonen das Feuer auf Hougoumont, und schwarze, übelriechende Rauchwolken stiegen auf. Die Schlacht hatte begonnen.

15

Von ihren jeweiligen Positionen auf dem Hügelkamm, viele hundert Meter voneinander entfernt, wurden Eliza und Francis Augenzeugen des Kampfes um Hougoumont und sahen schließlich Flammen hochzüngeln und Rauchschwaden aufsteigen, als das Schloß brannte. Ein weiterer Zuschauer verfolgte aus gehöriger Entfernung vom Waldrand aus das Geschehen. Sir Gerard Beaumont, im Sattel eines prachtvollen Braunen, in düsteres Schwarz gekleidet, beobachtete die Kämpfe durch ein Fernrohr. Er hatte Francis' Regiment erkannt, als es aus dem Nachtlager kam, und verlor es von da an nicht mehr aus den Augen.

Francis war in überschwenglicher Stimmung. Er und Pelham ritten Seite an Seite, bis sie mit dem Rest der Brigade im Schutz des Hügelrückens waren und auf diese Weise einigermaßen sicher vor den französischen Geschützen, die unaufhörlich das Tal beschossen. Das Gedröhne der Kanonen, der Anblick seines Regiments in Rot und Gold mit den großen schwarzen Federn war dramatisch und aufregend, vor allem nach den vorhergegangenen faulen Monaten in Brüssel. Er empfand Dankbarkeit bei dem Gedanken, daß Eliza nun in Antwerpen in Sicherheit war, und freute sich schon darauf, sie wiederzusehen und ihr alle Geschehnisse zu berichten. Er begann vor sich hin zu summen.

»Die Infanterie kommt«, sagte Pelham neben ihm.

D'Erlon, der französische Kommandant, hatte seinen sechzehntausend Infanteristen den Befehl zum Angriff erteilt, und sie hatten bereits auf ihrer Seite des Tales den stetigen unbarmherzigen Marsch begonnen und näherten sich inmitten von Rauchschwaden Wellingtons Armee. Es ging das Gerücht, daß sie die erste Verteidigungslinie beim Bauerngehöft mühelos durchbrochen hatten, das tiefer unten im Tal lag, und nun auf die Schützenbrigade Nr. 95 und auf die holländisch-belgische leichte Brigade trafen, während sie so unbeirrt und furchterregend den Abhang heraufkamen. Francis' Körper und Geist waren bis zum Äußersten angespannt. Es war nichts zu sehen, denn der Kamm der Hügelkette vor ihm verbarg die näher kommenden Franzosen, doch er konnte das Feuern, die schrecklichen Schreie, das ständige Donnern der Kanonen, Napoleons ›schönen Töchtern‹, überdeutlich hören.

»Uxbridge«, zischte ihm Pelham plötzlich zu.

Lord Uxbridge kam von rechts herangeprescht, gab einen Befehl, riß dann abrupt sein Pferd herum und galoppierte wieder zurück zur Leibgarde. Der Befehl wurde den Dragonern übermittelt: »Fertig zum Angriff!« Francis drehte sich im Sattel um und ergriff für einen Moment Pelhams Hand.

»Auf Wiedersehen in Paris«, sagte Pelham lächelnd. Als Francis ein letztes Mal die rot-goldenen Reihen entlangblickte, saß jeder einzelne Mann in erwartungsvoller Anspannung leicht im Sattel vornübergeneigt, blind und taub für alles außer dem unmittelbar bevorstehenden Kampf. Nach einer schier endlosen Zeitspanne erschollen schließlich die zehn Hornstöße ›Angriff!‹ laut und klar über dem Getöse der Artillerie. Mit Schreien der Begeisterung stürmte die ganze Reiterbrigade den Hügelkamm hinauf, dann hinüber und schlug wie ein Blitz in der französischen Infanterie ein.

Francis war nie in seinem Leben in einem solchen Tempo vorwärtsgeprescht wie nun, da er sich einen Weg durch die französischen Soldaten hieb, als wären sie nichts weiter als Strohhalme. Er nahm trommelnde

Pferdehufe neben sich wahr, einen Dunstschleier aus Staub, zertrampeltem Klee und Roggen und dazwischen Unmengen französischer Gesichter, die unter seinem sausenden Schwert fielen und unter den fliegenden Hufen verschwanden. Weiter und immer weiter jagten sie den aufgeweichten Abhang hinunter, brüllend und jubelnd, Kavalleristen in einem Rausch aus Geschwindigkeit und Gemetzel. Francis war es zumute, als könnte er die ganze Welt besiegen, als könnte er in dieser wilden Verzückung ewig weiterreiten mit seinem Pferd, das ebenso ekstatisch und todbringend war wie er, wenn seine starken Hufe zerschlugen und zerstampften, was Francis nicht hatte vernichten können. Neben sich, beim Zweiten Schottischen Dragonerregiment, hörte er den Ruf: »Fertig zum Feuern!«, während er tief unten im Tal weitergaloppierte, und er spürte, wie die ganze Brigade wieder vorwärts stürmte, immer noch mit lautem Kriegsgeschrei, um sich auf das französische Artilleriebataillon zu stürzen.

Es war ein großer Fehler, eindeutig ein Fehler! Mit glasklarer Nüchternheit, die ihn ebenso plötzlich überkam wie der Überschwang einen Augenblick zuvor, erkannte Francis, daß sie sich zu weit vorgewagt hatten. Seine Kameraden wirbelten immer noch herum, schlugen und hackten auf französische Kanoniere ein, denen jetzt jedoch die französischen Ulanen und Kürassiere zu Hilfe kamen. In Kürze würde die britische Kavallerie überwältigt und isoliert sein, der Rückzug abgeschnitten. Francis riß sein erschöpftes Pferd herum und sah sich einem französischen Ulanen gegenüber, der mit der Lanze einen tödlichen Streich gegen ihn führen wollte. In einer instinktiven Bewegung hob Francis sein Schwert, schlug damit die Lanze zur Seite und stieß es dem Franzosen in die Kehle. Einen Moment später war er mit einem Dutzend anderer, immer noch wilde

Schwerthiebe austeilend, aus dem Getümmel heraus und stürzte sich auf die letzte Reihe von Ulanen zwischen sich und seiner eigenen Armee. Die feindlichen Reiter trafen mit Urgewalt aufeinander. Francis sah einen Kameraden auf dem Boden liegen und verzweifelt versuchen, mit bloßen Händen die Lanzen abzuwehren. Er hörte das Aufeinanderklirren der Waffen und die Schreie der Pferde. Wie durch ein Wunder war er plötzlich hindurch und wieder im Schutz des Hügels.

Eine Weile preßte er sich eng an den Nacken seines dampfenden, schnaubenden Pferdes und hielt die Augen geschlossen; er war vollkommen erschöpft. Herz und Lunge schienen bersten zu wollen; das Schwert, abscheuliches Werkzeug bei dem, was er getan hatte, hing in seiner schlaffen, schmutzverkrusteten Hand. Ganz allmählich öffnete er dann die Augen und sah die zusammengeschrumpften Reste seiner Schwadron um sich. »Es heißt, wir haben kaum noch die Hälfte. Bei den Schotten ist es noch schlimmer«, sagte jemand. Francis richtete sich langsam auf und blickte sich suchend um. Keine Spur von Pelham!

Vielleicht war er irgendwo weiter hinten und in der Hast und Verwirrung des Rückzugs von Francis getrennt worden. Francis stellte sich in die Steigbügel, um die traurigen Überreste seiner Schwadron zu inspizieren. Leslie war noch am Leben, auch Munro, Elliott und die beiden Bryants. Er drängte sein erschöpftes Pferd ein Stückchen weiter.

»Howell? Wo ist Pelham? Wer hat ihn gesehen? Wo ist Howell?«

Der jüngere Bryant, gerade erst aus England herübergekommen, noch rechtzeitig zur Schlacht, hob sein schmutziges Gesicht. »Ich hab ihn gesehen. Er war vor mir, als wir die französischen Linien durchbrachen. Er rief mir zu, ihm zu folgen. Er machte mir den Weg frei.«

»Ist er umgekehrt? Hast du gesehen, daß er zurückkam? Wer hat ihn gesehen?«

Bryant schüttelte den Kopf.

»Nachher habe ich ihn nicht mehr gesehen.«

»Wer hat ihn gesehen?« brüllte Francis. »Wer hat ihn gesehen, nachdem wir die Infanterie angegriffen haben? Hast du denn nichts bemerkt, Bryant, gar nichts?«

Bryant schüttelte den Kopf. Er war viel zu erschöpft, um sich lange Gedanken zu machen. Howell war zwar nett, freundlich und hilfsbereit ihm gegenüber gewesen, doch er kannte ihn im Grunde recht wenig. Er begriff gar nicht die Dringlichkeit der Fragen Francis'. Er selbst war doch am Leben ...

»Dummkopf!« sagte Francis überflüssigerweise und ritt von der Gruppe weg. Ein Soldat führte gerade zwei große Grauschimmel vorbei, die reiterlos dem Wirrwarr entkommen waren und sich in den Schatten einer Baumgruppe geflüchtet hatten. Eines der beiden Tiere hatte am Kopf einen leuchtend weißen Fleck.

»Halt!« rief Francis.

Der Mann blieb stehen.

»Wessen – wessen Pferd ist das?«

»Weiß nicht, Sir. Kam ganz von allein zurück, Sir. Vielleicht wird's später noch gebraucht.«

Pelham hatte an der Londoner Pferdebörse einen Grauschimmel erstanden, der einen großen weißen Fleck auf der Stirn hatte. Seiner Meinung nach gab dieser Fleck dem Tier einen ausgesprochen intelligenten Ausdruck und entschädigte voll dafür, daß das Pferd auch noch zwei weiße Fesseln hatte. Francis schaute rasch zu den Beinen hin. Zwei grau, zwei weiß.

»Wo ist Captain Howell?« erkundigte er sich heiser.

Der Soldat deutete in das raucherfüllte Tal.

»Vermutlich da unten, Sir.«

Da unten, inmitten des tödlichen Durcheinanders

und Geschützfeuers, des niedergewälzten Getreides und glitschigen Schlammes – vielleicht schrie er ungehört in dem mörderischen Lärm. Francis versuchte, seine Furcht rational zu bekämpfen. Bestimmt gab es mehrere Pferde mit zwei weißen Fesseln unter all den Tieren der Königlichen Brigade. Allerdings ritten nur wenige Dragoner Grauschimmel, ganz im Gegensatz zu den Scots Greys, dem schottischen Dragonerregiment. Also gehörte dieses Pferd vielleicht einem von ihnen und nicht Pelham. Die Schwadron erhielt Befehl, sich an den Waldrand zurückzuziehen und weitere Kommandos abzuwarten. Es gab nichts – Pelham hin, Pelham her –, was Francis tun konnte, außer zu gehorchen.

Der begeisterte Überschwang war vorbei, die Herrlichkeit verblaßt, und an ihre Stelle trat die bittere Wahrheit, was geschehen war. Francis senkte den Kopf, verbarg das Gesicht in den Armen und weinte.

Obgleich Eliza sich ganz in seiner Nähe aufhielt, hatte sie keine Ahnung, was vorgefallen war. Gleich nach dem ersten Angriff auf Hougoumont waren Verwundete gebracht worden, und sie mußte all ihre physische und psychische Energie auf die ungewohnte Aufgabe richten. Dem ersten Verwundeten, den sie in ihrem Leben sah, hatte eine Kanonenkugel das Knie zerschmettert. Er war jung, vierschrötig und schien recht hart im Nehmen zu sein, doch nun starrte er mit fassungslosem Entsetzen auf die breiige rote Masse auf seinem Bein, auf die Knochenreste und Sehnenstränge, die ekelerregend mit Stoffetzen vermengt waren. Eliza fühlte sich zwar nicht einer Ohnmacht nahe, verspürte aber das dringende Bedürfnis, sich zu übergeben. Voller Panik blickte sie um sich. Magen und Kehle schienen ein Eigenleben gewonnen zu haben.

Johns schaute kurz von der Untersuchung des Knies auf. »Stehen Sie nicht so verdattert herum!« sagte er.

Das hatte sie auch nicht vor. Im nächsten Augenblick flüchtete sie schon hinter die Bäume, von Übelkeit geschüttelt. Als sie auf wackligen Beinen zurückkam, das Gesicht aschfarben, erfolgte der nächste barsche Befehl des Arztes.

»Ziehen Sie die lächerliche Jacke aus und kommen Sie her.« Eliza zögerte. Vor ihr drehte sich alles.

»In der Armee ist es für jeden Pflicht, Befehle zu befolgen«, brüllte Johns. »Sie können nicht arbeiten, wenn Sie in diese Uniformjacke eingeschnürt sind. Ziehen Sie sie endlich aus!«

Sie tat, was er ihr befohlen hatte.

»Es muß ab«, sagte Johns zu dem Soldaten.

Eliza sah erstaunt, daß der Soldat lächelnd nickte.

»Ein Holzbein ist so gut wie eine Tapferkeitsmedaille«, erklärte ihr Johns.

Der Mann wurde auf den Rücken gelegt. Zwei Kameraden hielten seine Arme fest, und Eliza bekam den Auftrag, ihm ab und zu einen stärkenden Schluck aus der Feldflasche zu geben. Außerdem sollte sie dem Arzt alles reichen, was er benötigte. Sie kniete sich am Kopfende der Bahre hin, voller Angst, sich noch einmal übergeben zu müssen, und redete beruhigend auf den Verwundeten ein, was sie ebenso nötig hatte wie er. Die ganze Zeit schaute er sie unverwandt an. Er stand so sehr unter dem Schock dessen, was mit ihm geschah, daß es ihn nicht im geringsten wunderte, von einer Frau betreut zu werden.

Eine Stunde nach der anderen verging. Obwohl Tausende von Verwundeten immer noch auf dem Schlachtfeld lagen und die Zahl ständig stieg, wurde die Schlange der Wartenden vor den Feldlazaretten immer länger. Es gab keine Zeit mehr für Übelkeit, es gab überhaupt nichts anderes mehr, als das zu tun, was einem angeordnet wurde. Elizas Hand war glitschig vom Blut, sie roch nur mehr den Gestank von verbranntem Fleisch. Die Amputationen waren das Gräßlichste. Beine und Arme wurden abgehackt, als wären sie nichts anderes als Äste von einem Baum! Danach wurden die Patienten in den Schatten gelegt und dort mit ihren grauenvollen Stümpfen und einer geringen Dosis Opiat zur Beruhigung allein gelassen. Kurz nach zwei Uhr drang die Nachricht zu ihnen, daß die englisch-schottische Brigade angegriffen hatte und, trunken vom anfänglichen Erfolg, in den Untergang geritten war. Johns sah an Elizas Gesicht, daß sie von der Eingliederung der Dragoner in die Brigade während der Schlacht nichts wußte. Er sah keinen Sinn darin, sie eines Besseren zu belehren. Er mühte sich gerade ab, eine Flintenkugel aus der Schulter eines Verletzten herauszuholen.

»Verdammt! Wenn meine Hand doch kleiner wäre!«

Eliza trat rasch neben ihn.

»Ich will's mal versuchen.«

Sie ergriff die klebrige Pinzette mit ebensowenig Ekel, als wenn es ein Fächer gewesen wäre, und beugte sich über die Wunde. Eine Flintenkugel steckte genau unter dem Schulterblatt.

»Was Sie auch tun, Sir«, stöhnte der Mann zusammengekrümmt und verspannt, »tun Sie's schnell.«

»Ich bin kein Sir«, erwiderte Eliza.

Der Mann richtete sich voller Verblüffung genau in dem Moment auf, als Eliza die Pinzette unter die Kugel schob. Der Knochen übte durch die plötzliche Bewegung einen Druck aus, und das Projektil schoß von selbst aus der Wunde. Eliza bückte sich und hob es auf. Johns hatte ihr geraten, den Männern alle herausoperierten Geschosse zu geben, um ihnen neuen Mut zu machen. Der Verwundete schaute von der Flintenkugel auf Eliza und wieder zurück. Sein Mund öffnete und schloß sich, ohne daß er einen Laut hervorbrachte.

»Der nächste«, rief Johns. Sie schmierte Salbe auf die Schulterwunde, und Soldaten trugen den Mann weg, der immer noch Eliza anstarrte.

»Behalten Sie die Pinzette«, sagte Johns. »Sie können die Gewehrkugeln bei den Verwundeten entfernen.«

»Aber ich weiß doch nicht wie!« protestierte Eliza entsetzt.

Johns ließ ein solcher Einwand völlig kalt. »Der Hälfte aller Chirurgen in der Armee geht es nicht anders. Also machen Sie schon.«

Inmitten der Leute wurde ein Platz für sie frei gemacht, und für ihre Patienten wurden Bretter auf Holzböcke gelegt. Einen Augenblick lang richtete sich Eliza auf, streckte den schmerzenden Rücken und schaute sehnsüchtig zum weiten blauen Himmel hinauf, doch dann besann sie sich wieder auf die Qualen der Verwundeten und beugte sich tief über den behelfsmäßigen Operationstisch.

Hinter ihr wandte sich Johns an seinen Assistenten. »Schlechte Nachrichten vom Angriff?« erkundigte er sich.

»Ja, Sir. Die meisten der Scots Greys sind tot.«

»Wie steht's mit den Dragonern? Ihr Mann gehört dazu.«

»Auch ziemlich übel, Sir.«

Johns machte ein bekümmertes Gesicht. »Sagen Sie es ihr nicht. Sie ist ein tapferes Mädchen.«

Noch nie hatte Eliza so gearbeitet wie an diesem Nachmittag. Die Welt bestand nur noch aus vielen klaffenden, blutigroten Wunden, die durch Flintenkugeln und Kartätschen gerissen und gefetzt worden waren. Schnell erkannte sie, daß die Kartätschen am schlimmsten wüteten. Sie bestanden aus spitzen Metallstücken, oft sogar aus

Hufnägeln, in Säckchen aus Segeltuch oder Blech verpackt, die beim Aufprall platzten; sie richteten schreckliches Unheil an. Irgend jemand brachte ihr ab und zu Brandy und Wasser. Um sie herum lungerten etliche Soldaten, die ebenso erpicht darauf waren zu helfen, wie sie nicht erpicht darauf waren, in den Kampf zurückgeschickt zu werden. Mühselig plagte Eliza sich weiter ab. Ein Mann nach dem anderen wurde vor sie hingelegt, und sie holte mit zunehmender Geschicklichkeit Metallsplitter, Kugeln, Leder- und Knochenstückchen aus den verstümmelten Körpern heraus. Einmal kam ihr in den Sinn, daß vielleicht irgendwo in der Nähe jemand Francis den gleichen Dienst erwies, doch dieser Gedanke ließ solche Trauer und Verzweiflung in ihr aufsteigen, daß sie alle Kraft zusammennahm, um ihn zu verdrängen.

»Sie sind 'n Engel, Lady«, sagte ein Mann zu ihr. Eliza stiegen die Tränen in die Augen. Rasch wischte sie mit dem Ärmel über ihr Gesicht und bemerkte dabei zum ersten Mal, daß ihre ganze Kleidung mit Blut und Schlamm bespritzt war. Doch weder dies noch die Wunden waren für sie das Schlimmste. Am schwersten war für Eliza an diesem Nachmittag der Lärm zu ertragen: das unentwegte dumpfe Dröhnen der Artilleriegeschütze, das schrille Wiehern verwundeter Pferde, die Schreie, das Stöhnen und Wimmern der verletzten Soldaten. Es war grauenvoll, schien nie mehr aufhören zu wollen und bedeutete immer neue Qualen und Verwundungen. Jeder Kanonendonner, jede Gewehrsalve bedeuteten noch mehr Männer in Todespein.

Als die Stunden vergingen, verschwamm immer wieder die Umgebung vor Elizas Augen, da sie sich so krampfhaft konzentrierte. Außerdem hatte sie nun seit sechsunddreißig Stunden nichts Richtiges zu essen bekommen. Gegen sechs Uhr abends unterbrach Johns seine Operationen und kam zu ihr herüber.

»Sie müssen eine Pause einlegen; Sie sind ja schon grasgrün im Gesicht.«

Eliza richtete sich auf, um ihn anzusehen. Als sie dies tat, traf genau das ein, was sie schon längst befürchtet hatte. Ringsum wurde die ganze Welt schwarz und schwankte, während sie nach vorne kippte und ohnmächtig über dem Soldaten zusammenbrach, dem sie gerade zu helfen versuchte. Zwanzig Hände streckten sich aus, um sie aufzufangen, und sie wurde sanft hochgehoben und über das stinkende, glitschige Gras zu einer weniger überfüllten Stelle hinter den Bäumen getragen. Dort bettete man sie auf den Boden, einer rannte weg, um Brandy zu holen, ein anderer machte sich auf die Suche nach etwas Eßbarem, wieder andere lockerten ihr die Kragen der drei Hemden und fächelten ihr Luft zu. Eliza öffnete die Augen und starrte blicklos in den Kreis von Gesichtern über sich.

»Ich will zu Francis«, sagte sie.

Gerade in diesem Augenblick hätte Francis sie dringend benötigt. Nach dem Kavallerieangriff hatte er viel Zeit mit der vergeblichen Suche nach Pelham vertan und war so lange auf dem Hügelkamm hin und her geritten, bis andere sich darüber beschwerten, daß er nur störe. Daraufhin wurde er an den Waldrand zu seiner Schwadron zurückgeschickt. Alle Männer waren abgesessen und lagerten im Gras, rauchten und unterhielten sich; sie waren unterschiedlichster Stimmung, die von tiefster Verzweiflung bis zum unerschütterlichen Optimismus reichte.

Francis warf sich neben einer Gruppe von Soldaten zu Boden und gab sich ganz seinen sorgenvollen Gedanken an Pelham hin. Es blieb eigentlich nur die Hoffnung, daß er irgendwo auf dem Schlachtfeld in einem Feldlazarett lag, wohin ihn treue Kameraden getragen hatten. Francis rollte sich auf den Bauch und vergrub das Gesicht in den Armen. Gott sei Dank war wenigstens seine über alles geliebte Eliza in Sicherheit – sicher und weit, weit weg von diesem sinnlosen Blutbad.

Nachdem er ungefähr eine Stunde lang in ruheloser Verzweiflung dagelegen hatte, kam der Befehl zum Aufsitzen. Das Gefecht tobte inzwischen wieder dort am heftigsten, wo die Schlacht begonnen hatte, bei Hougoumont. Eine ganze Reihe von Kavallerieattacken erfolgten zwischen dem Schloß und dem Bauernhof La Haye Sainte. Mit Verachtung wurde berichtet, daß einige der verbündeten Truppen Anzeichen von Schwäche und Ermattung zeigten. Die Union Brigade, oder was davon übriggeblieben war, sollte die nötige Unterstützung bieten. Sie ritten über ein Schlachtfeld, das man besser nicht zu genau betrachtete, in Richtung Hougoumont und stellten sich hinter den zurückweichenden Infanterieeinheiten auf. Für Francis war das, was jetzt folgte, die nervenaufreibendste Aufgabe, die er je hatte erfüllen müssen. Die Kavalleristen sollten nicht etwa angreifen, sondern vielmehr die Infanterie dazu ermutigen und sie vor allem daran hindern, sich aufzulösen und zu fliehen. Folglich saßen sie fast bewegungslos zwei Stunden herum, während der Feind sie ununterbrochen beschoß. Neben Francis starben Männer, wurden in Stücke gerissen, während sie unerschütterlich im Sattel saßen. Francis klammerte sich an den einzigen Trost, daß die Franzosen nicht vorrücken konnten. Er überlebte. Als er um sich blickte, wagte er es kaum zu glauben. Doch er überlebte, obwohl eine Kugel seinen Steigbügel zerriß.

Gegen sechs Uhr abends war er von der Anspannung und dem Lärm vollkommen erschöpft, seine Augen brannten vom Rauch, und er hörte wie in Trance den Befehl zum Angriff. Diese Attacke hatte nichts von dem Schwung des Sturmangriffs am Morgen. Francis fiel auf, wie oft er sein Ziel verfehlte, als er sich durch die französische Infanterie schlug, und wie viele seiner Kameraden fielen, da sie zu ermattet waren, um sich noch verteidigen zu können. Die Überlebenden wurden zurückbeordert und erhielten den Befehl, nochmals anzugreifen, diesmal einige französische Kürassiere.

Der Kampf war keineswegs heroisch, als die Gegner aufeinandertrafen. Francis sah französische Gesichter vor sich, die ebenso schmutzig und müde aussahen, wie er sich fühlte. Dann erscholl plötzlich der Ruf: »Die Preußen!« Eine ausgeruhte preußische Kavalleriebrigade stürmte herbei und trieb den Feind zurück. Einen Augenblick lang gab es ein völliges Durcheinander. Die Franzosen wichen zurück, die Preußen verfolgten sie, und die Briten versuchten, sich herauszuhalten. Hinter Francis stieß ein Mann den Triumphschrei aus. »Boney ist erledigt!« Als Francis sich im Sattel halb umdrehte und zustimmend nickte, schoß ihm ein sengender Schmerz durch die Seite und das Bein, brannte und fraß sich durch Kleidung und Fleisch. Er krümmte sich mit einem Schrei zusammen, der im Schlachtenlärm unterging, und rutschte in dem Wirrwarr aus Hufen und blitzenden Waffen hilflos vom Pferd, um auf dem schaurigen Teppich aus Schlamm und Leibern zu landen.

16

Es hatte ganz den Anschein, als würden in dieser Nacht keinerlei Anordnungen erteilt werden, was die Verwundeten betraf. Als die Dunkelheit hereinbrach und die Franzosen Hals über Kopf flüchteten, machte sich an dem einen Ende der Kammlinie Sir Gerard Beaumont, am anderen Ende eine erschöpfte und benommene Eliza auf die aussichtslose Suche nach Francis. Keiner der beiden wußte mit Bestimmtheit, ob Francis verwundet auf dem Schlachtfeld lag, aber sie hatten auch nichts Gegenteiliges in Erfahrung gebracht. Sir Gerard stieß auf die kläglichen Reste der Dragoner, doch sie konnten ihm nicht weiterhelfen, denn sie waren vor Erschöpfung abgestumpft und teilnahmslos. Wegen der Dunkelheit war es für sie wie für jeden anderen unmöglich, genau festzustellen, wer von der Schwadron überlebt hatte und wer nicht.

Sir Gerard ließ sich nicht so leicht entmutigen. Soweit er beobachtet hatte, war Francis nach der großen Kavallerieattacke am Morgen nicht zurückgekehrt, und er fand auch keinen, der ihn seither gesehen hatte. Folglich nahm er an, daß Francis im Fall einer Verwundung entweder unten im Tal lag oder aber weiter oben, wo die französische Artillerie gestanden hatte, als die britische Kavallerie angriff. Ausgerüstet mit Laternen und in Begleitung zweier furchtsamer Dienstboten, die er aus Gloucestershire mitgebracht hatte, begab er sich zu einem der schrecklichsten Schlachtfelder der Geschichte.

In dieser Nacht lagen etwa vierzig- bis fünfzigtausend verwundete und tote Männer auf den Feldern von Waterloo, ohne daß sich jemand um sie kümmerte.

Beim Morgengrauen hatte sich die Zahl der Toten noch erhöht. Einige starben an ihren Wunden, andere wurden lautlos von den unzähligen Plünderern erstochen, die bei Mondschein auf Beutezug gingen. Jeder halbwegs artikulierte Schrei galt Wasser, und genau das gab es an diesem schaurigen Ort nicht. Sir Gerard ritt auf der Suche nach seinem Sohn unerschütterlich kreuz und quer, doch es war ein hoffnungsloses Unterfangen. Die Leichenhaufen machten jeden Schritt äußerst schwierig, das unstete Licht des Mondes und der zwei Laternen gaukelte ihm unzählige Male die Illusion vor, ein dunkler Lockenkopf und ein scharlachroter Uniformrock, die er eben erblickte, seien das, was er so verbissen suchte. Nur sein eiserner Wille hielt ihn trotz seiner Verzweiflung und Ermattung aufrecht. Mehrere Stunden lang trieb er sein stolperndes Pferd vorwärts, rief den Namen seines Sohnes, suchte und suchte auf diesem gräßlichen Totenfeld, bis ihn schließlich seine Dienstboten im Stich ließen. Kurz darauf folgte er ihnen. Noch am Morgen hätte er es für unmöglich gehalten, doch dieses nächtliche Feld, auf dem viele im Sterben lagen, andere ihren Profit machen wollten, war ein so furchtbares Erlebnis, daß selbst sein unbeugsamer Wille nachgeben mußte. Er ritt nach Mont St. Jean zurück, beschloß, sich nicht weit zu entfernen und am Morgen die Suche fortzusetzen. Das Dorf quoll vor Menschen über. Jede Hütte oder Scheune war zu einem Lazarett umfunktioniert worden. Für eine hohe Summe Goldes verschaffte er sich einen Schlafplatz in einem Heuschober.

Eliza hatte auch nicht mehr Glück. Allerdings war es in ihrem Fall nicht ihr eigener Wille, der sie die ersten zaghaften Versuche, Francis zu finden, aufgeben ließ. Andere sorgten dafür. Der Sanitätsoffizier Johns war im Lauf des Tages aus einem Weiberfeind zum glühenden Bewunderer Elizas geworden. Er wußte, wie gefährlich ein Schlachtfeld nach Anbruch der Dunkelheit war und daß so gut wie keine Chance bestand, jemanden zu finden. Also befahl er Eliza zu bleiben, wo sie war, und plazierte zwei leichtverwundete Soldaten als Bewacher rechts und links neben sie. Außerdem versprach er ihr, daß er am nächsten Morgen Männer mit ihr auf die Suche schicken würde, falls sie sich die Nacht über ruhig verhielte. Falls sie aber zu fliehen versuchte, würde er ihr in keiner Weise helfen. Immer noch etwas benommen von der Ohnmacht, gab Eliza nach und legte sich zwischen ihre freundlich grinsenden Wächter auf den Boden. Irgend jemand brachte eine Decke, die zwar noch feucht von der vorherigen Nacht, ihr aber dennoch äußerst willkommen war. Man wickelte sie darin ein, und eine überzählige Uniformjacke diente einerseits als Kissen, andererseits dämpfte sie die Schreie und das Stöhnen der Verwundeten ein wenig. Eliza hatte all ihre Energiereserven aufgebraucht und sank in tiefen Schlaf.

Wie erging es Francis? Sechs Stunden lang lag er teilweise völlig bewußtlos und dann wieder halb bei Bewußtsein mit stechenden, quälenden Schmerzen so verschlungen mit anderen Körpern da, daß er selbst bei klarem Verstand vermutlich Schwierigkeiten gehabt hätte festzustellen, welches seine eigenen Gliedmaßen waren. Manchmal befand er sich in einem fast wachen Zustand, doch dann überfielen ihn wieder die grauenhaften Schmerzen, und er sank in eine dunkle Ohnmacht. Undeutlich war er sich ab und zu einer peinigenden Gier bewußt, die so mächtig war, daß sie ihn gleich darauf ohnmächtig werden ließ. Durst! Wasser! Er wimmerte und schluchzte wie Tausende rings um ihn und wußte überhaupt nicht, was er tat. Gegen Mitternacht ließ ihn der gnädige, todesähnliche Schlaf mehr und mehr im Stich. Auf ihm lastete das Gewicht eines französischen Kürassiers, der offensichtlich tot war. Francis öffnete für Minuten die Augen, während in seinem Kopf Erinnerungsfetzen durcheinanderwirbelten, die keinerlei Zusammenhang hatten. Es war zum Wahnsinnigwerden! Immer wieder dachte er an Nashbourn, an ein wutentbranntes rothaariges Mädchen in einer sommerlichen Landschaft, an einen wutentbrannten älteren Mann in irgendeiner Bibliothek – aber vor allem dachte er an Wasser. Wasser, Wasser, Wasser! Er glaubte, irgendwo eine Feldflasche bei sich zu haben, doch seine wild herumfuchtelnde rechte Hand ertastete nichts als Schlamm, Stoff und einen Schnurrbart. Dann versuchte er seinen Körper seitwärts zu drehen, doch ein so fürchterlicher Schmerz zuckte ihm von den Rippen bis zum Knie, daß er wieder das Bewußtsein verlor. Als er langsam aus dem Dämmer auftauchte, hörte er Stimmen. Vorsichtig öffnete er die Augen.

Über ihm gestikulierten drei Gestalten herum, die so undeutlich miteinander sprachen, daß er ihre Sprache nicht identifizieren konnte. Systematisch rissen sie von der Uniform des Toten, der auf ihm lag, die goldenen Tressen und Borten ab, zogen ihm die Ringe von den Fingern, drehten seine Taschen nach außen und zerrten an seinen Knöpfen. Als sie damit fertig waren, wandten sie sich dem schnurrbärtigen Mann neben Francis zu, der leise wimmerte, als sie ihn berührten. Ein Messer blitzte im Mondlicht auf, ein kurzes Keuchen, und ein zweiter Franzose war all dessen beraubt, was er an Wertvollem besessen hatte.

Francis spürte sein Herz so rasend klopfen, daß man es vermutlich durch die Uniformjacke hindurch hören konnte. Er schloß die Augen und stellte sich tot. Zu seiner Erleichterung wurde die so schwer auf ihm lastende Leiche plötzlich hochgehoben.

Gleich darauf begannen jedoch grobe Hände zu seinem unaussprechlichen Entsetzen überall an seinem

Körper herumzufummeln. Inzwischen konnte er am Dialekt der Räuber erkennen, daß es Belgier waren. Halb ohnmächtig, halb überreizt empfindsam, fühlte er, wie seine Taschen geleert und die goldenen Tressen von seiner Jacke gerissen wurden. Dann verspürte er einen ungeheuren Schmerz, als eine Hand unter der Uniformjacke an seine verwundete Seite stieß. Im nächsten Augenblick hörte er einen englischen Fluch, und schon waren die Belgier verschwunden.

Der Soldat Peters gab einem Belgier einen letzten Tritt und kniete sich dann neben Francis. Er war kein Mann mit vielen Grundsätzen, und seine Taschen waren randvoll mit französischem Beutegut, doch selbst er konnte es nicht ertragen, daß ein belgischer Bauer einen englischen Offizier ausplünderte. Bei ihrem überstürzten Aufbruch hatten die Belgier einige gestohlene Gegenstände fallen lassen. Peters hob ein goldenes Medaillon auf und steckte es in die Hosentasche.

»Wasser«, krächzte Francis mit aufgesprungenen Lippen.

»Tut mir leid, Sir, es gibt keines«, gab Peters zurück, der eine volle Feldflasche auf dem Rücken trug. »Geht's Ihnen schlecht, Sir?«

Francis schloß die Augen. Peters musterte ihn genauer und sah den dunklen großen Blutfleck.

»Will nicht – sterben«, sagte Francis.

»Nein, Sir. Natürlich sterben Sie nicht, Sir.«

»Frau«, redete Francis weiter. »Frau ...« Er begann mit der rechten Hand an seiner Brust herumzutasten. »Frau ... Haar.«

Peters holte das Amulett aus der Tasche.

»Suchen Sie das, Sir?«

Francis sah mit stierem Blick das schwingende goldene Oval an. Peters öffnete es. Es enthielt ein Porträt und eine Haarlocke, beide in der Dunkelheit kaum erkennbar. Beim Anblick der Locke kam Francis plötzlich einen Augenblick lang voll zu Bewußtsein.

»Am allerwertvollsten«, sagte er nachdrücklich. »Am wertvollsten für mich, aber – es gehört Ihnen, wenn Sie bleiben – bis Tagesanbruch ...«

»Und ein anerkennendes Wort bei meinem Sergeanten?« erkundigte sich Peters hoffnungsvoll. Das Medaillon war nicht viel wert, doch in seiner Tasche steckten schon viele goldene Napoleondors, und außerdem würde eine gute Tat in den Augen seines Sergeanten vielleicht seine Schandtaten der letzten drei Monate in Belgien wiedergutmachen. Francis nickte andeutungsweise und sank zurück in Alpträume, während Peters sich inmitten all der Verwundeten und Leichen niederließ, die Waffe schußbereit neben sich, und einen großen Schluck aus seiner Feldflasche nahm, die eine Mischung aus Gin und Wasser enthielt.

Zu seiner eigenen Verwunderung blieb er seinem Versprechen getreu bis zum Morgen bei Francis. Als das erste Tageslicht über den Feldern aufdämmerte, holte er das Medaillon noch einmal heraus, um festzustellen, ob der Dragoner, den er bewachte, es denn auch wert sei, bewacht zu werden. Es half ihm nicht viel weiter. Im Medaillon befand sich die Miniatur eines hübschen Mädchens, die eingravierten Buchstaben ›E.B. für F.E.B. September 1814‹ und eine kupferrote Haarlocke. Diese Farbe hatte er doch erst kürzlich gesehen, es war ja schließlich keine alltägliche Farbe, keine Farbe, die man so schnell vergaß. »Natürlich! Die Lady von den Light Bobs!« murmelte er vor sich hin. Er hatte den Verwundeten gespielt und war mit einem anderen zum Feldlazarett gehumpelt, nur um einen Blick auf das Mädchen werfen zu können. Sie hatte wie ein Maultier geschuftet, und die roten Locken waren so ungekämmt wie bei einem Dienstmädchen gewesen. Wer weiß, ob ...?

Er schaute auf Francis' wächsern-bleiches Gesicht hinunter. Nein, unmöglich! Dessen Frau saß garantiert im Seidenkleid mit Schoßhund und Kammerzofe in Antwerpen, ja, bestimmt! Peters ließ das Medaillon wieder zuschnappen und sah sich mit zusammengekniffenen Augen im zunehmend hellen Sonnenlicht um. Gott sei Dank kam gerade eine Gruppe von Männern in britischer Uniform langsam näher. Einer von ihnen schien von den anderen gestützt zu werden und wandte auf der Suche nach irgend etwas ständig den Kopf nach hierhin und dorthin. Peters stand auf und machte sich lautstark bemerkbar. Die anderen schauten zu ihm herüber. Sie schienen – soweit sich das an den kläglichen Resten erkennen ließ – in der Uniform des 2. Kavallerieregiments zu stecken. Außerdem befanden sich zwei Männer mit einer Bahre in ihrer Begleitung.

»Hierher!« brüllte Peters.

Der kleine, schmächtige Mann in der Mitte schien Einwände zu äußern. Dann versuchte er sich von den anderen loszureißen und deutete mit dem Kopf in eine andere Richtung, doch seine Begleiter zogen ihn vorwärts. Peters konnte nur wenig erkennen, da ihn die Sonne blendete, doch er hörte, wie immer wieder ermutigende Worte geäußert wurden. Einmal sank der kleine Mann neben der rotgekleideten Gestalt eines Dragoners zu Boden und versuchte, sie auf den Rücken zu drehen. Dabei erkannte Peters zu seiner Verwunderung rotblonde Haare.

»He!« schrie er ungeduldig. »Rasch! Hierher!«

Die kleine Person wurde weitergezerrt, und mit jedem Schritt wuchs Peters' Gewißheit, daß er sie kannte. Die Lady von den Light Bobs, verdammt noch mal! Sie war's, ganz klar! Doch Peters erholte sich sofort von seiner Überraschung.

»Hab was für Sie, Madam«, brüllte er frech.

Eliza hörte ihn kaum. Inmitten all dieser roten Uniformen, von denen eine möglicherweise Francis verbarg, war ihre Verzweiflung nur noch gewachsen. Sie war vor Morgengrauen aufgewacht und hatte festgestellt, daß Johns zu seinem Wort stand. Zwei Sergeanten sollten sie auf ihrer schrecklichen Suche begleiten, und sogar zwei Träger mit einer Decke als provisorische Bahre hatte er zur Verfügung gestellt. Grau, abgezehrt und übernächtigt hatte Johns ihr zwei letzte Instruktionen erteilt.

Erstens hatte er erklärt, daß sie vor Dunkelheit wieder im Feldlazarett zu sein habe, da der Großteil der Armee Napoleon verfolgen werde und es für sie gefährlich sei, allein auf dem Schlachtfeld zu bleiben. Seine nächsten Worte waren für sie wie ein Wunder.

»Außerdem habe ich Neuigkeiten für Sie.«

Eliza hielt den Atem an.

»Ich habe gestern spät abends noch einen Jungen zu den Stellungen der Dragoner geschickt. Er erhielt eine Information, die meines Erachtens ganz nützlich ist. Ihr Mann ist gestern nachmittag nach dem Angriff der Union Brigade mit den anderen zurückgekehrt. Mehrere Männer können bezeugen, daß sie ihn lebend gesehen haben. Die Dragoner warteten und ruhten sich eine Zeitlang aus, bevor sie Befehl erhielten, die Infanterie in der Nähe von Hougoumont zu unterstützen. Zwei Soldaten sahen Ihren Mann dorthin reiten. Mein Bote konnte jedoch keinen einzigen auftreiben, der ihn zurückkommen sah. Wenn Sie die Überreste Ihres Captains noch wollen, müssen Sie ihn da unten suchen.«

Eliza öffnete den Mund. In ihr kämpften Angst und Hoffnung miteinander.

»Ich will keinen Dank hören«, befahl Johns.

»Dann – auf Wiedersehen«, sagte Eliza mit zitternder Stimme.

Johns erweckte den Anschein, als wolle er noch etwas äußern, überlegte es sich jedoch anders, brummte nur und ging wieder an seine nicht enden wollende Arbeit. Eliza machte sich mit ihrer Eskorte auf die Suche nach Francis.

Sie hatte das Gefühl, schon stundenlang herumgelaufen zu sein. Eliza war so auf die Suche nach einem ganz bestimmten Menschen konzentriert, daß sie in gewisser Weise fast blind gegenüber der gräßlichen Szenerie war, die sich ringsum bot. Hundertmal glaubte sie, Francis gefunden zu haben. Hundertmal zogen die geduldigen Sergeanten sie wieder hoch und führten sie weiter über das Schlachtfeld.

Als sie Peters rufen hörten, gingen sie nicht etwa deshalb zu ihm, weil sie sich viel erhofften. Sie taten es eigentlich nur, weil es eine kurze Unterbrechung ihrer widerwärtigen Beschäftigung darstellte. Eliza hielt die Augen ständig auf die Erde gerichtet und war sich gar nicht bewußt, was eigentlich vor sich ging. Sie hatte auch nicht gehört, daß ein Soldat sie inmitten dieses Wirrwarrs aus verwundeten, toten oder sterbenden Männern und Pferden zu sich rief. Sie ließ sich vorwärtsziehen, riß sich aber immer wieder los, um neben einer roten Uniform niederzuknien, die abermals nicht Francis gehörte.

Als sie bei Peters ankamen, straffte Eliza plötzlich die Schultern und musterte ihn mit einer Mischung aus Stolz und Hochmut. Trotz ihres tiefen Kummers war sie nicht unempfindlich dagegen, von einem unrasierten Mann mit schwärzlich verfärbten Zähnen und einer Alkoholfahne angestiert zu werden.

»Was wollen Sie?« erkundigte sie sich.

»Ich hab was – ich hab was, das Sie vielleicht interessiert, Madam«, antwortete Peters und konnte plötzlich überhaupt nicht mehr begreifen, wieso sein halbtoter

Dragoner für sie oder jemand anders von Interesse sein würde.

»Tatsächlich?« Eliza betrachtete ihn immer noch hoheitsvoll.

Ohne zu wissen, wieso er es tat – er handelte wohl eher aus blindem Instinkt –, zog er das Medaillon aus der Tasche und ließ es vor ihren Augen baumeln. Die Wirkung war überwältigend. Ihr stolzer, hochmütiger Gesichtsausdruck war wie weggewischt, leidenschaftliche Erregung trat an seine Stelle. Peters glaubte in einer Flut von Fragen, überstürzt hervorgestoßenen Fragen, zu ertrinken. Sie entriß ihm das Medaillon.

»He – geben Sie's zurück. Es gehört mir – er hat's mir gegeben.«

»Wer? Wer hat es Ihnen gegeben? Wo ist er? Wo hat er's Ihnen gegeben?«

Mürrisch machte Peters eine Kopfbewegung zur Erde hin. Eliza war so erregt, daß sie ihren Augen kaum traute, als sie Francis mit aschfahlem Gesicht, geschlossenen Augen und blutverkrusteter Uniformjacke hinter dem fremden Soldaten liegen sah. Sie stürzte auf ihn zu, schluchzte vor Erleichterung, strich ihm über die Haare, flehte ihn an, die Augen zu öffnen, und bedeckte sein Gesicht mit Küssen. Er bewegte sich nicht. Die Sergeanten zogen sie gewaltsam von ihm weg, und Peters hielt sie nicht ohne ein gewisses Vergnügen fest, während die anderen Francis so behutsam wie möglich auf die Bahre legten.

»Können wir gehen, Madam?« Eliza riß sich von Peters los.

»Lebt er? Ist er wirklich noch am Leben? Darf man ihn überhaupt transportieren? Bitte, sagen Sie mir doch, ob er noch lebt.«

Einer der Krankenträger wandte sich zu ihr um. »Er lebt, aber nicht mehr lange, wenn wir uns nicht beeilen.«

Eliza wandte sich sofort zum Gehen, das Medaillon fest umklammert. Peters war empört, weil ihm für seine wichtige Rolle in dem Drama kein Tribut gezollt worden war. Er wollte seinen Lohn haben!

»Und was is' mit mir? Wo is' mein Medaillon? Er hat mir das Medaillon versprochen – und ich bin bei ihm geblieben – die ganze Nacht, wie ich's versprochen hab. Er wär schon tot ohne mich.«

Eliza blieb stehen. Wenn dieser Mann nicht gewesen wäre, würde sie vermutlich immer noch auf dem Schlachtfeld herumstolpern und vergeblich nach Francis suchen. Sie drehte sich zu ihm um.

»Ich war die ganze Nacht bei ihm, ich sag's Ihnen. Ich hab Räuber von ihm vertrieben – schaun Sie seine Jacke an, wie die zerrissen ist, alle Borten abgefetzt, und sie hätten ihn abgemurkst ohne mich. Er wurde wach und sagte, daß ich das Medaillon kriege, wenn ich bis zum Morgen bei ihm bleibe. Er hat's mir versprochen, Lady. Er sagte, er wird ein gutes Wort bei meinem Sergeanten einlegen und so weiter. Sie hätten ihn jetzt nicht ohne mich.«

»Drehen Sie sich um!« kommandierte Eliza. Peters starrte sie dümmlich an. »Drehen Sie sich um. Ich gebe Ihnen das Medaillon nicht, weil es mir viel wertvoller ist, als es für Sie je sein könnte. Aber Sie bekommen von mir etwas, das Sie für weitaus mehr verkaufen können, wenn …«, ihre Stimme hob sich ungeduldig, »… wenn Sie sich endlich umdrehen.«

Peters drehte ihr zögernd den Rücken zu.

Eliza arbeitete sich durch die vielen Lagen ihrer ekelhaften Verkleidung durch, bis sie schließlich zu ihrem Hemd kam, das im Vergleich zu den anderen Sachen unglaublich weiß aussah. Hastig nestelte sie eine der Diamantbroschen los. Es war eine hübsche, zierliche Mondsichel mit drei, vier lupenreinen Steinen. Mr.

Lambert hatte ihr diese Brosche als Hochzeitsgeschenk überreicht. »Eine Kleinigkeit, meine Liebe, die du im Notfall verkaufen kannst«, hatte er gesagt. Es kam Eliza so vor, als ob es gar keinen größeren Notfall geben könnte als gerade jetzt. Francis' Leben war mit einer Diamantbrosche lächerlich billig bezahlt. Sie wandte sich um und hielt sie Peters auf der flachen Hand hin. Das Sonnenlicht brach sich in den Facetten und ließ sie in allen Farben glitzern. Peters nahm die Brosche, schaute sie ein Weilchen an und musterte dann Eliza voller Bewunderung.

»Sie sind also wirklich eine echte Lady, Madam?« wollte er wissen.

»Auf Wiedersehen«, sagte Eliza. Sie wußte, daß sie eigentlich irgendwelche Worte des Dankes hätte äußern müssen. Doch das, wofür sie zu danken hatte, war so ungeheuer, daß Worte dafür nicht ausreichten. Außerdem waren die Manieren dieses Mannes so abscheulich, daß er ihren Dank vermutlich falsch auslegen würde. Rasch drehte sie sich um und lief hinter den zwei Bahrenträgern her, rutschend, stolpernd und humpelnd in William Cowpers Stiefeln, das Medaillon fest in der Hand.

17

Elizas Erleichterung war nur von kurzer Dauer. Sie arbeiteten sich mühselig den Seitenabhang des Tales hinauf, quer durch das Schlachtfeld, über dem die Hitze flimmerte und unzählige Fliegenschwärme summten. Oben angekommen, stellten sie fest, daß das Feldlazarett schon zu drei Vierteln abgebrochen worden war. Die Verwundeten wurden auf Karren geladen, um nach Brüssel transportiert zu werden. Eliza war außer sich.

»Wo ist Mr. Johns?« Ein Soldat schaute von den Gepäckstücken hoch, die er gerade zusammenschnürte.

»Unterwegs nach Paris«, erklärte er kurz angebunden.

»Aber er hat versprochen, mir zu helfen, falls ich vor Anbruch der Dunkelheit zurückkomme«, rief Eliza voller Verzweiflung.

»Er hat nun mal seine Befehle. Vor einer Stunde ist er los. Das ganze Regiment soll hinter den Franzosen herziehen.«

Eliza kehrte mit so bleichem Gesicht zu dem wartenden Grüppchen zurück, daß sich jedes Wort erübrigte. Die beiden Sergeanten waren offensichtlich ebenso verstört über die Entwicklung der Dinge wie Eliza, wenn auch aus anderen Gründen.

»Bitte, lassen Sie mich jetzt nicht im Stich«, flehte sie. »Bringen Sie ihn mir zuliebe ins Dorf, bitte, bitte! Lassen Sie uns nicht hier!«

»Wir müßten längst weiter«, sagte der eine.

»Das können Sie ja bald«, erwiderte sie rasch. »Schaffen Sie ihn nur nach Mont St. Jean. Ich bitte Sie inständig. Diesen letzten Gefallen ...« Ihre Stimme versagte.

Die Sergeanten seufzten und berieten ein Weilchen flüsternd. Dann nahmen sie zu Elizas unsäglicher Erleichterung die Bahre wieder auf und machten sich mit ihrer Last auf den Weg.

Mont St. Jean war völlig überfüllt. Jede Hütte oder Scheune, selbst jeder Schweinestall war voll von Verwundeten, jeder Brunnen war von einer Horde halbverdursteter Männer umlagert. Die Sonne stieg höher, und Eliza dachte einen Augenblick lang daran, wie schrecklich es sein mußte, verwundet und hilflos, den sengenden Sonnenstrahlen ausgeliefert, dort draußen auf dem Schlachtfeld zu liegen.

Sie trotteten durch das Dorf, fragten an jeder Tür nach einem Ruheplatz für den Verwundeten, doch abgesehen von der Dorfstraße selbst schien kein Quadratzentimeter mehr frei zu sein. Eine Frau gab ihnen wenigstens einen Becher mit Wasser, das Eliza Francis einflößte, konnte ihnen aber auch nicht weiterhelfen. Francis hatte inzwischen hohes Fieber und schwitzte auf seiner Behelfsbahre. Eliza musterte immer wieder seine verwundete Seite und erkannte mit ihren nunmehr etwas geschulten Augen, daß er ärztliche Hilfe bitter nötig hatte – und zwar bald.

»Es muß doch irgendeine Möglichkeit geben«, sagte Eliza verzweifelt zu der Frau, die ihnen Wasser gegeben hatte.

»Hier im Dorf nicht.«

»Dann eben irgendwo in der Nähe!«

»Tja – ungefähr eine halbe Stunde weit von hier, in östlicher Richtung, hat mein Bruder einen Bauernhof ...«

»Wo?«

Die Frau deutete mit dem Finger und gab einige kurze Erklärungen.

»Können Sie ihn noch ein Weilchen tragen?« wandte sich Eliza bittend an die Männer. Sie wechselten Blicke und nickten dann. In der größten Mittagshitze verließen sie das Dorf und gingen zwischen Kornfeldern am Waldrand entlang. Die Hitze war mörderisch, der Roggen zitterte und schimmerte im leichten Windhauch. Die Männer sagten kein Wort, und Eliza folgte ihnen mit gesenktem Kopf.

Der Bauernhof war klein, und die Scheune war bereits mit Verwundeten der alliierten Truppen überfüllt. Der mürrische, wortkarge Bauer ließ jedoch zu, daß Francis in eine große Holzkrippe im Kuhstall gelegt wurde. Eliza kam es geradezu paradiesisch vor. Eine hohe Holzwand trennte Krippe und Box von der Scheune, und es gab ausreichend Stroh als Unterlage. Nach dem gleißenden Sonnenlicht war es hier angenehm schattig und kühl. Die zwei Männer setzten ihre Bürde ab, deckten Francis mit der Decke zu und wandten sich zum Gehen.

»Wir müssen zurück zur Kompanie, Madam. Es geht nach Paris.«

Eliza war klar, daß sie von nun an völlig allein und auf sich gestellt sein würde. Ohne die Hilfe dieser Leute hätte sie es nie bis hierher geschafft, daran bestand kein Zweifel.

»Drehen Sie sich bitte um«, sagte sie nun schon zum zweiten Mal an diesem Tag. Es war vielleicht töricht, soviel von dem herzugeben, was ihr geblieben war, doch sie wollte irgendwie Dankbarkeit ausdrücken. Sie zog ihren kleinen Vorrat an Gold heraus, der, in ein Taschentuch eingewickelt, an ihren Unterrock geheftet war, und holte die zweite Diamantbrosche und das Armband heraus. Dann ging sie zur Tür zurück.

»Sie können sich umdrehen.«

Mit ausgestreckten Händen hielt sie ihnen die Schmuckstücke und Münzen hin.

»Sie verdienen weit mehr, aber ich habe nicht mehr zu geben.«

Die Männer machten verlegene Gesichter.

»Nehmen Sie die Sachen. Ich will sie nicht, und Sie können sie gebrauchen. Aber streiten Sie sich bitte nicht darum«, fügte sie dann noch hinzu.

Sie schauten einander an und scharrten unschlüssig mit den Füßen.

»Dann lasse ich sie hier liegen.«

Mit großer Gebärde ließ Eliza die Juwelen und Goldstücke auf die Erde fallen und ging wieder in den Kuhstall. Hinter ihr gab es einige Bewegung, und als sie sich umblickte, waren Männer, Münzen und Schmuckstücke verschwunden.

Sie war unendlich müde, hungrig und durstig, doch daran durfte sie jetzt nicht denken. Francis lag fiebernd und stöhnend auf seinem Lager. Wenn sie sich nicht sofort um ihn kümmerte, würden alle Bemühungen und die ganze Ausdauer der drei vergangenen Tage umsonst gewesen sein. Eliza stieß die Tür soweit wie möglich auf, um genügend Licht hereinzulassen, bevor sie Francis' Hüfte und Bein untersuchte. Es war eine Kartätschenwunde, wie sie schon befürchtet hatte. Kleine, ausgezackte Metallteile hatten sich von der Brust abwärts bis zum Knie in sein Fleisch gebohrt. Wie bei der allerersten Wunde, die sie am Vortag zu sehen bekommen hatte, waren Stoffetzen seiner Uniform in die Wunde geraten. Am Vortag hatte sie fachmännische Ratschläge, Pinzetten, Salben, Pflaster, Alkohol und Opiate gehabt. Heute hatte sie nur ihre Kleidung und ihre Finger. Gestern hatte sie helfen wollen, weil es keine andere Möglichkeit gab, doch heute lag all ihr Glück, ihr Lebensinhalt völlig hilflos in einer Krippe vor ihr.

In der dämmrigen Scheune zog sich Eliza die vielen Lagen ihrer Kleidung aus, wählte ihren Unterrock und die saubersten Teile des untersten Hemdes und riß sie in Streifen. In Kniehosen und William Cowpers Hemd gekleidet, lief sie auf den Hof hinaus, um Wasser zu holen. Die Pumpe war umlagert. Geschrei brach los, als sie sich näherte, und sie erkannte, daß sie sich auf einen Kampf einlassen müßte, um auch nur einen Becher voll Wasser zu ergattern. Eliza lief um die Männer herum und stieß die Tür des Bauernhauses auf. Der Bauer, seine Frau, seine Söhne und zwei Knechte saßen um einen Tisch. Der Bauer schrie irgend etwas.

»Ich brauche Wasser.«

»Draußen«, kreischte die Frau. »Draußen gibt's Wasser.«

»Ich kriege nicht genug. Ich brauche es für meinen Mann.«

Sechs Gesichter wandten sich zu ihr um.

»Ich bin eine Frau«, sagte Eliza verlegen.

Die Bäuerin sagte etwas zu ihrem Mann, doch er schüttelte den Kopf.

»Der Brunnen ist draußen«, wiederholte er. »Dort gibt es Wasser für Sie.«

»Wo bekommen Sie Ihr Wasser her?« fragte Eliza.

Die Bäuerin sprach wieder hastig auf ihren Mann ein »Wenn wir Ihnen Wasser geben, wollen alle welches haben«; sagte er barsch zu Eliza.

»Ich werde es kaufen.«

Einer der Söhne lachte.

»Ich werde es kaufen«, sagte Eliza noch einmal. Sie faßte unter ihr Hemd und zog die Perlenkette heraus. »Ich gebe Ihnen eine Perle für einen Eimer mit sauberem Wasser. Eine Perle für einen Krug Wein und eine Perle für Brot.«

Ein wildes Durcheinander brach am Tisch aus. Der eine Sohn prustete vor Lachen los, den ganzen Mund voller Brot. Umständlich erhob sich der Bauer und trat zu Eliza.

»Je zwei Perlen für Wasser und Wein und Brot.«

»Eine für Wein und eine für Brot. Zwei für das Wasser.«

Der Bauer warf seiner Frau einen Blick zu, und sie nickte. Einer der Söhne öffnete eine Tür, und Eliza sah in eine kleine halbdunkle Kammer, die entfernt an den luftigen Pumpenraum in Nashbourn erinnerte. Gleich darauf hörte Eliza das wundervolle, willkommene Geräusch, wenn Wasser aus der Tiefe heraufgepumpt wird. Der Sohn kam mit einem großen Holzeimer zurück. Eliza streckte die Hand nach Brot und Wein aus.

»Zuerst die Perlen«, sagte der Bauer, nahm ein Messer vom Tisch und hielt es Eliza hin. Zwischen jeder einzelnen Perle war der Faden geknüpft, und sie schnitt vier der schimmernden Kügelchen ab. Die übrigen knotete sie in ihrem Nacken zusammen.

»Helfen Sie mir?« fragte sie dann den Sohn, der den Eimer trug. Er nickte.

»Nicht durch den Hof«, sagte der Bauer.

Er öffnete die Tür zum Pumpenraum, und der Sohn gab mit einer Handbewegung zu verstehen, daß Eliza ihm folgen solle. Er führte sie einen dunklen Gang entlang, von dem man in einen kleinen Gemüsegarten hinter dem Haus gelangte. Von dort konnte man wiederum an der Scheune entlang zum Kuhstall am hinteren Ende schlüpfen, ohne durch den Hof gehen zu müssen, wo es von Soldaten wimmelte.

Eliza aß einen Bissen Brot, trank einen Schluck Wein, flößte Francis etwas Wasser ein und machte sich dann an die Arbeit. Den ganzen Nachmittag über plagte sie sich ab, versorgte die Wunden, holte immer mehr Geschosse heraus und war stets von neuem entsetzt, wenn bei ihren Bemühungen heftige Blutungen einsetzten. Francis sah geisterhaft bleich aus und atmete nur mühsam. Seit sie ihn gefunden hatte, hatte er noch kein einziges Mal die Augen geöffnet, nicht einmal beim Trinken. Das Häufchen aus Metallstückchen wuchs, und überall lagen blutgetränkte Stoffetzen auf dem Stroh. Die Wunde sah inzwischen zwar etwas sauberer, aber immer noch schrecklich aus. Eliza wußte, daß Dr. Johns sie genäht hätte. Am meisten sorgte sie sich wegen der Verwundung am Knie, denn einige Knochensplitter ließen vermuten, daß ihn dort ein schwereres Geschoß getroffen hatte. Eliza konnte jedoch kein Projektil finden und hoffte inständig, daß es nicht noch tiefer steckte.

Als das Licht schwächer wurde, drückte Eliza zusammengeknüllte Fetzen ihres Hemdes, die sie mit Wein und Wasser benetzt hatte, gegen die Wunde. Dann knüpfte sie Stoffstreifen zusammen und versuchte, über der provisorischen Kompresse feste Bandagen anzulegen. Dies stellte sich als eine ungemein schwierige Aufgabe heraus. Francis lag so schwer und unbeweglich da wie ein Toter, doch sie mußte die Bandagen irgendwie zwischen seinem Körper und der Uniformjacke hindurchführen. Sie wagte es nicht, ihm die Jacke auszuziehen – außerdem war es höchst zweifelhaft, ob sie es geschafft hätte –, da er so stark schwitzte. Falls sie andererseits die Bandagen über seiner Jacke anlegte, würden sie nicht fest genug auf die Wunde drücken, um die Wundränder zu schließen. Vor Anstrengung keuchend, mühte sie sich weiter ab, während es immer dunkler und gleichzeitig feucht-kühl wurde. Das einzig Gute an diesem Nachmittag war gewesen, daß sie weder gestört noch etwa gar angepöbelt worden war. Vielleicht vermuteten die Soldaten, daß sie sich immer noch im Bauernhaus aufhielt.

Eliza wand die letzte Bandage um Francis' Schenkel und beugte sich hinunter, um sein Gesicht zu betasten. Es war naß – doch nicht klebrig von Schweiß, sondern von Tränen benetzt. Mit einem leisen Aufschrei neigte sie sich noch tiefer, sah seine glänzenden Augen und fühlte seine rechte Hand, die nach ihr tastete und ihren Kopf dann an seine Schulter preßte.

»Eliza. Ein Wunder. Eliza, Eliza.«

Auch sie weinte nun, Wange an Wange mit ihm, in gekrümmter Haltung über ihn geneigt, um seine Wunden nicht zu berühren. Er murmelte unverständliche, unzusammenhängende Worte und dann immer wieder ihren Namen

»Eliza! Liebste, Geliebte. Eliza. Geliebte Eliza. Eliza.«

Sie klammerten sich in der Dunkelheit aneinander. Eliza war glücklich. Selbst wenn der Morgen niemals käme, selbst wenn dies der letzte Augenblick wäre, dann hätte es sich gelohnt. Er erkannte sie, sie hatte ihn wiedergesehen, sie waren zusammen. Sie fragte ihn nicht nach seinen Schmerzen, er fragte sie nicht, wieso sie eigentlich da war oder wo er sich überhaupt befand. Sie hielten einander nur fest und flüsterten sich irgendwelche Worte zu.

Dann bat er sie plötzlich mit so normaler Stimme um Wasser, daß sie am liebsten laut jubiliert hätte. Sie reichte ihm Wasser, er trank es, ergriff dann ihre Hand und schlief friedlich ein. Nach einiger Zeit entzog sie sich ihm sacht, stand auf und schloß die Tür. Zur Sicherheit lehnte sie einen Holzbalken dagegen, der umfallen und sie dadurch aufwecken würde, falls jemand einzudringen versuchte. Neben Francis' Krippe machte sie sich auf dem Fußboden ein Lager zurecht, indem sie im Dunkeln herumkroch und Stroh aufhäufte. Von der anderen Seite der Trennwand ertönte beruhigendes Muhen und Grunzen von Kühen und Schweinen. Eliza zog sich wieder die nunmehr schon vertraute Uniformjacke an, legte sich nieder, eine Hand an der fest um ihren Hals verknoteten Perlenkette, und schlief ein.

Drei Tage lang pflegte sie ihn aufopfernd. Jeweils am Morgen und am Abend schlich sie hinter der Scheune zum Bauernhaus hinüber und erhandelte sich mit ihrem schwindenden Perlenvorrat Suppe, Wein, Wasser und Brot. Es war ihr klar, daß sie Francis eigentlich für eine gewisse Zeit allein lassen müßte, um irgendwo einen Arzt für ihn aufzutreiben, doch sie brachte es nicht über sich. Sie konnte nicht wissen, daß ein Arzt ihm in diesen ersten Tagen gar nicht hätte helfen können. Sie hatte mit angesehen, wie Johns bei den Verwundeten Zugpflaster oder Blutegel angesetzt hatte, doch sie konnte sich nicht dazu aufraffen, Francis zur Ader zu lassen. Unbewußt erhielt sie ihm auf diese Weise seine Kraft. Täglich wusch sie seine Wunden und die behelfsmäßigen Bandagen. Täglich verband sie ihn von neuem mit den zerfetzten Stoffstreifen. Nachts wälzte er sich immer noch im Fieber und redete ab und zu wirres Zeug, doch tagsüber war er bei Bewußtsein, beobachtete sie ständig und wollte sich immer wieder alles erzählen lassen.

Es kam Eliza so vor, als würde sie ihm mindestens zehnmal am Tag ihre Abenteuer schildern. Mitunter lachte sie und sagte ihm, daß sie doch schon alles berichtet hätte, doch er bestand darauf, es nochmals zu hören. »Du bist ein Wunder, ein echtes Wunder!« rief er dann. Er bat sie, die Uniformjacke anzuziehen, damit er sich besser vorstellen könne, was sie tatsächlich getan und wo sie am vorherigen Sonntag gewesen war. Am Morgen des dritten Tages stattete Eliza wie gewohnt dem Bauernhaus ihren Besuch ab. Die Bäuerin war inzwischen sehr freundlich geworden und begrüßte sie mit einer großartigen Pantomime aus Zublinzeln und Nicken. Eliza war etwas verwirrt. Sie machte ihr übliches Tauschgeschäft und fühlte sich dann plötzlich ohne viel Umstände zurück in den Pumpenraum gezogen. Die Bauersfrau holte aus einem Wandschrank ein Bündel, stopfte es Eliza in den Arm, legte den Finger auf die Lippen, runzelte die Stirn, zog die Augenbrauen hoch, um ihr Stillschweigen zu befehlen, und schubste sie auf den Hof hinaus. Als Eliza das Bündel im Kuhstall aufrollte, fand sie ein Kleid aus grobem Tuch, ein vielfach geflicktes Hemd, mehrere Leintücher und einen Kamm.

Eliza hätte sich über viele Seidenballen und kostbarste Juwelen nicht mehr freuen können. Seit fast sechs Tagen steckte sie nun schon in Kniehosen, seit sechs Tagen hatte sie ihre Haare nur mit den Fingern glätten können. Ihre Begeisterung war ungeheuer. Sie wusch sich, zog das Kleid an und wirbelte dann zur Freude von Francis im Stall herum, schnippte mit den Fingern und schnitt Grimassen. Das Kleid stand ihr ungefähr so gut, wie ein Mehlsack an einem Besen ausgesehen hätte, und Francis lachte so herzlich, wie es seine Verwundungen gerade noch zuließen. Als nächstes wollte sie ihn waschen, neu verbinden und ihm dann das saubere Hemd anziehen.

Als sie den Eimer näher heranholte, merkte sie, daß sie an diesem Tag nicht genügend Wasser mitgebracht hatte. Da sie mit dem Kleiderbündel beladen gewesen war, hatte sie nur eine Hand frei gehabt, und das war nun das Ergebnis. Um Francis und die Bandagen so sorgsam zu waschen, wie es unbedingt nötig war, würde sie mehr Wasser brauchen, als vorhanden war. Also mußte sie wohl oder übel noch einen Eimer Wasser holen. Da sie sich an diesem Morgen so glücklich fühlte, war sie auch mutig genug, zu der Pumpe im Hof zu gehen und die Späße und Anzüglichkeiten der Soldaten über sich ergehen zu lassen.

»Ich bin gleich zurück«, sagte sie und nahm den Eimer auf. »Es dauert nur ein paar Minuten.« Summend lief sie in den Sonnenschein hinaus.

Sie wurde von einigen Zurufen begrüßt, als sie näher kam. Doch die meisten Männer drängten sich um die Pumpe. Am Rande der Gruppe standen einige auf Zehenspitzen, um auch einen Blick auf einen Gegenstand werfen zu können, der offenbar der Mittelpunkt des Interesses war. Eliza zögerte unschlüssig. Es würde bestimmt nicht so leicht und unauffällig zu schaffen sein, den Eimer mit Wasser zu füllen, wie sie gehofft hatte.

Als sie ihre Schritte verlangsamte, bemerkten einige Soldaten aus der Gruppe sie und riefen ihren Kameraden etwas zu. Die Gruppe zerteilte sich, und einige Männer grinsten sie an. Schwärzliche Zähne in schmutzigen, unrasierten Gesichtern – wahrlich kein schöner Anblick. Eliza zögerte immer noch. Vielleicht sollte sie lieber unverrichteterdinge zu Francis zurückkehren. Da sie nun entdeckt war, würde es mit der Ruhe und Ungestörtheit der letzten achtundvierzig Stunden, die so entscheidend für Francis' Genesung gewesen waren, aus und vorbei sein. Sie wandte sich um, doch mehrere Männer riefen ihr etwas in einer Sprache zu, die sie nicht verstand. Sie hörte lediglich am Tonfall eine Bitte heraus und schaute sich noch einmal um. Drei oder vier Soldaten kamen auf sie zu, und einer wedelte mit einem gelblichen Papier herum, das engzeilig mit schwarzer Tinte beschrieben war. Der Mann wiederholte seine Frage oder Bitte, doch Eliza schüttelte den Kopf.

»Ich verstehe Sie nicht.«

Der Soldat versuchte es noch einmal und machte den anderen mit viel Gestikulieren klar, daß auch sie ihr Glück versuchen sollten. Einer von ihnen brachte schließlich ein kaum verständliches französisches Wort heraus.

»*Anglaise?*«

»*Anglaise?* O ja. Ja, ich bin Engländerin.«

Der Soldat redete immer noch sein unverständliches Kauderwelsch und drückte Eliza das Papier in die Hand. Sie lächelte den Umstehenden zu.

»Vielen Dank«, sagte sie.

Alle redeten durcheinander und umringten sie. Keiner wollte weggehen. Sie deuteten auf das Papier und stellten ihr immer neue Fragen. Eliza setzte den Eimer ab und nahm das Papier in beide Hände. Es war mit unbeholfenen Blockbuchstaben überschrieben: ›Vorläufige Verluste – Kavallerie.‹

Eliza bekam eine trockene Kehle. Ihre Gedanken hatten nur um Francis gekreist, hatten so ausschließlich ihm gegolten, daß sie alles und jeden außer ihm vergessen hatte. Hastig überflog sie die Zeilen, die vielen, vielen Namen – es mußten Hunderte sein –, von denen sie keinen kannte. Gott sei Dank, dachte sie, keiner ist hier verzeichnet, vor allem ist er nicht auf der Liste, er ist irgendwo in Sicherheit, wie konnte ich ihn bloß vergessen …

›Howell, Pelham, Capt.‹, las sie dann plötzlich ganz unten auf der zweiten Seite in der Rubrik ›Königliche Dragoner‹. Hinter seinem Namen stand der Buchstabe ›t‹ und nicht ›v‹. Was bedeutete ›t‹? Was sollte dieses ›t‹? Die kleingedruckte Erklärung unter der Namensliste klärte sie auf. ›v‹ stand für vermißt, ›t‹ für tot. ›Howell, Pelham, Captain of the Royal Dragoons‹ – tot!

Eliza schrie auf, wieder und wieder, hielt das Papier umklammert und starrte mit weit aufgerissenen, trockenen Augen ins Leere. Dann ließ sie die Liste fallen und warf sich in den Schmutz zwischen all die zerschlissenen, verdreckten Stiefel der Soldaten und begann hemmungslos zu weinen.

Die Männer schauten eine Weile voller Verwunderung und Schrecken zu, wie sie sich hin und her wand und mit den Fäusten auf die Erde schlug, bis schließlich einer die Verlustliste aufhob und zu kleinen Papierschnitzeln zerfetzte, damit sie kein weiteres Unheil anrichten konnte. Zwei Männer mittleren Alters versuchten Eliza hochzuheben, doch ihre Berührung schien sie zu erschrecken. Schluchzend und keuchend versuchte sie in dem unförmigen Gewand auf die Füße zu kommen. Ihr Gesicht war tränenverschmiert und schmutzig, das Haar in wirren Strähnen.

Wie blind bahnte sie sich einen Weg durch die Gruppe und lief zu dem offenen Hoftor, über die sonnenhelle Straße zu den Kornfeldern. Beim Laufen strauchelte sie immer wieder, doch es war ihr völlig gleichgültig, wie sehr sie das Kleid zerriß, das ihr noch eine halbe Stunde zuvor soviel Freude bereitet hatte. Sie rannte quer über die Straße und stürzte sich dann in das Kornfeld, als wäre es ein großes Meer. Die Soldaten im Hof sahen hinter ihr her, sahen sie der Länge nach hinfallen und ihren Blicken entschwinden – verborgen hinter dem schimmernden Gold der wogenden Ähren. Einige wollten ihr folgen, wurden aber von den anderen zurückgehalten.

Zwischen den stacheligen, leise raschelnden Halmen hörte Eliza allmählich auf zu weinen. In ihrem unsäglichen Kummer kam ihr plötzlich der Gedanke, daß sie den grausamen Schock verdient hatte, den Pelhams Tod für sie bedeutete. Sie hatte Francis versprochen, Pelham nie zu vergessen, denn schließlich verdankten sie einander ja ihm, nur ihm, und doch hatte sie ihn vergessen. Sie hatte überhaupt nicht daran gedacht, nach Pelham zu suchen, sobald sie Francis gefunden hatte. Vielleicht war er an Wunden gestorben, die sie hätte pflegen können.

Sie hatte ihn vergessen, weil sie müde, überarbeitet und nicht ganz bei Sinnen gewesen war, und das ausgerechnet zu einem Zeitpunkt, an dem er es am nötigsten gebraucht hätte, daß man sich seiner erinnerte. Sie hatte ihm ihr Glück zu verdanken und hatte trotzdem nicht mehr an ihn gedacht. Wie würde Francis damit fertig werden? Wie sollte sie es ihm sagen? Vorläufig war es ganz unmöglich, denn der Schock wäre zu groß. Was war mit den Howells? Wie würde Mrs. Howell die

Nachricht vom Tod ihres über alles geliebten Sohnes aufnehmen? Wie sollten sie alle ohne Pelham weiterexistieren, der seit so langer Zeit ein wichtiger Bestandteil ihres Lebens war? Wie würden die Tage ohne sein Gesicht, seine Scherze und seine Freundlichkeit aussehen?

Sie setzte sich langsam auf und wischte sich Erdklümpchen und Strohhalme von den Händen. Vor ihr stieg das traurige Bild auf, wie Pelham allein von Marchants weggeritten war, nachdem sie ihn fortgeschickt hatte. Sie versuchte sich anderer Augenblicke zu entsinnen, schönerer, glücklicherer, doch sie sah immer nur diese einsame Gestalt vor sich, die mit gesenktem Kopf und hängenden Schultern davongetrabt war. Sie hatte sich nicht einmal in Brüssel auf die Weise von ihm verabschiedet, wie er es sich bestimmt ersehnt hatte. Sie war seinem Blick ausgewichen, so daß er das nicht hatte aussprechen können, was er vorgehabt hatte. Oh, sie war selbstsüchtig, selbstsüchtig, selbstsüchtig. Sie hatte ihn nie auf die Weise lieben können wie Francis, aber er war ihr wie ein geliebter Bruder gewesen. Und doch hatte sie ihm stets den Trost versagt, den es vielleicht für ihn bedeutet hätte, ihr sein Herz auszuschütten – hatte ihn schließlich völlig vergessen!

Eliza erhob sich ungelenk, strich sich weder die Haare noch das Kleid glatt, sondern ging in der Schneise zurück, die sie in das Kornfeld gerissen hatte. Die Soldaten im Hof ließen sie stumm zwischen sich hindurch, und Eliza ging ganz mechanisch zum Kuhstall. Kurz vor der Tür blieb sie stehen und schien nach etwas zu suchen. Ein Junge ergriff den Eimer, rannte hinüber und gab ihn ihr. Eliza schaute ihn blicklos an, lächelte dann ganz leicht und fuhr sich mit der freien Hand ins wirre Haar. Einen winzigen Augenblick wandte sie sich um, ließ den Blick über die Männer schweifen, die sie alle anstarrten, und ging dann weiter, um den Stall herum, zu Francis.

Sie stellte den Eimer auf den Boden und versuchte, das Gesicht möglichst abzuwenden.

»Was ist geschehen, Eliza? Du warst so lange weg, daß ich mir schon Sorgen machte. Außerdem hat jemand draußen im Hof geschrien. Ich wußte, daß du's nicht sein konntest, weil du dort nicht entlanggehst, aber es klang nach einer Frau ...«

»Ich war es«, sagte sie.

Er versuchte sich aufzustützen, fand aber im Stroh keinen rechten Halt.

»Was ist passiert? Liebste, erzähl es mir, ich bitte dich. Ich kann alles ertragen. Nur das Nichtwissen, das kann ich nicht ertragen. Komm her, komm zu mir.«

Sie kniete sich neben die Futterkrippe und hob ihr tränenverschmiertes Gesicht zu ihm hoch.

»Ich bin zum Brunnen im Hof gegangen, um möglichst schnell wieder bei dir zu sein. Die Soldaten hatten eine Verwundetenliste, die sie nicht entziffern konnten. Sie war auf englisch geschrieben. Sie gaben mir die Liste. Es ging um die Kavallerie ...« Ihre Stimme versagte. Sie senkte den Kopf, und eine heiße Träne fiel auf Francis' Hand, die sich am Rand der Krippe festklammerte.

»Pelham«, flüsterte sie und lehnte die Stirn an das rauhe Holz.

»Ich – ich wußte es«, stammelte Francis. Er zwängte seine Hand zwischen die Holzkante und Elizas Gesicht und drehte sich zur Seite, um seine Wange auf ihr Haar zu legen. »Quäle dich nicht damit, daß du es mir erzählt hast. Ich wußte es.«

Als Eliza spät in dieser Nacht für Francis ein möglichst bequemes Lager bereitet hatte, legte sie sich wie üblich ins Heu und überließ sich den Gedanken, die sie nicht verdrängen konnte. Sie glaubte, daß Francis schon schliefe, und versuchte, ihr Weinen zu unterdrücken, um ihn nicht zu wecken. Sie preßte den dicken Stoff der Uniformjacke gegen ihre Lippen und biß auf die goldenen Tressen. Wenn Francis sich nun doch nicht mehr erholte? Vielleicht bildete sie sich in ihrer Unerfahrenheit nur ein, daß es ihm schon bessergehe, weil sie es so inständig ersehnte. Vielleicht würde sie all jene verlieren, die ihr lieb und teuer waren, weil sie ihnen nicht half oder nicht die richtige Art von Hilfe gab.

»Eliza?«

Sie fuhr hoch.

»Francis! Ich dachte, du schläfst schon. Hast du Schmerzen?«

»Nein, nicht mehr als üblich. Es ist etwas anderes ...«

Seine Stimme klang brüchig und fast fremd. Eliza stand auf, nur in ihr Soldatenhemd gekleidet, und beugte sich über ihn.

Er tastete nach ihrer Hand und führte sie dann an seinen Mund. Er zitterte.

»Komm zu mir.«

»Jetzt? Wo du ... Oh, Liebster, es wird dir so weh tun, wird deine Wunden wieder aufreißen ...«

»Bitte«, sagte er. Dann schlüpfte er mit der Hand unter ihr Hemd und strich ihr über Schenkel und Hüfte. »Der Schmerz macht mir nichts aus, er ist nichts, spielt keine Rolle – nicht dieser Schmerz ...« Er hielt inne. Da er nicht weitersprach, beugte Eliza sich über ihn, bis ihre beiden Gesichter einander fast berührten.

»Ich brauche dich so«, flüsterte Francis.

Eliza wachte im ersten Morgengrauen auf, völlig steif und fest eingezwängt zwischen der Holzwand und Francis. Gezwungenermaßen schlief er auf dem Rücken, hatte die Haare voller Strohhalme und schwärzliche Bartstoppeln auf Kinn und Wangen. Eliza beugte sich über ihn und küßte ihn auf den Mund. Er lächelte und murmelte irgend etwas, öffnete aber nicht die Augen.

Vorsichtig krabbelte Eliza über ihn und ließ sich dann auf den Boden hinunter. Während sie sich ankleidete, überkamen sie die Erinnerungen. Die vergangene Nacht hatte immerhin bewirkt, daß Pelhams Verlust nicht mehr ganz so unerträglich schmerzhaft war. Sie kämmte sich, wischte sich mit dem Rocksaum über das Gesicht und nahm den Eimer, um ihren allmorgendlichen Gang zu tun.

Als sie mit dem Wasser zurückkam, erwartete Francis sie lächelnd und mit hellwachen Augen. Kaum war sie in seiner Nähe, als er sie auch schon an sich zog, ohne einen Gedanken an seine Wunden zu verschwenden.

»Nein! Nein! Ich muß dich waschen – gestern habe ich deine Wunde nicht richtig säubern können, und ich werde keine Ruhe geben, bis ich es getan habe.«

»Es ist ja noch nicht einmal ganz hell«, sagte Francis so genießerisch, als ob ein Tag voller Vergnügungen vor ihm läge. »Du hast noch unendlich viel Zeit.«

»Ich möchte es aber jetzt gleich tun. Gestern war ich so – abgelenkt, daß ich es ganz vergessen habe. Doch jetzt muß ich es sofort nachholen.«

Sie kniete sich neben die Krippe und begann mit der schwierigen Aufgabe, die feuchten und blutverkrusteten Bandagen abzunehmen. Sobald Eliza sie zum Einweichen ins Wasser gelegt hatte, öffnete sie die Kuhstalltür weit, damit möglichst viel Licht bis in jene Ecke drang, in der sich Francis' Krankenlager befand. Sie beugte sich tief hinunter, um die Wunden ganz genau zu untersuchen, und stellte zu ihrer großen Erleichterung fest, daß die Schnitte und Risse an seiner Seite gut heilten. Natürlich würden Narben bleiben, da die Wundränder nicht zusammengenäht worden waren, doch sie konnte keinerlei Entzündung feststellen.

Unterhalb seiner Hüfte sah die Sache schon ganz anders aus. Eliza war heilfroh, daß Francis viel zu unbeweglich war, um selbst einen Blick darauf werfen zu können. Hier hatte ihn die volle Ladung getroffen. Täglich kamen neue Metallteilchen und Knochensplitter zum Vorschein. Das wäre an sich nicht so beunruhigend gewesen, doch Francis' Schenkel hatte bei Elizas gründlicher Inspektion am Vortag irgendwie verfärbt ausgesehen, und die Wunde selbst hatte immer noch geeitert. Mit gespielter Heiterkeit machte sich Eliza an die Arbeit, wusch und verband die obere Wunde. Als sie den Verband von Francis' Schenkel abwickelte, mußte sie einen Aufschrei unterdrücken. Es war inzwischen schlimmer, viel schlimmer geworden. Das Fleisch sah schwärzlich aus, und ein übler Gestank stieg von der Wunde auf, als sie sich tiefer beugte. Sie kniete vor ihm im Stroh, starrte sein Bein an und machte sich klar, daß sie mit ihrem ärztlichen Latein am Ende war. Sie konnte ihm nicht mehr helfen.

»Machst du dir wegen irgend etwas Sorgen?« fragte Francis.

»Ich glaube, daß ich dich ein Weilchen allein lassen muß, um irgendwo einen Chirurgen aufzutreiben«, sagte sie mit so gleichmütiger Stimme, wie sie es nur irgendwie zustande brachte.

Eine dunkle Gestalt erschien in der Tür. Weder Francis noch Eliza achteten darauf, da sie beide ganz damit beschäftigt waren, mit den Schlußfolgerungen fertig zu werden, die sich aus dem letzten Satz ergaben. Dann ertönte eine schroffe, englische Stimme, die ihnen beiden bekannt war.

»Erlaubt mir, euch diese Aufgabe abzunehmen. Ich werde einen Chirurgen herschaffen.«

18

Noch vor Einbruch der Nacht wurde Francis' Bein amputiert. Wegen der Blutvergiftung im Unterschenkel war diese Operation die einzige Möglichkeit, Francis' Leben zu retten. Sir Gerard war sofort nach Brüssel zurückgeritten, und zwar in einem Tempo, das bei der glühenden Augusthitze für einen sechzigjährigen Mann höchst bemerkenswert war. Am späten Nachmittag tauchte er völlig aufgelöst, aber triumphierend mit einem Chirurgen wieder auf, den die Aussicht auf ein fürstliches Honorar dazu bewogen hatte, an einem heißen Nachmittag zehn Meilen weit zu galoppieren.

Während Sir Gerards Abwesenheit bastelten die Soldaten im Hof emsig an einer Tragbahre. Die Bauersfrau war aufgrund von Sir Gerards Gold, das in ihrer Tasche klimperte, höchst willfährig und richtete einen angenehm kühlen Raum für Francis her. So vorsichtig wie möglich trug man ihn quer über den Hof und legte ihn dann auf ein weiches Bett, das sein Körper seit einer Woche entbehrt hatte. Der Transport bereitete ihm offensichtlich entsetzliche Qualen. Eliza ging neben der Bahre her und hielt seine Hand; sie sah, wie schneeweiß sein Gesicht war. Schweißperlen standen auf seiner Stirn und den Wangen. Als er endlich im Bett lag, wurden die Fensterläden gegen die flimmernde Hitze geschlossen. Eliza saß im Dämmerlicht neben ihm, strich ihm über die Stirn und sprach sanft und beruhigend auf ihn ein.

Ein- oder zweimal öffnete er die Augen und sah sie lächelnd an. »Mein Vater …«, begann er dann plötzlich mit besorgtem Tonfall, doch Eliza winkte ab.

»Ruhig, Liebster, es ist alles in Ordnung, denk nicht daran und mach dir keine Sorgen.«

Er nickte dankbar und schloß die Augen.

Der Chirurg stellte sich als ein fähiger kleiner Belgier heraus, ein kompetenter Mann, der die englische Sprache gut genug beherrschte, um Eliza zu ihrer Krankenpflege zu beglückwünschen.

»Das Aderlassen ist heute nicht mehr gebräuchlich. Nur die Armeeärzte hören nicht auf damit. Der ganze Organismus wird dadurch geschwächt. Es war klug von Ihnen, ihn nicht zur Ader zu lassen, Madame. Und die obere Wunde ist sauber, ja, ganz sauber. Sie wird heilen. Ich kann Sie weiterempfehlen, Madame.«

Er bat sie, ihn bei der Operation allein zu lassen, und zuerst stimmte sie ihm zu. Doch gleich darauf war sie entschlossen, auch diese letzte Qual einer qualvollen Zeit durchzustehen und bei Francis zu sein, falls er sie brauchte. Also setzte sie sich ans Kopfende des Bettes, bewaffnet mit Brandy für Francis und dem Bewußtsein, daß sie ja schon viele Amputationen miterlebt hatte; allerdings noch nie bei einem Menschen, den sie liebte. Sir Gerard stand am Fußende des Bettes und beobachtete mit undurchdringlichem Gesicht das Geschehen.

Trotz Francis' hartnäckigen Widerstands wurde er während der Operation ein- oder zweimal bewußtlos. Als alles vorüber war, schaute er mit mühsamem Lächeln zu Eliza auf.

»Was fängst du nun mit all meinen linken Stiefeln an?«

»Bitte ...!« flüsterte Eliza.

»Ich werde sehr gut mit einem Bein auskommen. Wenn du bei mir bist, sehe ich sowieso keinen Grund, wieso ich Arme oder Beine brauche. Ich habe noch nie ein menschliches Wesen gekannt, das so unerschöpflich erfinderisch und tapfer ist wie du.«

Der Chirurg trat ans Kopfende und wischte sich dabei die Hände an einem Tuch ab.

»Es wird Ihnen bald wieder gutgehen, Monsieur, sehr gut. Ich bin sicher, daß Madame Sie auch weiterhin so gut pflegt wie bisher. In den nächsten Tagen müssen Sie ganz ruhig liegen, und Madame muß auf jedes Anzeichen von Fieber achten. Doch ich glaube, daß alles gut verläuft. Ich komme in einer Woche wieder, um nach Ihnen zu sehen.«

Er verbeugte sich lächelnd. Sir Gerard hielt ihm die Tür auf.

»Du solltest jetzt schlafen«, sagte Eliza zu Francis, als der Arzt gegangen war. »Ich bleibe hier bei dir, bis du eingeschlafen bist, und ...«, sie warf ihrem Schwiegervater einen trotzigen Blick zu, »... ich möchte allein mit dir sein.«

Sir Gerard verließ ohne ein weiteres Wort oder einen Blick auf Francis und seine erstaunliche Frau das Zimmer.

Francis sah sie unverwandt an. »Geh nicht in seine Nähe, falls du Angst vor ihm hast.«

»Ich habe keine Angst. Er wird mir nichts mehr tun. Aber jetzt mach die Augen zu und träum etwas.«

Als sie ihn eine Viertelstunde später verließ und zu dem kleinen Raum hinaufging, den die Bauersfrau ihnen als eine Art Wohnzimmer zur Verfügung gestellt hatte, fand sie zu ihrer Bestürzung Sir Gerard vor. Er erhob sich bei ihrem Eintreten und machte eine Verbeugung, blieb aber stumm wie seit der allerersten Bemerkung, die er ihr gegenüber gemacht hatte.

»Sollen wir so weiterleben, bis Francis sich erholt hat?« fragte sie kühn. »Wollen Sie mich behandeln, als sei ich unsichtbar, solange wir hier gezwungenermaßen zusammen sind? Damit machen Sie die Situation für uns alle reichlich anstrengend, und für Francis fast unerträglich.«

Er sagte noch immer nichts. Sein Blick ruhte auf irgendeinem Punkt an der Wand hinter ihrem Kopf.

»Es tut mir leid, daß ich mich damals in Quihampton eingeschlichen habe«, fuhr Eliza fort. »Noch mehr aber bedaure ich, daß Sie eine so offenkundige Feindschaft gegen mich hegen. Falls Sie diese Gefühle nicht überwinden können, müssen Sie eben damit leben. Francis und ich sind so sehr eins, daß Ihre ablehnende Haltung uns nichts ausmacht. Ich scheine ihn gerettet zu haben, doch ich habe dabei wahrlich nicht an Sie gedacht. Ich habe ihn für mich gerettet, und meinetwegen ist er froh, am Leben zu sein. Sie haben angedroht, unsere Kinder zu verfluchen. Falls Sie Ihre Meinung nicht geändert haben, werden wir dafür sorgen, daß unsere Kinder nicht das geringste von Ihnen erfahren. Wenn Sie verbittert und einsam dahinvegetieren wollen, so ist das Ihre Sache. Es liegt bei Ihnen ...« Sie brach abrupt ab.

Sir Gerards Blick heftete sich plötzlich auf sie. Seine Augen verrieten nichts von dem, was er dachte, doch Eliza hatte den Eindruck, daß er nicht mehr von so heftigen, ungezügelten Empfindungen bewegt wurde wie damals in Quihampton.

»Ich habe einen Onkel, den ich innig liebe«, sprach Eliza weiter. »Er ist für mich so etwas wie ein Vater. Also weiß ich, welche Gefühle man als Tochter hegen kann. Da Sie Francis' Vater sind, mögen Sie sich ausmalen, was Sie für mich bedeuten könnten. Wenn Sie derartige Gefühle nicht wünschen, kann ich nichts daran ändern. Andererseits können Sie nichts daran ändern, daß uns Ihre ablehnende Haltung hinsichtlich unserer Ehe nicht das geringste ausmacht. Da wir nun jedoch eine Weile zusammenleben müssen, haben Sie wohl oder übel unsere Bedingungen zu akzeptieren. Sie sind ein Eindringling in unser Dasein, haben uns nachspioniert. Solange Francis bettlägerig ist, werde ich unseren

Tagesablauf bestimmen. Wenn Sie Anteil daran haben wollen, müssen Sie sich unseren Regeln fügen.«

Eliza hatte den Eindruck, noch nie im Leben eine so lange Rede gehalten zu haben. Als sie fertig war und Sir Gerard unbeweglich und stumm blieb, sie aber weiterhin anstarrte, da verließ die Ruhe sie, die sie beim Reden verspürt hatte. Sie drehte sich um und stieg die Treppe zu dem Zufluchtsort hinunter, den Francis' Zimmer für sie darstellte.

Beim Abendessen sah Eliza Sir Gerard nicht. Anschließend saß sie so lange neben Francis, bis sie zu erschöpft war, um sich auch nur einen Augenblick länger wach zu halten. Man hatte für sie eine Pritsche auf den Fußboden gelegt. Dankbar streckte sie sich der Länge nach darauf aus. Aus dem harten Kopfpolster stieg würziger Geruch nach Gras und Kräutern. Ober sich hörte sie Francis' tiefen, gleichmäßigen Atem, und in der stillen Sommernacht stand ein großer gelber Mond zwischen den Pappeln.

Eine Woche verging, und täglich wurde Francis fröhlicher und körperlich kräftiger. Eliza wußte, daß Sir Gerard immer noch im Haus weilte, da seine Stiefel auf dem Korridor standen und das Essen zu ihm hinaufgetragen wurde. Zu sehen bekam sie ihn aber kein einziges Mal. Sie gewöhnte sich an seine stumme Anwesenheit und war ganz überrascht, als sie eines Morgens von einem Fenster im ersten Stock aus eine schwarzgekleidete Gestalt in Richtung Brüssel reiten sah. Flugs rannte sie die Treppe hinunter in die Küche.

»Le monsieur Anglais, il est parti?«

Die Bauersfrau machte gerade eine Pastete und knetete und rollte den Teigklumpen auf dem Küchentisch aus. Nein, er sei nicht abgereist, habe aber am Morgen einen Brief erhalten. Deshalb habe er nach Brüssel reiten müssen, werde aber vor Anbruch der Dunkelheit wieder zurück sein.

»*Quel dommage!*« sagte Eliza heftig und ging wieder zu Francis' Krankenlager.

»Was hat dein Vater deiner Meinung nach vor?«

Francis saß von vielen Kissen gestützt im Bett und versuchte, sich ohne Hilfe eines Spiegels zu rasieren.

»Hat er dich geärgert?«

»Nein, nein. Wir sehen uns so gut wie nie. Ich kann mir nicht vorstellen, warum er überhaupt bleibt.«

»Er wird schon einen Grund haben. Da wir in wenigen Tagen von hier aufbrechen, muß er bald die Katze aus dem Sack lassen. Was hältst du von meiner Rasur?« Er hob das Kinn, damit Eliza es begutachten konnte.

»Mittelprächtig. Laß mich dir helfen. Francis, hast du dir eigentlich schon Gedanken darüber gemacht, was aus uns wird?«

»Möchtest du nicht nach Nashbourn zurück?«

»Nein!«

»Ich auch nicht.«

»Es wäre nicht zu ertragen. Natürlich müssen wir kurz Mrs. Howell besuchen, aber ich könnte nicht dort bleiben – noch nicht.«

»Würdest du gern zu Julia ziehen, natürlich nur vorübergehend? Oder lieber zu deinem Onkel?«

»Zu Julia auf keinen Fall«, erklärte Eliza nachdrücklich. »Ich brächte es nicht fertig, in London zu leben, nach – nach all dem hier. Ich habe ihr nur deshalb meine Sachen geschickt, weil ich annahm, daß sie es weit gefaßter als meine Tante aufnehmen würde, falls ich nicht zurückkäme. Aber ich will jetzt nicht zu ihr!«

»Marchants?«

Eliza schüttelte den Kopf. »Nicht einmal meinem Onkel zuliebe. Können wir denn nicht irgendwo ganz allein zusammensein?«

Francis überlegte flüchtig, welch Paradies Quihampton ohne seinen Vater wäre, verwarf diesen Gedanken aber sofort wieder.

»Wir werden ein neues Zuhause finden.«

Eliza wischte ihm das letzte Restchen Seifenschaum vom Kinn und lehnte sich zurück, um ihr Werk zu betrachten.

»Nicht schlecht. Ja, bestimmt finden wir etwas Passendes. Aber es macht mir auch nichts aus, wenn wir wie Zigeuner herumziehen, Hauptsache, wir sind zusammen.«

»Das ist nicht gerade realistisch gedacht.«

»Warum müssen wir denn realistisch sein?«

»Weil wir schließlich leben müssen, Liebste. Wir müssen ein Haus und – eine Familie und eine uns genehme Lebensform haben. Die vergangenen Monate und ganz besonders die letzten Wochen glichen mehr einem Phantasiegebilde, manchmal gräßlich, manchmal nicht. Aber jetzt ist es damit vorbei, und wir müssen unser Leben in den Griff bekommen.«

Eliza sah ganz niedergeschlagen aus. »Warum bist du plötzlich so ernst? Ist es denn nicht genug, noch am Leben zu sein?«

»Mehr als genug, Liebste. Aber es besteht ein Unterschied zwischen bloßer Existenz und dem Leben, wie du weißt.«

»Du meinst also, daß wir uns entscheiden müssen, was zu tun ist, bevor wir wieder in England sind?«

»Unbedingt!« sagte Francis.

Sir Gerard kehrte bei Sonnenuntergang zurück. Eliza sah ihn über den Hof reiten, und kurz darauf hörte sie seine Schritte auf dem Steinfußboden des Hausflurs. Er ging zu seinem Zimmer hinauf und schloß mit Nachdruck die Tür hinter sich. Eliza verließ ihren Beobachtungsposten am Schlüsselloch und stellte sich ans Fußende des Bettes.

»Dein Vater ist wieder da.«

Francis nickte. Seit ihrer Unterhaltung am Morgen war er völlig geistesabwesend gewesen und schien auch jetzt kaum zu hören, was Eliza ihm erzählte.

»Ich wünschte, er würde endlich abreisen!« brach es ungestüm aus ihr heraus. »Ich bildete mir ein, daß mir seine Anwesenheit hier nichts ausmacht, aber ich kann ihn einfach nicht länger ertragen. Warum fährt er nicht nach Hause? Er weiß doch, daß es dir wieder gutgeht. Also gibt es überhaupt keinen Grund für ihn, noch hierzubleiben ...«

Ein herrisches Klopfen ertönte.

»*Entrez*«, sagte Francis zerstreut.

Die Tür wurde aufgestoßen, und Sir Gerard kam in seinem üblichen schwarzen Anzug herein, der nun allerdings etwas staubig war. Er entschuldigte sich nicht für die Störung, sondern ging geradewegs auf das Bett zu und setzte sich unaufgefordert auf den Stuhl, auf dem normalerweise Eliza saß. Eliza rührte sich nicht von der Stelle.

»Ich werde im Morgengrauen aufbrechen«, begann Sir Gerard unvermittelt und sah Francis unverwandt an. »Ich war heute in Brüssel und habe vereinbart, daß eine Kutsche dich und deine Habseligkeiten in einer Woche abholt und nach Antwerpen bringt, wo du dich dann auf der ›Madalena‹ nach England einschiffen kannst.«

»Ich nehme an, daß ich Francis auf dieser Heimreise begleiten darf, oder?« sagte Eliza scharf.

Sir Gerard wandte den Kopf nicht zu ihr um. Den Blick unverwandt auf Francis geheftet, sprach er zum ersten Mal mit ihr. »Ein Seidenhändler und ein Schneider werden sich morgen vormittag nach Ihren Wünschen erkundigen, Madam. Die beiden haben von mir den Auftrag, Sie mit allem zu versorgen, was Sie für die Heimfahrt brauchen.«

Eliza wurde brennend rot und schaute verwirrt Francis an. »Es war sehr freundlich von Ihnen, sich solche Mühe zu machen, Sir«, sagte dieser gerade zu seinem Vater, »aber ich glaube, wir hätten diese Vorbereitungen auch alleine treffen können.«

»Ich habe es nicht speziell für dich getan«, erwiderte Sir Gerard. »Ich tat es, weil ich geschäftliche Dinge in England zu erledigen habe, die dich ebenso wie mich betreffen. Sei so gut und komm so bald wie möglich nach Quihampton.«

Francis warf Eliza einen vielsagenden Blick zu und wandte sich dann wieder an seinen Vater. »Können Sie das ein wenig genauer erklären, Sir?« fragte er dann.

»Nein«, entgegnete Sir Gerard und stand auf.

»Dann werden wir wohl kaum kommen, fürchte ich.«

In der plötzlichen Stille dachte Eliza, wie gut Francis die Zornesröte stand. Sir Gerard ging zur Tür, öffnete sie und drehte sich dann wieder um.

»Ich habe Nachricht von deinem Bruder. Mrs. Beaumont hat sich als die nichtsnutzige, törichte Ehefrau herausgestellt, die man schon in ihr vermuten mußte, und Richard befindet sich in Schwierigkeiten. Ich habe kein Mitleid mit ihm. Wie man sich bettet, so liegt man. Aber es paßt nicht in die Pläne, in meine Pläne. Mehr sage ich nicht, aber du wirst dich meinen Wünschen fügen und nach Quihampton kommen.«

»Nein, Sir«, sagte Francis.

»Vergib mir, Francis«, mischte Eliza sich hastig ein. »Aber … aber wir werden kommen. Ja, wir kommen.«

Zum ersten Mal, seit er den Raum betreten hatte, sah Sir Gerard Eliza an. Er musterte sie einige Sekunden lang durchdringend, verbeugte sich dann und ging hinaus. Sobald sich die Tür hinter ihm geschlossen hatte, eilte Eliza zu Francis.

»Oh, der arme Richard! Was kann bloß passiert sein? Was hat sie nun wieder angestellt?«

»Ich nehme an, es geht wieder um dasselbe. Allerdings kann ich mir nicht vorstellen, warum das meinen Vater irgendwie betrifft. Ebensowenig begreife ich, warum du plötzlich einverstanden bist, zu ihm nach Quihampton zu fahren.«

Eliza hob hilflos die Hände. »Ich weiß nicht. Aber plötzlich hatte ich das Gefühl, wir sollten hinfahren. Ich glaube, daß es das Richtige ist. O Francis, ich mag mir gar nicht ausmalen, wie der arme Richard zu leiden hat.«

Francis erinnerte sich an die Abneigung, die sie früher seinem Bruder gegenüber empfunden hatte. Jetzt konnte er auf ihrem Gesicht nur liebevolles Mitleid erkennen.

»Vor gar nicht langer Zeit hätte es dir nicht das geringste ausgemacht.«

»Das ist ungerecht! Das war schließlich lang, lang bevor ich – bevor ich einiges begriff.«

Francis nahm ihre Hand. »Ich finde, daß du das bemerkenswerteste Wesen auf dieser Welt bist. Du bist tapfer, treu, anmutig, aufrichtig und schön. Ich habe keine Ahnung, was ich getan habe, um dich zu verdienen.«

Eliza schüttelte hilflos den Kopf.

»Es geht nicht um Verdienst«, sagte sie. »Du bist genau das, was ich will.«

Sie kamen am 1. September in England an. Als Eliza den Fuß auf englischen Boden setzte, war sie in ein grünes Seidenkleid gehüllt, das sie Sir Gerard zu verdanken hatte. Hinter ihr kam Francis, auf Krücken gestützt, die er bereits mit bewundernswerter Selbstverständlichkeit handhabte. Eliza hatte zwar stets laut und deutlich erklärt, daß sie am liebsten ganz allein mit Francis wäre. Doch insgeheim hatte sie gehofft, daß ihr Onkel und ihre Tante sie in Dover abholen würden. Aber es war kein vertrautes Gesicht zu sehen.

Die beiden erregten beträchtliches Aufsehen auf dem Kai. Sie waren mit einem alten Truppentransportschiff angekommen, das man mehr schlecht als recht in eine Art schwimmendes Lazarett verwandelt hatte, und sie unterschieden sich sehr vom Rest der Passagiere, die in Decken gehüllt oder mit Bandagen umwickelt waren, deren Sauberkeit zu wünschen übrigließ. Die Männer traten beiseite, um sie vorbeizulassen, und eine Gruppe von Fischerfrauen hörte mit dem Aussortieren des glitschigen Inhalts ihrer Körbe auf, um sie anzustarren. Eliza trug das Kinn hoch, um zu zeigen, daß es ihr nichts ausmachte, wenn keiner es für nötig hielt, sie zu begrüßen. Francis überragte trotz seiner nunmehr leicht gebückten Haltung immer noch die meisten Männer um Haupteslänge.

»Sir, Entschuldigung, Sir!«

Francis blieb stehen. Ein Mann in wohlbekannter Livree bahnte sich seinen Weg durch Kisten, Bündel und müßig herumstehende Leute.

»Grimes!«

»Captain Francis, Sir! Ich wußte, daß Sie's sind. Und Mrs. Beaumont, Madam. Ich bin hier, um Sie zurückzubringen, Sir. Hab die halbe Nacht auf Sie gewartet. Die Kutsche ist dort drüben, Madam.«

Sir Gerard hatte tatsächlich an sie gedacht und die Kutsche geschickt. Eliza legte Francis die Hand auf den Arm.

»Möchtest du dich vor dieser langen Fahrt nicht lieber etwas ausruhen?«

»Nein. Ich muß erst wissen, warum mein Vater uns hierherbeordert hat, und ich kann mich nicht entspannen, solange ich nicht weiß, was eigentlich los ist. Wir müssen irgendwo unterwegs übernachten, aber das läßt sich nicht ändern. Grimes, gehen Sie bitte voraus.«

Eliza hatte sich schon gefragt, ob der Anblick von Quihampton sie qualvoll an ihren ersten Besuch erinnern würde, doch sie stellte fest, daß sie nur ungeheure Neugierde empfand, als die Kutsche den Abhang hinunterfuhr und die grauen Dächer auftauchten. Sie warf Francis einen Seitenblick zu. Er schaute aus dem Fenster, und sein Gesicht hatte den Ausdruck einer fast schmerzlichen Freude. Sie ergriff seine Hand, die er fest umschloß, ohne sich zu ihr umzudrehen. Es war offenkundig, wie sehr er Quihampton liebte. Wie abweisend sein Vater auch sein mochte, Francis war nun einmal ein Beaumont, war hier zur Welt gekommen und hier aufgewachsen. Es war also nur natürlich, daß er Quihampton als Teil von sich empfand. Es war ebenso natürlich, daß er unglücklich war, weil sein älterer Bruder es später einmal erben würde, dem es lange nicht so viel bedeutete wie ihm. Macht nichts, sagte sich Eliza und nahm sich fest vor, es irgendwie zu schaffen, daß Francis sich in einem anderen Heim ebenso wohl fühlen würde.

Als die Kutsche über die Kiesauffahrt rollte, kamen einige Hunde bellend die Stufen heruntergestürmt. Das große Tor stand wieder offen, wirkte jedoch diesmal weniger furchteinflößend als damals im August. Ein Lakai folgte den Hunden und schimpfte mit ihnen, bevor er den Wagenschlag öffnete.

»Guten Tag, James«, sagte Francis.

Der Diener sah Eliza mit unverhohlener Bewunderung an. »Sir, Ihr Vater wartet schon, und auch Mr. Beaumont. Im Salon im Südflügel, Sir.«

Francis und Eliza blickten sich an: Richard!

»Darf ich mir erlauben, Sir, Sie zu Hause willkommen zu heißen, und auch Ihre Gemahlin?«

Francis brauchte einige Zeit, um die Stufen zu bewältigen.

»Ich glaube, wir müssen uns ein Haus in der Ebene suchen, Liebste«, sagte er fröhlich, doch sein Gesicht strafte diesen Tonfall Lügen. Eliza ging neben Francis her, durch die große Halle, die immer noch düster und abweisend wirkte. Dann durchschritten sie die Galerie, deren Porträts im letzten Jahr mißbilligend auf Eliza und ihren törichten Einfall herabgestarrt hatten. Sie traten nicht durch die Tür am Ende des Ganges, denn James hielt eine hohe Doppeltür auf, die sich zwischen zwei Gobelins befand.

»Captain Beaumont, Sir, und Mrs. Beaumont«, kündigte er die beiden an.

Instinktiv griff Eliza nach Francis' Hand, bevor ihr einfiel, daß er ja beide Hände für die Krücken brauchte. Sie traten in einen weitläufigen, niedrigen Raum mit kunstvoll geschnitzter Decke, vier breiten, mit Mittelpfosten versehenen Fenstern und tiefen steinernen Simsen. Dahinter sah man den Rosengarten. Sir Gerard und Richard erhoben sich von bequemen Sesseln, die in einer Fensternische standen; Richard kam ihnen mit ausgestreckten Händen entgegen.

»Mein lieber Bruder, sei herzlich willkommen! Welch Wunder, daß du noch am Leben bist! Und da ist ja auch die kleine Eliza. Es scheint, daß du eine richtige Heldin bist. In London ist überall die Rede von dir, wirklich.«

Eliza sah, daß Francis bei dem gönnerhaften Tonfall seines Bruders leicht zusammenzuckte. Richard schien allen Ernstes anzunehmen, daß es einem Ritterschlag gleichkäme, wenn man im Mittelpunkt des Interesses der Salons stand.

»Es überrascht mich, dich hier zu sehen, Richard«, sagte Francis. »Hoffentlich ...«

»Oh, es gibt einen besonderen Anlaß, ja, das kann man wohl sagen.«

Eliza sah ihren Schwiegervater an.

»Ich möchte Ihnen für das Kleid danken, Sir.«

Er machte eine Verbeugung. »Setzen Sie sich doch bitte.«

Richard beobachtete, wie Francis zu einem Sessel humpelte und sich setzte.

»Du entsprichst ja ganz und gar dem Bild des verwundeten Helden, Francis! Wirst du dir ein Holzbein zulegen? Ich kenne einen tollen Burschen, der dir im Nu eines anpassen kann. Er schuldet mir eine ganze Menge, und es wäre für ihn eine Ehre, einem Bruder von mir einen Dienst zu erweisen.«

Eliza musterte Richard mit tiefem Erstaunen. Sie hatte erwartet, einen gebrochenen Mann anzutreffen, doch er war ebenso überschwenglich und selbstzufrieden wie eh und je. Sie dachte daran, wie er einst seinen Bruder gepriesen hatte und überaus stolz auf ihn gewesen war. Nun hatte es ganz den Anschein, als sei dieser Großmut für immer vergessen. Sie verglich sein breites, derbes Gesicht mit Francis' feingliedrigen, edlen Zügen und wunderte sich nicht zum ersten Mal, daß die beiden Brüder waren.

»Wir haben dich hergebeten ...«, begann Richard zeremoniell und machte es sich im größten Sessel bequem.

»Richard!« Sir Gerards Stimme glich auf gräßliche Weise jener, mit der er Eliza damals erschreckt hatte.

»Sir?«

»Ich habe die beiden hergebeten, nicht etwa du. Dies ist mein Haus, und ich lade diejenigen hierher ein, die ich zu sehen wünsche, und werde das auch weiterhin tun, bis Quihampton den Besitzer wechselt.«

Richard schien etwas aus der Fassung zu geraten und spreizte seine gut manikürten Hände, als ob deren Betrachtung die wichtigste Aufgabe sei, die sich denken ließe.

»Du sollst aber deine eigene Situation erklären«, fuhr Sir Gerard scharf fort. »Mir ist es widerwärtig, darüber zu sprechen.«

Richard rutschte noch etwas tiefer in den Sessel hinein, vergewisserte sich mit einem Blick auf Eliza und Francis, daß deren volle Aufmerksamkeit auf ihn gerichtet war, und holte hörbar Luft.

»Unglücklicherweise bin ich das Opfer unverantwortlicher Betrügereien. Ich habe deiner Cousine Julia ...«, er machte eine Pause und schaute Eliza vorwurfsvoll an, »... jeden erdenklichen Wunsch erfüllt. Keine Frau hat es je besser gehabt. Sie hatte nicht nur meine ungeteilte Aufmerksamkeit, sondern ich bot ihr alle Annehmlichkeiten, für die sie auch nur das kleinste Interesse zeigte. Sie hat sich jedoch dieser unvergleichlichen Vorteile als unwürdig erwiesen und sich dazu entschlossen, mich auf eine Weise zu demütigen, wie es keine Frau mit Gefühl je fertigbrächte.«

Eliza rutschte unbehaglich in ihrem Sessel hin und her. In Richards Ton lag etwas, das bei ihr eine wachsende Sympathie für Julia bewirkte. Auch wenn sie das Verhalten Julias völlig mißbilligte, konnte sie ihr doch den Wunsch nicht ganz verübeln, Richard zu entfliehen.

»Du mußt nicht weitersprechen«, sagte Francis zartfühlend.

»O doch, das muß ich. Mir ist ein großes Unrecht angetan worden, und ich will euch klarmachen, wie schuldlos ich bei der ganzen Angelegenheit bin. Sie ist inzwischen abgereist – ich glaube, nach Frankreich –, und zwar mit einem Mann namens Lennox, der die Ehre hatte, gut mit mir bekannt zu sein. Ich werde sie nicht zurückholen«, schloß Richard mit großem Nachdruck.

»Richard ...!« rief Eliza, wurde aber von einer gebieterischen Handbewegung Richards zum Schweigen gebracht.

»Sie wird es gar nicht wollen. Lennox ist übrigens zweifelsohne ein Abenteurer, aber niemand kann behaupten, daß ich herzlos bin.« Er erinnerte sich an eine gewisse kleine Schauspielerin, die ihn erst zwei Nächte zuvor schmachtend als ihren Retter und Wohltäter bezeichnet hatte. Er lächelte zufrieden und wandte sich dann an Eliza. »Ich werde finanziell für Julia sorgen. In dieser Hinsicht brauchst du nichts zu fürchten. Es gelüstet mich nicht nach Rache. Über solche Kleinlichkeit bin ich erhaben.«

Sein Vater stieß einen tiefen Seufzer aus.

»Komm bitte zum Ende, Richard!«

»Ja, Sir. Kurz und gut, ich bin nun praktisch gesehen ohne Ehefrau. Trotzdem hat das Dasein nicht alle Reize für mich verloren, und es gibt vieles, was mich in London hält. Das Stadtleben liegt mir sehr, und ich bin auch der Meinung, daß meine Begabungen am besten bei Menschen von einer gewissen Kultiviertheit zur Geltung kommen. Daher habe ich vor, abwechselnd in London und Bath zu wohnen ...«

»Und was ist mit Julia?« fragte Eliza.

»Ich werde ein kleines, abgeschiedenes Haus für sie erstehen, in das sie sich notfalls zurückziehen kann. Ich werde mich ebenso großmütig verhalten, wie sie mich immer kannte.«

»Bist du bald fertig?« fragte Sir Gerard erbittert.

»Ich bin mit meinen Ausführungen zu Ende, Sir.«

Sir Gerard stand auf und ging auf seinen jüngeren Sohn zu.

»In Anbetracht von Richards veränderten Lebensumständen hat er sich auf meinen Wunsch hin entschlossen, auf Quihampton zu verzichten.«

Eliza sah Francis rot werden und gleich darauf erbleichen. Er beugte sich zu seinem Vater vor.

»Quihampton?«

»Ja. Die Dokumente liegen in der Bibliothek und müssen nur noch unterzeichnet werden. Das Leben hat sich in den vergangenen Monaten drastisch verändert, und ich werde nicht länger in diesem Haus bleiben. Da ich keine Lust habe, meinen Wohnsitz mit anderen zu teilen, werde ich ins Dower House übersiedeln.«

»Zu teilen?« wiederholte Eliza töricht.

»Quihampton gehört euch, falls ihr es haben wollt. Ich werde mich nicht in euer Leben einmischen. Ihr werdet es gar nicht merken, daß ich nur eine Meile weit entfernt von euch wohne.«

Eliza glaubte, daß Francis gleich in Tränen ausbrechen würde, denn seine Augen wirkten unnatürlich hell und glänzten verräterisch. Er tastete nach seinen Krükken, um aufzustehen und zu seinem Vater zu gehen, schien aber nicht fähig, auch nur ein Wort herauszubringen. Eliza trat rasch zu ihrem Schwiegervater.

»Sir Gerard, ich weiß nicht, wie …«

Sir Gerard hatte Eliza bisher erst einmal die Hand gegeben. Nun tat er dies zum zweiten Mal, aber so kurz, daß es sich anfühlte, als hätte ein trockenes Blatt sie gestreift. Er heftete seinen unergründlichen Blick während der nächsten Worte auf sie. »Ich will keine langen Reden«, wehrte er ab und ging dann zu der Tür, die in die Galerie führte.

Eliza drehte sich nach Francis um. Er hatte den Kopf in den Händen vergraben und zitterte ganz leicht. Sie strich ihm über das dunkle Haar. »Ich glaube, jetzt bleibt mir nichts mehr zu wünschen übrig«, hörte sie ihn murmeln.

Im Frühling des Jahres 1816 war Quihampton in aller Munde. Die neue junge Herrin, über die solch erstaunliche Geschichten im Umlauf waren, hatte derartige Veränderungen durchgeführt, daß das Haus kaum wiederzuerkennen war. Es hieß, daß sie vorübergehend eine Tante von irgendwoher aus dem Süden geholt hatte, und gemeinsam hatten sie ein kleines Wunder vollbracht. Jeder riß sich um eine Einladung nach Quihampton, um sich mit eigenen Augen von dem Resultat zu überzeugen. Erfolgreiche Besucher berichteten von der behaglichen, anheimelnden Atmosphäre, von lustig prasselnden Kaminfeuern und unzähligen Blumensträußen. Das Ganze wurde gekrönt durch die Anwesenheit jenes gutaussehenden, charmanten Captains, der auf so tragische, andererseits aber auch so romantische Weise ein Bein verloren hatte, und seine zauberhafte Frau. Über den scharfzüngigen Sir Gerard erfuhr man kaum etwas, aber das war allen im Grunde nur recht. Er war ihnen herzlich gleichgültig.

Jedoch nicht Eliza. Sir Gerard war so zurückhaltend, wie er angekündigt hatte, und auch ebenso verschlossen wie eh und je. Dennoch ließ Eliza sich nicht abschrecken, sondern winkte ihm zu, wenn er im Park spazierenging oder ausritt, besuchte ihn und brachte ihm Bücher oder seine Lieblingsblumen aus dem Garten von Quihampton. Sie schickte auch Francis in regelmäßigen Abständen zum Dower House. Sie nahmen nie gemeinsam ein Mahl ein oder statteten einander offizielle Besuche ab, doch das war auch gar nicht nötig.

Eines Nachmittags im April kam Eliza vom Dower House zurück, wohin sie Eier von den Bantamhühnern gebracht hatte, die Sir Gerard ganz besonders schätzte. Sie wich von ihrem üblichen Weg ab und lief über die weite Rasenfläche hinauf, die bei den Fenstern der Bibliothek und der Galerie endete. Niemand war zu sehen, doch das Haus wirkte belebt und einladend, obwohl die Fenster geschlossen waren. Francis war vermutlich im Pferdestall und probierte den Sattel aus, den er ganz speziell entworfen hatte, um trotz des fehlenden Beines reiten zu können. Er war inzwischen so flink und beweglich, daß Eliza manchmal fast vergaß, daß er früher zwei Beine gehabt hatte. Hoffentlich würde er nicht allzu lange fortbleiben, denn sie wollte nie länger als höchstens einige Stunden ohne ihn sein.

Eliza blieb vor dem Haus stehen und blickte sich voller Zufriedenheit um. Leuchtendgelbe Narzissen säumten die grauen Mauern, und rings um die bemoosten Baumstämme blühten unzählige Himmelschlüssel. Sie sah den rötlichen Widerschein des Kaminfeuers auf der frisch getünchten weißen Wand der Bibliothek und freute sich an den goldenschimmernden Buchrücken. Sie hoffte, beim Dinner etwas essen zu können. Francis müßte es eigentlich allmählich auffallen, wie ungern sie derzeit aß, doch sie wollte ihm noch nichts sagen, bevor sie nicht ganz sicher war. Sie tastete nach dem Brief in ihrer Rocktasche. Vor einer Woche hatte sie an Mrs. Howell geschrieben und heute morgen eine höchst beruhigende Antwort bekommen. Übelkeit war ein ganz normales Symptom und verschwand meistens nach der zwölften Woche. Eliza legte unter dem Umhang die Hand auf ihren Leib und lächelte glücklich. Dann sah sie sich noch einmal um und malte sich aus, wie in einigen Jahren vielleicht ein kleiner Pelham zwischen den Bäumen herumlaufen würde. Wer weiß, ob er nicht später mit mehreren Geschwistern herumtollte und spielte? Mrs. Howell hatte schließlich erfolgreich fünf Sprößlinge aufgezogen ...

»Eliza!« rief Francis von der Terrasse herüber. »Eliza!«

Sie raffte ihren Rock zusammen und rannte auf ihn zu.